Kerstin Groeper
und Guiseppe Bruno

Der Palio des toten Politikers
Commissario Marchettis erster Fall

Für die Nobile Contrada dell'Aquila

Der Palio des toten Politikers

Commissario Marchettis erster Fall

Roman
von
Kerstin Groeper und Guiseppe Bruno

TraumFänger Verlag

Impressum

Der Palio des toten Politikers, Commissario Marchettis erster Fall
Kerstin Groeper und Guiseppe Bruno
TraumFänger Verlag Hohenthann, 2016
ISBN 978-3-941485-51-8
Lektorat: Michael Krämer
Satz und Layout: Janis Sonnberger, merkMal Verlag
Druck und Bindung: CPI - Clausen & Bosse, Leck
Titelbild: Foto Gesicht Andrey Kiselev, fotolia;
Hintergrund-Foto Bruno Schmäling; Montage merkMal Verlag
1. Auflage Oktober 2016

Inhalt

Prolog

Siena, die wunderschöne Stadt im Herzen der Toskana, ist der Schauplatz des berühmten Pferderennens, das zweimal im Jahr (am 2. Juli und 16. August) von den einzelnen Stadtteilen, genannt Contraden, ausgetragen wird.

Durch Dekret ordnete die Großherzogin der Toskana Violante von Bayern im Jahre 1729 die noch heute bestehenden 17 Contraden. Sie erfüllen einen sehr wichtigen Beitrag zum sozialen Leben der Stadt. Jede Contrada verfügt über ein Zentrum mit Garten, in dem das ganze Jahr über Treffen und Feiern stattfinden.

Als Angehörigen der Nobile Contrada dell'Aquila (ebenso wie die Autoren des Buches) gibt es für unseren Protagonisten Commissario Luca Marchetti nichts Wichtigeres, als sich in dieser Zeit um einen Sieg seiner Contrada zu bemühen. Entsprechend genervt ist er auch, als er mit einem Mord konfrontiert wird, bei dem er die Ermittlungen übernehmen muss.

Luca Marchetti

Luca Marchetti eilte leicht schnaufend die Via di Citta hinunter, die noch im morgendlichen Dunst lag, in diesem mystischen Halbschatten der Häuserschluchten, ehe die Strahlen der Mittagssonne für kurze Zeit das unebene Pflaster der alten Stadt streichelten. Er war noch kurz in seinem Büro gewesen, doch dann hatte ihn die Aufregung übermannt: die Verlosung der Pferde, die an diesem wunderschönen Mittwochmittag unter dem saphirblauen Himmel stattfinden sollte. Der Palio, das berühmte Pferderennen im Herzen von Siena, würde mit dieser Zeremonie seinen Anfang nehmen! Sein Herz schlug höher, als er sich dem zentralen, muschelförmigen Platz in Siena näherte.

Luca Marchetti erreichte den Campo, den weiten Platz, der sich plötzlich im gleißenden Sonnenlicht vor ihm öffnete, und ließ seinen Blick über die Menschenmenge schweifen, die sich vor dem gotischen Palast der Stadtverwaltung eingefunden hatte. Vor dem roten Gebäude mit den zierlichen weißen Säulen war eine kleine provisorische Bühne aufgebaut worden, an dem an einem langen wackeligen Holztisch und auf ebenso unsichereren Klappstühlen die Capitani saßen. In hitzigen Diskussionen hatten diese Vertreter der einzelnen Stadtteile in mehreren Proberennen die zehn Pferde ausgewählt, die nun jeden der teilnehmenden Stadtteile bei dem Pferderennen repräsentieren sollten. Marchetti konnte vage seinen Capitano erkennen. Er saß ganz links, seinen Kopf erwartungsvoll nach vorne gebeugt, im Mundwinkel eine seiner eindrucksvollen dicken kubanischen Zigarren, auf der er nervös herumkaute. Marchetti konnte sich ein Lächeln nicht verkneifen, als er seinen Freund bei dieser wichtigen Aufgabe sah.

Mandriani war sein Freund, natürlich hatte er ihn in der Generalversammlung im letzten Herbst zum Capitano gewählt, aber eher, weil zu dem Zeitpunkt niemand sonst zur Verfügung gestanden hatte, der qualifiziert gewesen wäre. Mandriani war beliebt, verstand es, die gespaltenen Lager in seinem Stadtteil wieder zu vereinen, außerdem hatte er als Arzt und Gerichtsmediziner viele Kontakte nach außen. Das war ein immenser Vorteil, denn nur durch geschicktes Manipulieren, durch geheime Kontakte und Absprachen mit anderen Contraden wurde ein Sieg bei dem Pferderennen inmitten von Siena überhaupt möglich! Marchetti wischte sich einige Schweißperlen

von der Stirn und spitzte erwartungsvoll den Mund, als sein prüfender Blick über den Platz glitt. Seitlich neben der Bühne standen in einer Reihe die Pferde in provisorischen Boxen, die nacheinander wie in einer Lotterie verlost wurden. Weiße Nummern an den Flanken verhinderten, dass die edlen Tiere vertauscht oder heimlich ausgewechselt wurden. Nervös schlugen die Pferde mit ihren Schweifen, ließen sich von der Aufregung der vorbeidrängenden Menschen anstecken.
Ein eigenartiges Fieber lag über der Stadt, ein nervöses Pulsieren, das sogar die Touristen ansteckte, die wie jedes Jahr zu dem Palio nach Siena strömten.
Luca Marchetti dagegen waren die Touristen völlig gleichgültig. Der Palio war keine Touristenattraktion, es war seit Jahrhunderten ein Wettkampf der einzelnen Contraden um Ehre und Sieg. Unhöflich bahnte er sich einen Weg durch die Menge, die sich vor der Bühne drängte. Er wollte noch näher am Geschehen sein, denn in dem Lärm der grölenden Menge war kaum noch etwas zu verstehen. Er erreichte den Ort, an dem sich die Mitglieder seiner Contrada versammelt hatten, erkennbar an den gelben Schals mit dem Symbol des doppelköpfigen Adlers, den alle sichtbar über die Schultern drapiert hatten. Aufgeregt machten ihm die Menschen Platz, ließen ihm automatisch den Vortritt oder schlugen ihm wohlwollend auf die Schultern: „Ah, ciao, Luca!“

Luca Marchetti war eine wichtige Persönlichkeit in Siena. Seit Generationen gehörte er dem Hochadel der Toskana an, aber noch wichtiger, zur Prominenz der Nobile Contrada dell'Aquila. Stolz flatterte auch bei ihm das gelbe Fazzoletti, der Schal mit dem schwarzen Adler auf seiner Schulter, alt und ausgeblichen, ein Zeichen, wie oft er schon von seinem Besitzer getragen worden war. Aber auch Luca Marchetti war eine eindrucksvolle Erscheinung. Groß und stattlich, denn er liebte gutes Essen; dunkle Locken, bereits hier und da mit einem silbernen Schimmer, der ihm mit seinen achtunddreißig Jahren durchaus Eleganz verlieh, und dazu ein sorgfältig gestutzter Vollbart. Der Knopf seines weißen Hemdes spannte sich gefährlich über seinem Bauch, bereit jederzeit abzuspringen und in einem Gully zu verschwinden. Es waren die typischen fünf Kilo zu viel, die er mit ein wenig Disziplin in vier Wochen wieder heruntertrainiert hätte, aber dazu ließ ihm sein anstrengender Job keine Zeit. In seinem Gesicht dominierte eine lange Nase, ganz nach etruskischem Profil, und um

seine ausdrucksvollen braunen Augen hatten sich freundliche Lachfältchen gebildet. Er hatte ein lautes, tiefes, ansteckendes Lachen, das zu seiner ausladenden Gestik passte. Wenn er irgendwohin kam, wandte sich sofort alle Aufmerksamkeit ihm zu. Er war der geborene Adelige oder Herrscher; seine Vorfahren waren Grafen, Ritter und Söldner gewesen und hatten bei allen Schlachten in vorderster Linie mitgekämpft. Immer noch steckte diese angeborene Präsenz in ihm, diese Aura von Größe, die einen natürlichen Anführer ausmachte. Tatsächlich war Luca Marchetti Hauptkommissar, Commissario di Capo der Squadro Mobile, sehr zum Ärgernis seines Vaters, der eine angesehene Karriere bei der Bank für ihn vorgesehen hatte. Aber dann hätte er ganz sicherlich nicht diesen Luxus, sein Büro während der Dienstzeit verlassen zu können, um sich um seine Contrada zu kümmern.
Er war eindeutig eine Autoritätsperson, obwohl man das seiner legeren Kleidung im Moment nicht gleich ansah. Trotzdem war das Sommer-Outfit modisch gewählt: kurze, elegante Hose, weißes Hemd, bequeme Sandalen. Jetzt hüpfte er vor Aufregung wie ein kleiner Junge, weil das nächste Pferd genannt wurde: Numero 26, Zilata Usa!
Die Stimmung erreichte ihren Siedepunkt, und kurz wurde es still, als das nächste Papier auseinandergefaltet wurde: Aquila!
Der Rest ging im tosenden Jubel der Contradaioli von Aquila unter, die zum roten Rathaus mit dem berühmten Turm drängten, um „ihr" Pferd in Empfang zu nehmen. Die sechsundneunzig Stunden des Palio hatten begonnen!

Der Barbaresco, der Pferdepfleger der Contrada, nahm den Schimmel am Zügel und versuchte ihn vor den begeisterten Menschen in Sicherheit zu bringen. „Sch, sch!", versuchte er sein Glück, denn von jetzt an musste alles unternommen werden, damit das Pferd sich nicht verletzte. Einige besonnene Männer, unter ihnen Luca, bildeten einen schützenden Ring um das nervöse Pferd und geleiteten es von dem mit Menschen überfluteten Platz. Johlend folgten ihnen die zahlreichen Anhänger der Contrada, sangen bereits die ersten Spottlieder gegen den „Feind". Mit erhobenen Fäusten folgte die Hymne der Contrada, die mit einem laut gebrüllten „A-A-Aquile" endete. Singend verließ der Tross den Platz, ließ einige kopfschüttelnde Touristen hinter sich zurück, die nicht wirklich verstanden, was hier vorging.

Eilig drängte sich der Pferdepfleger mit dem Tier die enge Straße hoch, die im Halbschatten der schlammfarbenen Häuserschluchten lag. In Siena war eigentlich alles wie getrockneter Schlamm. Von schlammrosa über schlammgelb bis schlammgrau. Selbst die gebogenen, oft verwitterten Dachziegel zeigten ein warmes Schlammorange. Aber diese gedämpften Farben passten zu den grünen Pinien, den silbergrauen Olivenhainen und dem erdigen Geschmack des Weins.
Der Barbaresco versuchte das tänzelnde Pferd zu beruhigen, das durch den Lärm irritiert den Kopf hoch warf. Auch der Capitano hatte sich inzwischen dem Zug angeschlossen und hob begütigend die Hände, um den Gesang zu dämpfen. Sein grauer Anzug war eine Spur zu groß, so, als versuchte er durch die Kleidung die Wichtigkeit seiner Position zu unterstreichen. „Jetzt seid doch mal leise!", bat er seine Anhänger mit tiefer Stimme. Seine Stirn war in sorgenvolle Falten gelegt, und er warf eine Locke seines silbrigen Haars nach hinten. Mehrere kräftig gebaute Männer drängten die begeisterten Menschen einige Meter zurück, gaben dem Pferd mehr Platz, sodass es sich beruhigen konnte. Diszipliniert reihten sich die anderen Contradaioli dahinter ein, gingen nun ordentlich hinter dem Pferd her, ihr Gesang um einiges harmonischer. Behutsam führte der Barbaresco das Pferd in Richtung des Stalles, der nur für diesen einen Zweck benutzt und vor Jahrhunderten gebaut worden war: Zwei Mal im Jahr, im Juli und August, das Pferderennen mitten in der Stadt, für das Siena weltweit bekannt war. Viele wussten vielleicht nicht, dass Siena in der Toskana lag, aber den meisten war der „Palio" zumindest ein ungefährer Begriff.

Luca Marchetti befand sich direkt hinter dem Pferd inmitten der aufgeregt diskutierenden Menschen, als sein Handy klingelte. „Pronto!", rief er in Hochstimmung.
Eine Stimme redete aufgeregt auf ihn ein, und er verstand kein Wort. Amüsiert bat er um eine Pause: „Aspetti, aspetti!", dann ließ er sich einige Meter zurückfallen. „Was?"
Wieder erklang die jugendliche Stimme, und er erkannte Pietro Balloni, seinen Assistenten. Ernst redete Balloni auf ihn ein, und Marchettis Stimmung sank auf den Nullpunkt: „Mord?"
„Si, si, si ...", weiter hörte Luca nicht mehr hin. Ein Mord? Jetzt? Jetzt war der Palio! Er hatte keine Zeit für einen Mord! Das ganze Jahr über war nichts los gewesen, und ausgerechnet jetzt? Sie hatten ein

gutes Pferd, mit Aussicht auf Sieg! Jetzt mussten Ränke geschmiedet, Verbündete gewonnen und vor allen Dingen die feindliche Contrada beobachtet werden. Die Contrada! Sie war der Inbegriff seines Lebens und Denkens! Die Nobile Contrada dell'Aquila, eine der siebzehn Contraden, die es in Siena gab. Sie war klein, aber vielleicht gerade deswegen eine in sich verschworene Gemeinschaft. Wie oft hatte er hier als Jugendlicher Zuflucht gefunden, ob bei Liebeskummer, Krach mit den Eltern, Ärger in der Schule. Seine Freunde waren stets für ihn da, auch jetzt noch, wenn er als Commissario auf verschlungene, geheime und diskrete Informationsquellen angewiesen war. Er zahlte es durch seine absolute Loyalität zurück, indem er der Contrada ganz und gar in Krisenzeiten zur Verfügung stand. Ein Contradaiolo mit Leib und Seele. Sich jetzt um einen Mord zu kümmern? Mamma mia!
Jetzt musste schnellstens mit einem guten Fantino, wie die Jockeys in Siena genannt wurden, verhandelt werden, politische Ränke geschmiedet werden! Marchetti gehörte zu den Vertrauten des Capitano, dem Mann, der alles während des Palios entschied, und auf ihn warteten wichtige Aufgaben. Nur widerwillig wandte er seine Aufmerksamkeit wieder dem Handy zu: „Was ist passiert?"
Balloni wiederholte geflissentlich seine Worte, denn er kannte seinen Chef und dessen Temperament nur zu gut. Kurz und knapp meldete er: „Ein Mann mit eingeschlagenem Schädel, gefunden in einem Müllcontainer, an der Superstrada nach Florenz, Ausfahrt Monteriggioni."
„An der Superstrada?", überlegte Marchetti überrascht. Dort gab es keine Müllcontainer!
„Nein, du nimmst die Ausfahrt ‚Monteriggioni', fährst an der Festung vorbei, dann kommt die Mülltonne nach ein paar Kilometern."
„Ach so! Ist der Tatort schon abgesperrt?"
„Natürlich!", erklärte Balloni in seiner ruhigen Art. „Und die Spurensicherung ist auch schon verständigt."
„Bene!", knurrte Marchetti. „Was soll ich dann noch dort?"
Ein leises Kichern antwortete ihm. „Du bist der Chef! Es handelt sich um Mord!"
„Ach so! Na schön, ich komme gleich!"
„Ciao!", erklang es am anderen Ende.

Marchetti beeilte sich, die anderen einzuholen, und wandte sich an seinen Capitano: „Mi dispiace! Aber ich muss kurz weg. Ein Mord!"

Ungläubige, ein wenig wässrige Augen, von der aufgeschaukelten Begeisterung der letzten Minuten, schauten ihn entgeistert an. „Jetzt? Jetzt ist Palio! Ich brauche dich hier!"
„Lo so!", das weiß ich doch, entgegnete Luca unwillig und warf theatralisch die Arme hoch. „Wahrscheinlich ein Tourist!" Nur ein Tourist hatte die Frechheit, sich während des Palios umbringen zu lassen.

Ohne besondere Eile schritt Marchetti zu der Questura, dem Polizeipräsidium von Siena. Ein gelber Palast, mit grünen Fensterläden, der durch einem Bogengang im ersten Stock mit der gegenüberliegenden Präfektur verbunden war, Amtssitz der Provinzregierung. Sein Blick fiel schuldbewusst an seiner legeren Kleidung herunter, aber ihm blieb keine Zeit sich umzuziehen. In Sandalen unterwegs zu einem Mordfall! Madre mia! Er befürchtete bereits den vorwurfsvollen Blick seines Assistenten, den er natürlich geflissentlich übersehen würde. Warum musste ausgerechnet heute ein Mord geschehen? Marchettis Auto stand in einer kleinen Seitenstraße auf einem der wenigen verfügbaren Parkplätze. Es hatte schon seine Vorteile, Commissario zu sein: Während ansonsten die Stadt für den Verkehr gesperrt war, konnte er ungehindert überall hin – und noch besser: fast überall parken!

Respektlos kurvte er seinen roten Alfa Romeo GTV, schon ein Oldtimer, durch die engen Straßen, hupte manchmal, um eine Vespa aus dem Weg zu scheuchen, die wie Libellen durch die engen Straßenzüge schwirrten, die Fahrer natürlich vorschriftswidrig ohne Sturzhelm. Er fuhr die enge Via di San Marco hinunter, vorbei an den winzigen Läden, die sich überall im Erdgeschoss der Häuser verbargen. Leise bewegten sich die Fliegenvorhänge an den Eingangstüren, als er mit erhöhter Geschwindigkeit an ihnen vorbei donnerte, und kurz wehte eine leichte Brise aus Benzin- und Ölgeruch durch die Geschäfte. Das Dröhnen seines Motors hallte wie ein Echo durch die Straßenzüge, dann verließ Luca bereits die Stadt über die Porta San Marco, eines der vielen vollständig erhaltenen Stadttore der Stadt, welche die uralte Ziegelmauer der Stadtfestung unterbrachen. Im Nu befand er sich auf der zweispurigen Superstrada nach Florenz, beschleunigte auf hundertundfünfzig Stundenkilometer, ignorierte wie immer die Geschwindigkeitsbegrenzung von neunzig. Aber wer sollte ihn auch aufhalten? Er würde einfach seinen Dienstausweis ziehen, und die Sache wäre geregelt.

Der Wagen holperte monoton über die Teerschwellen der Autobahn, und er ließ lässig seinen Arm aus dem offenen Fenster hängen, während der Wind seine Locken zerzauste. Seine Gedanken waren eindeutig nicht auf den Mordfall gerichtet. Stattdessen spekulierte er über die Chancen, die sie mit dem Pferd hatten. Zilata Usa! Kein schlechtes Los! Jetzt musste Mandriani beweisen, wie viel strategisches Geschick er besaß, und da hatte Marchetti doch ein wenig Zweifel. Sein Freund kannte eine Menge Leute, aber er war neu als Capitano und verfügte vielleicht noch nicht über alle Kontakte, die er für diese Position brauchte. Genau hier würde Mandriani Unterstützung brauchen, politisches Kalkül, etwas, das Marchetti bereits in die Wiege gelegt worden war. Aber wie sollte er sich um die Contrada kümmern, wenn er durch einen Mordfall aufgehalten wurde? Hoffentlich konnte er die Angelegenheit schnell klären!
Nach einigen Minuten erreichte Luca die Ausfahrt von Monteriggioni, eine vollständig erhaltene Festung aus dem Mittelalter, die trutzig auf einem Hügel stand und den Weg nach Siena überwachte. In regelmäßigen Abständen erhoben sich die Wachtürme über die eindrucksvolle Festungsmauer aus weißem Gestein, und mit ein bisschen Fantasie konnte man sich noch die Ritter und Soldaten vorstellen, die hier einst gekämpft hatten.

Nach einer langen Kurve wurde Luca bereits von einem uniformierten Polizisten eingewiesen, der offensichtlich sein rotes Auto kannte und nur darauf gewartet hatte. Marchetti verzog erfreut die Mundwinkel. Balloni leistete wie immer gute Arbeit, hatte die Polizia Stradale bereits über ihn aufgeklärt. Umsichtig parkte Marchetti sein Auto neben einigen verdorrten Ginsterbüschen und stieg aus. Eilig kam Balloni auf ihn zu, sein abgegriffenes braunes Notizbuch aufgeschlagen in der Hand. Seine runde Brille mit silberner Fassung rutschte fast von seiner schmalen Nase, als er über das Gestell hinweg seinem Chef zunickte. Sein Blick blieb konsterniert an dem sommerlichen Aufzug des Commissarios kleben, sein ganzes Gesicht ein unausgesprochener Vorwurf.
Inspektor Balloni wirkte neben seinem Chef geradezu bescheiden. Klein, zierlich, mit abstehenden Ohren, die alles zu hören schienen, und einem spitzen Gesicht. Seine schwarzen, kurz geschnittenen Haare waren wie bei einem kleinen Jungen nach vorn gekämmt, und so sah er eher aus wie ein Lausbub – oder besser gesagt: wie ein sizilianischer Lausbub. Balloni war ein südländischer Typ, wirkte auf

den ersten Blick, als könnte er nicht bis drei zählen, aber seine blitzenden blauen Augen belehrten jeden eines Besseren. Sein Alter lag zwischen siebzehn und siebenundzwanzig und war einfach nicht zu schätzen. Laut Geburtsurkunde war er achtundzwanzig, falls diese nicht gefälscht war. Marchetti hatte ihn zu seinem Mitarbeiter ernannt, weil er dessen Arbeit schätzte. Balloni war gewissenhaft, fleißig und vor allen Dingen loyal. Durch ihn konnte sich Marchetti die eine oder andere Extravaganz erlauben. Allerdings schien mit seinen Sandalen eine gewisse Grenze überschritten worden zu sein.
Marchetti überging gekonnt die Reaktion seines Mitarbeiters und musterte abschätzend den Ort beziehungsweise die sandige Parkbucht, auf der ein normaler grüner Müllcontainer, mit eingedrückten Dellen und Schmutzflecken, flimmernd in der heißen Sonne stand. Die Straße war mit jungen Platanen gesäumt, die bereits die Blätter hängen ließen, ein Zeichen, dass es bereits länger nicht mehr geregnet hatte. Auf der anderen Straßenseite lagen hinter einem hohen geschmiedeten Zaun einige verlassene Fabrikhallen mit den typischen Zeichen von Vandalismus: eingeworfene Fenster, beschmierte Wände und zertrümmerte Türen. Auf den gekiesten Wegen wuchs bereits das Unkraut, und einige Fässer rosteten vor sich hin. Ansonsten war hier weit und breit nichts.

Freundlich begrüßte Marchetti erst einmal zwei Männer von der Polizei und tauschte Informationen über das bevorstehende Palio aus. Dann erinnerte er sich an seinen eigentlichen Auftrag und nickte Balloni zu. Eifrig redete sein Partner auf ihn ein: „Also, eine Hausfrau hat die Leiche vor etwa einer Stunde in dem Müllcontainer gefunden. Sie heißt …"
„Unwichtig!", wehrte Marchetti ungeduldig ab, denn ihm war klar, dass diese Frau sonst keine Informationen geben konnte. Er ging davon aus, dass die Polizei ein umfangreiches, nichtsdestotrotz nichts sagendes Protokoll abliefern würde. Im Moment hatte er keine Lust, sich mit einer vor Schreck hysterischen Hausfrau zu unterhalten. Das konnte er immer noch später oder in den nächsten Tagen oder …
„Weiter!" Er machte eine wedelnde Bewegung mit seiner Hand, als blätterte er in dem Notizbuch seines Assistenten.
„Sie hat sofort die Polizei verständigt, und die sind so gegen elf Uhr zwanzig hier eingetroffen. Sie haben erst die Spurensicherung verständigt. Das sind die zwei dort drüben!" Balloni deutete auf zwei Männer in weißen Overalls, die bereits eifrig am Boden knieten.

„Ah, sehr gut! Ist der Staatsanwalt schon unterwegs?" Ohne den Staatsanwalt konnte in einem Mordfall nicht ermittelt werden. Erst musste der Staatsanwalt sich ein Bild von dem Vorfall machen.
„Ja, er müsste gleich hier sein! Die Procura schickt Signore Brandesa."
Marchetti unterdrückte ein unwilliges Schnauben, als er an den eleganten Staatsanwalt dachte, den er für einen aalglatten Typen hielt. Andererseits waren alle Staatsanwälte, die er kannte, aalglatt. Das gehörte offensichtlich zu ihrem Image. Interessiert nickte er in Richtung der Mülltonne. „Habt ihr schon etwas gefunden?"
„Nein, wir wollten erst so viele Spuren wie möglich sichern, ehe wir etwas anrühren!"
„Meinst du, dass sie hier überhaupt welche finden werden?"
Balloni zuckte mit den Schultern. „Der Müllcontainer steht auf unbefestigtem Boden. Vielleicht finden wir noch Reifenspuren."
Stirnrunzelnd blickte Luca Marchetti auf den sandigen Boden. „Ziemlich viele Reifenabdrücke!"
„Stimmt!"
„Gibt es sonst noch etwas?"
Balloni nickte eifrig, als er wichtig in sein Notizbuch blickte. „Der Müll ist Dienstag geleert worden, also gestern, daher kann die Leiche noch nicht so lange dort deponiert worden sein. Wir nehmen auf jeden Fall Fingerabdrücke von den Griffen."
„Da werden Tausende sein! Ich glaube kaum, dass jemand seine Fingerabdrücke hier hinterlässt, wenn er eine Leiche verschwinden lässt."
Wieder zuckte Balloni nur mit den Schultern. Diese Dinge gehörten zur normalen Polizeiarbeit, sie auszuwählen oder auszuschließen war später Sache des Commissarios oder des Staatsanwalts.
„Haben sich irgendwelche Zeugen gemeldet?"
„Noch nicht, aber wir werden die Leute in der nächsten Ortschaft befragen."
„Gut!"
Ein weiteres Fahrzeug näherte sich, und langsam wurde es eng um den Tatort. Ein schneidig gekleideter, in seinem dunklen anthrazitfarbenen Anzug ziemlich arrogant wirkender Mann mit dunkler Sonnenbrille stieg aus und näherte sich Marchetti, blickte dann kurz indigniert auf seine schmalen schwarzen Schuhe, die nun leicht staubig wurden. „Was ist hier los?", fragte er ohne Umschweife, machte sich noch nicht einmal die Mühe, die Brille abzunehmen.

„Buongiorno!" Der Commissario schüttelte ihm höflich die Hand und erinnerte sein Gegenüber auf unangenehme Weise an gewisse gesellschaftliche Gepflogenheiten.
„Buongiorno!", wiederholte der Staatsanwalt eine Spur freundlicher und schob die Brille auf die perfekt geschnittenen, glatten, leicht mit Gel gestylten Haare.
Marchetti seufzte, als ihm davor graute, in diesem Fall mit dem Kerl zusammenarbeiten zu müssen.
„Ein Mann liegt hier tot in der Mülltonne. Sehr appetitlich!" Er wies undeutlich in Richtung des Fundortes.
Auch der Staatsanwalt wand sich sichtlich und schnaubte angewidert durch die Nase. „Haben Sie sonst schon irgendwelche Informationen?"
„Nein, wir sichern die Spuren und haben ansonsten auf ihre Ankunft gewartet. Können wir die Leiche jetzt bergen?"
Der Staatsanwalt trat unschlüssig näher. „Wenn die beiden von der Spurensicherung fertig sind …?"
„Ja, ja, hier gibt´s nicht viel! Wir nehmen nur noch einige Reifenabdrücke. Wenn Sie also ein wenig vorsichtig sind …"
„Ja, kein Problem! Wir sperren den Tatort noch eine Weile ab, damit ihr in Ruhe arbeiten könnt."
„Danke!"
„Soll ich den Leichenwagen rufen?", fragte Balloni eifrig und erntete einen eher spöttischen Blick seines Vorgesetzten.
„Na sicher!"
Die Polizisten winkten einige Fahrzeuge weiter, die extrem langsam an dem Tatort vorbeifuhren. Neugierige Augen hinter getönten Scheiben versuchten einen Blick zu erhaschen, was hier vorgefallen war. Schließlich traten zwei uniformierte Männer an den Müllcontainer heran und öffneten den Deckel. Sie bildeten einen merkwürdigen Kontrast zu dem sommerlich gekleideten Commissario. Schneidige graue Uniformhosen, steife dunkelblaue Hemden und schwarz polierte Stiefel. Sie schwitzten unter der unbequemen Kleidung und wischten sich den Schweiß von der Stirn. Professionell zogen sie sich Plastikhandschuhe über, dann beugten sie sich über den Container. Fliegen summten um sie herum, und ein penetranter Geruch stieg auf. „Uhh!", stöhnte Marchetti angeekelt und ging unbewusst einen Schritt zurück.
Die Leiche lehnte halb sitzend, in eine braune Decke eingewickelt, an der Wand, denn der Container war nicht lang genug gewesen,

um sie liegend aufzunehmen. Das war ein Glück, denn sonst wäre die Leiche wahrscheinlich nie gefunden worden. Die Hausfrauen hätten ihren Müll darüber geworfen, und sie wäre für alle Zeiten verschwunden gewesen. Umsichtig legten die Männer von der Spurensicherung eine graue Plane auf den Boden, damit die Leiche nicht in den Staub plumpste. Mit einem Ruck zog ein Polizist den Körper hoch, dann griff der andere nach den Beinen des Toten. Wenig rücksichtsvoll zogen sie die Leiche aus dem Container, bis sie schließlich auf die Plane fiel. Eine klaffende Wunde am Hinterkopf zeugte von der Todesursache. Die blonden Haare waren verklebt vom getrockneten Blut, und Schmeißfliegen flogen aufgeschreckt herum.
Vorsichtig schlugen die Männer die Decke auf, ob vielleicht noch andere Verletzungen zu sehen waren, aber ansonsten war die Leiche unversehrt. Ein Mann, vielleicht Mitte vierzig, kräftig gebaut, aber schlank. Erstaunlich war nur die Kleidung: eine offene Jeans, so als wollte der Mann gerade zur Toilette gehen, ein kariertes Baumwollhemd und schwarze Reitstiefel, für diese Jahreszeit sicherlich ungewöhnlich. Die Augen des Toten waren zum Glück geschlossen. Marchetti hasste es nämlich, in die erstarrten Augen von Toten zu blicken! Mit spitzen Fingern zog ein Polizist der Spurensicherung den schmalen Geldbeutel aus schwarzem Leder aus der hinteren Hosentasche des Toten. Vorsichtig öffnete der Mann den Geldbeutel und zeigte erstaunt auf die grünen Geldscheine, die deutlich zu sehen waren.
„Raubmord können wir ausschließen!", meinte Marchetti nüchtern. „Sonst noch etwas?"
Der Polizist blätterte durch den Geldbeutel, was mit den Plastikhandschuhen nicht ganz einfach war, dann zog er hinter einigen Kreditkarten einen Ausweis heraus.
„Wie praktisch", murmelte Luca Marchetti und nahm den Ausweis in die Hand. „Florian Bauer! Ein Deutscher!" Wie er es befürchtet hatte! Nur ein Tourist ließ sich während des Palios umbringen!

Er wischte sich mit dem Handrücken den Schweiß von der Nase und gab den Ausweis an den Staatsanwalt weiter. „Sehr merkwürdig", meinte dieser. In der Regel versuchte man die Identität einer Leiche zu verbergen und stattete sie nicht mit einem Ausweis aus. Mit einem Kopfschütteln gab er den Ausweis an Marchetti zurück. „Wir müssen das deutsche Konsulat in Rom verständigen, damit die Angehörigen benachrichtigt werden können."

Marchetti nickte nur und blickte sinnend auf den deutschen Ausweis. Diese kleine grüne Plastikkarte bedeutete eine Menge Ärger. Das konnte er förmlich riechen!
Der Staatsanwalt wandte sich an die umstehenden Männer: „Va bene! Die Leiche geht in die Gerichtsmedizin. Ich will Todesursache und Zeitpunkt des Todes. Ich will alle Zeugenaussagen der Anwohner, ob sie irgendetwas gehört oder gesehen haben. Sämtliche Informationen landen unverzüglich bei dem Commissario! Ist das klar?"
Ein kurzes Nicken antwortete ihm, und im gleichen Tonfall wandte er sich an Marchetti: „Sie sammeln die Informationen und halten mich auf dem Laufenden. Die Deutschen wollen sicherlich einige Antworten." Gemeinsam mit dem Commissario schlenderte er zurück zu seinem Auto. „Was sind Ihre nächsten Schritte?"
„Ich wollte die Hotels überprüfen lassen, vielleicht finde ich dort einen Hinweis", schlug Marchetti vor.
„Das ist naheliegend", stimmte der Staatsanwalt zu. „Und sonst?"
Marchetti hatte keine Ahnung. Die üblichen Methoden, wie Freunde und Bekanntenkreis abklopfen, eventuell Ehefrau oder Freundin befragen, den Arbeitgeber aufsuchen, waren hier nicht wirksam. Es würde schwierig werden, überhaupt irgendwelche Anhaltspunkte zu finden. Vielleicht ein Leihwagen? „Ich werde erst mal ermitteln, ob der Deutsche allein oder in Begleitung hier war und ob er beruflich oder privat unterwegs war. Vielleicht stoße ich dabei auf etwas Interessantes. Vielleicht liegt ja schon eine Vermisstenanzeige vor!"
„Gute Idee", murmelte der Staatsanwalt. „Halten Sie mich auf dem Laufenden!"
„Selbstverständlich, Dottore!", beruhigte Marchetti den Staatsanwalt.
Schweigend beobachteten die beiden die Arbeit der Polizei, dann gingen sie einige Schritte zur Seite, als der silberfarbene Leichenwagen vorfuhr.

Balloni eilte geschäftig herbei und wies den Fahrer in seinem grauen Anzug ein. Die Leiche wurde vorsichtig mitsamt der Decke in einen länglichen metallfarbenen Behälter gelegt und dann in die Ladezone des Autos geschoben. Gesprächsfetzen drangen zu Marchetti hinüber, Spekulationen, wie der Mann wohl ermordet worden war.
Der Staatsanwalt schaltete sich ein, gab dem Fahrer noch ein paar Anweisungen, dann wandte er sich wieder an Marchetti: „Der Gerichtsmediziner wird sich unverzüglich mit Ihnen in Verbindung set-

zen. Aber geben Sie mir auch Bescheid. Hier ist meine Handynummer!"
„Si, Dottore!", murmelte Marchetti und steckte die Visitenkarte des Staatsanwalts sorgsam in seinen eigenen ledernen Geldbeutel.
Signore Brandesa stieg zufrieden in sein Auto. Im Gegensatz zu Marchetti, der Staatsanwälte als lästiges Übel empfand, mochte Brandesa den Commissario, obwohl er sich Mühe gab, es sich nicht anmerken zu lassen. Aber Marchetti hatte auf seine unkonventionelle Art Erfolg, und das ließ auch ihn gut aussehen.
Marchetti verabschiedete sich förmlich und ging missmutig zu seinem Alfa Romeo. Balloni folgte ihm und hielt ihm die Tür auf. „So ein Mist!", schimpfte Marchetti. „Ausgerechnet ein Deutscher!" Er befürchtete weitere Komplikationen, die er im Moment überhaupt nicht brauchen konnte. Wie sollte er sich da um seine Contrada kümmern? Pietro Balloni erriet die Hintergedanken seines Chefs. Er selbst kam aus Grossetto und hatte wenig Einfühlungsvermögen für die Begeisterung der Seneser für ihr Palio. Kopfschüttelnd beobachtete er, wie eine ganze Stadt zweimal im Jahr dem kollektiven Wahnsinn verfiel. „Und jetzt?", fragte er höflich.
Marchetti drückte ihm den Ausweis des Toten in die Hand. „Hier, überprüf' die Meldungen der Hotels! Irgendwo muss er ja schließlich gewohnt haben. Ah, ja! Ruf das Konsulat an und check die Vermisstenanzeigen! Ich muss schnell noch etwas anderes erledigen", meinte Marchetti.

Balloni seufzte innerlich und verdrehte empört die Augen. So, wie er das sah, würde er den Fall alleine lösen müssen! Zumindest bis der Palio vorbei war. Energisch schob er seine Brille zurück, als er dem Auto nachsah, das in einer Staubwolke Richtung Siena verschwand. Er beklagte sich nie, denn insgeheim genoss er die Verantwortung, die Luca Marchetti ihm überließ! Sie waren ein Team, gleichberechtigte Partner, und Marchetti gab ihm nie das Gefühl, dass er der Vorgesetzte war. Er lächelte in sich hinein, denn die nächsten drei Tage wäre er der Vorgesetzte, erst dann würde sein Partner wieder ansprechbar sein! Seine Aufgabe war es nun, dass Dottore di Sabato, Leiter der Questura, nicht mitbekam, wie Luca etwas ganz anderes im Kopf hatte, obwohl er es sicherlich ahnen würde. Die meisten Mitarbeiter kamen zum Glück aus anderen Gegenden, sonst wäre die Mordabteilung in Siena über Wochen hinweg nicht einsatzfähig. Dottore di Sabato sah über diese Unzulänglichkeiten bei Luca Marchetti großzügig hinweg, denn es hatte auch Vorteile, einen Angehörigen einer Contrada im Team zu haben. Das verkürzte Behördengänge, machte Informationen zugänglich, die sonst überhaupt nicht zu ermitteln wären. Siena war eine geschlossene, in sich verschworene Stadt. Das hatte auch ein Ermittler aus Mailand feststellen müssen, der gegen Siena wegen Bestechung im Fußball ermittelt hatte. Gerüchten zufolge hatte eine Menge Geld den Besitzer gewechselt, damit der Fußballclub von Siena weiterhin in der Serie A spielte. Selbstverständlich konnte niemandem etwas nachgewiesen werden, und der Ermittler war unverrichteter Dinge abgezogen. Ganz Siena hatte darüber gelacht: In einer Stadt, in der seit Jahrhunderten das „Arrangiare" beim Palio fester Bestandteil der Kultur war und in der Geheimabsprachen mit zum Spiel gehörten, war Bestechung eine hohe Kunst und kein Verbrechen. Niemand hätte sich gewundert, wenn tatsächlich bestochen worden wäre, alle hätten nur gestaunt, wenn sich jemand dabei erwischen ließ! So hatte die Stadt einen Triumph mehr, und der AC Siena war in der Serie A geblieben.

Luca Marchetti parkte seinen knatternden Alfa Romeo wieder vor dem Dom und bemerkte nebenbei, dass der Auspuff erneuert gehörte. Das war der Nachteil mit diesem Oldtimer: Die Reparaturen kosteten ihn ein Vermögen. Aber dieser Wagen hatte Klasse und passte zu dem Image des Junggesellen, das er eifersüchtig hegte. Immer wenn eine Beziehung zu eng wurde, die Angebetete plötzlich nach Namen für die zukünftigen gemeinsamen Kinder suchte, suchte er stattdessen das Weite. Eine Scheidung und ein sechzehnjähriger Sohn reichten ihm.

Warum wollten alle Frauen immer gleich heiraten? Mit seinen achtunddreißig Jahren fühlte er sich zu jung für diese Verpflichtung. Noch einmal wollte er sich nicht an die Kette legen lassen. Er hatte eine gute Beziehung zu seinem Sohn, eine eher schlechte zu seiner Exfrau, zahlte pünktlich den Unterhalt für die beiden, und das war genug. Nur ungern erinnerte er sich an ihr ständiges Nörgeln, an die ewigen Forderungen ihrer Eltern. „Unsere Tochter hat etwas Besseres verdient! Warum arbeitest du nicht bei deinem Vater in der Bank? Nie bist du zuhause! Polizist ist doch kein anständiger Beruf." Nun, jetzt hatte seine Exfrau etwas Besseres. Nämlich nichts! Vielleicht war sein Beruf wirklich nichts für eine Ehefrau? Mag sein! Aber er liebte seine Arbeit und wollte sich nicht noch einmal von einem nörgelnden Weib oder ehrgeizigen Schwiegereltern einengen lassen.

Im Dauerlauf erreichte er die Questura und nickte dem Polizisten, der an dem winzigen verglasten Empfangsschalter über einigen Überwachungsmonitoren schwitzte, freundlich zu. Dann öffnete er die mit Glas eingefasste Tür zum Treppenhaus und hechtete in den ersten Stock. Die Wände der Flure waren in freundlichem Gelb gestrichen, und die Räumlichkeiten der Büros waren zweckmäßig und modern eingerichtet. Helle Schreibtische, ergonomische Drehstühle, silberne Aluminiumregale dominierten die Ausstattung. Sein Büro dagegen war ein einziges Sammelsurium aus Papier und Aktenbergen. Die meiste Zeit verbrachte er hier und wühlte sich durch Stöße von Papier, so war er über die Abwechslung im Moment eigentlich ganz froh. Nachlässig machte er einige Notizen, überhörte dabei geflissentlich das Telefon, das gleichmäßig vor sich hin summte, dann war er wieder auf dem Weg nach draußen.
„Dottore Marchetti!", hörte er die sonore, aber bestimmte Stimme seines Vorgesetzten. Eine freundliche Erscheinung mit sanften braunen Augen, dunkelbraunen Haaren, einer hohen Stirn und stets im gepflegten hellen Anzug.
Marchetti zuckte merklich zusammen, dann drehte er sich langsam um. „Si?"
„Haben Sie das Telefon nicht gehört?"
Uh! Sein Chef liebte es überhaupt nicht, wenn er den Gang entlanglaufen musste, um nach seinen Mitarbeitern zu sehen. „Äh, doch, aber …!", versuchte sich Marchetti herauszureden.
„Gibt es schon Neuigkeiten über den Toten?"
„Ah, aber ja!" Marchettis Brust schwoll an vor Stolz, als er die ersten Ermittlungsergebnisse aufzählte: „Ein Deutscher! Den Namen und dieAdresse haben wir auch schon. Florian Bauer!"
Angenehm überrascht blinzelte der Dottore. „Das ging aber schnell! Haben Sie schon das deutsche Konsulat verständigt?"
„Äh, ja", stotterte Luca verlegen, „das wollte ich gerade tun!"
„Gut! Was sind Ihre nächsten Schritte?", fragte der vollendete Gentleman und stemmte dabei geschäftig die Hände in die Hüften.
„Nun, wir ermitteln erst mal den Aufenthaltsort. Die Hotels oder so. Wir gehen nicht davon aus, dass der Fundort der Leiche auch der Tatort ist. Vielleicht finden wir in dem Hotel einen Hinweis. Die Leiche ist auf dem Weg zur Gerichtsmedizin, um den genauen Todeszeitpunkt festzustellen."
„Sehr gut! Sie halten mich bitte auf dem Laufenden", mahnte der Dottore freundlich. Seine Stirn legte sich in einige besorgte Falten,

als Marchetti verdächtig eilig durch die beige gestrichene Tür verschwand.
Marchetti blinzelte, als das gleißende Sonnenlicht ihn blendete, dann sauste er im Dauerlauf zu dem Treffpunkt seiner Contrada. Die Questura lag direkt zu Füßen des riesigen Doms, der auf dem höchsten Hügel die Stadt überragte. Er war aus schwarzem und weißem Marmor gebaut und erinnerte Marchetti an einen Sträfling in seiner Gefängniskluft, wie in einem Dick-und-Doof-Film, mit Stan Laurel und Oliver Hardy. Aber wahrscheinlich kam ihm dieser Vergleich nur, weil er Polizist war!
Der Stadtteil von Aquila grenzte direkt an den Dom; so musste Marchetti nur eine Seitenstraße entlang sausen, und schon war er inmitten des Geschehens. Eine der wenigen Arbeitsmöglichkeiten, in denen Arbeit und Freizeit dicht nebeneinander lagen. Die Costa Larga, die kurze steile Straße, die an dem Stall vorbeiführte und in der man bereits nach wenigen Metern ins Schnaufen geriet, als wollte man einen Gipfel erstürmen, war bereits mit Ketten für den Verkehr gesperrt worden. Eifrige junge Männer schützten das Pferd nun vor eventuellen Übergriffen, hielten abwechselnd Wache, stolz auf diese ehrenvolle Aufgabe. Schon öfter war es vorgekommen, dass ein Pferd von der verfeindeten Contrada verletzt oder vergiftet worden war. Und das Tückische daran war, dass der Feind meist nebenan hauste, sonst wäre die oft schon seit Jahrzehnten andauernde Feindschaft überhaupt nicht entstanden!

Der Staatsfeind von Aquila war Pantera, der Panther, dessen Gebiet gleich hinter dem Brunnen von Aquila begann, ein ständiger Ort des Konfliktes. Jetzt hatten sich an der unsichtbaren Grenze dieser beiden Stadtviertel einige Jugendliche versammelt, die mit erhobenen Fäusten den Feind herausforderten:
„E abbasso stallo riggi
san quircio e due porte
sono tutte gatte morte
sono tutte gatte morte
fanno schifo alla citta!"

Frei übersetzt hieß das ungefähr:
„Hinter den Straßen ‚Stalloriggi' und ‚San Quirco' und dem Platz ‚Due Ponte', da sind die toten Katzen und verpesten mit ihrem Gestank die ganze Stadt!"

In vorderster Linie brüllte ein vierschrötiger junger Mann mit knallrotem Kopf, der kaum noch zu bändigen war: Mirco – allen als Dampfhammer bekannt. Die Wand aus gelben Poloshirts, Statussymbole der Contradaioli, und gelben Fazzolettis, die wie Fahnen in die Schlacht getragen wurden, wog in Hetzattacken vor und zurück. Auf der anderen Seite marschierten ebenfalls Jugendliche auf, jederzeit bereit, eine Invasion ihres Gebiets zu verhindern. Unauffällig standen plötzlich auch einige Mannschaftswagen der Polizia Municipale in der Nähe. Polizisten, mit Schlagstöcken bewaffnet, quollen daraus hervor und stellten sich wachsam, aber ohne einzuschreiten, in der Nähe auf. Giovanni Mandriani fühlte sich als Capitano von Aquila genötigt einzuschreiten. Mit beruhigenden Worten redete er auf die erregten jungen Männer ein: „Was wollt ihr denn von diesen Beckamorti, diesen Totengräbern? Sie nehmen doch am Rennen überhaupt nicht teil! Jetzt beruhigt euch mal wieder. Wir haben jetzt andere Aufgaben. Diese Miezekatzen sind das doch überhaupt nicht wert."
Sogleich nahmen mehrere Männer Mirco an den Schultern und zogen ihn wieder auf den Platz mit dem Brunnen zurück. Hier wurden im Herbst die neuen Mitglieder der Gemeinschaft getauft und damit in einer feierlichen Zeremonie in der Contrada aufgenommen. Ein Adler, Namenssymbol der Contrada, schmückte den Brunnen, und die Touristen schöpften daraus kostenlos das Wasser in ihre Plastikflaschen, nicht ahnend, welch heilige Handlung hier sonst durchgeführt wurde.

Luca Marchetti gesellte sich dazu und gestikulierte lebhaft mit dem Capitano und dessen zwei Stellvertretern.
„Habt ihr schon einen Fantino?"
Giovanni Mandriani zuckte mit den Schultern, als ahnte er bereits, dass sein Freund von ihrer Wahl wenig begeistert sein würde. „Ja, Minisini!"
Luca Marchetti schnaubte empört durch die Nase: „Der! Das ist ein Idiot! Der kann sich ja nicht mal auf dem Rücken von dem Pferd halten."
Mauro und Paolo nahmen ihren Capitano sofort in Schutz: „Minisini hat bereits zwei Palios gewonnen! So schlecht ist er nicht! Und Zilata Usa ist ein gutes Pferd!"
„Ja, aber warum nicht Massimo oder Bruscelli?", brachte Marchetti die beiden erfolgreichsten Jockeys ins Spiel.

„Weißt du eigentlich, wie viel die kosten? Das können wir uns überhaupt nicht leisten."
„Wir werden nie gewinnen, wenn wir keinen guten Fantino einkaufen können!", bemerkte Marchetti gereizt. Der letzte Sieg lag nun fünfzehn Jahre zurück, und langsam wurde es knapp. Es fehlten nur noch drei Contraden, dann wäre Aquila die „Nonna" des Palios. Die Großmutter aller siebzehn Contraden, die schon am längsten nicht mehr gewonnen hatte. Den ungeliebten Rekord hielt „Torre": Vierundvierzig Jahre ohne Sieg! Eine unglaublich lange Zeit! Aber auch fünfzehn Jahre waren beileibe zu lang! Wie sehr würde „Pantera" lachen, wenn sie wieder nicht gewannen.
Es war abzusehen, dass „Pantera" irgendetwas unternehmen würde, damit Aquila auch dieses Mal nicht den Sieg davontrug!
„Wir brauchen Verbündete! Drago läuft nicht, also müssen wir sehen, dass uns jemand anderer hilft", meinte Mandriani sachlich. Drago, die Contrada mit dem grünen Drachen auf der Fahne, war ihr engster Verbündeter. Doch ein Freund, der nicht am Start war, konnte auch nicht helfen. Er konnte nicht den Start verzögern, den Feind blocken, vielleicht die anderen Pferde in die Zange nehmen, damit der andere einen Vorteil hatte.
„Hm, vielleicht Torre?", schlug Paolo vor.
„Torre hat seit vierundvierzig Jahren nicht mehr gewonnen. Die unterstützen niemanden! Torre will selbst siegen!"
Marchetti lächelte spöttisch. „Solange Torre eine Frau als Capitano hat, werden sie nie gewinnen!"
Alle lachten verhalten, dachten eher spöttisch an die Contrada mit dem Zeichen des Elefanten auf dem scharlachroten Tuch. Aber es war ein bitteres Lachen, denn allzu schnell konnte es ihnen ebenso gehen. Jahre der Hoffnung, ohne die Chance zu siegen. Dann überlegten sie weiter.
„Wir könnten mit Civetta und Tartuca verhandeln. Die beiden haben keine guten Pferde gezogen."
„Stimmt! Vai Go ist eine Krücke! Ich verstehe überhaupt nicht, warum diese Schindmähre zugelassen wurde", meinte Marchetti geringschätzig. Selbstverständlich war das eine reine Loyalitätsbekundung gegenüber seiner Contrada, keine fachliche Meinung über die tatsächlichen Qualitäten des anderen Pferdes.
„Nun, dann kannst du dich ja um Tartuca kümmern. Rede du mit dem Capitano, ob er bereit wäre uns zu helfen!" Marchetti legte den Kopf schief und rechnete sich seine Chancen aus. Tartuca, die Schild-

kröte, war tatsächlich ein williger Verhandlungspartner, wenn die in Aussicht gestellte Summe stimmte. „Welche Summe habe ich zur Verfügung?“

Eine undeutliche Handbewegung war die einzige Antwort, aber Marchetti hatte auch so verstanden: So wenig wie möglich, aber mit der größten Aussicht auf Erfolg.

„Ich rede mit dem Capitano! Ich kenne Carlo Arezzini recht gut. Außerdem haben sie erst letztes Jahr gewonnen und brauchen vielleicht Geld!“ So erstaunlich das klang, aber es war eine einfache Tatsache. Ein Sieg kostete eine Contrada ein Vermögen! Manche mussten sogar Darlehen aufnehmen, um die teure Siegesfeier bezahlen zu können. Der Palio lief nach anderen Regeln ab als ein normales Pferderennen!

„Gut! Und ich besuche den Capitano von Civetta“, bot Mandriani zufrieden an.

Hmh! Civetta, die Eule, galt als Verbündeter von Aquila, ebenso wie Drago, aber Luca Marchetti bezweifelte, dass ihnen von dieser Seite geholfen wurde. „Ich glaube nicht, dass Civetta uns unterstützen wird.“

„Warum nicht? Sie sind unsere Verbündeten!“

„Ja schon, aber sie haben seit 1979 nicht mehr gewonnen! Wenn Civetta nicht aufpasst, dann sind sie bald die Nonna des Palios und tragen den schwarzen Schleier.“

„Aber sie haben kein gutes Pferd!“, widersprach der Capitano.

„Na gut, versuch es ruhig! Vielleicht ziehen sie im nächsten Palio ein besseres Pferd und suchen dann wiederum unsere Unterstützung!“ Wieso sollte Civetta auf Sieg setzen, wenn sie ohnehin keine Chance hatten! Es wäre tatsächlich vernünftiger, sich die Gunst und das Wohlwollen seiner Freunde zu sichern für den Fall, dass sie im nächsten Jahr mehr Glück bei der Auslosung der Pferde hatten.

Verschwörerisch steckten die Männer die Köpfe zusammen und gingen den ausgesprochen engen und dunklen Weg entlang. Die Gasse wirkte eher wie eine überlange Toreinfahrt und führte von der Piazza di Postierla mit dem Brunnen zum „Rostro“, dem Adlernest. Hier war der Treffpunkt von Aquila, ein kleines denkmalgeschütztes Gebäude mit bröckeliger Fassade, an der Efeu emporrankte. Im ersten Stock befand sich ein baufälliger Balkon mit geschmiedeter Brüstung, der an Romeo und Julia erinnerte. Der Treffpunkt war in einem Hinterhof gelegen, an einer Seite abgeschirmt von einigen hohen Steineichen, auf der anderen Seite umgeben von geschmackvoll renovierten Häusern. Einige lange Reihen mit Biertischen und Bänken waren bereits aufgestellt worden, um am Abend die Menschen bewirten zu können. Diese Essen fanden in allen Contraden statt, selbstverständlich vor dem Palio, aber auch zu anderen Gelegenheiten. Der Zusammenhalt der Gemeinschaft war wichtig, und so fanden immer wieder Aktionen statt, die diese Solidarität förderten. Die Abendessen waren eine wichtige finanzielle Einnahmequelle, um das Geld für den Fantino oder andere Ausgaben aufzutreiben. Mehrmals im Jahr gab es kulinarische Wochen, aber vor dem Palio war die Teilnahme an diesen Essen sozusagen Pflicht, eine Art Solidaritätsbekundung! Für die Touristen war der Palio vielleicht nur drei Minuten lang, aber für Siena galt der Palio das ganze Jahr.

Die Männer betraten nacheinander das Gebäude, das gerade erst renoviert worden war und noch nach frischer Farbe roch. Auf elegante Weise waren die wurmstichigen Balken getüncht und das alte Flair mit moderner Architektur ergänzt worden: Große Fenster mit Rahmen aus schwarzem Aluminium und eine Treppe mit modernem Drahtgeländer. Prunkstück im Erdgeschoss war eine großzügig bestückte Bar, im Obergeschoss waren die vorsintflutlichen Toiletten so erneuert worden, dass sich nun selbst Damen nicht mehr wie früher auf den völlig verdreckten Plumpsklos genieren mussten. Am silbernen Drahtgeländer der offenen Galerie hing ein riesiger rosa Stoffpanter am Galgen, als permanente sichtbare Herausforderung an den Feind. Im Keller gab es eine riesige Küche, in der die Abendessen für die Angehörigen der Contrada gekocht wurden. An den gelb gestrichenen Wänden im Erdgeschoss hingen Fotos von dem Ruhm vergangener Jahre, jetzt mit deutlichen Fettspuren am Glas, die von den Gerüchen stammten, die regelmäßig aus der Küche aufstiegen.
Ins Gespräch vertieft stellten sich die Männer an den Tresen der Bar, die im Sommer auch gerne draußen aufgebaut wurde. Paolo zapfte für alle das Bier, und eindringlich redete der Capitano auf einige andere Männer ein. Im Hof tobten kreischend Kinder aller Altersstufen herum, spielten den Palio der Kinder, während ihre Mütter ein neugeborenes Baby bewunderten. Manchmal verirrten sich Touristen in den Hof, hielten den Treff für ein billiges Restaurant und wollten sich auf die einladenden Bänke setzen. Dann sprangen einige der Jugendlichen Hände wedelnd auf und scheuchten die verdatterten Störenfriede davon. „No tourists, no tourists!“, machten sie ihnen unmissverständlich klar.

Der Capitano wurde über sein Handy zu einem Einsatz gerufen und verabschiedete sich hastig. „Eine Untersuchung im Krankenhaus! Wahrscheinlich dein Mordfall", grummelte er unwillig und blinzelte Marchetti vertraulich zu. „Dann ruf mich an, wenn du etwas weißt."
Marchetti lächelte zurück, wusste natürlich, was den Capitano erwarten würde. „Du weißt doch! Der tote Deutsche in dem Container!" Es war durchaus positiv für seine Ermittlungen, wenn ausgerechnet der Gerichtsmediziner sein Freund war.
Luca Marchetti merkte, dass es im Moment nichts zu tun gab, und schlenderte zurück zur Questura. Den Capitano von Tartuca konnte er auch noch am Abend treffen – oder später am Campo, wenn die Pferde ihren ersten Probelauf machten.
So etwas musste geschickt eingefädelt werden, beiläufig und unauffällig.

In seinem Büro wartete bereits Pietro Balloni auf ihn, der ihn vorwurfsvoll über seine Brille hinweg anblinzelte. Marchetti ignorierte den deutlichen Vorwurf und schenkte sich erst einmal ein Mineralwasser ein. „Und?"
Balloni schnaubte ärgerlich, dann berichtete er: „Die deutsche Botschaft weiß Bescheid! Sie setzt sich mit uns in Verbindung, auch wegen der Überführung nach Deutschland und so ...!"
„Das wird noch eine Weile dauern, bis wir vom Staatsanwalt die Genehmigung haben. Schließlich handelt es sich hierbei um Mord."
Balloni nickte nur, dann fuhr er fort: „Die Polizei ermittelt den Aufenthaltsort. Sobald sie etwas wissen, rufen sie uns an."
„Na, wunderbar! Dann werfe ich jetzt einen Blick auf die letzten Berichte, und anschließend mache ich Feierabend."
„Schön, dann fahre ich ins Krankenhaus und schaue, was die Obduktion ergibt."
Marchetti grinste überheblich. „Das brauchst du nicht! Giovanni Mandriani ist der Gerichtsmediziner. Er wird mich sofort anrufen, wenn er etwas weiß."
„Ist er nicht der Capitano von Aquila?"
„Ja!", bestätigte Marchetti mit einem Augenzwinkern.
„Und wieso ruft er dich an, wenn er noch nicht einmal weiß, ob du für den Fall zuständig bist?"
„Na, aus Gewohnheit! Ich will immer alles wissen! Aber er war dabei, als du mich angerufen hast. Er ist gerade unterwegs zum Krankenhaus!"

Pietro Balloni verdrehte zum hundertsten Male die Augen. In Siena gab es zwei Strukturen: die offizielle und die inoffizielle! Die inoffizielle war bei weitem schneller!
Also vertiefte er sich wieder in den Bericht eines Einbruchs, der in den letzten Tagen stattgefunden hatte – und der, wie die anderen auch, zu dem Stapel mit den ungeklärten Fällen hinüber wandern würde. Ausländische Banden kamen per Schiff an Land, versteckten sich einige Tage in den dichten Wäldern um Siena, raubten einige Häuser aus und verschwanden dann auf Nimmerwiedersehen. Manchmal gelang es den Carabinieri, eine Bande zu schnappen, aber das gestohlene Gut war und blieb in der Regel verschwunden. Siena unternahm alle Anstrengungen, um dieser Diebesbanden Herr zu werden, denn sie fürchteten Umsatzverluste, wenn die Touristen ausblieben. Immer wieder stießen ahnungslose Wanderer auf Carabinieri oder sogar Soldaten, die sich in der Wildnis auf die Lauer legten, um die Banden zu schnappen. Oft war monatelang Ruhe, und dann schwappte wieder eine Einbruchswelle über die Stadt. Die Seneser kochten vor Wut, denn sie waren stolz auf ihre Stadt und darauf, dass Siena trotzdem zu den sichersten Städten in Europa gehört.

Die erste Probe

Am frühen Nachmittag kam der ersehnte Anruf: Die Polizei hatte den Aufenthaltsort des Ermordeten ermittelt. Der Deutsche war tatsächlich ordnungsgemäß im Hotel „Garden" gemeldet gewesen.
„Hotel Garden?", krächzte Marchetti nervös.
„Si, si!", bestätigte die Stimme eifrig.
„Oh dio!" Marchetti wusste plötzlich rasiermesserscharf, dass es Ärger geben würde! Das Hotel gehörte Lisa Bari, eine der prominentesten Familien in Siena. Marchetti bekam Magenschmerzen, als er daran dachte, dass er nun in ihrem Hotel ermitteln musste. Wie sollte er nur den Skandal von ihr fernhalten? Die Presse, das Gerede, die Touristen? Alles war plötzlich sehr peinlich! Hätte dieser Idiot sich nicht ein anderes Hotel aussuchen können? Jetzt war Diplomatie gefragt! „Lass uns gehen!", befahl er wenig begeistert.

Dieses Mal ließ er sich von einem uniformierten Polizisten in seinem Dienstfahrzeug durch die Stadt kutschieren, wie es einem Commissario eigentlich zustand. Dass er manchmal alleine fuhr, war reine Extravaganz und wurde von seinem Chef nicht gerne gesehen. Sie fuhren an dem alten Stadttor, der Porta Camollia, vorbei, und gelangten in den Stadtteil von „Istriche", dem Stachelschwein.
Das Hotel „Garden" war ein alter herrschaftlicher Palast aus dem siebzehnten Jahrhundert, umgeben von einer mannshohen Mauer aus Natursteinen und mitten in einem wunderschönen Park gelegen. Jahrhunderte alte Steineichen säumten den Weg hoch zu dem Hotel. Mehrere weitere, ausgedehnte Gebäude ergänzten das Anwesen, mit großen modernen Zimmern und in der Nähe des gut gepflegten Pools.
Das Haupthaus beherbergte allein 25 Zimmer, und in ihm befanden sich ebenfalls die Rezeption, eine Bar und das Restaurant. Nicht nur Hotelgäste dinierten hier, sondern das Restaurant wurde häufig für große Familienfeiern gebucht. Regelmäßig versammelte sich hier der Fußballclub vor einem Spiel, denn Lisa Bari galt als „Mama" sowohl des AC Siena als auch der Basketballmannschaft.
Von der mit wildem Wein überrankten großzügigen Terrasse des Hotels Garden hatte man einen herrlichen Blick über Siena, und Luca Marchetti nutzte die romantische Stimmung regelmäßig, um der einen oder anderen Schönheit zu imponieren.

Balloni parkte direkt vor dem Eingang, und Marchetti gab in kurzen Worten einige Verhaltensregeln: „Ganz unauffällig! Lass mich nur machen!"
Balloni schürzte überrascht die Lippen: Diese Taktik war ihm bei seinem Vorgesetzten neu! Sonst ließ er den Commissario ganz gern heraushängen!
Harmlos, als wären sie Touristen auf der Suche nach einem Hotel, betraten sie die ehrwürdigen Hallen. Die gewölbten Stuckdecken waren mit Putten bemalt und kunstvoll restauriert worden. Das Hotel befand sich seit Jahrzehnten in Familienbesitz, seitdem Signore Bari den Palast einem verarmten Grafen abgekauft hatte. Jetzt hatte seine Tochter Lisa den Besitz übernommen, aber noch immer standen die Angestellten stramm, wenn der alte Herr mit Grandessa durch die Hallen schritt.
Alberto, der Geschäftsführer des Hotels, begrüßte Marchetti überschwänglich, wusste er doch, dass der Commissario ein Freund von Lisa war. „Ah, Dottore! Kommen Sie auf einen Café vorbei?" Er stand hinter der Rezeption aus dunkel gebeiztem Holz, dahinter eine rustikale Regalwand, in der die Fächer samt Haken für die Schlüssel der Gäste untergebracht waren. Alles wirkte edel und gediegen, passte zu dem herrschaftlichen Ambiente.
„Ma si!" Marchetti lächelte freundlich, dann sah er sich unauffällig um, ob jemand in der Nähe war. Seine Stimme wurde vertraulich: „Kann ich dich mal privat sprechen? Ich habe ein kleines Problem!"
Alberto wurde blass, denn er erkannte sofort, dass Marchetti dienstlich hier war. Jovial führte er die beiden in sein Büro, froh darum, dass Marchetti den Schein wahrte. Ein schwerer Schreibtisch aus poliertem Mahagoni stand in der Mitte des hellen Raumes, penibel aufgeräumt, mit einem Bild der Ehefrau und des Sohnes auf der rechten Seite. Alberto schloss die Tür und fragte nervös: „Was kann ich für Sie tun?"
„Ein Mord!", erklärte Marchetti unumwunden. „Unsere Untersuchungen haben ergeben, dass der Mann hier gemeldet war. Vielleicht können Sie uns dabei helfen?"
Auch Marchetti ging zu einem formellen Sie über, obwohl er Alberto durchaus duzte, wenn er privat hier war.
Auf Albertos Stirn bildete sich der Schweiß. Oh dio! Welch ein Skandal! Er sah bereits die Presse, die Polizei und verschreckte Hotelgäste, die Hals über Kopf abreisten. In seinem Kopf drehten sich Zahlen über den möglichen Verlust, nicht gerechnet der Image-Schaden!

„Ein Mord?“, wiederholte er völlig überflüssig.
„Ja, Florian Bauer aus Deutschland! Haben Sie Informationen über ihn?“
„Ich werde sofort im Computer nachsehen! Wollen Sie mitkommen?“
„Gerne!“, meinte Marchetti mit einem Nicken.
Sichtlich nervös führte Alberto die beiden in die Rezeption zurück und tippte den Namen des Gesuchten in das Keyboard des Hotelcomputers ein. Er runzelte konzentriert die Stirn, als er aufmerksam die Daten las, die auf dem Flachbildschirm erschienen. Ein erleichtertes Lächeln lief über sein Gesicht, und es war deutlich zu sehen, dass ihm ein dicker Stein vom Herzen fiel. „Er ist abgereist!“, meinte er triumphierend. Balloni kicherte belustigt. „Abgereist!“, das war allerdings eine nette Umschreibung für einen Mord.
Alberto wischte sich den Schweiß von der Stirn, als die roten Zahlen in seinem Kopf sich wieder beruhigten. Er wurde sofort wieder geschäftsmäßig, höflich und sachlich. „Ja, er war hier nur für eine Nacht, dann ist er abgereist!“
„So, wann war das?“
„Sonntag!“
Jetzt war Mittwoch! Luca Marchetti sah sofort ein Problem. Energisch zückte er sein Handy und rief die Polizeizentrale an: „Ciao, sono Luca! Hört mal, der Aufenthaltsort von diesem Deutschen ist falsch. Entweder, ihr habt nicht richtig ermittelt, oder er war irgendwo ohne Meldung untergekommen. Prüft das bitte sofort nach!“
Luca Marchetti nagte nervös an seinen Lippen, denn sie verloren unnötig Zeit. In der Regel wurde ein Mord in den ersten achtundvierzig Stunden aufgeklärt, oder es wurde zäh.
Höflich wandte er sich wieder an Alberto: „Wer kommt denn nur für eine Nacht nach Siena?“
Alberto überprüfte die Meldungen und legte die Stirn in Falten. „Stimmt, er hatte für eine Woche gebucht!“
„Wieso ist er dann abgereist?“
Alberto blätterte in einem Stoß von Papier, dann riss er erstaunt die Augen auf. „Ah, ja! Signore Bauer gehört eigentlich zu einer Delegation von deutschen Politikern, die hier mit einer italienischen Abordnung über irgendwelche EU-Rechte verhandeln!“
„Politiker?“, Marchetti wurde sofort misstrauisch.
„Ja, er war über diese Delegation bei uns gemeldet! Aber dann ist er abgereist!“

„Warum?"
Alberto zuckte mit den Schultern. „Vielleicht wollte er nach Deutschland zurück? Woher soll ich das wissen?"
Marchettis Stimme wurde leise: „Dann kann er ja kaum hier am Mittwochmittag ermordet in einer Mülltonne gefunden werden!"
„Stimmt! Außerdem habe ich ihn noch ein, zwei Male bei diesen Verhandlungen gesehen", erinnerte sich Alberto.
„Wann haben Sie ihn das letzte Mal gesehen?"
„Vielleicht Montag oder Dienstag! Ich weiß nicht mehr genau."
„Was ist mit heute früh?", klopfte Marchetti die Erinnerung des Geschäftsführers ab.
„Nein, da haben die Leute einen Ausflug gemacht. Aber dieser Signore Bauer war sicherlich nicht dabei!"
„Sie wissen nicht, wohin er von hier aus gegangen ist?"
„Nein!"
Marchetti wurde ungeduldig, obwohl er wusste, dass Alberto die Wahrheit sagte. „Okay, ich brauche die Namen der anderen Deutschen. Ich will mit jedem einzelnen sprechen!"
„Oh dio!", Alberto schwirrte schon wieder der Kopf.
„Keine Sorge! Ganz unauffällig! Wann reisen die anderen Politiker ab?"
Wieder schaute Alberto in den Computer. „Nach dem Palio! Am Sonntag!"
„Nach dem Palio! Na, das sind doch wirklich schöne Verhandlungen! Politiker haben vielleicht ein tolles Leben!", flötete Marchetti zynisch. „Wann kann ich diese Politiker am besten antreffen?"
„Sie essen heute Abend hier!"
Marchetti sah keine andere Möglichkeit, als am Abend zurückzukehren. Sein siebter Sinn sagte ihm, dass hier etwas nicht stimmte, und er musste schnell reagieren, sonst wären alle Spuren verwischt.
„Allora!", meinte er resigniert. „Ich komme später wieder und informiere die Herrschaften über den Tod ihres Kollegen. Gibt es dafür vielleicht einen separaten Raum?"
„Ich werde es arrangieren!", bot Alberto sofort an. Alles, was für irgendwelchen Trubel sorgte, musste unbedingt vermieden werden.
„Gut!", verabschiedete sich Marchetti. Mit einem Nicken wies er Balloni an, ihm zu folgen.

Schweigend saßen sie im Auto und Marchetti dachte nach. Wieso hatte der Politiker das Hotel gewechselt? Und wer hatte einen Grund

einen unbekannten Tedesco, einen Deutschen, zu ermorden? Das war alles sehr ungewöhnlich!
„Und jetzt?“, wagte Balloni zu fragen.
„Wir brauchen unbedingt den Aufenthaltsort! Wieso ist dieser Kerl nicht mit den anderen Deutschen in dem Hotel geblieben?“
„Vielleicht wollte er seine Ruhe!“, meinte Balloni sarkastisch.
„Sehr ruhig!“, stimmte Marchetti zu. „Ruhiger als auf einem Friedhof gibt es nicht!“
Sie hatten die Questura fast erreicht, als das Handy erneut klingelte.
„Pronto!“
Es war der Capitano, nun in seiner Eigenschaft als Gerichtsmediziner. „Also, ich habe das Ergebnis von der Obduktion! Interessiert dich das noch?“
„Aber ja, leider bin und bleibe ich zuständig!“
Giovanni Mandriani seufzte tief. „Oh? Jetzt? Beim Palio? Das ist schlecht! Kannst du den Fall nicht abgeben?“
Marchetti lachte kurz und ohne wirkliche Heiterkeit auf, ein deutliches Zeichen seiner Resignation. „Natürlich nicht! Also, was gibt´s?“
„Der Tote ist mit einem stumpfen Gegenstand erschlagen worden. Todesursache war massive Gehirnblutung. Der Tod trat gestern so gegen dreiundzwanzig, vierundzwanzig Uhr ein.“
„Ah, interessant!“, meinte Marchetti. „Sonst noch etwas?“
„Ja, er war sexuell erregt! Ich habe auch etwas Scheidenflüssigkeit entnehmen können.“
Marchetti nagte an seinen Lippen. „Also hat er ein Rendezvous mit einer Frau gehabt?“
„Offensichtlich! Ich schicke eine Probe zur DNA-Analyse.“
„Mach das! Und halt mich auf dem Laufenden!“, bat Marchetti. Hier war offensichtlich eine heiße Spur, denn wo hatte der Politiker so schnell eine Frau kennengelernt? Alberto hatte nichts von irgendwelchen Ehefrauen oder Freundinnen der Politiker erzählt, die ihre Männer bei dieser „Dienstreise“ begleiteten.
„Gut!“, erklang die Stimme des Mediziners. „Sehe ich dich gleich bei der Probe?“
Marchetti seufzte tief: „Wahrscheinlich nicht! Der Fall ist ziemlich kompliziert! Ein deutscher Politiker!“
„Madonna! Kannst du dich nicht abseilen? Ich brauche deine Unterstützung“, versuchte Mandriani seinen Freund zu überreden.
„Ich werde es versuchen“, beendete Marchetti das Gespräch.
Die erste Probe, bei der die Pferde mit dem Gelände vertraut gemacht

wurden, war im Grunde nicht so wichtig, aber alle anderen Capitani wären anwesend, und er würde eine Gelegenheit verpassen, mit dem Capitano von Tartuca zu reden. Natürlich musste er versuchen für diese halbe Stunde unauffällig zu verschwinden!

In der Questura begab sich Marchetti als erstes zum Einsatzleiter der Polizei. Dazu musste er über den Verbindungsgang gehen, der die Questura mit der Präfektur verband, denn die Einsatzzentrale der Polizei war dort im Obergeschoss untergebracht. Eine mit modernster Technik ausgestattete Behörde, an der an mehreren Bildschirmen gleichzeitig die wichtigsten Plätze in Siena beobachtet wurden. Hier liefen die Anrufe ein, hier wurden Verkehrsunfälle und Überfälle gemeldet, sich über Ruhestörungen beschwert und fliegende Händler beobachtet. Alle Einsätze wurden von hier aus koordiniert. An einem Pult wurden über Funk die Einsatzfahrzeuge verständigt oder der Funkkontakt zu den Fußstreifen hergestellt.
Marchetti wandte sich an den diensthabenden Sergente: „Habt ihr schon etwas über den neuen Aufenthaltsort von Florian Bauer herausgefunden?"
Der Mann in seiner schneidigen Uniform machte ein geschäftsmäßiges Gesicht. „Ich habe einen Mann losgeschickt, um die Meldungen der Hotels zu überprüfen, aber bisher noch keine Antwort erhalten."
„Nur einen Mann?", Marchetti plusterte sich auf wie ein Pfau. „Wisst ihr, was hier los ist? Ein deutscher Politiker wird ermordet, und Sie schicken nur einen Mann!"
„Äh, ja...", stotterte der Polizist, der sich mindestens sechs Dienstgrade unter dem Commissario befand. „Wir haben ja auch noch etwas anderes zu tun!"
„Etwas anderes!", polterte Marchetti los. „Wie viele Morde haben wir eigentlich im Jahr? Ich will sofort eine Antwort! Und wenn sie eine ganze Schwadron ausschicken müssen!"
Der Polizist wurde so rot wie eine Tomate und wand sich sichtlich in der bedrohlichen Gegenwart des Commissarios. „Selbstverständlich! Aber es kann nur ein Mann die Meldungen durchsehen. Wenn er nichts findet, dann werde ich allerdings eine Schwadron losschicken, die alle Hotels und Ferienanlagen durchsucht."
Marchetti erlaubte sich ein breites Lächeln und schlug dem Polizisten freundschaftlich auf die Schulter. „Gut! Sehr gut! Ich will Ergebnisse! Verstanden?"
„Si, Dottore!"

Mit Balloni im Schlepptau kehrte der Commissario in sein Büro zurück. Dort wartete bereits Giulia, seine kleine, eher unscheinbare, rothaarige Büroassistentin, mit Neuigkeiten auf ihn. Sie entsprach überhaupt nicht seinem Idealbild, das er von einer Frau hatte: flachbrüstig, spitze Nase, Brille! Aber gerade deswegen war sie eine gute Assistentin, denn er konnte sich auf seine Aufgaben konzentrieren und wurde nicht durch ihre Weiblichkeit abgelenkt. Letztendlich ein genialer Schachzug seines Chefs, gerade Giulia in sein Büro zu beordern. Giulia war fröhlich, lustig, der Kumpeltyp für alle Männer, und Marchetti arbeitete gerne mit ihr zusammen. „Na, kleine Maus, was liegt an?"
„Die deutsche Botschaft hat angerufen. Sie waren sehr aufgeregt, denn bei dem Toten handelt es sich um einen Politiker. Sie haben darum gebeten, einen Beobachter schicken zu dürfen."
„Nur über meine Leiche!", wehrte Marchetti entsetzt ab.
„Nun, offensichtlich hat sich der deutsche Staatsanwalt bereits mit unserem in Verbindung gesetzt. Und Dottore Brandesa ist einverstanden. Er hat Dottore di Sabato und den Magistrat verständigt, und jetzt ist so ein Tedesco zu uns unterwegs!"
Marchetti rutschte das Herz in die Hose, und irgendwo fühlte er, dass ein Magengeschwür in seinen Gedärmen wuchs. Er sollte Babysitter für einen deutschen Ermittler spielen! Jemand, der ihn auf Schritt und Tritt begleiten, nerven und stören würde! Es wurde immer schlimmer!
„Glauben die Deutschen etwa, dass wir nicht in der Lage sind zu ermitteln?", fragte er empört.
Giulia zuckte nur die Schultern. „Nun, schließlich geht es um einen Politiker."
„Wieso ist das ein Unterschied?"
Es war eine rein rhetorische Frage, auf die er keine Antwort erwartete. Unwillig blickte er auf die Uhr und bemerkte stirnrunzelnd, dass es langsam Nachmittag wurde, eigentlich die Zeit für den ersten Probelauf der Pferde. „Wann kommt dieser Tedesco?"
„Morgen!"
Marchetti schlug energisch in die Hände. „Also gut, wir lösen den Fall bis Morgen, dann sind wir den Kerl wieder los!"
Sie mussten den Fall ohnehin schnell lösen, denn das Wochenende rückte näher und am Samstag wäre alles geschlossen, weil der Palio stattfand. Niemand in Siena hatte Lust, an diesem Tag zu arbeiten, die Polizei eingeschlossen.

„Ich brauche diese verdammte Meldung! Balloni! Mach diesen Schlafmützen da drüben mal Dampf!"
Balloni starrte wortlos auf seine Schuhspitzen, ohne sich zu rühren.
„Was ist los?", knurrte Marchetti ungehalten.
„Du hast ihnen erst vor fünf Minuten Dampf gemacht!"
„Ach so, ja! Also, was machen wir als Nächstes?"
„Warum gehst du nicht ein wenig nachdenken, und wir benachrichtigen dich, wenn sich etwas Neues ergibt."
Marchetti seufzte vor Dankbarkeit. „Eine gute Idee! Ich muss mir die ganze Sache mal durch den Kopf gehen lassen. Ruf mich an, wenn du etwas über den Aufenthaltsort in Erfahrung gebracht hast."
„Selbstverständlich! Was sonst?"
„Schreib schon mal einen vorläufigen Bericht. Ach ja, versuche etwas über diese Politiker herauszubekommen. An was sie arbeiten und so."
„Mach ich!" Balloni nickte mit einem Lächeln und sah großzügig zu, wie Marchetti im Dauerlauf verschwand.
„Die spinnen, die Seneser!", meinte Balloni kopfschüttelnd zu Giulia und überlegte sich im Stillen, ob das kleine gallische Dorf von Asterix und Obelix nicht doch in Italien gelegen hatte. Seelenruhig griff er zum Telefon und flirtete eine Viertelstunde mit seiner Freundin. Giulia kicherte in sich hinein, tippte aber brav einige Suchbegriffe in den Computer ein. Manchmal hob sie drohend den Zeigefinger, versuchte Balloni auf diese Weise an seine Pflichten zu erinnern. Balloni streckte ihr frech die Zunge heraus, beendete aber doch das Gespräch mit seiner Freundin. „Ciao, Maria", hauchte er. „Bis später!" Kurz zögerte er, dann nickte er heftig. „Ja, ja, um zwanzig Uhr, vor dem Kino! Ciao!"

Marchetti hatte das Gebäude inzwischen verlassen, nachdem ihn sein Chef noch in ein kurzes und völlig unnötiges Gespräch verwickelt hatte. Hastig zog er das völlig zerknüllte Fazzoletti aus seiner Hosentasche und legte es sich um die Schulter. Der Stall war verlassen, das Pferd inmitten der Contradaioli bereits auf dem Weg zum Campo. Schnaufend vom schnellen Laufen schloss seine kräftige Gestalt mit den anderen auf, und er erntete den dankbaren Blick seines Capitanos. „Wie laufen die Ermittlungen?"
„Schlecht! Morgen kommt ein Deutscher, der mich unterstützen soll!" Ein kollektives Stöhnen war zu hören, dann wischte Marchetti seine Sorgen mit einer ungeduldigen Geste beiseite.

„Wo ist Minisini?“, erkundigte er sich nach dem Verbleib des Jockeys. „Der kommt gleich! Er ist in meinem Haus untergebracht, gut bewacht!“
„Ah, sehr gut!“ Selbstverständlich wurde jeder Fantino sofort nach Vertragsabschluss von den anderen Jockeys oder anderen Contraden fern gehalten, damit er nicht mehr bestochen werden konnte. Schon öfter war ein Fantino nach dem Palio im Krankenhaus gelandet, wenn ihn die aufgebrachten Männer der eigenen Contrada wegen angeblicher Bestechlichkeit verprügelt hatten. Schon kamen die Söhne des Capitanos, Tomaso und Mateo, mit dem Fantino im Schlepptau bei den Contradaioli an. Jubelnd begrüßten alle den Hoffnungsträger, klopften ihm freundschaftlich auf die Schulter, als wäre er einer der engsten Verwandten. Marchetti musterte den zierlichen, dunkelhäutigen Fantino, der bereits in den Farben der Contrada gekleidet war: Eine gelbe, weit geschnittene Jacke, auf dessen Rücken der doppelköpfige Adler prangte. In der Regel waren die Fantini professionelle Jockeys, denn selbst für versierte Reiter war der Palio eine Herausforderung: auf dem blankem Pferderücken die engen Kurven des Platzes entlang zu rasen war eine Kunst, wenn nicht eine besondere Form des Selbstmords.
Singend erreichten die Männer den Campo und führten das Pferd in den Eingangshof des Rathauses. Ab hier hatten nur noch der Capitano und der Barbaresco zutritt. Gespannt versammelten sich alle auf dem Platz und warteten auf den Anfang des Spektakels.

Die Proben liefen bereits ab wie später das richtige Rennen, damit die Pferde sich an den Ablauf gewöhnen konnten. Nur der ganze Prunkdurchlauf in den mittelalterlichen Kostümen vor dem Palio wurde weggelassen. Auf den provisorischen Tribünen, die einfach an geschmiedeten Haken an den Hauswänden aufgehängt wurden, drängten sich bereits die Kinder und andere Zuschauer. Jede deutsche Bauaufsicht hätte bei dieser Konstruktion einen Herzinfarkt bekommen, aber hier wurde es seit Jahrhunderten so durchgeführt! Vermutlich sogar immer noch mit denn gleiche Haken. Statik hatte hier keine Bedeutung.

Luca Marchetti stellte sich zu den anderen und genoss die Atmosphäre. Fast ein wenig melancholisch wanderte sein Blick über den Platz, der nun fest in der Hand der Contradaioli lag. Er war einzigartig, der schönste Platz der Welt! Die Erbauer hatten die natürliche Be-

schaffenheit der Landschaft belassen. Der Platz lag in der Mitte der drei Hügel, auf denen Siena gebaut war, und das natürliche Gefälle war als gestalterisches Mittel, wie ein Amphitheater, genutzt worden. Eine Straße führte um den Platz herum, eigentlich gepflastert, aber jetzt mit dem gelben Lehm für die Pferde bedeckt. Die Mitte des Platzes war mit roten Ziegeln gepflastert. Schmale Linien aus weißem Stein trennten den Platz in neun Bereiche und verjüngten sich nach unten, sodass der Eindruck einer Muschel entstand. Am unteren Ende erhob sich der wunderschöne gotische Palast, der schon damals als Rathaus vorgesehen war: Der Palazzo Publico. Immer noch war hier ein Teil der Stadtregierung untergebracht, der andere Teil beherbergte das Museum der Stadt mit einer exklusiven Gemäldesammlung. Das elegante vierstöckige Gebäude aus dem vierzehnten Jahrhundert, dessen Fassade verspielte Burgzinnen und gotische Fensterbögen zierten, war mit den bunten Fahnen der teilnehmenden Contraden geschmückt worden. Zweimal im Jahr beugte sich alles diesem Schauspiel, auch die Stadtregierung! Auf der linken Seite des Gebäudes befand sich die kleine Kapelle aus weißem Marmor, mit romanischem Torbogen und schönen Deckengemälden. Über der Kapelle erhob sich der Turm aus rotem Ziegelstein, Torre di Mangia genannt, dessen elegante, weiße Turmspitze sich wie eine Fackel in den blauen Himmel streckte. Ein schönes Gebäude, dem sich andere Häuser und Paläste anschlossen, manche sogar eindeutig im Baustil des Palazzo Publico, die den Platz umrahmten und ihm sein typisches Aussehen gaben.
Marchetti liebte diesen Platz. Am liebsten setzte er sich in eines der Cafés, um über seine Fälle nachzudenken. Hier kamen ihm immer die besten Ideen, während er nur dasaß und die Linienführung der antiken Baumeister bestaunte.

Nach verhältnismäßig kurzer Zeit kamen die Pferde aus der Eingangshalle des Rathauses. Zweimal im Jahr wurde der Eingang des Rathauses für diesen Anlass zweckentfremdet und beherbergte die Pferde und ihre Reiter. Mit den Fantini auf ihren Rücken näherten sich die Pferde tänzelnd und nervös der „Mossa", dem Startplatz für das Rennen. Es war ein Bereich aus zwei dicken Hanfseilen, zwischen denen die Pferde Aufstellung beziehen mussten. Ein Pferd blieb hingegen einige Meter hinter dieser Seilkonstruktion zurück. Von dieser „Rincorsaposition" bestimmte der Fantino den Start, indem er einfach angaloppierte, wenn er den Zeitpunkt für richtig er-

achtete. Das vordere Seil wurde dann fallen gelassen und das Rennen nahm seinen Anfang.
Völlig unspektakulär verlief der erste Probelauf. Es dauerte eine Ewigkeit, bis die Pferde tatsächlich in der vorgegebenen Reihenfolge am Start standen. Aber dann fiel das Seil, die Pferde rannten verhalten ihre drei Runden um den Platz. Durch das Gefälle des Platzes waren die Reiter und Pferde für alle Zuschauer gut sichtbar. Allein an der auffälligen Kleidung der Fantini war für das Publikum problemlos die Position ihres Favoriten zu erkennen. Irgendwie sah es witzig aus, wie in einem schaukelnden Auf und Ab die bunten Hemden der Fantini flatterten.
In weniger als drei Minuten war alles vorbei und schon wurden die Pferde von jeder Contrada wieder vom Platz geführt. Trotzdem bildeten sich Knäuel von Menschen, die erregt diskutierten. Welches Pferd hatte einen guten Start gehabt, welches hatte gescheut? Jedes Zucken wurde interpretiert und fand Anlass für wilde Spekulationen. Hatte sich Berio, das Pferd von Brucco, der Raupe, vielleicht verletzt? Ein leichtes Nachziehen des linken Hinterhufs und der Traum wäre aus! Niemandem interessierte, wer die erste Probe gewonnen hatte, denn es war nichts sagend und unwichtig! Jeder wusste, dass kein Fantino sein Pferd wirklich antrieb, denn die Gefahr, dass es sich vor dem eigentlichen Rennen verletzte, war zu groß! Kamerateams drängten sich um die verschiedenen Capitani und versuchten sie zu Stellungnahmen zu bewegen. „Canale 3“, der örtliche Sender, lebte zu einem Großteil von den lukrativen Werbeeinnahmen während des Palios. In endlosen Wiederholungen wurde die erste Probe im Fernsehen gezeigt, gemischt mit Berichten über die Contraden und ihre Angehörigen. Die Leute sahen sich gerne im Fernsehen und schrien Siegesparolen in die Kamera. An vielen strategisch wichtigen Orten in Siena waren Fernsehkameras installiert, die jede Einzelheit live auf den Bildschirm brachten.
Franco Masoni, Chef und Eigentümer der Fernsehstation kommentierte seit mindestens zwei Jahrzehnten das Ereignis in seiner ruhigen Art. Nur einmal hatte er völlig seine Kontenance verloren, als ausgerechnet seine Contrada gewonnen hatte. Luca Marchetti kannte ihn gut, denn Franco Masoni war ebenfalls ein Angehöriger von Aquila und vor einigen Jahren selbst Capitano gewesen. Der Capitano zu sein, bedeutete auf einem Schleudersitz zu sitzen: War man erfolgreich, wurde man unsterblich! Der Name wurde eins mit dem gewonnen Seidenbanner, dem Pferd und dem Fantino! Verlor man

dagegen, war man der Sündenbock für alle! Während des Palios hatte ein Capitano die absolute Macht. Er entschied die Strategie und Taktik, erst nach dem Palio musste er in einer Generalversammlung Rechenschaft ablegen. Die Führung im restlichen Jahr oblag dem Priore, meist ein älterer, wohl verdienter Mann, der den Respekt und die Sympathie aller Mitglieder genoss.

Luca Marchettis Stimmung hatte sich deutlich gebessert. Zwar konnte er nicht an dem Abendessen der Contrada teilnehmen, weil er noch die deutschen Politiker befragen wollte, aber wenigstens hatte er den Probelauf gesehen. Er erinnerte sich an seinen Auftrag mit dem Capitano von Tartuca zu verhandeln. Unauffällig näherte er sich dem älteren Herren mit dem auffallend schlohweißem Haar, und versuchte ihn in ein Gespräch zu verwickeln. Doch sein väterlicher Freund war auffällig abweisend, so, als ahnte er, dass Marchetti versuchen würde, mit ihm ein wenig zu Gunsten von Aquila zu mauscheln. Aufmerksam achtete er darauf immer von irgendwelchen Leuten umgeben zu sein, sodass ein Gespräch unter vier Augen nicht möglich war. Marchetti riss verblüfft die Augen auf, denn abgewiesen zu werden, noch ehe er überhaupt ein Angebot machen konnte, war mit Sicherheit ungewöhnlich.
Eigentlich hatte Marchetti längst Dienstschluss, aber in einem Mordfall konnte er auf so etwas keine Rücksicht nehmen. Er hatte viele Freiheiten, so wollte er seinen Chef nicht enttäuschen, indem er jetzt auf seine Arbeitszeit pochte. Er erledigte die Arbeit, so wie sie anfiel und erlaubte sich Urlaubstage, wenn nichts los war.

Er überlegte, ob er vielleicht mit Pietro ins Hotel fahren sollte, als sein Handy klingelte. Ah, sicherlich die Polizei mit der Meldung über den Aufenthaltsort. Es war die Nummer seiner Freundin und er drückte sie enttäuscht weg. Im Moment hatte er keine Zeit für Frauen! Natürlich würde sie böse auf ihn sein, aber er erwartete, dass eine Angebetete Rücksicht auf seinen Dienst nahm.
Er hielt sein Handy noch in der Hand, als es ein zweites Mal klingelte. Dieses Mal meldete sich Pietro Balloni.
„Und?“
„Komm sofort hierher!“, schrie ihm sein Mitarbeiter ins Ohr. „In der Zentrale ist gerade ein Anruf von einer Putzfrau eingegangen! Anscheinend hat sie etwas Verdächtiges bemerkt! Ich glaube, da ist etwas dran!“

„Va bene!", brüllte Marchetti in sein Handy, versuchte den Lärm zu übertönen, denn die Gesänge um ihn herum erreichten ihren Höhepunkt.
Im schnellen Trab lief er die steile Via di Citta in Richtung Dom und Questura bergauf. Schnell war er außer Atem und er überlegte mit schlechtem Gewissen, ob er nicht doch einige Kilo abspecken sollte. Gefährlich keuchend erreichte er die Questura und spurtete sofort weiter in die Einsatzzentrale, die zwei Stockwerke höher lag. „Was habt ihr?", schnaufte er völlig außer Atem, immer noch sein Fazzoletti unvorschriftsmäßig um den Hals.
Der Polizist strahlte triumphierend. „Also, vor fünf Minuten ging ein Anruf von einer Frau bei uns ein. Sie möchte unerkannt bleiben. Soll ich dennoch ihren Aufenthaltsort ermitteln?" Seine ganze Körperhaltung drückte Dienstbeflissenheit aus. Vorschriftsmäßig geschnittene schwarze Haare, eine gepflegte Uniform, blank polierte Stiefel! Hier war jemand, der Karriere machen wollte. „Genauso haben ich auch mal ausgesehen", dachte Marchetti ein wenig neidisch. „Ohne diese paar Pfunde zuviel!"
Marchetti legte den Kopf schief und winkte nachlässig ab. Es war nicht gut Informanten zu verärgern. „Das hat Zeit! Was hat die Dame gesagt?"
„Also, sie arbeitet in einer Ferienanlage! La Pineta. In der Nähe von Monteriggioni. Sie säubert zweimal in der Woche die Häuser und richtet sie für neu anreisende Touristen her." Marchetti zischte enttäuscht durch die Zähne. Saubermachen! Neue Touristen! Wenn es dort etwas zu sehen gab, dann waren vermutlich viele Spuren längst verwischt.
„Weiter!", meinte er kurz angebunden.
„Also, die Frau hat das Haus eines Mannes geputzt und hat sich gewundert, dass er so früh am Morgen nicht da war. Sie war so gegen neun Uhr bei ihm im Haus und da schlafen die Gäste in der Regel noch. Ihr sind einige Blutspritzer aufgefallen. Erst hat sie gedacht, dass es vielleicht Flecken von Moskitos sind und sich darüber geärgert. Inzwischen findet sie das ganze aber irgendwie seltsam. Vor einer Stunde ist deswegen noch einmal hin gefahren, aber der Tourist ist immer noch nicht da gewesen."
Marchetti brauchte keine drei Sekunden, um eine Entscheidung zu fällen. „Das ist unser Mann! Sofort die Spurensicherung verständigen! Schicken sie mir ein Einsatzfahrzeug dorthin und ich schnappe mir Balloni!"

„Woher wollen Sie wissen, dass dies der richtige Hinweis ist?", wunderte sich der junge Polizist.
„Erstens, weil es in der Nähe von Monteriggioni ist. Zweitens, weil keine Putzfrau gerne hier anruft. Und drittens, weil ich meiner Nase traue! Wenn sie Karriere machen wollen, dann vertrauen Sie Ihrem Instinkt."
„Das werde ich mir merken, Dottore!" Der Polizist lächelte stolz. „Deswegen habe ich Sie ja auch verständigt!"
„Gute Entscheidung! Und jetzt stiften Sie besser eine Kerze dafür, dass ich Recht behalte!"
Dann fiel ihm noch etwas anderes ein. „Überprüfen Sie alle Meldungen von La Pineta! Ah, ja! Verständigen Sie den Besitzer, dass wir kommen!"
„Okay!", meinte der Mann übertrieben langgezogen. Ihm schien die ganze Sache zu gefallen. „Hier ist die Adresse!"
„Oh! Die hätte ich fast vergessen", meinte Marchetti ein wenig verlegen. Dann lief er ein Stockwerk tiefer und brüllte quer durch den Verbindungsgang: „Balloni!"
„Ich komme!", schallte es überrascht zurück.
„Los, wir fahren nach Monteriggioni!"
Balloni lächelte erfreut. „Also war die Information brauchbar?"
„Ich hoffe es!"

Neugierig schaute der Kopf des Questore aus dem Büro, das sich leider im gleichen Stockwerk befand wie die Squadro Mobile. „Was soll diese Aufregung!?"
Marchetti drehte sich mit eingezogenem Kopf um und meinte entschuldigend: „Ein Hinweis in diesem Mordfall! Wir wollten dem sofort nachgehen!"
„Sehr gut!" Der Questore war offensichtlich angenehm überrascht, dass Marchetti während des Palios so viel Einsatz zeigte. „Ich wollte Sie nicht aufhalten!"

In Höchstgeschwindigkeit rasten die beiden durch die Stadt, diesmal mit Blaulicht, das sie magnetisch auf ihrem Autodach befestigten. Marchetti nutzte die Zeit, um kurz den Staatsanwalt über Handy zu verständigen: „Ja, ein Hinweis von einer Putzfrau! Vielleicht brauchen wir einen Hausdurchsuchungsbefehl!"
„Ich komme sofort!", erklang es geschäftsmäßig. „Wie ist die Adresse?"

Zum zweiten Mal an diesem Tag überwanden Marchetti und Balloni die kurze Distanz nach Monteriggioni und fuhren dann auf der mit Platanen gesäumten Landstraße ein kurzes Stück in Richtung Siena zurück. Nach einigen Kilometern folgten sie einer Abzweigung, die zu der genanten Ferienanlage führte. Malerisch, inmitten von sanften Hügeln, Pinien und schlanken Zypressen standen die einzelnen Häuser aus Natursteinen in einem Olivenhain. In der Mitte der Anlage gab es den unvermeidlichen Swimmingpool, der schon bessere Zeiten gesehen hatte. Alles wirkte ein wenig abgegriffen und einfach. Luca Marchetti schüttelte den Kopf. „Kannst du mir erklären, warum jemand das Hotel Garden mit dieser Absteige tauscht?"
Balloni schüttelte ebenfalls verneinend den Kopf. Vorsichtig fuhr er in die Einfahrt, dann blieb er orientierungslos stehen. Hinter ihm kamen zwei blaue Einsatzwagen der Polizei mit quietschenden Reifen im Kies zum Stehen.
Hastig stellte sich Marchetti ihnen in den Weg und hob beruhigend die Hand. „Reicht schon wieder! Ganz ruhig! Wir warten erst mal auf den Besitzer und die Spurensicherung."
Fast ein wenig verlegen stellten sich die übereifrigen Polizisten auf die Seite und ließen sich von Balloni kurz einweisen.

Ein schmieriger Typ, klein und drahtig mit einem durch die Sonne verschrumpelten Gesicht, kam ihnen mit einem scheinheiligen Lächeln entgegen. „Oh, was kann ich für Sie tun?"
„Sind Sie Signore Oddo?", fragte Marchetti mit einem höflichen Lächeln. Er hatte gelernt, den eventuellen Feind erst einmal in Sicherheit zu wiegen.
„Si, si!", erklärte der Mann eifrig, versuchte sich ein wenig zu strecken, um in der Gegenwart des stattlichen Commissarios nicht so klein zu wirken.
„Wir suchen nach einem Deutschen. Florian Bauer. Können Sie mir das Haus zeigen, in dem er wohnt?"
„Florian Bau-är? Der Name sagt mir nichts!", behauptete der Mann. Nervös strich er seine fettigen schwarzen Haare nach hinten.
„So? Aber wir haben Informationen, dass er hier abgestiegen ist?", wunderte sich Marchetti. Fragend drehte er sich zu Balloni um, als müsste dieser ihm die Tatsache bestätigen.
Der kleine Mann streckte sich frech. „Von wem?"
„Nun, wir haben einen Anruf erhalten, dass ihr Gast spurlos verschwunden ist, und wollten dem nachgehen!"

„Ich vermisse keinen Gast, und der Name sagt mir auch nichts!"
Marchetti platzte der Kragen, und sein Hemd spannte sich gefährlich, als er sich aufblähte. „Wir ermitteln in einem Mordfall, und sie sollten besser mit uns kooperieren, oder sie handeln sich unnötig Ärger ein!"
„Ein Mord? Wo ist dann der Staatsanwalt? Haben Sie einen Hausdurchsuchungsbefehl?", fragte der Eigentümer herausfordernd.
Marchetti stand kurz davor, diesen Wurm zu zertreten, doch dann bog das Auto des Staatsanwalts um die Ecke. Marchetti wandte sich von dem Eigentümer ab und begrüßte erst einmal den Staatsanwalt. Mit kurzen Worten klärte er Signore Brandesa über den Stand der Dinge auf, dann deutete er unwillig auf Signore Oddo. „Angeblich weiß er nichts, aber warum sollte sonst eine Putzfrau bei uns anrufen? Ich will zumindest die Ferienhäuser sehen!"
„Was soll denn das!", mischte sich der Eigentümer ein. „Sie verschrecken ja alle Gäste!" Vorwurfsvoll deutete er auf einige Kinder in Badekleidung, die bereits neugierig in der Nähe standen.
Der Staatsanwalt rückte seine Sonnenbrille zurecht, stellte sich demonstrativ vor den Commissario und schüttelte dem überraschten Eigentümer die Hand. „Entschuldigen Sie bitte die Umstände! Ich bin Dottore Brandesa, Staatsanwalt!" Höflich zeigte er seinen Ausweis und zückte einige Papiere. „Wir haben Grund zu der Annahme, dass auf ihrem Grundstück ein Mord geschehen ist. Wo ist das Haus von Florian Bauer? Es wäre besser, mit uns zu kooperieren, ehe ich hier alle Ferienhäuser durchsuchen lasse! Das will doch keiner von uns, nicht wahr?"
Der Besitzer wurde sichtlich blass, wand sich wie ein Wurm und versuchte sich herauszureden: „Also ja, vielleicht ist er der Deutsche, der gestern hier eingezogen ist! Es ist das hinterste Haus, dort unten im Olivenhain!"
Marchetti verzog ironisch die Lippen und bohrte nach: „Wir wissen ziemlich genau, dass der Gast bereits seit Sonntag hier wohnt. Warum ist die Meldung noch nicht eingereicht worden?"
Die Stimme von Oddo wurde plötzlich säuselnd: „Seit Sonntag? Aber nein! Da wäre mir ja ein schrecklicher Fehler unterlaufen! Sind Sie sicher? Ich werde sofort meine Frau fragen, was da los ist!"
„Natürlich!", bemerkte Marchetti voller Sarkasmus. „Denn wir werden als Erstes alle Ihre Gäste überprüfen. Sicherlich haben Sie die anderen Meldungen ordnungsgemäß eingereicht, nicht wahr?"
„Oh!", jammerte Signore Oddo weinerlich. „Wissen Sie, vielleicht

fehlt die eine oder andere! Ich hatte einfach keine Zeit! Es war doch nur ein Versehen!"
„Wissen Sie!", meinte der Commissario kalt. „Die Guardia di Finanza wird sich garantiert dafür interessieren!"
Auf einen Wink hin begab sich die Polizei zu den einzelnen Häusern und ließ sich die Pässe der Gäste zeigen. Marchetti hätte sein Auto dafür gesetzt, dass mehrere dieser Gäste nicht ordnungsgemäß gemeldet waren. Er packte den Eigentümer am Arm und schubste ihn in Richtung des letzten Ferienhauses: „Los! Aufsperren!" Alle Höflichkeitsfloskeln waren wie weggewischt, stattdessen wurde der Eigentümer plötzlich wie ein Schwerverbrecher behandelt. Mit schlurfenden Schritten, unablässig vor sich hin jammernd, führte der Mann die Ermittler über den gekiesten Weg zu dem abgelegenen Ferienhaus.
Mit zitternden Händen sperrte Signore Oddo das kleine Haus auf und suchte nach dem Lichtschalter. Die braun gestrichenen Fensterläden waren geschlossen, und so lag alles im Dunkeln, wirkte eher wie eine Gruft. Neugierig traten Marchetti, Balloni und der Staatsanwalt ein, sorgsam darauf bedacht, selbst keine Fingerabdrücke zu hinterlassen. Alles war halbwegs sauber und aufgeräumt. Ein kleines Ferienhaus mit der typischen Zimmerdecke aus Balken und Ziegeln, ein Schlafzimmer, eine winzige Küchenzeile und ein Wohnbereich mit Fernseher vor einer moosgrünen, geschmacklosen Couch. Auf dem Esstisch lagen ein Notebook und einige unordentliche Notizzettel. Marchetti schickte Balloni wieder hinaus. „Pass mal auf, dass nur die Spurensicherung hierher kommt! Ich will keine neugierigen Kinder, die alle Spuren verwischen."
Balloni verzog sich und sah sich vor dem Haus ein wenig um. Es stand ziemlich abseits, mit einer kleinen mit roten Ziegeln gepflasterten Terrasse, die jetzt völlig im Schatten lag, einem Autostellplatz und einigen Rotbuchen, die mit ihren rötlichen Blättern dem Ganzen einen farbigen Anstrich gaben. Ansonsten blickte man in den silbrig-grauen Olivenhain, nur in der Ferne erhoben sich die allgegenwärtigen dunkelgrünen Zypressen. Einige lieblos angepflanzte, fast völlig vertrocknete Strauchrosen und Lavendelbüsche umgaben die Terrasse in dem kläglichen Versuch, das einfache Haus gemütlicher zu gestalten. Ansonsten standen dort nur eine billige Gartengarnitur aus Plastik und in der Ecke ein kleiner Tisch mit einer Vase. Es wurde langsam dämmrig, und Balloni hoffte, dass die Spurensicherung bald kam.

Im Haus schauten sich Marchetti und Brandesa unschlüssig um. War das hier wirklich das richtige Haus?
„Wo ist der Gast?", fragte Marchetti den Besitzer.
Dieser bemühte sich um einen besseren Eindruck. „Ich weiß es wirklich nicht! Wie kommen Sie denn darauf, dass hier ein Mord stattgefunden haben soll?"
„Weil Ihr Gast vermutlich seit gestern Nacht verschwunden ist!"
„Vielleicht ist er ja abgereist!", hoffte der Eigentümer.
„Hat er bezahlt? Und warum sind dann seine Sachen noch hier?", konterte Marchetti.
„Äh, ja, also …"
„Wie ist der Name Ihres Gastes? Ich meine, jener, der hier offensichtlich wohnt!" Marchettis Stimme wurde ungeduldig.
„Ja, also, es könnte schon sein, dass der Name Florian Bau-är war!", gab Signore Oddo zu.
„War?", wunderte sich Marchetti.
„Ja, äh, also …?"
Marchetti schaute in das Schlafzimmer und inspizierte das große Eisenbett. Es war frisch bezogen und wirkte unauffällig, aber er sah sofort die kleinen Blutspritzer an der weiß gestrichenen Wand. In der Ecke lag eine Reitgerte auf einem Stuhl. Ordentlich hingen eine graue Hose und ein gestreiftes Hemd darüber. „Wie oft kommen hier die Putzfrauen?"
„Zweimal die Woche! Mittwoch und Samstag!"
„Ist das nicht ein bisschen übertrieben für diesen Stall?"
„Stall!", empörte sich der Eigentümer.
Wieder fiel Marchettis Blick auf die Reitgerte, die er vorher eher übersehen hatte, und plötzlich fielen ihm die Reitstiefel des Toten ein. Er war sich plötzlich sicher, dass sie das richtige Haus gefunden hatten!
„Wissen Sie, wo ihr Gast zum Reiten hingegangen ist?"
„Keine Ahnung!", zuckte Oddo die Schultern. Er kümmerte sich nicht um die Hobbys seiner Gäste.
„Aha!" Marchetti warf sich in Positur und wandte sich mit energischer Stimme an den Staatsanwalt: „Ich bin mir ziemlich sicher, dass dieser Ort etwas mit dem Ermordeten zu tun hat. Die Spurensicherung soll hier alles auf Fingerabdrücke untersuchen oder anderes Beweismaterial sicherstellen."
„Daran dachte ich auch!", stimmte Brandesa zu. „Sie sollen den Computer checken! Wahrscheinlich sind an ihm am ehesten die Fingerabdrücke von diesem Deutschen."

„Bestimmt! Aber ist es erlaubt, den Computer eines deutschen Politikers zu überprüfen?“
Der Staatsanwalt legte triumphierend lächelnd den Kopf schief. „Wissen Sie etwas über einen deutschen Politiker? Meines Wissens sind die alle im Hotel Garden! Sehen Sie zu, dass Sie möglichst schnell Informationen zusammentragen, ehe uns die Politiker Knüppel zwischen die Beine werfen. Wir müssen beweisen können, dass Florian Bauer tatsächlich hier gewohnt hat.“
Marchetti lächelte und fand den Staatsanwalt plötzlich doch ganz nett; dann deutete er auf den kleinen blauen Reisekoffer: „Nun, die Kleidung könnten auch seine Angehörigen identifizieren.“
„Fingerabdrücke sind mir lieber! Hoffentlich sind die Blutspritzer an der Wand von dem Toten, dann hätten wir endlich den Tatort.“
Marchetti nickte, dann überlegte er weiter. „Das Anwesen ist sehr abgelegen. Jeder Mörder müsste mit dem Auto hierher gekommen sein! Vielleicht haben die anderen Gäste etwas gesehen?“
„Gute Idee! Obwohl ich nicht glaube, dass jemand mit dem Auto hier vorfährt, um jemanden umzubringen.“
Marchetti lachte geringschätzig. „Die meisten Mörder stellen sich einfach zu dumm an! Warum nicht? Wenn der Deutsche seinen Mörder gekannt hat? Ihn arglos ins Haus gelassen hat? So etwas ist schon oft passiert!“
„Da haben Sie recht! Also gut, lassen Sie auch die Autospuren vor dem Haus sichern, soweit sie noch zu erkennen sind. Und befragen Sie die anderen Gäste.“
„Sehr wohl!“
„Ich kehre jetzt nach Siena zurück, und Sie kümmern sich darum, dass die Spurensicherung hier vernünftig arbeiten kann.“
Marchetti war das nur recht. Sobald Brandesa verschwunden war, würde er die Arbeit Balloni überlassen und selbst ins Hotel Garden fahren, um die Deutschen zu befragen. Für den ersten Tag hatte er ziemlich viel erreicht. Gut gelaunt wandte er sich an Balloni: „Also, die Spurensicherung soll alles mitnehmen, was nicht niet- und nagelfest ist. Alles! Ich will sämtliche Spuren der letzten Wochen. Bis ins Detail! Vielleicht finden Sie draußen vor dem Haus noch Reifenabdrücke, das wäre gut. Ach ja, sag der Polizei, dass sie die Touristen befragen sollen, ob sie irgendetwas gesehen haben!“
„Das sind fast alles Deutsche oder Holländer! Soll ich einen Dolmetscher auftreiben?“
„Versuch es erst mal mit Englisch.“

Marchetti ließ sich von der Polizei nach Siena zurückfahren und lehnte sich zufrieden zurück. Wenn sie erst einmal den Tatort kannten, dann war auch der Mörder nicht mehr weit. Er würde diesem deutschen Ermittler, der morgen auftauchen würde, hoffentlich bald einen abgeschlossenen Fall präsentieren können.

Parlamentarische Immunität

Es wurde spät. Die Sonne tauchte den Horizont in ein tiefes Lila, durchzogen mit roten Streifen. Deutlich hob sich die Silhouette von Siena mit dem charakteristischem Turm, den hintereinander gebauten Häusern aus Ziegeln und dem schwarz-weiß gestreiften Dom gegen den Hintergrund aus sanften Hügeln ab. Die Sonnenuntergänge in der Toskana waren atemberaubend! Marchetti wollte an keinem anderen Platz der Welt leben. Er war mit Leib und Seele ein Seneser, fühlte sich als Nachfahre der Etrusker, die hier einst gesiedelt hatten, ehe sie vom Römischen Reich geschluckt worden waren.
Marchetti ließ sich zu der Questura fahren, dann überlegte er es sich anders und lief die steile Costa Larga in die Casato di Sotto hinunter, eine der engen und dunklen Straßen, wie sie typisch für Siena sind. Nach zweihundert Metern erreichte er das Haus, in dessen oberstem Stockwerk er sein kleines Apartment hatte. Gegenüber lag die kleine Kirche seiner Contrada, von der ockerfarbenen Häuserzeile eigentlich kaum zu unterscheiden, und in den umliegenden Gebäuden waren das Museum, die Verwaltung und der Fundus an Fahnen und Kostümen untergebracht. Den Stall konnte er quasi riechen, und nachts setzte er sich gerne mit einem Glas Wein zu den Männern, die das Pferd bewachten.
Sein Apartment lag in einem der uralten Gebäude aus dem fünfzehnten Jahrhundert, die von außen eher baufällig wirkten, innen aber aufwendig saniert worden waren. Meist verbargen die bröckeligen Fassaden, mit Elektroleitungen, die auf dem Putz verlegt worden waren, oder den Wäscheleinen vor den Fenstern, eine Pracht und Eleganz, die dem unaufmerksamen Spaziergänger entging. Hinter unscheinbaren Türen öffneten sich plötzlich großzügige Innenhöfe, grüne Gärten oder Terrassen und mediterranes Wohnambiente. Liebevoll dekorierte Blumentöpfe mit den typischen Geranien standen in den unmöglichsten Winkeln, und in den Ritzen der alten Gemäuer wuchsen Efeu und Kapern. Obwohl seine Wohnung eher klein war, hatte Luca Marchetti bisher nichts Besseres gefunden. Für die wenigen Quadratmeter, die ihm zu Verfügung standen, war der Mietpreis viel zu hoch, und eine größere Wohnung im Zentrum war für ihn einfach nicht erschwinglich. Aber er wollte keinesfalls in eine der Trabantenstädte, wie Aqua Calda, in den Vororten von Siena ziehen. Hier, im Zentrum, war seine Heimat, hier war er aufgewachsen!

Sein Vater, der nicht ganz unvermögend war, hatte bereits seine Hilfe angeboten, aber Marchetti verzichtete lieber auf die Unterstützung seines übermächtigen Vaters. Sein Apartment war daher spartanisch eingerichtet, und er hütete sich davor, Plunder anzusammeln. Ein elegantes Bett, noch mit der durchwühlten Bettwäsche der letzten Nacht, eine moderne Couch in schwarzem Leder, davor ein großer Plasmafernseher; diese Möbel dominierten das Zimmer. Außerdem besaß er einen antiken Schreibtisch, penibel aufgeräumt, als diente er nur zur Dekoration, ein Bücherregal und eine dunkle Glasvitrine, in der Dioramen von kunstvoll bemalten Zinnfiguren standen. In der Küche war nur das notwendigste Geschirr untergebracht, obwohl er ganz gerne kochte. Aber mehr als zwei Teller waren Luxus, weil er den Platz für etwas anderes brauchte:
Sein Hobby war das Modellieren und Bemalen von Figuren, und so hatte er sich in der winzigen Küche, vor dem Fenster mit Blick in eine riesige Zeder, einen Werkplatz eingerichtet. War das Wohnzimmer spartanisch eingerichtet, so quoll die Küche über. Jeder Quadratzentimeter wurde ausgenutzt, und an den Wänden türmten sich Regale mit Bastel-Utensilien, Pinseln in allen Größen und Hunderten von kleinen Plastikfarbfläschchen.

Der Anrufbeantworter auf dem Schreibtisch blinkte pulsierend, und Marchetti hörte ihn kaum interessiert ab. Eine helle, leicht verärgerte Frauenstimme schallte aus dem Mikrofon: „Luca! Hier ist Marcella! Ruf mich gefälligst zurück!“
Marchetti runzelte indigniert die Stirn und pfiff leise durch die Zähne. Diese Marcella wurde ihm eindeutig zu dominant. Er wünschte sich eine kleine kuschelige Freundin, eine, die sich freute, wenn er sich meldete, und ihn in Ruhe ließ, wenn er beschäftigt war. Hatte Marcella nicht verstanden, in welch verantwortungsvoller Position er arbeitete? Nun, er beschloss ihren Anruf zu ignorieren und nicht zurückzurufen! Als Nächstes erklang die Stimme seines Sohnes, von seiner eigenen Stimme fast nicht zu unterscheiden. „Ciao Babo, sono Francesco!“
Er drückte die Rückruftaste und lächelte noch über die kurze Nachricht, als sein Sohn bereits antwortete: „Ciao, Babo! Wie geht´s?“
„Ganz gut! Und dir?“
Ein Schnauben war zu hören: „Was fragst du noch! Wir haben ein schlechtes Pferd gezogen! Wir ersäufen gerade unseren Frust in Wein!“

„Oh je!“, bedauerte Marchetti seinen Sohn. Sein Sohn war auf Wunsch von dessen Mutter in die Contrada Tartuca getauft worden, eine Entscheidung, die er bis heute bereute. „Gibt es sonst noch was?“ Er hatte das leichte Lallen in der Stimme seines Sohnes gehört und wollte das Gespräch lieber abbrechen.
„Nein, nein! Sehen wir uns am Sonntag?“
„Ja, klar! Ich melde mich vorher noch bei dir! Ciao, Francesco!“
„Ciao, Babo!“

Marchetti zog seine Sachen aus und warf sie nachlässig über einen Stuhl, dann erfrischte er sich kurz in seinem kleinen Badezimmer. Es war hell gekachelt, und eine schwarze Zierleiste lief in Augenhöhe an der Wand entlang. Immerhin bot es Platz für eine moderne Dusche mit Glas-Schwingtüren und verchromten Armaturen. Dann suchte er aus dem dunklen mit Kleidung buchstäblich überquellenden Einbauschrank in der Garderobe einen grauen Anzug heraus. Schließlich wollte er auf diese deutschen Politiker einen guten, offiziellen Eindruck machen. Er schlüpfte hinein, steckte seinen Geldbeutel in eine Seitentasche seines Anzugs und warf einen Blick auf seine silberne Uhr der Marke Reitling. Neun Uhr! Oh je! Mit eiligen Schritten, nebenbei noch eine Krawatte bindend, machte er sich auf den Weg zu seinem Auto. Er erlaubte sich einen kleinen Umweg und schaute kurz im „Rostro“ vorbei. Die Angehörigen seiner Contrada hatten sich bereits zum gemeinsamen Abendessen versammelt und an den langen Tischreihen Platz genommen. An einem Tisch saßen ausschließlich die Männer und sangen, bereits nicht mehr ganz nüchtern, Schlachtlieder gegen den Feind. An diesem Tisch saß auch der Capitano mit dem Fantino, der überschwänglich gefeiert wurde. An einem anderen Tisch saßen junge Frauen und Mädchen, die immer wieder ihre eigenen Schmäh- und Siegeslieder anstimmten. Es dominierte eindeutig die Farbe Gelb, denn sowohl die Tischdekoration als auch die Kleidung der Männer waren in der Farbe der Contrada gehalten. Alle trugen ihre gelben Schals um die Schultern, selbst kleinste Kinder liefen damit herum. Sie unterschieden sich eindeutig von den Tüchern, die an unwissende Touristen verkauft wurden. Ein Aufschrei ging durch die Reihen, als Marchetti auftauchte, und sofort wurde ihm ein Platz angeboten. „Hast du schon etwas gegessen? Komm, setz dich zu uns!“
Jemand schob ihm einen unbenutzten Plastikteller entgegen, und kurz überlegte Marchetti, ob er nicht doch etwas essen sollte. Nur

zögernd lehnte er ab: „No, no! Mi dispiace! Ich muss noch etwas erledigen!" Plötzlich tat es ihm leid, dass er überhaupt hierher gekommen war. Jetzt fiel ihm der Verzicht noch schwerer, denn er sah, was er verpasste. „Vielleicht komme ich später noch vorbei", hoffte er sehnsüchtig.
Schlecht gelaunt schlenderte er zum Dom, stieg in seinen Alfa Romeo und fuhr zum Hotel Garden.
Alberto, der stets dienstbeflissene Geschäftsführer, war persönlich vor Ort, um alles in die Wege zu leiten. „Die Deutschen sind gleich fertig mit dem Essen. Ich bringe sie dann in einen der Konferenzräume. Kann ich dir etwas um trinken anbieten?"
„Ja, ein Kaffee wäre schön", brummte Marchetti. Der Tag war anstrengend gewesen, und er wurde langsam müde.

Gemeinsam stellten sie sich an die Bar des Hotels und genossen die Musik, die leise aus den Lautsprechern erklang. Der Barkeeper mit seinem exklusiven Musikgeschmack war der wahre Schatz des Hotels: Geboren in Äthiopien, aufgewachsen in Amerika, lebte er nun mit seiner italienischen Frau in Siena, sozusagen gestrandet. Seine ausgefallenen Cocktails waren stadtbekannt, aber am meisten genoss Marchetti die Musik, die Signore Atta in langen Stunden zuhause zusammenstellte. Hier hörte man Kate Bush, Pink Floyd, Lou Reed, gemischt mit Bocelli oder Lionel Ritchie und den Eagles. Im Moment lief der Live-Mitschnitt „A horse with no name" von „America", und Marchetti legte sich bei der getragenen Musik seine Fragen zurecht. Nebenbei überlegte er sich, wer von den jungen Leuten heutzutage noch „America" oder die „Eagles" kannte. Signore Atta merkte in seiner dezenten Art, dass der Commissario in Gedanken versunken war, und polierte einige Gläser. Er wusste instinktiv, wann Gäste lieber Unterhaltung oder ihre Ruhe wollten. Als jedoch der Barkeeper dem Minihund einer amerikanischen Touristen Wasser mit Eiswürfeln reichte, runzelte selbst der Commissario die Stirn, als Zeichen, dass dies wohl der Gipfel an Dekadenz war. Attla zuckte nur grinsend die Schultern und nahm es als Spiel, als kleine Provokation, die zeigen sollte, dass auch er sich manchmal einen Scherz erlaubte.

Schließlich nickte Alberto dem Commissario zu, und gemeinsam gingen sie ein Stockwerk tiefer. Dort gab es eine weitere Bar, die jedoch nur bei großen Empfängen genutzt wurde. Jetzt hatten sich hier die deutschen Politiker versammelt und standen ein wenig verwundert herum. Alberto übernahm die Aufgabe, den Commissario vorzustellen, und Marchetti staunte, dass Alberto sogar die einzelnen Namen wusste. Jeder reichte ihm mit einem festen, professionellen, geschulten Händedruck die Hand, dann setzten sich alle auf die hellgrünen Sofas. Marchetti wunderte sich, dass keine einzige Frau zu dieser Delegation gehörte.

Er räusperte sich kurz, wusste nicht, wie er eigentlich anfangen sollte. Schließlich stand er wieder auf und ging einige Schritte auf und ab. So konnte er besser nachdenken.

Er ließ seine Hände in den Hosentaschen verschwinden, ein Zeichen seiner Nervosität, und begann umständlich in abgehacktem Englisch: „Also, leider habe ich sehr unerfreuliche Nachrichten für Sie …“ Er machte eine kurze Pause, dann ließ er seine Stimme absinken: „Ich habe die traurige Pflicht, Ihnen mitzuteilen, dass Ihr Kollege Florian Bauer heute Morgen ermordet aufgefunden worden ist!“

Er ließ sich Zeit, die Reaktion der versammelten Politiker in sich aufzunehmen. Alle wirkten glaubhaft erschrocken und entsetzt. „Wir bedauern diesen Vorfall sehr, und ich möchte Ihnen versichern, dass wir unser Möglichstes tun werden, den Mord aufzuklären!“

Einer der Männer räusperte sich: „Und wie wurde Florian Bauer ermordet?“

Marchetti zog seine Hände wieder aus den Hosentaschen und hob sie entschuldigend in die Höhe. „Sie verstehen sicherlich, dass wir das im Moment noch nicht preisgeben können. Fest steht, dass er vermutlich gestern Abend getötet wurde. Ich hoffe, dass Sie mir ein wenig weiterhelfen können, denn wir stehen natürlich erst am Anfang unserer Ermittlungen. Jeder Hinweis kann ein wichtiges Detail sein, auch wenn Sie vielleicht denken, dass es nebensächlich ist.“

Erregtes Getuschel war zu vernehmen, und Marchetti wartete höflich, bis sich die Aufmerksamkeit wieder ihm zuwandte. „Ich verstehe Ihre Aufregung, aber Sie verstehen bestimmt, dass ich Ihnen nun gerne einige Fragen stellen möchte.“

„Nun, Sie wissen sicherlich, dass wir parlamentarische Immunität genießen! Aber vielleicht können wir Ihnen ja die gewünschten Informationen geben“, meinte ein Abgeordneter. Marchetti notierte sich zu diesem Gesicht ein Ausrufungszeichen in seinem Gedächtnis. „Ja, könnten Sie mir bitte noch einmal Ihre Namen notieren? Nur für die Akten!“, bat Marchetti höflich. Er konnte die Namen später auch über Alberto erfragen, aber er wollte sich die Gesichter merken.

Er ließ einen Zettel herumgehen, und bereitwillig schrieb jeder seinen Namen darauf. „Ah, also Georg Abramczik! Natürlich weiß ich über ihre parlamentarische Immunität Bescheid! Selbstverständlich werde ich keine persönlichen Fragen stellen, denn ich gehe nicht davon aus, dass jemand von Ihnen etwas mit dem Mordfall zu tun hat. Aber Sie könnten mir helfen, dass ein Bild entsteht, was Signore Bauer zuletzt getan hat."
Die Leute nickten vorsichtig, und Marchetti hatte den Eindruck, dass er sich auf brüchiges Eis begab. Ein falsches Wort von ihm, und er müsste über den deutschen Staatsanwalt seine Befragung fortsetzen.
„Vielleicht können Sie mir sagen, wann Sie Signore Bauer das letzte Mal gesehen haben?"
Die vier Männer schauten sich kurz an, dann meinte Herr Kleinschmidt, ein feister Mann mit sorgfältig gepflegtem Zwirbelbart: „Ich denke, dass ich ihn am Dienstag das letzte Mal gesehen habe. Wir hatten ein Treffen mit der italienischen Delegation."
Das stimmte mit der Einschätzung von Alberto überein, und so wandte sich Marchetti an die anderen: „Hat ihn jemand auch nach dieser Besprechung noch gesehen? Vielleicht am Abend? In der Bar?"
Klaus Haber, ein eleganter Mann mit goldumrahmter Brille, schüttelte wichtig den Kopf. „Nein, er hatte es eilig! Er hat sich gleich zu seinem Hotel fahren lassen."
„Fahren lassen? Hatte er denn keinen Leihwagen?"
„Nein, wozu? Wir haben einen Fahrdienst. Herr Bauer ist jeden Morgen abgeholt worden."
„Ach so! Und am Mittwoch hat ihn niemand mehr gesehen?"
Alle schüttelten wie verabredet den Kopf, und Marchetti bereute, dass er sie nicht einzeln befragen konnte. Aber dann würde sich vermutlich jeder dieser Herren auf seine Immunität berufen.
„Warum nicht? Was haben Sie am Mittwoch gemacht?"
„Wir haben uns Florenz angesehen. Aber Herr Bauer wollte nicht mit. Er wollte sich stattdessen in Siena die Auslosung der Pferde ansehen."
„Aha, und das ist so ohne Weiteres möglich? Ich meine, dass jemand aus einer Delegation nicht an irgendwelchen Ausflügen teilnimmt?"
Wieder antwortete Georg Abramczik, und Marchetti ordnete ihn insgeheim als Wortführer dieser Delegation ein. „Aber natürlich! Das sind schließlich Freizeitaktivitäten. Selbstverständlich sollte jeder an den Sitzungen teilnehmen, aber in seiner Freizeit kann jeder tun und lassen, was er will."

„Aha, und Signore Bauer interessiert sich also mehr für Pferde? War das auch der Grund, warum er nicht im Hotel Garden geblieben ist?"
Herr Kleinschmid zuckte mit seinen breiten Schultern. „Das kann schon sein! Er hat sich bereits öfter abgeseilt!"
Marchetti wunderte sich: „Er hat schon öfter ein anderes Hotel gebucht? Wieso tauscht er ein so gepflegtes Hotel wie das Hotel Garden mit einem einfachen Schuppen?"
Kleinschmid zögerte ein wenig, dann meinte er jovial: „Nun, unser werter Kollege war ein einfacher, bescheidener Mensch. Er liebte die Einsamkeit und zog sich ganz gerne zurück."
„Ist das für einen Politiker nicht ein eher ungewöhnliches Verhalten? Ich meine, wer wählt ihn denn, wenn er so zurückhaltend ist?"
Klaus Haber nahm seinen Kollegen sofort in Schutz: „Herr Bauer hat sich für seine Wähler aufgeopfert! Wer würde es ihm übel nehmen, wenn er bei einer solchen Gelegenheit ein wenig seine Ruhe sucht."
„Natürlich!", stimmte Marchetti zu. „Das verstehe ich! Am Abend auf der Terrasse sitzen und gemütlich einen Wein trinken. Ein bisschen den Stress vergessen."
Alle nickten bestätigend, und Marchetti lächelte freundlich. „Können Sie mir sagen, woran diese Kommission hier arbeitet? Alberto sagte mir, dass Sie mit einigen italienischen Abgeordneten über EU-Rechten brüten?"
„Nun, leider können wir Ihnen hierzu keine Informationen geben", wehrte Georg Abramczik die Frage ab.
Marchetti blinzelte überrascht, denn diese Information würde in jeder Zeitung stehen! Der Wortführer war ihm sofort unsympathisch – und nicht nur dessen Äußeres. Ein quadratischer Schädel ruhte auf einem massigen Rumpf, fast ohne Hals, und so machte der Politiker eher den Eindruck eines Preisboxers. Ein einfacher Arbeiter, der sich offensichtlich in der Partei hochgedient hatte. Marchetti entschuldigte sich freundlich: „Kein Problem! Letztendlich hat das ja auch nichts mit dem Mord zu tun. Können Sie mir sagen, ob Signore Bauer irgendwelche Feinde hatte oder vielleicht besorgt war?"
Wieder beantwortete Abramczik die Frage: „Nein, darüber ist uns nichts bekannt!"
„Hat sich Signore Bauer vielleicht anders verhalten als sonst?"
Marchetti drehte sich mit Absicht den anderen Männern zu, gab somit auch diesen die Möglichkeit zu antworten. Alle wechselten Blicke miteinander und schüttelten dann harmlos die Köpfe. Ihnen schienen die Fragen eher lästig zu sein.

Marchetti bemerkte eine gewisse Unruhe unter den Anwesenden und begab sich auf eher unverfängliches Terrain: „Kann mir vielleicht jemand Auskunft geben, was Signore Bauer in seiner Freizeit so gemacht hat? Vielleicht weiß jemand, wo Signore Bauer zum Reiten hingegangen ist?“
„Zum Reiten?“, wunderte sich Herr Kleinschmid.
„Ja, wussten Sie das nicht?“, fragte Marchetti erstaunt. „Wie lange kennen Sie denn Florian Bauer schon?“
Herr Kleinschmid stotterte offensichtlich: „Äh, ja, schon etwas länger! Wir haben bereits öfter zusammengearbeitet.“
Marchetti wandte sich an die anderen: „Und wie lange kennen Sie Signore Bauer schon?“
Alle murmelten etwas Unverständliches, aber es ging eindeutig daraus hervor, dass alle bereits mehrmals mit ihm zu tun gehabt hatten.
„Aber niemand kannte Signore Bauer gut genug, dass er wüsste, was er so in seiner Freizeit getan hat? Ich meine so einfache Dinge wie Reiten, Sport, Lesen oder dergleichen?“
Plötzlich wollte niemand mehr antworten, und wieder fiel der Begriff der parlamentarischen Immunität.

Marchetti tat überrascht: „Ich rede doch nur über Hobbys! Ich versuche mir ein Bild von ihm zu machen. Das sind doch keine Geheimnisse! Aber gut, vielleicht gehört es ja auch wirklich nicht hierher.“
Marchetti senkte frustriert den Kopf. „Kann mir jemand sagen, ob Signore Bauer in Siena jemanden gekannt hat oder hier früher schon einmal Kontakte hatte?“
Wieder kam nur ein kollektives Schulterzucken, und Marchetti legte den Kopf schief. „Finden Sie das nicht ungewöhnlich? Ein Mann, der noch nie hier gewesen ist, hier niemanden kennt, mietet sich ein einsames Ferienhaus und wird ermordet!“
„Sind wir in irgendeiner Form verdächtig, nur weil wir Ihnen keine Antworten geben können?“, meinte Abramczik herausfordernd. „Sie wissen doch, dass wir aufgrund unserer politischen Stellung überhaupt nicht mit Ihnen reden müssten!“
„Aber nein!“, wehrte Marchetti übertrieben freundlich ab. „Sie sind äußert kooperativ! Ich kann mir lediglich auf manche Sachen keinen Reim machen.“
„Nun“, lenkte Herr Haber ein. „Es ist einfach so, dass Herr Bauer sich ganz gerne abgesondert hat und wir tatsächlich nicht viel über ihn wissen! Wir sind eine Arbeitsgemeinschaft. Manche verstehen

sich besser und treffen sich auch in ihrer Freizeit, andere wollen lieber ihre Ruhe. Das ist alles!"
Marchetti tat verständnisvoll und lächelte versöhnlich. „Bene! Jetzt habe ich einen viel besseren Eindruck und bedanke mich ganz herzlich für Ihre Kooperation. Ich wünsche Ihnen noch einen angenehmen Aufenthalt und viel Erfolg bei ihren Verhandlungen."
Er schüttelte jedem Abgeordneten die Hand und verabschiedete sich höflich. Dann verließ er nachdenklich das Hotel Garden. Eigentlich hatte er nichts erfahren! Nun, offensichtlich war es doch nichts Ungewöhnliches gewesen, dass Florian Bauer ein einfaches Ferienhaus gewählt hatte. Alles wäre völlig normal, wenn er noch leben würde! Aber warum war er dann mehrere Male auf die parlamentarische Immunität hingewiesen worden!
In einer plötzlichen Intuition kehrte er um und suchte nach Alberto. „Hör mal! Wäre es ein Problem, auch mit den italienischen Abgeordneten zu sprechen?"
Alberto zuckte sichtlich zusammen, doch dann nickte er resigniert. „Natürlich geht das! Vielleicht morgen beim Frühstück?"
„Gute Idee! Wann frühstücken die Herren?"
„So zwischen neun und zehn Uhr!"
Marchetti seufzte genauso resigniert, denn um diese Zeit wäre die zweite Probe des Palios! „Was machen sie anschließend?"
Alberto schaute auf seinen Terminkalender. „Anschließend ist eine Sitzung anberaumt. Pause um dreizehn Uhr mit Erfrischungen und Getränken!"
„Gut!", freute sich Marchetti. „Das ist doch eine wunderbare Gelegenheit, dass ich ganz zwanglos mit ihnen plaudern kann!"
„Soll ich die Abgeordneten über Ihre Ankunft benachrichtigen?"
„Nein, nein!", wehrte Marchetti ab. „Es ist ja kein Verhör! Ich möchte nur die Meinung der Italiener hören. Das ist alles!"
Marchetti lächelte freundlich und verabschiedete sich zum zweiten Mal: „Ciao, Alberto!"
„Buona notte, Luca!"

Marchetti parkte sein Auto vor dem Dom und lief die Via di Capitano zur Piazza di Postierla hinunter. Schon von weitem war das Gelächter seiner Contrada zu hören, und Marchetti freute sich, endlich mit seinen Freunden zusammen zu sein. Er war immer noch in seinem Anzug, aber er wollte nicht noch mehr Zeit verlieren, indem er sich umzog. Schunkelnd saßen die Männer auf den klapprigen Stühlen

oder Bierbänken und hoben die Plastikbecher zum nächsten Trinkspruch. Marchetti zwängte sich dazwischen, und sofort wurde ihm ein gefüllter Becher in die Hand gedrückt. Marchetti trank ihn mit tiefen Zügen aus und verlangte mit lauter Stimme nach mehr. Er musste sich beeilen, wenn er den Alkoholspiegel der anderen einholen wollte. Sofort rötete sich seine Nase, und eine angenehme Wärme breitete sich in seinen Gedärmen aus. Übermütig winkte er eines der Mädchen herbei, die zum Bedienen eingeteilt waren. „Amore! Bring mir noch etwas zu essen!"
„Wir haben nichts mehr!", weigerte sich die schlanke Schönheit.
Schon hatte sie mindestens fünfzig Männer gegen sich, die empört ein Essen für den Commissario verlangten. Hilflos stand das Mädchen vor dem Ausbruch geballter männlicher Solidarität und sah sich nach Hilfe um. Eine Frau kam herbei und verlangte nach einer Erklärung für das Geschrei. Mit Löffeln und Messern schlugen die Männer auf den Tisch und brüllten: „Essen! Essen! Essen für den Commissario!"
„Va bene! Va bene!", beruhigte die Dame die aufgebrachte Menge. „Ich koche schnell etwas für ihn!"
Ein gewaltiger Jubel antwortete ihr, und sofort wurde ihr Name der Anlass zum nächsten Trinkspruch: „Hoch lebe Maria!"
Im Nu stand ein gewaltiger Teller Nudeln mit Pesto vor dem Commissario, und kurze Zeit später folgten mehrere Steaks mit einigen Scheiben Brot. Luca hob abwehrend die Arme und lachte dröhnend. „Das reicht! Das reicht! Wollt ihr mich mästen? Ich muss abnehmen!"
Die anderen Männer schlugen ihm begeistert auf die Schultern. „Aber nein! Ein Mann braucht ein paar Kilo Kampfgewicht! Hier, trink noch einen Wein!"
Marchetti fühlte eine wunderbare Schwere in seinem Kopf. Der Mordfall war in weite Ferne gerückt, und er vergaß die Verantwortung, die er sonst inne hatte. Hier war er nur Luca, ein Contradaiolo der Nobile Contrada dell'Aquila.
Irgendwann so zwischen drei und vier Uhr morgens landete er in seinem Bett und schlief seinen Rausch aus. Er trank ganz gerne einen guten Wein, aber richtig betrunken war er eigentlich nur während der Zeit des Palios.

Der Wecker klingelte erbarmungslos um acht Uhr, verhältnismäßig spät, aber diesen Luxus erlaubte er sich manchmal. Mit Kopfschmerzen schreckte er hoch, und so nahm er als Erstes ein Aspirin. Welcher

Wochentag war denn heute? Irgendetwas zwischen Montag und Freitag! Er warf einen schrägen Blick auf den Kalender in der Küche und entschied sich für Donnerstag. Heute würde dieser unwillkommene Tedesco kommen! Dann stellte er sich zehn Minuten unter die kalte Dusche, bis er einen halbwegs klaren Kopf hatte. Der Anzug war vom gestrigen Gelage völlig zerknittert und musste in die Reinigung, so wählte er sein helles Sommer-Outfit. Mit seiner Espresso-Maschine brühte er sich frischen Kaffee auf, und nach zwei kräftigen Schlucken fühlte er sich besser. Dann machte er sich auf den Weg zur Questura. Vor der zweiten Probe wollte er sich noch schnell in seinem Büro blicken lassen. Wie immer war Balloni bereits vor ihm da, und auch Giulia saß am Computer und tippte fleißig.
„Buongiorno!", grüßte er die beiden gedehnt.
Balloni musterte über seine Brille hinweg seinen Chef und befand dessen Aussehen für relativ gut, eingedenk der Tatsache, dass er gestern bestimmt lange gefeiert hatte.
„Gibt es schon etwas Neues?"
Balloni schüttelte den Kopf. „Nein, die Spurensicherung hat sich noch nicht gemeldet! Ah ja, die Polizei hat die Meldungen von La Pineta überprüft. Außer Florian Bauer war nur eine Familie nicht gemeldet. Fünfzehn andere Gäste waren korrekt angegeben. Soll ich trotzdem die Guardia di Finanzaverständigen?"
Fünfzehn! So viel Rechtschaffenheit hätte er diesem schmierigen Halunken überhaupt nicht zugetraut! Marchetti blinzelte überrascht. „Nein, dann gehe ich tatsächlich davon aus, dass es sich um ein Versehen handelt." Man konnte nie wissen, ob sich diese Großzügigkeit nicht eines Tages auszahlen würde.
„Hast du etwas von diesen deutschen Politikern erfahren?", fragte Balloni interessiert.
„Kein Wort! Die waren so aalglatt, dass sie noch aus einer heißen Bratpfanne geschlüpft wären!"
Marchetti schnappte sich seinen Drehstuhl und schaltete seinen Computer ein. „Ich schreibe kurz, was ich gestern erfahren habe, und dann schaue ich mir das Proberennen an."
„Ich dachte, du hast nichts erfahren?", stichelte Balloni.
Marchetti rollte mit seinem Stuhl einmal quer durch den Raum, um sich ein Glas Mineralwasser zu holen. Mit Schwung sauste er zurück und verschüttete dabei die Hälfte des Inhalts. Lange schwarze Gummiabdrücke auf dem gefliesten Boden waren stille Zeugen davon, dass er den Stuhl öfter als Skateboard benutzte.

„Stimmt! Dann schreibe ich eben, was ich nicht erfahren habe. Das kann manchmal auch recht interessant sein."
„Hast du einen Verdacht?"
„Nein! Ganz im Gegenteil! Ich tappe völlig im Dunkeln! Aber ich finde es merkwürdig, dass sich diese Deutschen auf ihre Immunität berufen, anstatt mir ein paar simple Fragen zu beantworten."
„Du meinst ...?"
Marchetti winkte ungeduldig ab. „Ich meine überhaupt nichts!
Aber kannst du mir erklären, warum ein Politiker, der hier niemanden kennt, ausgerechnet in ein abgelegenes Ferienhaus zieht und dort ermordet wird?"
„Vielleicht hatte er Feinde?"
„Siehst du! Genau das versuche ich in Erfahrung zu bringen. Wann kommt dieser Deutsche?"
„Keine Ahnung! Es hieß, dass er so gegen Mittag hier eintrifft. Sein Name ist Wolfram Isedor."
„Gut, dann kann er mich später ins Hotel Garden begleiten."
„Du fährst dort noch einmal hin?"
Marchetti bleckte seine Zähne. „Ja, bekommt man beim ersten Mal keine Antworten, dann wird man eben lästig!"
Mit gerunzelter Stirn beugte sich Marchetti über den Computer, während Balloni mit Giulia einen kurzen Blick wechselte. Schweigend machten sich alle wieder an ihre Arbeit und hingen ihren Gedanken nach. Nach einigen Minuten sprang Marchetti plötzlich wie von der Tarantel gestochen auf und bemerkte hastig: „Jetzt muss ich aber los!"
Giulia und Balloni schmunzelten verstohlen, als ihr Chef sein Fazzoletti herauszog und im Galopp die Questura verließ.
„Die spinnen, die Seneser!", behauptete Balloni zum tausendsten Mal und Giulia kicherte übermütig.

Marchetti sauste zum Stall, in dem gerade das Pferd vorbereitet wurde. Sorgsam wurden Zilata Usa das Zaumzeug umgelegt und die Beine mit Gamaschen geschützt. Mit den anderen Contradaioli begab sich Luca zum Campo, der trotz der morgendlichen Stunde mit Zuschauern gut gefüllt war.
Aquila zog die Rincorsa Position, musste also angaloppieren, um den Start vorzugeben, und Marchetti war enttäuscht. Aus dieser Position gewann selten ein Pferd, und es wäre besser, wenn das Tier sich an die normale Startposition gewöhnen könnte. Nur wer beim

Start gut weg kam, hatte Aussicht auf den Sieg, denn er konnte die Ideallinie wählen, während die anderen kostbare Meter verloren, um überholen zu können.
Die kurze Probe verlief unspektakulär, und singend verließen die zehn teilnehmenden Contraden den Platz. An einer Ecke kam es zu einer Schlägerei zwischen Mitgliedern von Torre und Onda, zwei verfeindeten Contraden. Schnell brachten sich die Touristen in Sicherheit, verstanden nicht, was hier plötzlich geschah. Wie aus dem Nichts tauchte die Polizei auf und stellte sich zwischen die Streithähne, die sich damit begnügten, Schimpfwörter der übelsten Sorte auszutauschen.

Im Nu hatten die angrenzenden Cafés und Restaurants ihre Tische und Stühle wieder aufgebaut, die jedes Mal für die Probeläufe in den Gebäuden verschwanden. Marchetti setzte sich auf seinen Lieblingsplatz am Campo, der Bar „Il Palio", und dachte nach. Der Ober in schwarzer Hose und weißem Hemd machte eine eindeutige Geste mit seiner Hand, so als führte er eine Tasse zum Mund, und Marchetti nickte bestätigend. Innerhalb kürzester stand ein Kaffee vor seiner Nase, und Marchetti schüttete einen Beutel Zucker hinein. Langsam wärmte die Sonne den Platz, und gurrend suchten die Tauben nach den ersten Krümeln, während einige Kinder sie kreischend über den Platz scheuchten. Flatternd setzten sich die Tauben auf den umzäunten Brunnen aus Marmor, dessen Wolfsstatuen wenigstens etwas Sicherheit vor den kleinen Quälgeistern boten.

Marchetti zählte im Kopf auf, was er inzwischen ermittelt hatte, und überlegte sich die nächsten Schritte. Er wusste den Tatort, den Todeszeitpunkt, den Fundort der Leiche und die Todesursache. Ihm fehlten der Mörder und das Motiv! Ah! Und wer war die unbekannte Dame, mit der Signore Bauer offensichtlich noch zusammen gewesen war? Dio! Hatte er da etwas übersehen? Er kippte den Kaffee hinunter, knallte drei Euro auf den Tisch und machte sich auf den Weg zur Questura. Er musste unbedingt noch einmal die deutschen Politiker befragen! Aber vielleicht hatte die Vernehmung der Touristen in der Ferienanlage etwas ergeben?

Fast ein wenig außer Atem kam er in der Questura an und stürzte in sein Büro. „Sind die Polizisten schon von der Vernehmung der Touristen zurück?"

Balloni zuckte mit den Schultern. „Keine Ahnung! Agente Pizzi kümmert sich darum!"
„Keine Ahnung, keine Ahnung! Dann frag nach!", herrschte ihn Marchetti ungeduldig an.
Balloni zog überrascht die Stirn hoch und griff zum Telefon. „Habt ihr schon etwas von den Touristen?", fragte er den Polizisten am anderen Ende der Leitung. Er hörte auf die Ausführungen, dann fragte er überrascht: „Nichts? Was heißt nichts?"
Marchetti nahm ihm den Hörer aus der Hand. „Kommt gefälligst her! Ich will genaue Informationen!"

Innerhalb kürzester Zeit standen die beiden uniformierten Polizisten vor ihm, und der dunkelhäutige Agente Pizzi blätterte hastig in seinem Notizbuch. „Also! Die Gäste haben Signore Bauer so gut wie nie gesehen und haben auch nichts Verdächtiges bemerkt!"
„Sie haben nichts bemerkt? Überhaupt nichts?"
„Nein, die meisten wussten nicht einmal, dass in dem Haus jemand gewohnt hat! Der Gast war nie beim Swimmingpool, und er hat mit niemandem gesprochen. Nur zwei oder drei Gäste haben gesehen, dass er manchmal von einem Chauffeur abgeholt wurde."
„Und niemand hat etwas gehört?"
„Nein! Das Haus ist sehr abgelegen. Selbst der unmittelbare Nachbar hat nichts gesehen oder gehört. Er konnte nicht einmal genau sagen, wann er Signore Bauer das letzte Mal gesehen hat."
„Aha! Und wie haben die Gäste auf euch reagiert?"
„Sie waren natürlich beunruhigt und wollten wissen, was los ist. Wir haben nichts von einem Mord erzählt, sondern nur, dass Florian Bauer anscheinend abgereist ist, ohne die Rechnung zu bezahlen." Der Polizist zwinkerte verschwörerisch.
Marchetti lachte dröhnend. „Abgereist! Ihr seid gut! Ja, wirklich gute Arbeit! Schreibt ihr mir bitte einen Bericht?"
„Selbstverständlich, Dottore!"
„Ah, habt ihr gefragt, ob Signore Bauer manchmal Besuch hatte?"
„Ja! Manchmal scheint ein Auto vor dem Haus gestanden zu haben."
„Wieso steht ein Auto vor dem Haus, wenn er von einem Chauffeur gefahren wird?"
„Das haben wir auch gefragt, aber keine Antwort erhalten."
„War es dasselbe Auto, mit dem er gefahren wurde, oder ein anderes?", fragte Marchetti.
„Anscheinend ein anderes! Die Beschreibungen weichen stark von-

einander ab! Ein schwarzer, blauer, dunkelgrüner Alfa Romeo, Fabrikat Fiat, in Japan hergestellt!"
Marchetti lachte erneut und hielt sich theatralisch den Bauch. „Mit Zeugenaussagen ist oft nicht viel anzufangen!"
Die Polizisten fielen in das Gelächter ein, und Argente Pizzi legte den Kopf schief. „Sollen wir noch einmal genauer nachfragen?"
Marchetti winkte ab. „Nein, nein! Ich fahre ohnehin noch einmal dorthin. Dann kann ich den Leuten selbst auf den Zahn fühlen. Meist fällt denen erst hinterher etwas ein, wenn sie eine Weile darüber nachgedacht haben. Habt ihr etwas von den Anwohnern? Dort, wo der Müllcontainer steht?"
Wieder schüttelten die Polizisten den Kopf, aber das hatte Marchetti ohnehin befürchtet. Der Container stand einfach zu abgelegen. Dann fiel ihm etwas anderes ein: „Der Müll war erst am Dienstag entleert worden. Mit ein wenig Glück wäre die Leiche fast nicht entdeckt worden. Warum hat der Mörder nicht die nächstgelegene Mülltonne genommen? War diese so weit abgelegen, dass der Mörder nicht gesehen werden konnte, wenn er die Leiche dort deponierte, oder gab es dafür einen anderen Grund?"
Marchetti schaute auf die beiden Polizisten und stemmte die Fäuste in die Hüften. Kleinigkeiten waren oft der Schlüssel zum Erfolg! „Ich möchte, dass ihr alle Müllcontainer in der Umgebung kontrolliert! Welche stehen in der Nähe der Anlage, und wann werden sie geleert!"
„Müllcontainer, Dottore?"
„Ja! Natürlich interessiert mich nicht der Inhalt. Ihr braucht also nicht im Müll zu wühlen. Aber ich will die Standorte wissen. Am besten, ihr nehmt eine Landkarte und zeichnet sie mir ein, inklusive der Zeiten, wann sie geleert werden."
„Si, Dottore!", bestätigten die beiden, dann machten sie auf dem Absatz kehrt und verschwanden eilig.
Balloni schaute verblüfft auf seinen Chef. „Du lässt sie die Müllcontainer kontrollieren?"
„Ja!", meinte Marchetti gedehnt. „Die Idee ist mir gerade erst gekommen. Es war eindeutig kein Raubmord. Vielleicht war die ganze Sache geplant?"
„Und das willst du mit den Müllcontainern beweisen?" Ballonis Stimme klang ein wenig ungläubig.
„Vielleicht! Es ist einfach nur ein Puzzleteil. Viele Teile ergeben ein Bild!"

Balloni schob seine Brille zurück und lächelte erfreut. Sein Chef schien plötzlich wesentlich bessere Laune zu haben!
„Hast du schon etwas von der Spurensicherung?“, fragte Marchetti.
„Ich wollte gerade bei ihnen vorbeischauen!“, meinte Balloni geflissentlich.
„Gut, dann lass uns gehen.“
Beide gingen ein Stockwerk höher, in dem die Räume der Spurensicherung untergebracht waren, ausgestattet mit einem riesigen Labor und allen möglichen technischen Geräten. Jede Universität würde hier vor Neid erblassen, während der Laie sich vermutlich in das Chemielabor seiner Schule versetzt fühlen würde. Reagenzgläser mit Flüssigkeiten, Glasvitrinen mit filigranen Werkzeugen, Zentrifugen zur Analyse von Proben, hier wurde ausgesprochen effektiv gearbeitet.
„Buongiorno!“, grüßte Marchetti die beiden anwesenden Herren überschwänglich. „Wie geht es euch?“
„Bene, bene!“, antworteten die beiden Laboranten zurück. Sie waren ebenfalls leger gekleidet, in Jeans und Poloshirts, weil sie in der Regel keinen Kontakt zur Öffentlichkeit hatten. Über den Poloshirts wehte der weiße Kittel, wie ihn alle Ärzte, Laboranten, Chemiker oder andere Gelehrte trugen, die sich einen gewissen Standesdünkel zu eigen gemacht hatten. Hier wirkten die Kittel eher etwas lässig, die Taschen ausgebeult von diversen Utensilien, die nachlässig in den Ausbuchtungen verschwanden, weil der Träger im Moment zu beschäftigt war, um sie aufzuräumen.
„Na, habt ihr schon etwas für mich?“
Signore Batisti nickte. „Also, wir haben die DNA der Frau! Außerdem können wir bestätigen, dass die Fingerabdrücke auf dem Computer und anderen Gebrauchsgegenständen mit den Fingerabdrücken des Toten übereinstimmen.“
„Großartig!“, freute sich Marchetti. „Also hat der Deutsche tatsächlich dort gewohnt.“
„Ja, definitiv!“, stimmte Batisti zu. „Auch die Blutflecken an der Wand sind eindeutig von dem Toten. Außerdem haben wir Rückstände von Blut auf dem Boden gefunden. Sie sind oberflächlich weggewischt worden, aber wir können nachweisen, dass sie von dem Toten stammen. Außerdem haben wir die Mordwaffe! Wir fanden Blutspuren und Hautfetzen des Toten an einem Aschenbecher. Ein ziemliches Ungetüm aus Kristallglas. Er ist gereinigt worden, aber nicht besonders gründlich.“ Er deutete mit einer Hand zu dem

Gegenstand, der ordentlich nummeriert in einer Plastiktüte ruhte. „Wirklich!", staunte Marchetti. Also hatten sie tatsächlich den Tatort und die Tatwaffe! Marchetti kniff verblüfft die Augen zusammen. Es war alles so einfach! Stirnrunzelnd blickte er auf die Protokolle und Auswertungen, mit denen er nicht wirklich etwas anfangen konnte. Normalerweise bekam er einen halbwegs leserlichen Bericht, in dem die eindeutige Aussage stand: Fingerabdrücke stimmen überein oder nicht! Warum waren die Spuren am Tatort nur oberflächlich entfernt worden, wenn sich jemand die Mühe gemacht hatte, die Leiche zu entfernen? War der Mörder zum Tatort zurückgekehrt und dann bei den Reinigungsarbeiten gestört worden? Sehr merkwürdig!
„Habt ihr sonst noch etwas gefunden?"
„Ja, wir haben noch jede Menge anderer Fingerabdrücke. Vermutlich von den Putzfrauen oder früheren Gästen. Außerdem haben wir ein Handy gefunden."
„Oh, könnt ihr die letzten Gespräche ermitteln?"
„Selbstverständlich! Das haben wir bereits in die Wege geleitet. Ach ja! Wir haben uns den Computer angesehen. Die Festplatte ist gelöscht worden, zumindest zum Teil!"
„Gelöscht?" Wieder schwirrten die Alarmsirenen in Marchettis Kopf. Das war alles sehr ungewöhnlich! Wer würde denn einen Computer löschen? Und warum hatte der Mörder den Computer nicht einfach mitgenommen, wenn irgendwelche brisanten Daten darauf waren? „Kommt ihr noch an die Informationen heran?"
Signore Batisti lächelte breit. „Aber natürlich! Sobald wir die Daten haben, melden wir uns bei dir! Luigi kümmert sich bereits darum!" Er deutete auf einen schlaksigen jungen Mann, der emsig an dem Laptop arbeitete und das Gerät mit anderen Computern verkabelt hatte. Es sah aus, als läge der Laptop auf dem Operationstisch eines Krankenhauses. Nur der Junge mit seinem legeren T-Shirt der Band „Metallica" passte nicht zu diesem Eindruck. Er winkte verschmitzt mit der Hand, presste einen winzigen Schraubenzieher zwischen seine Lippen und tippte weiter auf die Tasten ein.
„Wunderbar! Jede Kleinigkeit in diesem Fall ist wichtig!"

Marchetti streckte seinen Rücken und wippte kurz auf seinen Absätzen. Er bewegte sich immer, wenn er nachdachte, entweder im Stehen oder im Sitzen. Manchmal trommelte er mit einem Kugelschreiber auf dem Schreibtisch, oder er schmetterte einen Tennisball gegen die Wand. Hier fühlte er sich im Moment überflüssig, und er

beschloss, Signore Batisti in Ruhe arbeiten zu lassen. „Bis später!“, murmelte er freundlich.
„Bis später!“

Marchetti nickte Balloni zu, und beide gingen in ihr Büro zurück. Giulia wandte sich mit einem wichtign Gesichtsausdruck an ihren Chef: „Das deutsche Konsulat hat gerade angerufen. Sie wollen wissen, wann Signore Bauer nach Deutschland überführt werden kann.“
Marchetti winkte ungeduldig ab. „Das wird der Staatsanwalt entscheiden. Haben sie noch etwas gesagt?“
„Ja, Bauer hat keine Eltern mehr, nur eine Schwester, die sich um die Beerdigung kümmert.“
„Ah! Kommt sie hierher?“
„Nein, sie organisiert das von Deutschland aus.“
„Das ist gut!“ Marchetti atmete in Gedanken auf. Er hasste es, wenn er weinende Verwandte trösten musste. „Also war Bauer nicht verheiratet?“
„Nein!“
„Aha!“
„Wer war dann diese Dame?“, fragte Balloni.
Marchetti klopfte ihm gutmütig auf die Schulter. „Genau das müssen wir herausfinden! Vermutlich die Dame, deren Auto vor dem Haus geparkt hat. Interessant ist nur, dass sie offensichtlich schon mehrmals dort gewesen ist.“
„Also auch in der Mordnacht“, stellte Balloni fest.

Wolfram Isedor

Es wurde bereits Mittag, und Marchetti knurrte der Magen. Er überlegte, ob er sich nicht einige belegte Sandwiches holen oder (noch besser) Giulia zum Einkaufen schicken sollte. Dann überlegte er es sich anders und ging selbst in das nahe gelegene Café, das direkt an die Piazza di Postierla grenzte. In einer verglasten Theke lagen Platten mit Croissants, belegten Broten und vorgeschnittene Pizzaecken. Auf einigen Hockern saßen die Gäste und tranken Cola oder Kaffee. Marchetti kaufte sich zwei mit Tomate und Mozzarella belegte Brötchen und ging kauend zum Stall seiner Contrada, um dort mit den Burschen einige Worte zu wechseln: „Na, ist alles ruhig bei euch!"
„Ja, ja! Nichts los! Nur die Touristen nerven! Ständig will hier jemand durch und das Pferd ansehen. Die verstehen einfach nicht, dass sie stören."
Marchetti schnaubte geringschätzig und zuckte mit den Schultern. Touristen musste man so hinnehmen wie lästige Fliegen! „Ma! Wir dürfen nicht vergessen, dass sie der Stadt viel Geld bringen."
„Stimmt!", meinte einer versöhnlich. „Wir sagen ja auch nichts und erklären jedem höflich, dass der Bereich mit dem Pferd im Moment gesperrt ist."
„Stell dir einmal vor, es gäbe keine Touristen! Dann würden die Hotelbesitzer ganz schön jammern", überlegte Marchetti laut.
Alle lachten, denn jeder hatte mindestens ein Familienmitglied, das irgendwo in der Gastronomie oder im Hotelgewerbe arbeitete.
„Bene! Bene! Wir sind ja freundlich!", beeilten sich die übereifrigen Männer zu versichern.
„Vielleicht sollten wir einen Zettel in Englisch hinhängen, der den Touristen erklärt, was hier los ist?"
„Gute Idee!", stimmte ein älterer Mann zu.
„Wer übernimmt diese Aufgabe?"
Marchetti bot sich an: „Ich schreibe es schnell in der Questura und lasse es vergrößern! Kann jemand so in einer Stunde vorbeikommen und es abholen?"
„Ja, klar!"

Marchetti schlenderte zurück in sein Büro und setzte sich an den Computer, um das Plakat zu schreiben. Er verzierte die Seite, indem er über seine Cliparts einen Adler einfügte, und probierte einige

Male, wo er am besten zur Wirkung kam. Dann druckte er die Seite aus und drückte sie Balloni in die Hand. „Hier! Kannst du das bitte mal vergrößern lassen?“
„Hat das Vorrang?“, fragte Balloni frech.
„Oberste Priorität!“ Marchetti grinste, verschränkte die Arme hinter seinem Kopf und lehnte sich gut gelaunt nach hinten. „Gib mir doch mal die Adresse der Putzfrau! Ich hätte noch einige Fragen an sie“, bat er seine Kollegin.
„Soll ich sie hierher bringen lassen?“
Marchetti dachte darüber nach, dann nickte er bestätigend. „Ja, gute Idee! Sie soll morgen Vormittag kommen! Sag ihr, ich hätte nur einige Fragen über den Zustand des Ferienhauses oder ob ihr noch etwas anderes aufgefallen ist. Ganz harmlos!“
Das Telefon klingelte, und Marchetti erkannte die etwas irritierte Stimme des Polizisten, der am Empfang saß. „Dottore? Hier ist ein Deutscher, der Sie sprechen möchte. Sein Name ist Isedor!“
„Ah, der Commissario! Sagen Sie ihm, dass ich sofort komme!“
„Va bene!“, klang es noch erstaunter zurück.
Der Commissario blickte auf seine Mitarbeiter. „Tut mal so, als ob ihr tatsächlich an etwas arbeitet. Ich hole jetzt diesen Tedesco!“
Empörtes Gemurmel erhob sich, doch beide setzten sich gehorsam an die Computer und begannen zu schreiben.

Ohne Eile ging Marchetti die Treppe hinunter und näherte sich dem Eingangsbereich der Questura, der von einem weiteren uniformierten Polizisten bewacht wurde. Der Eingangsbereich war ausgesprochen kühl und schlicht, ähnelte eher dem Lieferanteneingang eines Krankenhauses mit dem obligatorischen Pförtnerhäuschen, nur dass hinter den Scheiben eben ein Polizist hockte. Marchetti zwängte sich an dem wachhabenden Polizisten vorbei, der breitbeinig in der Eingangstür stand, als müsste er ihn gegen einen gefährlichen Eindringling verteidigen. Neugierig musterte Marchetti den unbekannten Mann, der abwartend vor dem Eingang stand und sich seine Sonnenbrille auf den Kopf schob, um auch ihn besser taxieren zu können. Marchetti blieb buchstäblich die Luft weg, denn dieser Mann sah eher wie ein Schläger, wie ein Rausschmeißer in einer Disco aus, mit extrem kurzen Haaren und einem goldenen Ring in seinem rechten Ohr. „Mamma mia! Wen haben sie mir denn da geschickt?“, dachte Marchetti ehrlich entsetzt. Er stolperte fast über eine Schwelle im Boden der Eingangstür und riss vor Überraschung die Augen auf. Sah

so etwa ein deutscher Kommissar aus? Abgesehen von der massigen Gestalt, deren Füße in schwarzen Puma-Turnschuhen steckten, von denen Marchetti nicht einmal wusste, dass es diese Schuhgröße überhaupt gab, war auch die Kleidung ausgesprochen ungewöhnlich: eine schwarze knielange Militärhose mit einer Unmenge an Taschen, und ein schwarzes Poloshirt, dessen Knöpfe alle unvorschriftsmäßig offen waren.
„Willkommen!“, murmelte er verhalten höflich. „Ich bin Luca Marchetti!“
„Oh!“, strahlte der Fremde mit einem warmen Lächeln, das sofort Sympathie erzeugte. „Mein Name ist Isedor! Aber meine Freunde nennen mich „Ise“, so wie in „take it easy“!“
Die freundlichen braunen Augen passten überhaupt nicht zu dem Image des Schlägers, das Marchetti zuerst gehabt hatte.
„Salve!“, grüßte Marchetti zurück. „Hatten Sie eine gute Fahrt?“
„Oh ja, kein Problem. Die Autobahn war frei, und ich bin wunderbar durchgekommen!“
Marchetti atmete auf. Wenigstens sprach der Deutsche fließend Italienisch, fast akzentfrei. „Bene! Wo haben Sie so gut Italienisch gelernt?“
„Ach, im Gymnasium! Ich hatte den Leistungskurs in Italienisch! Das war ziemlich einfach, nachdem ich jahrelang Latein gepaukt hatte. Leider habe ich nicht oft Gelegenheit, es anzuwenden!“
„Aha! Also deswegen wurden Sie ausgewählt, hierher zu kommen? Weil Sie Italienisch können?“
„Ja, auch, aber hauptsächlich, weil der Ermordete in München gemeldet war.“
„Wo steht Ihr Auto?“, erkundigte sich Marchetti höflich.
„Gleich hier beim Dom! Ich habe mir einen Stadtplan von Siena besorgt und habe ganz gut hierher gefunden.“
„Waren Sie noch nie in Siena?“, fragte Marchetti mit einem ungläubigen Unterton. Für ihn war Siena das Zentrum der Welt.
„Nein, sollte ich das?“ Isedor legte keck seinen Kopf schief.
Marchetti lachte verlegen. „Na ja, hätte ja sein können! Hier kommen viele Touristen her.“
„Nun, ich bin bisher über den Gardasee nicht hinausgekommen. Das ist ziemlich nahe bei München.“
„Wollen wir erst einmal in mein Büro gehen? Dann kann ich Sie mit den Fakten vertraut machen.“
„Gerne!“

Marchetti führte den Kommissar an dem misstrauisch blickenden Polizisten vorbei in das Treppenhaus der Questura und hoch in den ersten Stock. Nebenbei erklärte er kurz die Räumlichkeiten, dann schob er den Deutschen in sein Büro und stellte ihm seine Mitarbeiter vor: „Agente Pietro Balloni und Signora Giulia Stallone! Das ist Commissario Isedor aus Deutschland!“
Höflich standen die beiden auf und schüttelten dem Fremden die Hand. Isedor strahlte sie offenherzig an. „Bitte! Nennen Sie mich „Ise“! Ich bin ganz inoffiziell hier! Nur keine Umstände!“
„Pietro!“, erwiderte Balloni schüchtern.
„Giulia!“
Luca Marchetti gab auf. Kopfschüttelnd bot er dem Deutschen ein Mineralwasser an. „Also Ise! Setzten Sie sich doch! Dann erzähle ich Ihnen kurz, was wir bisher herausgefunden haben. Anschließend können Sie mich ins Hotel Garden begleiten, weil ich dort noch einmal mit einigen Politikern reden möchte.“
„Ah, diese Delegation!“, stimmte Isedor sofort zu.
„Sie wissen Bescheid?“, wunderte sich Marchetti ein wenig.
„Nur, dass Herr Bauer zu einer deutsch-italienischen Delegation gehört hat!“
„Ja, aber diese Deutschen hüllen sich in Schweigen.“
Isedor lächelte breit. „Nun, dafür bin ich ja jetzt da.“
Marchetti zog übertrieben überrascht die Augenbrauen hoch. „Ich dachte, dass Sie nur ein Beobachter sind.“
„Aber selbstverständlich! Sie sind der Boss!“, erklärte Isedor mit einem verräterischen Augenaufschlag.

Marchetti konnte nicht anders, als ihn tatsächlich sympathisch zu finden. Dieser Deutsche war genauso einnehmend in seiner Persönlichkeit, wie er selbst, und besaß einen natürlichen Charme.
Verzweifelt bemühte sich Marchetti, eine professionelle Miene aufzusetzen, denn tatsächlich stand er kurz davor loszukichern. „Also!“, räusperte er sich und beobachtete erstaunt, wie Isedor sofort konzentriert zuhörte. „Florian Bauer wurde am Mittwochmittag ermordet in einem Müllcontainer in der Nähe von Monteriggioni aufgefunden. Wir haben inzwischen ermittelt, dass er in einer Ferienwohnanlage gewohnt hat und dort auch ermordet worden ist. Offensichtlich hat er mehrmals Besuch empfangen, und zwar mindestens einmal von einer Dame, deren Identität wir bisher nicht feststellen konnten. Wir haben aber die DNA dieser Person. Wir haben Scheidenflüssig-

keit feststellen können. Außerdem wurde der Computer gelöscht, was ich merkwürdig finde! Ah, ja! Florian Bauer wurde mit seinem Geldbeutel gefunden, deshalb habe ich Raubmord ausgeschlossen. Was mich wundert, ist, dass er aus einem renommierten Hotel ausgezogen ist, um in einem eher bescheidenen Ferienhaus unterzukommen."

„Haben Sie etwas von diesen deutschen Politikern erfahren?"

„Kein Wort! Niemand konnte mir beantworten, warum Bauer das Hotel gewechselt hat. Niemand schien ihn wirklich näher zu kennen."

„Das ist doch Blödsinn!" Isedor schüttelte ungläubig den Kopf. „Haben Sie inzwischen nähere Informationen über diese Politiker?"

Marchetti schnipste mit den Fingern, und eifrig trat Balloni mit einem Zettel heran. „Ich habe ein paar Informationen über diese italienischen Politiker. Die meisten sind eher kleine Lichter der Lega Nord und der Il Popolo della Libertà. Nichts Besonderes! Interessant ist nur Aldo Andreoni! Früher war er Mitglied der Democrazia Cristiana, ist dann aber in die Popolo della Libertà eingetreten. Immerhin ist er seit drei Legislaturperioden im Parlament. Früher war er einmal Geschäftsführer der „Sicurezza Italia". Inzwischen ist das einer der größten privaten Sicherheitsdienste in Italien. Außerdem sitzt er im Vorstand eines Fußballvereins."

„Interessant!", meinte Isedor. „Ein Politiker, der an Sicherheitsverhandlungen teilnimmt und tatsächlich eine Ahnung von der Sache hat."

„Sicherheitsverhandlungen?", wunderte sich Marchetti.

„Ja, das sind zumindest meine Informationen."

„Stimmt!", schaltete sich Balloni ein. „Ich habe eine Meldung der Deutschen Presseagentur gefunden. Anscheinend beraten sie über europäische Sicherheitsstandards für Fußballstadien."

„Wirklich?", wunderte sich Marchetti. „Ein bisschen zu spät für Florian Bauer! Aber was ist denn an europäischen Sicherheitsstandards geheim?"

„Eigentlich nichts!", stimmte Isedor zu. Dann zog er einen Zettel aus seiner Hosentasche. „Ich habe einige Daten über die deutschen Politiker, wenn Sie das interessiert …"

„Gerne!"

„Also! Florian Bauer, unser armer Ermordeter, hat ein abgebrochenes Psychologiestudium, war Mitglied einer konservativen Studentenverbindung und ist dann in eine staatstragende Partei in Bayern ein-

getreten. Er war seit drei Legislaturperioden im Bundestag!"
„Aha! Und dieser Abramczik?", wollte Marchetti wissen.
„Wieso?" Isedor lächelte alarmiert.
„Ach, nichts! Den finde ich einfach unsympathisch. Das ist alles!"
„Georg Abramczik ist in der Gewerkschaft und seit über dreißig Jahren Mitglied seiner Partei. Er ist seit vier Legislaturperioden im Bundestag und federführend bei einigen Gesetzeseingaben gewesen. Ein alter Politprofi."
„Aha! Das erklärt, warum er immer das Wort ergreift", sinnierte Marchetti. „Und die anderen?"
Isedor schaute auf seinen Zettel und fasste die Daten zusammen: „Klaus Haber ist Jurist, seit fünfzehn Jahren in einer liberalen Partei seit zwei Legislaturperioden im Bundestag; Hugo Kleinschmid ist Verwaltungsbeamter, seit fünfundzwanzig Jahren in der Partei und seit drei Legislaturperioden im Bundestag." Isedor räusperte sich kurz, dann meinte er: „Der Letzte ist Günter Vollert. Er ist eigentlich in keiner Partei, sondern ein Fachmann, der immer wieder hinzugerufen wird. Interessant ist, dass er anscheinend schon öfter mit diesen Herren zusammengearbeitet hat."
Marchetti speicherte die Informationen in seinem Gedächtnis und machte sich einen dicken Strich unter der Tatsache, dass die Politiker bereits öfter zusammengearbeitet hatten. Wieso wussten sie dann so wenig über das Privatleben des Ermordeten? Oder wollten sie etwas verheimlichen? Marchetti konnte sich nicht vorstellen, dass während all dieser Sitzungen oder sogar gemeinsamen Dienstreisen niemals über private Dinge geredet wurde. Er wusste ja auch über das Privatleben seiner Mitarbeiter Bescheid! Er räusperte sich und sagte auffordernd: „Sehr gut! Ich würde gerne noch einmal ins Hotel fahren. Vielleicht bekommen wir ja die eine oder andere Antwort. So in einer halben Stunde machen die Herren eine Pause in ihren Verhandlungen. Das wäre eine gute Gelegenheit!"
Isedor blickte verlegen an sich herunter. „Ich hatte noch keine Zeit, mich umzuziehen! Wissen Sie vielleicht ...?"
„Haben Sie schon ein Hotel?"
„Nein!"
„Ah, kein Problem! Moment mal!" Marchetti zückte sein Handy und suchte eine eingespeicherte Nummer: „Ciao, Lisa, sono Luca! Senti! Ich habe hier einen deutschen Commissario, der mir hilft, in diesem Mordfall zu ermitteln. Hast du für ihn ein Zimmer frei? Ich meine ... zu einem vernünftigen Preis?"

Er hörte auf die besorgte Frauenstimme, dann wehrte er überschwänglich ab: „Aber nein! Selbstverständlich wird er niemanden belästigen! Er soll hier nur alles beobachten! ... Aber sicher! Vielen Dank!“
Augenzwinkernd wandte er sich an Isedor: „Also! Sie haben ein Zimmer im Hotel Garden. Das ist dasselbe Hotel, in dem die Politiker untergebracht sind. Das ist doch ein netter Zufall!“
Isedor lächelte genauso frech zurück. „Ein sehr netter Zufall!“
„Allora! Balloni fährt Sie zum Hotel Garden, damit Sie sich umziehen können. und ich folge Ihnen gleich.“
„Ja, danke! Das ist sehr freundlich von Ihnen! Bis gleich!“

Sie hatten kaum das Büro verlassen, als bereits der Questore mit verschränkten Armen im Gang stand. Uh! Wie peinlich! Balloni zischte eine Warnung ins Zimmer zurück, und Marchetti beeilte sich, den deutschen Ermittler vorzustellen, tat so, als wären sie gerade auf dem Weg zum Büro des Amtsleiters gewesen.
Der Questore ließ die Ermittler mit einem freundlichen Lächeln in sein Reich eintreten. Im Gegensatz zu dem funktional eingerichteten Büro des Commissarios wirkte der Raum eher wie die Lounge einer großen Kanzlei. Geschmackvolle Möbel in dunklem Mahagoni, verglaste Regale, schöne Landschaftsgemälde an den Wänden. Höflich bat Dottore di Sabato den Gast, auf der bordeauxroten Couch Platz zu nehmen, und versuchte den merkwürdigen Aufzug des Deutschen zu ignorieren. „Hatten Sie eine gute Fahrt?“
„Wunderbar!“, bestätigte Isedor. „Commissario Marchetti war so freundlich, mir ein Hotel zu vermitteln. Leider konnte ich mich bisher noch nicht umziehen. Entschuldigen Sie bitte mein legeres Aussehen!“
„Aber nicht doch! Es war bestimmt eine lange Fahrt! Hat Dottore Marchetti Sie bereits mit den Fakten vertraut gemacht?“
„Ein wenig! Vielen Dank für Ihre Kooperation! Selbstverständlich werde ich mich in Ihre Ermittlungen nicht einmischen.“
Der Questore nickte befriedigt und fragte höflich: „In welchem Hotel werden Sie wohnen?“
„Hotel Garden!“, antwortete Isedor ehrlich.
Der Questore wechselte einen prüfenden Blick mit Marchetti, aber der hob unschuldig seine Hände. „Lisa ist eine Freundin! Ich habe sie einfach angerufen. Balloni wollte Herrn Isedor gerade ins Hotel bringen, damit er sich frisch machen kann.“

„Nun, dann sehe ich Sie vielleicht morgen?", meinte Dottore di Sabato an Isedor gewandt.
„Gerne!", stimmte der Deutsche zu.

Balloni verließ mit Isedor die Questura, während Marchetti wieder in seinem Büro verschwand. Vertraulich nickte er Giulia zu. „Und? Wie findest du ihn?"
Sie riss erstaunt die Augen auf. „Wen?"
„Na, den Deutschen?", wollte Marchetti ungeduldig wissen.
Giulia lächelte. „Nett! Unkonventionell, aber nett!"
Marchetti schüttelte indigniert den Kopf. „Du findest immer alle Männer nett!"
Errötend drehte sich Giulia zu ihrem Computer um, während Marchetti die Augen verdrehte. Die Eskapaden seiner Mitarbeiterin sorgten immer wieder für Gesprächsstoff in der Questura, ebenso wie die wechselnden Freundinnen des Commissarios. Nur, während Marchetti ein eher lockeres Verhältnis zu Frauen durchaus schätzte, geriet Giulia in ihrer Naivität immer wieder an Männer, die sie schamlos ausnutzten. Sie stand auf tätowierte, gut gebaute Männer, die leider regelmäßig mit wenig Grips ausgestattet waren. „Arbeitslose Hungerleider" nannte Marchetti diese Sorte Mann.

Marchetti holte sich das Auto und fuhr direkt vor sein Haus. Er parkte kurz, hechtete immer zwei Stufen auf einmal nehmend die Treppen hoch und betrat seine Wohnung. Dort schlüpfte er in einen cremefarbenen Anzug und suchte sich passende Schuhe. Zum Schnüren setzte er sich auf einen kleinen geschnitzten Schemel, dann warf er einen prüfenden Blick in den Spiegel und entschied, dass eine Krawatte doch besser aussehen würde. Sorgsam knüpfte er einen kunstvollen Knoten, fuhr mit seinen Fingern kurz durch seine Haare, dann verließ er die Wohnung und ließ die Tür schwungvoll ins Schloss fallen. Im Galopp hüpfte er das Treppenhaus hinunter und stützte sich dabei mit einer Hand an dem kunstvoll gedrechselten Geländer ab. Er rannte fast in seine zierliche Nachbarin, die ihm mit Tüten beladen entgegenkam und noch den Haustürschlüssel wie eine Waffe in der Hand hielt. „Ciao, bella!", grüßte er übermütig und drückte ihr einen Kuss auf die Wange. Die dunkelhaarige Frau murmelte ein schüchternes „Ciao, commissario", dann drückte sie sich dunkelrot geworden an ihm vorbei. Mit einem lauten Lachen und einem Gruß an den Ehemann der Schönen verließ Luca das Haus. Mit

seinem Auto sauste er quer durch die Innenstadt die breit angelegte Via di Camollia mit den Schatten spendenden Platanen entlang zum Hotel Garden.
An der Rezeption plauderte er einige freundliche Worte mit Alberto, während er auf den deutschen Commissario wartete. Isedor kam, und wieder riss Marchetti erstaunt die Augen auf: Dieser Mann konnte sich verwandeln wie ein Chamäleon! Isedor trug eine elegante schwarze Leinenhose, dazu schwarze Schuhe mit englischem Lochmuster und ein schwarzes Seidenhemd. Dazu hatte er eine gewebte Krawatte ausgewählt, die in einem dezenten Goldton leuchtete. Selbst der Goldring im Ohr passte jetzt irgendwie dazu! „Wow!", staunte Marchetti. „War das vorher Ihre Tarnung?"
„Sozusagen!", antwortete Isedor jovial. „Es hilft das Eis zu brechen! Aber Sie haben vorher ja auch ganz gut tiefgestapelt."
Beide lachten ausgelassen, und Marchetti fragte: „Wo ist Balloni?"
„Er ist in die Questura zurückgefahren! So, wie geht es jetzt weiter?"
„Ich wollte mit den italienischen Abgeordneten sprechen. Vielleicht können Sie sich noch einmal die deutschen vornehmen? Natürlich ganz inoffiziell!"
„Selbstverständlich!"
Alberto führte die beiden in das Untergeschoss, in dem die Konferenzräume lagen. Es war bereits Pause, und die Abgeordneten standen – in erregte Diskussionen vertieft – beieinander. Als sie die beiden Commissarios sahen, verstummten sie erstaunt. Marchetti stellte seinen Begleiter vor und wandte sich dann an die italienischen Abgeordneten: „Kann ich Sie vielleicht kurz sprechen?"
Wenig begeistert stimmten sie zu, während Isedor sich zu den Deutschen gesellte. Überrascht sah Marchetti, wie Isedor direkt zum Angriff überging. Er verstand zwar die Sprache nicht, aber er konnte erkennen, dass Isedor sofort die Initiative übernahm.
Der Deutsche schüttelte jedem die Hand und begann mit einer kurzen Zusammenfassung der bisherigen Ermittlungsergebnisse. Manchmal half es, wenn man erst einige Informationen preisgab, ehe man selbst Fragen stellte.
„Also! Die Münchner Staatsanwaltschaft hat mich hierher geschickt, damit der Mord lückenlos aufgeklärt wird. Das ist doch sicherlich auch in Ihrem Interesse. Wir haben im Moment die Todesursache, Zeitpunkt und Ort. Die italienische Polizei ist ziemlich fix! Offensichtlich hat Herr Bauer kurz vor seinem Tod noch Damenbesuch gehabt. Kann mir jemand etwas dazu sagen?"

Es war ein Schuss ins Schwarze, und Isedor musterte die Abgeordneten scharf. Alle schüttelten verhalten die Köpfe, und Isedor lächelte harmlos. „Hatte er keine Freundin oder so etwas? Kam er nie in Begleitung?"
Abramczik räusperte sich und meinte verlegen: „Also, er hatte keine feste Beziehung. Wir haben ihn manchmal in Begleitung einer Dame gesehen, aber es waren eher wechselnde Bekanntschaften."
„Ist das eine Umschreibung, dass er sich mit gewissen Damen des horizontalen Gewerbes eingelassen hat?", fragte Isedor unverblümt.
„Vielleicht sollten wir diese Unterhaltung lieber in Berlin weiterführen? Wie Sie sicherlich wissen, haben wir als Abgeordnete des Deutschen Bundestages das Recht, ausschließlich in Berlin vernommen zu werden!", bemerkte Abramczik indigniert.
Wolfram Isedor hob entschuldigend die Hände. „Aber meine Herren! Selbstverständlich wäre das kein Problem. Ich fliege genauso gerne nach Berlin, aber damit verlieren wir doch nur unnötig Zeit. Wir sind doch hier nicht im Kindergarten. Und falls Sie sich hier auf die parlamentarische Immunität berufen: Sie gehören nicht zum Kreis der möglichen Tatverdächtigen; und als Zeugen müssen Sie in jedem Fall aussagen. Ich hoffe doch, dass es auch in Ihrem Interesse ist, wenn der Fall möglichst in Siena abgeschlossen wird. Ich meine, ehe die Presse davon Wind bekommt!"
Klaus Haber mischte sich ein: „Selbstverständlich sind wir an einer Aufklärung interessiert. Aber Ihre Frage geht entschieden zu weit! Es war eben nie die richtige Dame dabei. Das ist alles!"
„Aha! Können Sie mir sagen, welche Dame er dann hier in Siena kennengelernt haben könnte?"
„Aber nein! Wir haben ihn hier nie in Begleitung gesehen!", meinte Herr Kleinschmid.
„Finden Sie es nicht ungewöhnlich, dass er hier so schnell eine Dame kennenlernt, die dann innerhalb kürzester Zeit mit ihm im Bett verschwindet? Ich meine, in Anbetracht der wenigen Zeit, die er zwischen den einzelnen Sitzungen hatte? Welche Dame würde sich so schnell mit einem Ausländer einlassen?"
„Was wollen Sie damit sagen?"
„Nichts!", zuckte Kommissar Isedor die Schultern. „Ich gehe davon aus, dass Sie offensichtlich nichts davon wussten."
„Selbstverständlich nicht!", stimmten alle empört zu.
„Darf ich fragen, an was Sie hier eigentlich arbeiten?", wechselte Isedor diplomatisch das Thema.

Alle sahen sich unsicher an, dann meinte Herr Kleinschmid: „Im Grunde ist es ja kein Geheimnis! Wir arbeiten an einheitlichen europäischen Standards im Sicherheitsbereich. Es geht hauptsächlich um Großveranstaltungen, Fußballspiele und so weiter. Die Italiener sind bei der Sicherheit in ihren Stadien ziemlich lax."
„Aha, könnte es sein, dass Herr Bauer sich in der letzten Zeit bedroht gefühlt hat, irgendwo Feinde hatte? "
„Das hat bereits Ihr Kollege gefragt! Aber uns ist nichts aufgefallen!"
„Ach so? Wenn jemand politisch tätig ist, dann ist es doch nur natürlich, wenn er sich auch Feinde schafft. Ich kenne eine Menge Leute, die eine ziemliche Wut auf den einen oder anderen Politiker haben."
„Also, konkret wissen wir nichts! Natürlich können wir es nicht jedem rechtmachen ...!"
„Aha! Sie schließen also einen Mord aus politischen Gründen aus?"
„Selbstverständlich! Wahrscheinlich steckt wirklich diese Dame dahinter, wie Sie es ja vermuten", schlug Abramczik vor.
Isedor runzelte überrascht die Stirn. „Wieso diese Dame?"
„Na ja, wenn es tatsächlich eine Nutte war?"
Isedor verzog seine Lippen. „Nutte? Wie kommen Sie denn auf Nutte? Hatte er vielleicht öfter Damenbesuch?"
Abramczik hob die Schultern. „Könnte schon sein! Er hatte schon reichlich oft wechselnde Damenbekanntschaften, aber das brauchen wir ja nicht unbedingt öffentlich zu machen."
Isedor ging auf das Spiel ein. „Selbstverständlich nicht! Das war schließlich sein Privatvergnügen. Aber im Moment ist es leider sehr peinlich."
„Vielleicht ist diese Nutte ja in seinen Tod verwickelt?"
„Vielleicht! Aber warum sollte eine Prostituierte ihren Kunden umbringen? Das wäre doch ausgesprochen ungewöhnlich!"
Verlegenes Schweigen antwortete ihm, und wieder war Isedor überrascht, denn offensichtlich gab es auch hierauf eine Antwort.
Mit einem höflichen Lächeln verabschiedete sich Isedor: „Also, das war alles sehr aufschlussreich! Selbstverständlich halte ich sie über unsere Ermittlungen auf dem Laufenden und möchte Sie bitten, gegenüber der Presse Stillschweigen zu bewahren!"
Sein Blick wanderte zu Luca Marchetti, der anscheinend auch im Begriff war, zu gehen. Schweigend gingen die beiden den langen Gang zurück und stiegen die Treppe ins Erdgeschoss hoch.
„Haben Sie Lust auf einen Kaffee?", fragte Marchetti höflich.
„Lieber einen Espresso!", antwortete Isedor.

„Das ist in Siena das Gleiche! Nur Touristen sagen Espresso!“, belehrte ihn der Italiener.
Gemeinsam schlenderten sie durch die Eingangshallen mit den lindgrünen schweren Vorhängen vor den Fenstern zur Bar. Hier und da luden bequeme, ebenso lindgrüne Sofas zum Verweilen ein, und in einer Ecke wartete ein Computer-Terminal auf den nächsten Benutzer.
Isedor hob staunend den Kopf, um die barocke Deckenmalerei mit den Putten zu betrachten. „Schön hier!“
Es war früher Nachmittag, und sie waren die einzigen Gäste, die die Bar betraten.
Signore Atta begrüßte sie freundlich, wusste selbstverständlich, dass Luca ein Freund der Chefin war. „Was kann ich für Sie tun?“
Luca hob zwei Finger. „Due caffè!“
Dann wandte er sich Isedor zu: „Und, haben Sie etwas erfahren?“
Isedor legte den Kopf schief. „Nicht viel! Aber offensichtlich hat sich Bauer schon öfter leichte Mädchen kommen lassen. So viel geben sie immerhin zu. Und bei Ihnen?“
Marchetti verschränkte die Arme, als müsste er die Informationen erst einmal verinnerlichen. „Es war ganz interessant! Die italienischen Abgeordneten haben mir ein bisschen erzählt, wie die Verhandlungen laufen. Es geht um europäische Sicherheitsnormen bei öffentlichen Veranstaltungen. Konzerte, Fußballspiele und dergleichen. Sie ärgern sich über die Deutschen, weil sie so übertriebene Vorstellungen haben. Mit solchen Normen wäre keine Veranstaltung und kein einziges Fußballspiel mehr zu finanzieren, dann würde die gesamte italienische Stadien-Szene Bankrott gehen.“
„Und was gefällt ihnen im Detail nicht?“
„Einfach alles! Videoüberwachung, bessere Trennung der Fans, Überwachung der Hooligans, gesonderte Einlässe, verzögerte Auslässe, elektronisches Kartensystem. Einfach alles! Das wäre einfach zu teuer. Hier in Italien wehren sie sich mit Händen und Füßen gegen weitere Verschärfungen.“
„Da geht es wohl um viel Geld?“, vermutete Isedor.
„Na klar, im Moment entsprechen nur fünf Stadien den Sicherheitsnormen, die sie verlangen.“
„Und Siena?“
„Siena gehört natürlich zu den fünf sicheren Stadien!“, erklärte Marchetti mit dem sichtlichen Stolz des Senesers.
„Natürlich!“, feixte Isedor.

„Und, haben Sie etwas über Bauer erfahren?", überging Marchetti die ungläubige Reaktion des Deutschen.
„Nicht viel! Sie sind betroffen, bla, bla, und was für ein guter Kollege er war ...! Aber dass er einen Hang zu hübschen Frauen hatte, das haben sie unter vorgehaltener Hand zugegeben."
„Das würde immerhin erklären, wie es ihm möglich war, hier eine Damenbekanntschaft zu haben. Gibt es hier eine Ecke oder Straße, an der die Prostituierten stehen?"
„Ja, an der Via ....!
„Vielleicht könnten Sie dort mal ermitteln?"
Marchetti machte eine abwehrende Handbewegung. „Wenn es eine Nutte war, dann ist sie längst über alle Berge. Aber schön! Prostitution ist ohnehin verboten. Vielleicht ist es mal wieder Zeit für eine Razzia!"

Beide schlürften den heißen Kaffee, und überrascht lauschte Isedor der dezenten Musik, die im Hintergrund zu hören war. „ Oh, eine Live-Aufnahme von ‚Fleetwood Mac'! Wo haben Sie denn das seltene Stück aufgetrieben?"
Signore Atta lächelte. „Das ist Radio Capital! Die spielen andauernd so etwas."
„Cool!", staunte Isedor. „So einen Sender bräuchten wir in Deutschland auch! Ich habe diesen Einheitsbrei an Musikkonserven satt!"
Luca lachte voller Verständnis. „Dann werden Sie hier auf ihre Kosten kommen! Signore Atta ist ein Spezialist darin, solche Musik zu finden."
„Ah, ein Detektiv! Sozusagen auch aus der Branche! Sehr angenehm!"
Marchetti kicherte, dann wurde er ernst. „Wollen Sie den Tatort sehen? Dann könnten wir dort schnell noch vorbeifahren."
„Unbedingt!", stimmte Isedor sofort zu.
Marchetti zog sein Handy aus der Anzugtasche und bellte einen Befehl hinein, dann brummte er zufrieden: „Ah, Pantera 3 kommt!"
„Was bedeutet denn Pantera?"
„So nennen wir die Polizeifahrzeuge. Es kommt gleich ein Wagen, der uns nach Monteriggioni fährt."
„Warum fahren wir nicht selbst?"
„Wozu? Ich bin Commissario!"
Isedor lachte erheitert. „Vielleicht lasse ich mich eines Tages nach Italien versetzen."

Innerhalb von drei Minuten parkte ein blauer Einsatzwagen vor dem Hotel, und Marchetti stöhnte: „Immer diese Eile von diesen dienstgeilen Jungs!“
Es war ein ziemlich junger Polizist, der ihnen strahlend die Tür aufhielt. Marchetti stieg vorne ein, während sich Isedor auf die Hinterbank drückte. Für beide wäre hinten wohl kaum Platz gewesen.
Deutlich war der Polizeifunk über die Sprechanlage zu hören, und Isedor seufzte: „Radio Capital wäre mir jetzt lieber!“
Der Polizist lächelte verschmitzt und suchte schnell nach der richtigen Frequenz. Im Moment lief ein Live-Mitschnitt von Lou Reeds „Bad City“, und Isedor grunzte vor Wohlbehagen. „Ist das nicht toll!?“ Das Stück war insgesamt zwölf Minuten lang und klang gerade aus, als sie die Superstrada wieder verließen. „Unglaublich“, murmelte Isedor. „Bei uns spielen sie nie so lange Lieder.“
Wieder glitt die Landschaft an ihnen vorbei. Die mit Platanen gesäumte Landstraße, die engen Kurven, der wild wachsende silbergraue Lavendel mit seinen lila Blüten, dahinter grau-grüne Olivenhaine und schlanke dunkelgrüne Zypressen. Isedor genoss die kurze Ruhepause und ließ die Landschaft auf sich wirken. Sanfte, verträumte Hügel unter dem lilablauem Himmel, verstreute Bauernhäuser aus Natursteinen und den typischen orangefarbenen halbrunden Dachziegeln. Alles strahlte diese Ruhe aus, dieses Laissez-faire, bei dem man seine Seele baumeln lassen konnte. Warum hatte er hier noch nie Urlaub gemacht? Aber er verband die Toskana immer mit Städtetourismus im Stil von „zwanzig Sehenswürdigkeiten in zwei Tagen“. Dass man sich hier auch wunderbar entspannen könnte, fiel ihm erst jetzt auf.
Marchetti zeigte auf den schmutzig-grünen Müllcontainer, an dem sie in rascher Fahrt vorbeifuhren. „Hier haben wir die Leiche gefunden!“
„Sehr appetitlich!“

Nach einigen Kilometern bogen sie zu der Ferienanlage ab und parkten auf dem gekiesten Weg vor dem letzten Ferienhaus. „Wir können beweisen, dass Signore Bauer in diesem Haus getötet wurde.“
Isedor fragte nicht nach genaueren Details, denn er ging davon aus, dass die italienische Polizei genauso sorgfältig arbeitete wie die deutsche. Marchetti holte den Schlüssel von dem inzwischen wesentlich kooperativeren Eigentümer und sperrte die Tür des betreffenden Ferienhauses auf; dann schauten sich die beiden Ermittler kurz um.

Eigentlich gab es nichts mehr zu sehen, denn das Gepäck von Bauer war bereits abgeholt worden, und ansonsten schien alles sauber und ordentlich. „Aha!", meinte Isedor. „Ziemlich primitiv! Nicht mit dem Hotel Garden zu vergleichen."
„Nicht wahr? Das ist immer noch ein Puzzleteil, das es zu enträtseln gibt."
„Vielleicht wollte Bauer nicht mit einer Prostituierten gesehen werden?"
„Das ist gut möglich! Hier hat ihn offensichtlich niemand gesehen."
Beide verließen das Haus und setzten sich kurz auf die kleine Terrasse, die bereits im Schatten lag. Isedors massiger Körper quetschte sich auf den vom Wetter ergrauten Plastikstuhl und kippelte nachdenklich vor und zurück. „Schöner Blick!"
Das stimmte! Der Blick von der Terrasse war ein Traum: silbergraue Olivenbäume mit ihren noch grünen Früchten, in der Ferne einige Reihen Weinstöcke, an denen winzige grüne Trauben bereits eine gute Ernte erahnen ließen. In der Ferne erhob sich der nächste Hügel mit einigen schlanken Zypressen und einem gepflügten Feld mit der typischen rötlich-braunen Erde. Ein würziger Duft nach Lavendel und Rosmarin lag in der Luft, und Isedor atmete tief ein. Man hörte die Kinder am Swimmingpool toben, konnte sie aber nicht sehen. Ein abgeschiedener Platz!
Unter dem tiefgezogenen, mit flachen roten Platten gedeckten Vordach der Terrasse stand ein kleiner dunkelbraun gebeizter Holztisch mit einer großen kitschig-roten Keramikvase, die mit vertrockneten Weizenähren gefüllt war. Isedor störte, dass sie ein wenig schief stand, obwohl er nicht tatsächlich darüber nachdachte. Stattdessen konzentrierte er sich auf sein Gegenüber.
„Wir haben sämtliche Sachen von Bauer sichergestellt", erzählte Marchetti gerade. „Wir können anschließend in die Questura fahren, und Sie werfen einen Blick auf den Computer. Bis dahin müssten die Daten eigentlich wiederhergestellt sein."
„Gerne!", meinte Isedor. „Ich verstehe nur nicht, warum eine Prostituierte die Festplatte löschen sollte."
„Ich auch nicht! Vielleicht hat sie ja überhaupt nichts mit dem Mord zu tun."
„Ich glaube nicht an solche Zufälle!", meinte Isedor. „Wenn sie in der Mordnacht hiergewesen ist, dann ist sie auch darin verwickelt. Haben die Touristen irgendetwas bemerkt?"
Luca Marchetti schüttelte den Kopf. „Nichts! Manchmal stand ein

Auto vor der Tür, aber mehr hat die Befragung nicht ergeben. Es war gerade genug Information, um zu bestätigen, dass Signore Bauer offensichtlich mehrfach Besuch empfangen hat. Aber die Beschreibungen des Autos weichen stark voneinander ab."
„Nun, vielleicht waren es ja auch verschiedene Fahrzeuge. Es könnte doch sein, dass er Besuch von verschiedenen Damen gehabt hat."
„Eine gute Idee! Das würde erklären, warum es sich um einen schwarz-blau-dunkelgrünen japanischen Alfa Romeo der Marke Fiat gehandelt hat!"
Isedor lachte dröhnend, dann schob er seine Sonnenbrille mit einer betont lockeren Bewegung auf seinen Kopf zurück. „Habt ihr die Kinder schon gefragt?"
Marchetti zog die Augenbrauen hoch. „Wieso die Kinder?"
„Na, die beobachten in der Regel genauer!"
Marchetti legte den Kopf schief und lauschte auf die hellen Stimmen, die zu ihnen hinüber drangen. Warum nicht? „Gute Idee! Sollen wir zum Swimmingpool gehen? Es sind, glaube ich, viele deutsche Urlauber hier."
„Freilich!", meinte Isedor gedehnt und nutzte im Aufstehen die Gelegenheit, eine Vase geradezurücken, die irgendwie schief stand. Ihn störten diese Kleinigkeiten. Sie wackelte hin und her und stand anschließend noch schiefer als vorher da. Neugierig hob Isedor sie hoch und brachte damit ein kleines, flaches, schwarzes Notizbuch zum Vorschein. „Hoppla! Haben Sie mal ein Taschentuch?"
Marchetti zog ein seidenes Tuch aus seiner Anzugtasche und wickelte das Büchlein sorgfältig darin ein. „Es wird immer merkwürdiger! Ich möchte wetten, dass die Spurensicherung die Fingerabdrücke von Bauer darauf findet."
„Das glaube ich allerdings auch!", stimmte Isedor zu.
Vorsichtig überreichten sie das Beweisstück dem Polizisten, der es in einen Aktenkoffer legte. „Wir gehen kurz zum Swimmingpool und reden mit den Kindern", informierte Marchetti den jungen Mann. „Kam etwas über Funk?"
„Nein!", winkte der Polizist ab.

Gemeinsam gingen die beiden den steinigen Weg zu dem Pool und ärgerten sich, dass ihre Schuhe wahrscheinlich unnötig staubig wurden. Kreischend jagten sich einige Kinder im Alter von sechs bis zwölf Jahren mit einem Ball durch das brackige Wasser. Mehrere Liegestühle standen in der Nähe, auf denen sich die Mütter den Rü-

cken bräunen ließen, und in einem Buggy lag ein Baby, das trotz des Lärms vor Erschöpfung eingeschlafen war. Isedor setzte seine dunkle Sonnenbrille wieder auf und versuchte einen coolen Eindruck zu machen. Mit lauter Stimme wandte er sich an die tobenden Kinder: „Hey, ihr da! Kann ich euch mal sprechen!“ Sofort richteten sich auch einige Mütter auf, die angriffslustig darauf warteten, ob er sich vielleicht über den Lärm beschweren wollte. Zögernd kam der Haufen Kinder auf ihn zu, und Isedor setzte ein breites Lächeln auf. „Grüßt euch!“, meinte er gedehnt und übertrieben freundlich. „Versteht ihr mich?“
Die Kinder nickten nur und warteten misstrauisch ab, was dieser Erwachsene von ihnen wollte. „Ich bin ein Kommissar!“, stellte sich Isedor vor. „Ich heiße Ise und helfe der italienischen Polizei ein bisschen!“
„Wie wird man denn Kommissar?“, fragte ein kleiner Junge wissbegierig. Isedor stemmte seine Hände in die Hüften und beugte sich zu dem Kind hinunter. Vertraulich flüsterte er: „Indem man entsetzlich neugierig ist und immer alles ganz genau beobachtet!“
„Cool!“, meinte der Junge mit glänzenden Augen.
„Vielleicht habt ihr ja etwas beobachtet? Etwas, das wir unbedingt wissen müssen.“
„Ja klar! Was denn?“, fragten die Kinder begeistert.
„Könnt ihr mir etwas von dem Typen erzählen, der in dem letzten Haus dahinten gewohnt hat?“ Ise fuchtelte mit seiner Hand in die ungefähre Richtung, dabei ging er einen kleinen Schritt zurück, als eine Pfütze Wasser, das von den Kindern tropfte, sich auf seine Schuhe zubewegte.
„Nö!“, wehrten die Kinder ab. „Der ist ja verschwunden!“
„Schon!“, bestätigte Isedor. „Aber ehe er verschwunden ist! Hat er da manchmal Besuch bekommen?“
„Na klar, manchmal kam ein schwarzes Auto! Aber erst ganz spät!“, meinte ein älteres Kind.
„Nee, das Auto war blau!“, plärrte ein Mädchen dazwischen.
„Gar nicht wahr! Du bist ja bloß ein Mädchen und hast keine Ahnung von Autos!“, giftete der dunkelhaarige Junge zurück.
„Vielleicht waren es ja zwei verschiedene Autos, die gekommen sind?“, versuchte Isedor zu vermitteln.
„Nö! Ganz bestimmt nicht! Es war immer ein schwarzer Alfa Romeo!“
„Und woher willst du das so genau wissen?“, fragte Isedor heraus-

fordernd.
„Na, ich kenne mich mit Autos aus! Vielleicht werde ich mal Kfz-Mechaniker! So wie mein Papa! Es war ein Alfa Romeo, so mit breiten Sportreifen."
„Aha!", staunte Isedor. „Hast du auch gesehen, wer ihn gefahren hat?"
„Nö, das hat mich nicht interessiert! Ich glaube, es war eine Frau!"
„Könnte es auch ein Mann gewesen sein?"
„Kann schon sein! Die Scheiben waren so dunkel, dass ich fast nichts sehen konnte. Es war ja schon spät."
„Und da bist du noch aufgewesen?", bohrte Isedor weiter.
Die Kinder kicherten verschwörerisch. „Hier bleiben wir immer so lange auf, es sind doch Ferien!"
„Ach so, das hätte ich fast vergessen!", bestätigte Isedor, als hätten die Kinder eine Generalvollmacht, im Urlaub nicht zu Bett gehen zu müssen. Dann zog er eine Visitenkarte aus der Tasche und reichte sie dem Jungen. „Hier, für dich! Wenn du mal zur Polizei kommen möchtest, dann rufst du mich an!"
„Cool!" Die blauen Augen des Jungen strahlten.
„Hey, wenn mir noch eine Frage einfällt, kann ich dich dann noch mal belästigen?"
„Klar!", bot der Junge großzügig an. „Wir sind noch bis Samstag hier! Ich bin der Stefan!"
„Klasse, Stefan! Vielen Dank für deine Hilfe!", bedankte sich Isedor freundlich.
„Ciao!", brüllten die Kinder, stolz auf ihre ersten Italienisch-Kenntnisse, und folgten den beiden bis zum Polizeiauto. Kichernd standen die Kinder daneben, als sich der massige deutsche Kommissar auf die Rückbank quetschte. Dann liefen sie winkend noch ein Stück hinter dem Auto her.
Marchetti drehte seinen Kopf mit einem Lächeln nach hinten und meinte bewundernd: „Sie können gut mit Kindern umgehen! Haben Sie etwas erfahren?"
„Ja, die Kinder meinen, dass es ein schwarzer Alfa Romeo war, und zwar immer dasselbe Fahrzeug!"
„Wie zuverlässig schätzen Sie diese Information ein?"
„Ziemlich zuverlässig! Der Junge konnte sich immerhin an die breiten Sportreifen erinnern."
„Aha! Das grenzt die Suche ein!"
Beide lehnten sich zurück und hingen ihren Gedanken nach, froh um

die kurze Pause. Die Ermittlungen waren anstrengend, und die vielen Kleinigkeiten fügten sich erst langsam zu einem Bild zusammen. Marchetti musste zugeben, dass dieser Deutsche doch ganz hilfreich war, außerdem war er sympathisch. Er hatte fast ein schlechtes Gewissen, als er darüber nachgrübelte, wie er ihn am Abend am elegantesten loswerden konnte. Aber er wollte ihn auch nicht mit zur dritten Probe schleppen! Oder vielleicht doch?

Reitgerte, Reitstiefel und ein schwarzes Buch

Kurz vor Siena beugte sich Marchetti nach hinten und meinte fast entschuldigend: „Wir sollten vielleicht kurz bei dem Staatsanwalt vorbeischauen! Es ist nur eine Sache der Höflichkeit. Was meinen Sie?“

„Selbstverständlich! Kein Problem!“, stimmte Isedor zu.

Der junge Polizist parkte direkt vor dem Justizpalast im absoluten Halteverbot. Dunkle Bäume standen im Halbschatten des modernen Gebäudes, ein grauer Betonkasten und architektonischer Schandfleck der Stadt. Gegenüber lag die alte „Fortezza“, eine festungsähnlichen Anlage aus dem sechzehnten Jahrhundert, die inzwischen zum Mittelpunkt einer großen Parkanlage umgestaltet wurde. Staunend blickte Isedor auf die alten Festungsmauern aus gebrannten Ziegeln und den schön angelegten Park. Riesige, Jahrhunderte alte Steineichen und uralte Eschen säumten die Wege, und an einem Ende des kleinen Parks stand ein altes Karussell, beliebter Treffpunkt der Mütter mit ihren Kindern.

Marchetti führte den Deutschen in den nüchternen Eingangsbereich des Justizgebäudes, und sie fuhren mit dem Fahrstuhl in den zweiten Stock, in dem sich das Büro des Staatsanwalts befand. Sie gingen durch sterile Gänge, an denen nur die Zimmernummern an den weißen Wänden irgendeine Orientierung gaben. Ihre Schritte hallten wie auf den Fluren eines Krankenhauses, sonst war hinter den grauen Türen kein Ton zu hören. Marchetti klopfte dynamisch gegen die Tür und wartete auf das „Avanti“, ehe er eintrat.

Signore Brandesa blickte überrascht auf und stand dann mit einem Lächeln auf.

„Buonasera!“, grüßte Marchetti höflich. „Ich wollte Ihnen den deutschen Commissario vorstellen! Wolfram Isedor aus München!“

„Ah, angenehm! Wie laufen die Ermittlungen?“, wandte sich der Staatsanwalt an den Commissario.

„Ganz gut! Inzwischen müsste die Spurensicherung noch einige Fakten haben. Wir sind auf dem Weg dorthin. Morgen früh wollte ich Ihnen die ersten Ermittlungsberichte schicken.“

„Hervorragend! Haben Sie schon Einzelheiten?“

„Ja, wir können beweisen, dass sich Signore Bauer tatsächlich in der Ferienanlage aufgehalten hat. Außerdem wissen wir, dass er mehr-

fach Damenbesuch hatte. Die Gespräche mit den Politikern waren bisher wenig ergiebig, aber immerhin geben sie zu, dass Signore Bauer einen Hang zu hübschen Mädchen hatte!"
Der Miene des Staatsanwalts verdunkelte sich merklich. „Meinen Sie, dass dies wichtig ist? Ich möchte Peinlichkeiten vermeiden."
Marchetti legte den Kopf schief und überlegte: „Ich denke schon! Wahrscheinlich hatte dieser Bauer mehrmals Besuch von einer Prostituierten. Diese Dame war sicherlich die letzte, die ihn lebend gesehen hat, wenn sie nicht sogar etwas mit dem Mord zu tun hat."
„Ein Mord im Rotlichtmilieu?", zweifelte der Staatsanwalt. „Das wäre allerdings mehr als peinlich!"
„Mei!", meinte Isedor locker. „So etwas gab es schon öfter! Zumindest erwähnte niemand der Abgeordneten ein politisches Motiv."
Marchetti lachte dröhnend. „Es wäre allerdings neu, dass Abgeordnete überhaupt etwas zugeben!"
„Nun, dass Herr Bauer einen Hang zu leichten Mädchen hatte, das haben sie immerhin zugegeben."
„Stimmt!", gab Marchetti zu.
„Was sind Ihre nächsten Schritte?", fragte der Staatsanwalt.
„Ich werfe einen Blick auf die weiteren Beweismittel. Wir haben nämlich ein Notizbuch gefunden, das Signore Bauer offensichtlich versteckt hatte. Vielleicht finden wir darin einen Hinweis. Außerdem wollte ich eine Razzia bei den leichten Damen veranlassen."
„Interessant! Rufen Sie mich morgen an, sowie Sie etwas herausgefunden haben."
„Selbstverständlich!"

Marchetti und Isedor verließen das Büro, und Marchetti atmete insgeheim auf. Jetzt hatte er eine Gnadenfrist bis morgen erhalten, ehe er die Berichte einreichen musste. Vielleicht konnte er sich nach der Probe noch an den unliebsamen Schreibkram setzen.
Wieder quetschten sie sich in das Einsatzfahrzeug und ließen sich zur Questura bringen. Isedor blickte schweigend aus dem Fenster und ließ die alte Stadt mit ihren verwinkelten Gassen auf sich wirken, während Marchetti unkonzentriert auf den leisen Funkverkehr hörte, der aus der Sprechanlage drang. Sein Blick blieb an den Menschen kleben, die sich vor der Questura versammelt hatten: Ein Auflauf an Journalisten, bewaffnet mit Kameras, außerdem hatten sich zwei Fernsehteams eingefunden. „Auch das noch!", stöhnte Marchetti wenig begeistert. Sofort stürzten sich die Reporter wie Mos-

kitos auf die beiden Ermittler, waren immerhin so gut informiert, dass sie Marchetti erkannten. Der diensthabende Polizist stand mit verschränken Armen vor dem Eingang der Questura und verteidigte sie standhaft. „Mi dispiace!", hob er verzweifelt die Arme. „Ich habe versucht, die Meute loszuwerden!"
Marchetti stellte sich auf die Stufe vor dem Eingang und bat um Ruhe: „Piano, piano! Was kann ich für Sie tun?"
Wieder schwirrten die Stimmen durcheinander, aber es ging eindeutig daraus hervor, dass die Presse über den Mord informiert war. Marchetti wechselte einen indignierten Blick mit Isedor. „Wie hat die Presse nur so schnell Wind davon bekommen?"
„Offensichtlich haben sie einen Tipp bekommen!", bemerkte Isedor ebenso genervt.
Mit gerunzelter Stirn musterte er die Reporter und zog dabei die Schultern so hoch, dass sein Hals fast völlig verschwand. Jetzt sah er wirklich aus wie ein Preisboxer, der im Ring auf den nächsten Schlag seines Gegners wartete. Volle Deckung.
Mehrere Reporter drängelten sich vor und hielten den beiden Commissarios die Mikrofone unter die Nase. „Stimmt es wirklich, dass ein deutscher Politiker hier in Siena ermordet worden ist?"
„Wo haben Sie die Leiche entdeckt?"
„Haben Sie schon einen Verdacht?"
„Gab es politische Gründe für den Mord?"
Marchetti verschränkte seine Arme und richtete sich zur vollen Größe auf. „Meine Herren! Leider kann ich Ihnen auf Ihre Fragen keine Antworten geben. Setzen Sie sich bitte mit dem Staatsanwalt in Verbindung, oder wenden Sie sich an das Ufficio di Gabinetto."
„Aber stimmt es, dass ein deutscher Politiker ermordet worden ist?"
Marchetti seufzte, dann nickte er. „Ja, das stimmt! Wir haben seine Leiche in einer Mülltonne in der Nähe von Monteriggioni gefunden."
„Stimmt es, dass er zu einer Delegation gehört hat?"
„Ja, das ist richtig! Aber mehr kann ich Ihnen wirklich nicht sagen! Sowie die Ermittlungen abgeschlossen sind, werden wir Ihnen die Fakten bekanntgeben."
Energisch schob er Isedor in den Eingangsbereich der Questura und überließ es dem wachhabenden Polizisten, die Meute abzuwimmeln.

Der Nachmittag war inzwischen weit fortgeschritten, und Marchetti musste sich beeilen, wenn er noch jemanden in der Spurensicherung

antreffen wollte. Außerdem verständigte er die Polizei und die Abteilung für Prostitution: „Es ist nicht auszuschließen, dass sich der Mord im Rotlichtmilieu ereignet hat. Könnt ihr mal die Mädchen überprüfen?"
„Von den meisten haben wir bereits die Fingerabdrücke. Aber wir haben keine Übereinstimmung gefunden. Das betreffende Mädchen muss neu sein!"
„Oder sie hat keine Fingerabdrücke hinterlassen!", befürchtete der Commissario.
„Wir haben doch die DNA dieser Frau! Nein, bisher gab es keine Übereinstimmung."
„Nun, dann überprüft die neuen Mädchen!", schlug Marchetti vor.
„Va bene!"
Mit dem Deutschen ging Marchetti in das Büro der Spurensicherung und atmete erleichtert auf, weil Batisti immer noch im Dienst war. „Hier!" Er drückte ihm den Aktenkoffer in die Hand. „Wir haben ein Notizbuch gefunden! Kannst du mal überprüfen, ob es von Bauer ist?"
„Sicher! Setz dich doch!"
Vorsichtig nahm Batisti das Notizbuch mit einer Pinzette aus dem Koffer und legte es auf eine Glasplatte. Dann reichte er es an einen Mitarbeiter weiter. „Hier, bringe es ins Labor und nimm die Fingerabdrücke! Dann vergleichst du sie mit denen des Mordopfers!"
„Jetzt?", stöhnte der junge Mann.
„Jetzt!", befahlen Batisti und Marchetti fast gleichzeitig.
Beide lachten, dann stellte Marchetti seinen Begleiter vor: „Das ist Commissario Isedor aus Monaco di Baviera! Er beobachtet unsere Ermittlungen!"
Ungezwungen steckte Batisti die Hände in seine Hosentaschen und streckte sich ein wenig. „Ah, ciao! Was kann ich für euch tun?"
„Alles! Was hast du inzwischen herausgefunden?"
„Soll ich …?", fragte Batisti mit einer deutlichen Geste auf Isedor.
„Si, si …! Er ist eingeweiht! Erzähl schon!"
„Wir haben die Daten des Computers! Ganz schön interessant, was da so alles drauf ist. Natürlich auch einige Texte, mit denen wir nichts anfangen können. Dazu brauchen wir erst einen Dolmetscher."
Marchetti klopfte Isedor auf die Schulter. „Vielleicht könnten Sie uns kurz helfen?"
„Aber gerne!", freute sich Isedor und setzte sich erwartungsvoll an den angebotenen Schreibtisch. „Wo soll ich anfangen?" Es war ihm

deutlich anzusehen, dass ihm die ungezwungene Atmosphäre gefiel. Isedor verhielt sich, als würde er schon seit Jahren der Kripo in Siena angehören. Ein ziemlich guter Schachzug, gerade ihn zu schicken!
„Wir haben bereits einige Dateien auf unseren Rechner kopiert. Sie waren zum Glück nicht gelöscht. Herr Bauer hat ein ziemlich mieses Programm auf seinem Computer, das die Daten im Papierkorb völlig zerstückelt. Luigi nimmt gerade die Festplatte auseinander und versucht die Dateien wieder herzustellen!"
„Interessant! Mich würde tatsächlich mehr interessieren, welche Informationen verschwunden sind. Herr Bauer muss ganz schön misstrauisch gewesen sein, wenn er so ein Programm auf seinem Computer hat", folgerte Marchetti.
„Sehr! Luigi denkt, dass Herr Bauer selbst einige brisante Daten gelöscht hat. Wahrscheinlich hat er irgendwo eine Sicherungs-CD versteckt. Trotzdem sind wir noch auf einige interessante Sachen gestoßen. Wollt ihr mal sehen?"
Batisti beugte sich über den Deutschen und tippte einige Daten ein, dann erschienen mehrere Dateien auf dem Bildschirm. „Vielleicht hier! Um welche Dokumente handelt es sich hier?"
Isedor überflog die Dateien, dann schüttelte er enttäuscht den Kopf. „Das sind alles Gesetzestexte, Vorschläge und so weiter! Uninteressant! Darf ich mal?"
Schon tanzten seine Finger über die Tasten, und im Nu hatte er andere Dateien geöffnet. „Ah, das ist interessant! Ein Terminkalender! Vielleicht steht für die nächsten Tage etwas drin?"
Er blätterte durch die Einträge und klickte sie weg. „Bundestag, Treffen mit Abgeordneten, ah, das hier ist interessant! Ein Name mit einer Telefonnummer! Vielleicht sollte ich dort mal anrufen?"
Marchetti zuckte mit den Schultern. „Warum nicht! Schreiben Sie sich die Nummer doch auf!"
Isedor machte sich eine Notiz und durchsuchte weiter die Dokumente. „Ups!", meinte er überrascht, als plötzlich die Fotos einiger nackter Mädchen erschienen. „Was haben wir denn da? So etwas macht sich aber nicht so gut auf dem Notebook eines Abgeordneten!"
Batisti stellte sich mit wichtiger Miene daneben und tippte mit dem Zeigefinger gegen den Bildschirm. „Das hat unser Mitarbeiter natürlich als Erstes gefunden! Seltsamerweise waren diese Bilder nicht gelöscht!"
„Wenigstens kennen wir nun den Geschmack von Bauer", stellte Isedor ernüchtert fest. „Dunkelhäutige Mädchen!"

„Davon wollte ich übrigens gerade erzählen", meinte Batisti gedehnt. „Wir haben nämlich die Reitgerte untersucht! Zuerst natürlich den Griff, wegen der Fingerabdrücke, aber dann ist uns die Gerte aufgefallen. Wir fanden getrocknete Blutspuren. Wir hielten sie erst für Dreck, aber Agente Montagna kamen sie seltsam vor. Stellt euch vor! Es waren Blutspuren und Hautfetzen von einer Frau. Mit Sicherheit dieselbe, von der wir die Scheidenflüssigkeit haben. Er muss sie mit der Gerte windelweich geprügelt haben, weil die Gerte buchstäblich übersät ist mit Hautfetzen! Und wir wissen ebenfalls, dass es sich um eine Farbige handelt."
Marchetti war sprachlos, dann schüttelte er den Kopf. „Welcher Zuhälter lässt denn seine Nutte verprügeln?"
Isedor seufzte: „Nur ein ganz hartgesottener! Oder einer, der genügend Geld angeboten bekommt. Zumindest kennen wir jetzt das Hobby von Bauer: eine besondere Form des Reitens mit der Gerte!"
Isedor warf einen betroffenen Blick auf Marchetti. Beide hatten während ihres Dienstes schon viel erlebt, aber immer noch gab es Abgründe, die sie erschreckten.
„Wow!", murmelte Marchetti ehrlich erschüttert. „Deshalb auch die Reitstiefel! Und deswegen wusste niemand, wohin er zum Reiten hinging."
„Ich möchte wetten, dass die anderen sehr wohl wussten, welchem Vergnügen Bauer nachging", meinte Isedor voller Zynismus, sein Glaube in die Politiker geriet wieder einmal ins Wanken.
„Das glaube ich allerdings auch!", stimmte Marchetti sofort zu, als er an die scheinheiligen Beteuerungen dachte. „Sie kennen ihn nicht näher", säuselte er zynisch auf Englisch und äffte dabei die Stimme von Klaus Haber nach. „Ganz im Gegenteil! Die kannten ihn ganz genau!", betonte er wütend.
„Das werden wir ihnen kaum nachweisen können", ärgerte sich Isedor.
Marchetti griff zum Telefonhörer und wählte die Zentrale. „Hört mal! Wir können die Suche nach der Prostituierten eingrenzen. Wir suchen eine Farbige!"
„Va bene!", erklang es erstaunt.
„Und dehnt die Suche bis nach Monteriggioni aus! Der Fall ist wichtig!", befahl Marchetti energisch.
„Sollen wir die Carabinieri verständigen, damit sie uns unterstützen?"
„Ja, macht das!", willigte Marchetti ein. Im Grunde waren ihm die

Prostituierten gleichgültig, gehörten nicht zu seinem Aufgabengebiet. Fast mit schlechtem Gewissen dachte er an die bevorstehende Razzia und das Elend, das damit zum Vorschein kam. Immer wieder wurden dabei Mädchen aufgegriffen, die keine Aufenthaltserlaubnis hatten und die in das Elend ihrer Herkunftsländer zurückgeschickt wurden. Aber er konnte darauf keine Rücksicht nehmen. Oft genug tolerierte die Polizei das illegale Geschäft, solange es nicht ausuferte, aber jetzt lag hier vielleicht die Lösung in einem Mordfall vor. „Ich brauche schnell Ergebnisse! Ich informiere den Questore darüber!"
Kopfschüttelnd wandte er sich wieder an Batisti: „Habt ihr schon etwas über die Telefongespräche von Florian Bauer?"
„Nein, das dauert immer etwas länger, bis die Telefongesellschaften sich melden. Ich rechne morgen mit einem Ergebnis."
Marchetti nagte nervös an seinen Lippen und kniff die Augen zusammen. Dieser Fall wurde immer komplizierter! „Was habt ihr sonst noch herausgefunden?"
„Oh, die Reifenabdrücke vor dem Haus waren die gleichen wie vor dem Müllcontainer! Breite Sportreifen, nur die Automarke wissen wir noch nicht."
„Ein schwarzer Alfa Romeo!", meinte Marchetti mit einem triumphierenden Gesichtsausdruck. Endlich konnte er auch mal einen Ermittlungserfolg nachweisen.
„Woher weißt du denn das?", staunte Batisti ehrlich überrascht.
Marchetti deutete nur lächelnd mit dem Daumen auf Isedor, dann meinte er. „Ich lasse gleich alle Halter überprüfen!"
Inzwischen war der junge Mann mit dem Notizbuch zurück und wedelte um Aufmerksamkeit heischend damit hin und her. Batisti nahm es entgegen und fragte: „Und? Gehörte es Bauer?"
„Si!", stimmte der junge Mann zu. „Kann ich jetzt gehen?"
„Ja, du kannst Feierabend machen! Ciao, bis Morgen!"
„Ciao!", kam es begeistert zurück, und mit einem Satz war der junge Mann verschwunden.
Marchetti beneidete ihn und hoffte, dass auch er heute noch zu seiner Contrada gehen konnte.

Dann blätterte er aufmerksam in dem schmalen Notizbuch. Es war ein wenig abgegriffen und zerfleddert, zeugte davon, dass es oft in den Händen gehalten worden war. Er fand einige Seiten, in denen ordentlich Zahlen untereinander geschrieben waren, jede mit einem Datum versehen. Der letzte Eintrag war interessant, denn er war

vom Dienstag, also dem Tag oder Abend, ehe Bauer ermordet wurde. Jede Seite war mit einem Buchstaben markiert, ansonsten stand nichts dabei.
Auf der hintersten Seite stand ein langer Code aus Buchstaben und Zahlen, aber ohne sonstige Hinweise, außerdem fand er eine Nummer, die mit Bleistift hastig auf eine Seite gekritzelt worden war. Höflich reichte er Isedor das Notizbuch, der es ebenso sorgfältig durchblätterte. Schließlich deutete er mit seinem Zeigefinger auf eine Nummer. „Das ist eine Telefonnummer in Frankfurt!"
„Und die andere Zahl?"
„Sieht aus wie ein Nummernkonto! Aber ohne weitere Informationen wird es schwierig, etwas herauszufinden. Ist es ein Konto in der Schweiz, dann erfahren wir ohnehin nichts."
Schweigend musterten alle die seltsamen Einträge, und jeder versuchte sich einen Reim darauf zu machen. „Könnte ich mir die Seiten kopieren?", bat Isedor. „Vielleicht finde ich eine Verbindung."
Marchetti zuckte mit den Schultern und gab wortlos sein Einverständnis. Batisti ging zu dem Kopierer und machte einige Ablichtungen, dann reichte er sie an Kommissar Isedor.
„Hm! Die einzelnen Buchstaben ergeben das Wort SORGN! Wieder so ein Puzzle, das es zu enträtseln gilt."
„Vielleicht eine Abkürzung?"
„Und was bedeuten die Zahlen?", fragte Batisti.
Marchetti legte seine Finger zusammen, als würde er gerade einen Bleistift halten, und schwang sie vor seinem Gesicht vor und zurück. „Natürlich E-uro! Geld! Was sollte es denn sonst sein, bei einem Politiker!" Bei ihm klang das Wort Politiker plötzlich wie ein übles Schimpfwort. Aber auch die anderen zogen nur die Augenbrauen hoch, weil ihnen nichts anderes einfiel. Zahlen im Notizbuch eines Politikers bedeuteten in der Regel Geld!
„Ob dieses Buch etwas mit dem Mord zu tun hat?", überlegte Isedor laut.
„Da bin ich mir sicher! Wieso hätte er es sonst versteckt?"
Marchetti wandte sich wieder an Batisti: „Hast du sonst noch etwas für mich?"
„Ja, ein paar Kleinigkeiten! Die Kleidung war nicht ergiebig, und die Bettwäsche war leider frisch bezogen. Aber wir haben Fingerabdrücke an dem Bettgestell sichergestellt und einige Spuren von Fasern. Sobald ich etwas weiß, lasse ich es dich wissen!"
„Na schön, dann sehen wir uns morgen!"

Marchetti winkte Isedor, ihm zu folgen, und die beiden verließen den Komplex der Spurensicherung. „Sehr effektiv, diese Abteilung!", lobte Isedor die Arbeit der italienischen Polizei. „Und schnell!", fügte er hinzu.
„Wir müssen schnell sein, sonst entkommt uns der Mörder!"
Marchetti hüpfte dynamisch die Treppen hinunter und sortierte dabei die Fakten in seinem Kopf. Diese Hure war wichtig! Sie war der Schlüssel zu dem Fall, das wurde ihm sonnenklar. Nur, wie konnte er die Identität feststellen? Wahrscheinlich war sie längst weg, und selbst die Razzia bei den Prostituierten würde keine neuen Ergebnisse bringen. Aber vielleicht erwischte er den Zuhälter? Ein schwarzer Alfa Romeo! So schnell verschwand kein Auto!
Marchetti trat in sein Büro und wandte sich sofort an Balloni: „Ich brauche alle Halter eines schwarzen Alfa Romeo!"
„Alle?" Die blauen Augen hinter den Brillengläsern wurden rund. „Weißt du, wie viele Millionen es vermutlich gibt?", fragte Balloni vorwurfsvoll.
„Stimmt!", gab Marchetti zu. „Überprüf alle, die in Siena gemeldet sind!"
„Ein Kennzeichen hast du nicht? Oder wenigstens einen Anfangsbuchstaben?"
„Nein, es ist ein Versuch ins Blaue hinein!"
Balloni verdrehte die Augen und starrte seinen Boss wütend an. Konnte er sich nicht einfach um den Palio kümmern und ihn hier die Arbeit machen lassen? Er war doch sonst nicht so eifrig! Mit Schrecken dachte er an seine Freundin Maria, die sicherlich enttäuscht sein würde, wenn er das gemeinsame Essen platzen ließ. Alle Mülltonnen überprüfen und alle Halter eines schwarzen Alfa Romeo. Das war doch Schwachsinn!

Marchetti hingegen hatte bereits die nächste Idee. Das Mädchen war ausgepeitscht, wenn nicht sogar erheblich verletzt worden! Kein Zuhälter würde seine Prostituierte ins Krankenhaus fahren, aber vielleicht brauchte er Medikamente, ehe er das Mädchen abschob. Vielleicht war das Mädchen aber auch schon tot, und sie würden bald eine weitere Leiche finden, eine unerwünschte Zeugin weniger! Trotzdem war es einen Versuch wert! Im Befehlston wandte er sich wieder an Balloni:„Ah, ja! Klappere alle Apotheken ab und frage nach, ob jemand in der Nacht von Dienstag auf Mittwoch Desinfektionsmittel oder Verbandmaterial gekauft hat!"

„Alle?", wiederholte Balloni seine Frage; eine steile Falte zeigte sich auf seiner Stirn.
„Ja, alle zwischen hier und Monteriggioni! So viele werden ja kaum Nachtdienst gehabt haben!"
In Ballonis Gehirn ratterte es. Wurde sein Vorgesetzter gerade übereifrig, oder wollte er sich vor diesem deutschen Ermittler aufspielen? Marchetti brockte ihm hier kalt lächelnd eine Nachtschicht ein! „Ach so! Und warum willst du das wissen?", wagte er zu fragen.
„Die Ermittlungen haben ergeben, dass Bauer diese Nutte offensichtlich ausgepeitscht hat. Eine Farbige! Mit etwas Glück hat sie Salbe, Desinfektionsmittel, Pflaster, Sprühverband oder etwas Entsprechendes gebraucht. Alles, was man zur Wunddesinfektion oder für Schnitte oder Schürfwunden braucht."
„Du meinst, dass er sie so ausgepeitscht hat, dass sie verletzt war?" Balloni war genauso überrascht wie zuvor Marchetti. Diese Wendung hatte er nicht erwartet.
„Ja! Aber bisher hat die Abgleichung der Spuren keinen Erfolg gebracht. Die Hure muss neu sein. Also: Die Apotheken haben noch bis acht Uhr auf. Hänge dich ans Telefon, und versuche etwas in Erfahrung zu bringen."
„Si, Dottore!", brummte Balloni und setzte sich auf seinen Platz. Giulia übergab ihm ein ziemlich zerfleddertes Telefonbuch, und Balloni tippte die erste Nummer.
Stumm hörten die anderen zu, wie Balloni mit erstaunlicher Professionalität seine Fragen stellte: „Ja, hier ist die Polizei von Siena! Haben Sie in der Nacht von Dienstag auf Mittwoch geöffnet gehabt, oder hatten Sie wegen irgendeines Notfalls kurzfristig geöffnet? ... Nein?... Ah, vielen Dank!" Und so ging es weiter. Manchmal fragte er auch: „Oh, wirklich? Können Sie sich daran erinnern, ob jemand Pflaster, Verbandmaterial oder Desinfektionsmittel gekauft hat? ... Ohrentropfen für ein Baby? ... Nein, das interessiert uns nicht. Vielen Dank!"
Marchetti seufzte, denn diese Suche würde höchstwahrscheinlich keinen Erfolg bringen, aber irgendwo musste er schließlich ansetzen.
„Apotheken, eh? Eine gute Idee!", fand Isedor. „Soll ich mal diese Frankfurter Nummer anrufen?"
„Oh ja! Bitte, nehmen Sie mein Telefon!"
Isedor tippte die Nummer und hörte auf die Stimme am anderen Ende. „Hier ist der Anschluss der Pro-Security-GmbH! Leider rufen Sie außerhalb unserer Bürozeiten an ...!"

Isedor legte verblüfft den Hörer auf. „Ein Sicherheitsdienst! Na, wenn das kein Zufall ist!"
„Aha, und wer verbirgt sich hinter der anderen Nummer?"
„Das werden wir gleich sehen! Moment mal!" Wieder tippte Isedor eine Nummer, und noch erstaunter hörte er auf die Stimme am anderen Ende: „Hier ist der Anschluss des Hamburger Nachrichtenmagazins. Leider kann unser Mitarbeiter Ihren Anruf nicht persönlich entgegennehmen! Bitte rufen Sie uns zu einem späteren Zeitpunkt wieder an, oder hinterlassen Sie nun eine Nachricht für ihn …!"
Isedor wandte sich an Marchetti: „Das ist die Nummer einer großen Zeitschrift in Deutschland! Ergibt das einen Sinn?"
„Noch nicht! Warum haben Sie aufgelegt?"
Isedor winkte ab. „Die Redaktion war nicht besetzt! Wir müssen es morgen noch einmal probieren."
„Allerdings! Das wird sicherlich sehr interessant!"
In Marchettis Kopf rumorte es plötzlich. Geld und eine Zeitschrift! Das roch allerdings mehr und mehr nach einem Politskandal!
Plötzlich war er froh über diesen Deutschen, denn er war ausgesprochen hilfreich! „Es war eine gute Idee von dem deutschen Staatsanwalt, Sie hierher zu schicken!", gab er offen zu.
„Nicht wahr?" Isedor warf sich in die Brust und schob theatralisch seine Sonnenbrille vor die Augen.
Alle lachten, und Marchettis dröhnende Stimme hallte durch die Questura.
„Ise!", meinte er freundlich. „Ich muss mir noch einige Berichte anschauen! Wollen Sie nicht ins Hotel zurückkehren?
Wir könnten uns morgen wieder treffen, so gegen neun Uhr!"
„Selbstverständlich! Dann schaue ich mir inzwischen diese Zahlen aus dem Notizbuch an. Vielleicht finde ich etwas heraus."
„Ja, tun Sie das!", stimmte Marchetti zu. „Finden Sie ins Hotel zurück, oder soll ich Sie fahren lassen?"
„Oh, mein Auto steht im Hotel Garden … also, wenn Sie so freundlich wären …!"
„Natürlich! Ich rufe einen Einsatzwagen!" Marchetti wandte sich an die Einsatzzentrale, aber sämtliche Dienstfahrzeuge waren unterwegs. „Und eine Civetta?", erkundigte sich Marchetti nach einem zivilen Fahrzeug.
„Va bene! Kommt sofort! Aber wir haben keinen Fahrer!"
Marchetti deutete auf Giulia. „Fährst du unseren Gast bitte ins Garden?"

Giulias Augen leuchteten vor Vergnügen. „Aber gerne!"
Gemeinsam verschwanden die beiden aus dem Büro, während Balloni geduldig weiter die Apotheken abtelefonierte. „Meinst du, dass ich heute länger bleiben muss?", fragte er zwischendurch.
„Na, mindestens bis acht Uhr! Ist das ein Problem?"
„Hm! Könnte ich schnell meiner Freundin Bescheid geben?"
„Na sicher!", stimmte Marchetti großzügig zu, dann
setzte er sich mit wenig Begeisterung an seinen Schreibtisch und blätterte sich durch das Chaos an Notizen, das sich inzwischen angesammelt hatte. Auf keinen Fall konnte er heute zur Probe gehen, und das anschließende Essen bei der Contrada rückte ebenfalls in weite Ferne. Marcella würde vermutlich mit Pantoffeln nach ihm werfen, wenn er wieder bei ihr auftauchte, aber das konnte er im Moment nicht ändern. Wahrscheinlich waren auf seinem Handy wieder zehn Anrufe von ihr in Abwesenheit eingegangen! Zur Kontrolle zückte er sein Handy und warf einen kurzen Blick darauf: Nichts! Es war eingeschaltet! Uh! Offensichtlich hatte Marcella dazugelernt! Er entschloss sich, ihre Geduld mit einem kurzen Anruf zu belohnen: „Ciao, meine Süße! Ich bin's!" Er hörte kurz auf ihre Antwort, dann lächelte er entspannt. „Ja, wirklich! Ich muss mich im Moment um einen Mordfall kümmern! Schön, dass du so viel Verständnis hast! In zwei, drei Tagen müsste der Fall eigentlich gelöst sein. Dann habe ich wieder Zeit für dich!" Die Stimme gurrte ihm verheißungsvoll ins Ohr, und Marchetti entspannte sich sichtlich. Jetzt hatte er wieder drei Tage Gnadenfrist, um den Fall zu lösen und sich um den Palio zu kümmern! Sozusagen einen Persilschein! Einfach wunderbar! Nach diesen Tagen hätte er tatsächlich wieder Zeit für seine Freundin. Jetzt musste er nur noch ein wenig Zeit für seine Contrada freischaufeln. Hoffnungsvoll wandte er sich an Balloni: „Hast du schon angefangen, die Berichte zu schreiben?"
Balloni reichte ihm wortlos mehrere Blätter in einem ockerfarbenen Umschlag und strahlte triumphierend. „Oh!", freute sich Marchetti. „Wann bist du das letzte Mal befördert worden?"
Beide lachten über den Witz, und Marchetti vertiefte sich in die Berichte. Eigentlich musste er sie nur noch unterzeichnen! Eine detaillierte Beschreibung der Ermittlungen samt der ersten Ergebnisse. Er fand eine Auflistung über den Fundort, den Tatort, die sichergestellten Spuren und mehrere Vernehmungsprotokolle der Zeugen. Also musste er nur die Protokolle über seine eigenen Ermittlungen schreiben. Außerdem fehlte noch ein Bericht der Spurensicherung über

den Computer, die Reitgerte und das schwarze Buch. Im Hintergrund hörte er wieder Balloni, der geduldig die Apotheken abfragte.
„Hast du schon etwas über das Auto?", unterbrach Marchetti ihn.
„Nein, aber ich bin dabei!", erklärte Balloni.
„Wie kannst du gleichzeitig die Apotheken abfragen und dich um die Zulassungen kümmern?"
„Indem ich die Arbeit delegiere!"
Marchetti hielt sich krampfhaft an seinem Stuhl fest und setzte ein ängstliches Gesicht auf. „Ich glaube, mein Stuhl wackelt! Irgendjemand sägt bereits daran! Ich frage mich, wie lange ich hier noch der Chef bin."
Beide lachten ausgelassen, denn Balloni wusste sehr genau, dass Marchetti seine Arbeit zu schätzen wusste.
Es war bereits nach zwanzig Uhr, und Balloni klappte das Telefonbuch zu. „Für heute erreiche ich nichts mehr! Die Apotheken haben fast alle geschlossen."
„Dann versuche es morgen weiter!"
Ein junger Polizist in Uniform steckte vorsichtig seinen Kopf zur Tür herein. „Pietro! Hast du mal Zeit?"
Pietro Balloni winkte ihn ungeduldig näher. „Und, hast du schon etwas?"
„Ja, insgesamt dreiundachtzig!"
„Was, dreiundachtzig?", fragte Marchetti.
„Dreiundachtzig schwarze Alfa Romeo!", antwortete der junge Mann.
„Ah, sind Sie unser geheimer Mitarbeiter?"
„So ungefähr!", erklärte Balloni und nahm eine lange List in die Hand. „Ganz schön viele!"
„Wieso fährt halb Siena einen schwarzen Alfa Romeo? Gibt es keine anderen Autos?", brummte Marchetti ungehalten. Es würde ewig dauern, alle Besitzer zu überprüfen! Dann hatte er eine andere Idee: „Überprüfe alle Halter auf eventuelle Vorstrafen! Von diesen Autos will ich dann die Reifenabdrücke zur Überprüfung!"
„Gute Idee!", stimmte Balloni zu und übergab die Liste wieder dem Polizisten. „Morgen, als Erstes!"
„Ich bin aber nicht im Dienst!", entschuldigte sich dieser.
„Bene, dann bringe ich es morgen früh in die Abteilung. Vielen Dank für deine Hilfe!"
Mit einem Nicken verabschiedete sich der Polizist und verschwand in seinen wohlverdienten Feierabend.

„Haben wir hier irgendwo einen Fernseher?“, fragte Marchetti. Die Probe müsste längst vorbei sein, aber er wollte wenigstens wissen, wie sie gelaufen war.
„In der Zentrale!“
„Ah, natürlich!“ Schon war auch Marchetti verschwunden, und Balloni seufzte resigniert.
Marchetti sauste in die Einsatzzentrale und lächelte, als der Polizist vom Dienst stramm stand. „Nur kein Aufsehen! Kannst du mir mal Canale 3 einschalten?“
Auf mehreren Bildschirmen liefen Aufzeichnungen von den Überwachungskameras in Siena, aber man konnte auch normales Fernsehen einschalten. Auf Canale 3 lief bereits die endlose Wiederholung der dritten Probe. Das Pferd von Aquila war beim Start ganz gut weggekommen, und Marchetti war zufrieden. Berio und Zodiac, die Pferde von Brucco und Lupa, hatten sich gegenseitig getreten und gebissen, aber das konnte Marchetti nur recht sein.
„Danke!“, meinte er mit einem verschwörerischen Lächeln, dann ging er wieder in sein Büro zurück. Für heute gab es nichts mehr zu tun, und so nickte er Balloni zu. „Feierabend!“
Sie legten die Papiere ordentlich zusammen, und Marchetti bereitete eine Mappe für den Staatsanwalt vor. Er wollte sie am Morgen, noch ehe er ins Büro ging, im Justizpalast vorbeibringen. Gleichzeitig fuhren sie die Computer herunter und schalteten das Licht aus. „Buona notte, Pietro!“, verabschiedete sich der Commissario.
„Buona notte, Dottore!“

Marchetti ließ sein Auto vor dem Dom stehen und ging zu Fuß in sein Apartment. Vorsichtig klopfte er seinen Anzug aus, dann hängte er ihn wieder ordentlich auf einen Bügel. Sorgfältig legte er die Bügelfalten übereinander, damit er den Anzug am nächsten Tag wieder anziehen konnte. Dann stellte er sich wohlig unter die Dusche und ließ das lauwarme Wasser über seinen Körper laufen. Erfrischt trocknete er sich ab und schlüpfte in eine kurze Hose und ein Leinenhemd, das er locker über die Hose fallen ließ. Seine Haare rubbelte er nur kurz trocken und fuhr dann mit seinen Fingern hindurch, ohne sie zu kämmen. Barfuß ging er in die Küche und bemerkte nebenbei, dass er die Espressomaschine am Morgen nicht ausgeschaltet hatte. Nun, es war ohnehin Zeit für einen Kaffee, und er stellte eine Tasse unter die Automatik. Geistesabwesend sah er zu, wie die Tasse volllief, dann schaltete er die Maschine aus. Francesco würde ihm

sicherlich wieder vorrechnen, wie viel Geld ihn der sinnlose Stromverbrauch kostete! Mit dem Kaffee setzte er sich an seinen Basteltisch und betrachtete abschätzend die Figur, an der er gerade arbeitete. Ein toskanischer Ritter mit dem Wappen der Familie Sansedoni: Eine Hälfte des Wappens zeigte einen Adler, die andere war mit drei blauen Streifen auf weißem Grund bemalt. Die Figur war insgesamt vierundfünfzig Millimeter groß, und das Wappen hatte somit höchstens die Größe des kleinen Fingernagels. Wie ein Mensch mit solch kräftigen Fingern etwas so Filigranes bemalen konnte, versetzte jeden Beobachter in andächtiges Staunen! Aber Luca Marchetti brauchte diese Ablenkung, sah gerne, wie seine Hände tatsächlich etwas herstellten. Abgesehen davon, dass er sich gerne mit Geschichte beschäftigte. Vorsichtig drehte er die Figur in seinen Händen und prüfte das Spiel von Licht und Schatten, das er kunstvoll in die Falten des Umhangs gemalt hatte. Zufrieden mit dem Resultat, stellte er die Figur auf den Tisch und trank in einem Zug den Kaffee aus. „Uh!" Er hatte den Zucker vergessen!
Eitel, wie er war, warf er einen Blick in den Spiegel, dann schlüpfte er barfuß in seine bequemen Sandalen, hängte sein Fazzoletti um und verließ die Wohnung. Donnernd fiel die Tür ins Schloss, und schon hechtete er im Dauerlauf die Treppen hinunter. Hinter einer Tür keifte wutentbrannt eine Stimme, und er brüllte: „Mi dispiace!" Dann war er bereits im Dunkel der Straße verschwunden.

Sein Weg führte ihn am Stall der Contrada vorbei, und er nutzte die Gelegenheit, sich den Schimmel in aller Ruhe anzuschauen. Die Wachen ließen ihn selbstverständlich durch. Sanft klopfte er das Pferd am Hals und murmelte: „Na, mein Hübscher! Gefällt es dir bei uns?"
Der Barbaresco lächelte und schlug Marchetti verschwörerisch auf die Schultern. „Natürlich gefällt es Zilata Usa bei uns! Nur das beste Futter und die beste Pflege!"
„Das glaube ich sofort! Und! Wie geht es euch?"
Alle hoben demonstrativ ihre Weinflaschen, machten sich nicht einmal die Mühe, den Wein in Becher umzufüllen. „Gut!", erschallte es im Gleichklang.
„Das sehe ich", murmelte Marchetti. „Ich komme später noch einmal bei euch vorbei!"
Im Eilschritt ging Marchetti die steile Straße hinauf, die zur Piazza di Postierla und zum „Rostro" führte.
Am Brunnen standen einige Jugendliche beisammen, die erregt dis-

kutierten, doch er hatte Hunger, und so ging er direkt durch den dunklen Torbogen zum Hinterhof. Vielleicht zweihundert Menschen hatten sich hier eingefunden und saßen an den mit gelbem Papier bedeckten Biertischen. Ordentlich standen die Plastikteller und Becher bereit, noch unbenutzt, weil das Essen noch nicht angefangen hatte. In gleichmäßigen Abständen standen Mineralwasser und Weinflaschen auf den Tischen, außerdem Körbchen mit Weißbrot. Marchetti setzte sich zu den Männern, und sofort begann ein Trommelwirbel mit den Messern und Gabeln. „Fame! Fame!", brüllten die Männer gut gelaunt. „Hunger, Hunger!"
Die ersten dampfenden Schüsseln wurden gebracht, und schlauerweise bedienten die Mädchen die Männer zuerst. Großzügig häuften sie die Penne al Pomodoro auf die Teller, und nur der Eingeweihte merkte, dass die Portionen bei den Frauen und Mädchen um einiges Geringer ausfielen. Die jungen Mädchen, die für den Tischdienst eingeteilt waren, richteten ihre Aufmerksamkeit eindeutig auf die jungen Männer und beeilten sich, den Nachschub zu bringen. An anderen Tischen wurde leise gemurrt, bis schließlich eine resolute Dame aufstand und die Mädchen schimpfend beiseite nahm. Von nun an funktionierte der Tischdienst besser, denn die Mädchen teilten sich ihre Aufgabenbereiche.
Marchetti hatte von der kleinen Auseinandersetzung nichts mitbekommen. Mit den anderen schmetterte er gerade die zweite Strophe gegen alle Feinde:

Noi siamo di San Pietro,
Costa Larga e Del Verchione!
Siamo Dell'Aquilone
E paura non se n'ha!

Auch diese Übersetzung hat nur für den Eingeweihten irgendeine Bedeutung: Wir sind aus San Pietro, leben in den Straßen von Costa Larga und Del Verchione! Wir sind aus dem Viertel von Aquila und fürchten uns vor niemandem!

Inzwischen wurden große Platten mit fein geschnittenem Braten weitergereicht, dazu gab es weiße Bohnen in Tomatensauce und Salat. Mädchen schleppten weitere Flaschen mit Rotwein heran, der schnell in den Plastikbechern verschwand. Unter großem Jubel erschien der Fantino in Begleitung des Capitanos. Sofort wurde ihnen

Platz gemacht, und schüchtern saß der Fantino inmitten der Contradaioli und ließ sich feiern. Die meisten Fantini reagierten in der Regel verhalten auf die Begeisterung der Menschen, denn nur einer von ihnen konnte den Palio gewinnen, und die anderen neun Jockeys würden zwangsläufig ihre Fans enttäuschen. Marchetti setzte sich zu dem Führungskreis von Aquila und tauschte mit den Leuten Neuigkeiten aus. Die Verhandlungen mit Civetta liefen wie erwartet schlecht, und Marchetti hatte bisher den Capitano von Tartuca noch nicht erreicht.
„Warum nicht?", wunderte sich Mandriani.
„Ich habe es versucht, aber Arezzini hat mich abblitzen lassen!"
„Dann rufe ihn halt noch einmal an!"
Marchetti lehnte sich unwillig zurück. „Jetzt?"
„In zwei Tagen ist der Palio! Wie lange willst du noch warten?"
„Na schön!", brummte Marchetti wenig begeistert und zückte sein Handy. Sofort bemühten sich die Männer um Ruhe: „Sch, sch!" Marchetti wählte die Nummer und wartete auf die Stimme am anderen Ende. „Ciao, sono Luca!"
Er hörte konzentriert einige Sekunden zu, dann beendete er das Gespräch mit einem Grinsen. „Va bene! Dann treffe ich dich also morgen! Wir trinken zusammen einen Kaffee!"
Betont langsam steckte er das Handy weg, genoss die Aufmerksamkeit, die auf ihn gerichtet war. „Ich glaube, dass er angebissen hat!"
Wieder jubelten alle los, und pathetisch stellten sich die Männer auf die Bänke, um die Hymne von Aquila zu singen.
Kaum einer interessierte sich noch für den Nachtisch, stattdessen versammelte sich die Führungsriege von Aquila um die Bar. Mandriani steckte sich eine seiner kubanischen Zigarren an und genoss sie in tiefen Zügen. Noch war er der unumschränkte Herrscher, noch hielt er als Capitano alle Fäden in den Händen.

Natürlich wurde es spät, bis Marchetti in sein Apartment zurückkehrte. Sein dunkler Anzug hing an der Tür, ordentlich in Plastik verpackt, von der Reinigung zurück. Einmal im Monat bekam er eine Sammelrechnung, die er dann zusammen mit den Rechnungen für Strom und Gas bezahlte. Er ließ den Plastiküberzug am Bügel und hängte den Anzug zu den anderen. Diese Methode gehörte zu seinem perfekten Ordnungssystem, das ihm verriet, welche Kleidung gereinigt gehörte und welche er bei besonderen Gelegenheiten tragen konnte. Die Anzüge ganz rechts ließen sich nur noch in Kombi-

nation mit viel Parfüm anziehen, aber das benutzte er ohnehin reichlich. Ein wenig lieblos stellte er sich unter die Dusche, dann ließ er sich, noch in das Handtuch gewickelt, auf sein Bett sinken.
Die Fernbedienung lag in bequemer Reichweite und so zappte er durch die Programme, bis er bei einem alten Jean-Gabin-Film hängen blieb. Er liebte alte französische Krimis, am besten in Schwarzweiß, bei Regen und Nebel gedreht! Das hatte etwas Mystisches! Selbstverständlich hatte er auch einige gut sortierte DVDs, von Titanic über Gladiator bis hin zu Pearl Harbor und Troja. Nicht, dass er sie unbedingt gut fand, aber Frauen standen nun mal auf Gefühle. Brad Pitt war ohnehin bestens geeignet, damit Frauen sinnlich wurden! Für intellektuell angehauchte Frauen legte er eben „Sieben Jahre in Tibet" auf, das funktionierte auch. Den neuesten Nachschub an Filmen besorgte ihm stets sein Sohn, der immer auf dem Laufenden war, was gerade im Kino lief. Mindestens einmal im Monat versuchte er sich mit Francesco im Kino zu treffen. Hier konnte er sich mit seinem Sohn in entspannter Atmosphäre über alles Mögliche unterhalten, und er umschiffte auf elegante Weise das leidige Thema der Scheidung.

Irgendwie verlor er den Faden bei dem Film und schaltete übermüdet ab. Er schlüpfte in die Hose seines schwarzen Seidenpyjamas, öffnete die Flügeltüren seines Fensters und ließ die kühle Nachtluft herein. Die Luft in Siena war nicht frisch. Wie der uralte Atem einer Stadt, die wie Dornröschen die Jahrhunderte verschlafen hatte, wehte der Wind durch die Gassen und vermischte sich mit den Geruch der Küchen, der Menschen, der Kanalisation und der duftenden Blüten. Es war nicht unangenehm, aber es schien, als würden selbst die alten Gemäuer leben und atmen.
Die Stadt war im ständigen Verfall, hatte etwas Morbides an sich, und trotzdem war sie voller Kraft, erzählte in jedem kleinen Winkel Geschichten über ihre glorreiche Vergangenheit. Mit unglaublichen Geldmitteln wurden die alten Häuser saniert, allein die Restauration des Doms würde die Stadt zehn Millionen Euro kosten.
Auch Marchettis Apartment war saniert worden. Manchmal waren die Häuser so baufällig, dass man nur noch die Fassade stehen ließ und das Innere komplett neu baute. Aber die Stadtverwaltung ließ Neubauten im alten Stadtkern nicht zu, und so konnten Immobilienhaie lediglich auf die alte Bausubstanz zurückgreifen. Die Seneser waren Meister in der Restauration alter Gebäude.

Marchetti legte sich auf sein Bett und starrte auf die alte Holzbalkendecke, die während der Restauration von Kalk und Schmutz freigelegt worden war. Sie gab dem Zimmer etwas Rustikales, Gemütliches. Keine einzige Wand in seinem Apartment war gerade, manchmal ergaben sich seltsame Ecken und Nischen, aber eben diese Unvollkommenheiten liebte Marchetti. Er wollte kein quadratisches Zimmer, keine mit dem Lineal gezogenen Linien, keine moderne Perfektion. Ihm fielen die Augen zu, während draußen in der uralten Zeder einige Fledermäuse schimpften.

Nutella

Marchetti schnarchte mit halbgeöffnetem Mund, als der Wecker am Freitagmorgen um acht Uhr klingelte. Es war ein vorsintflutliches Modell, das richtig schepperte, aber einen Radiowecker, vielleicht noch mit schöner Musik, überhörte er zu leicht. Ein wenig benommen taumelte er hoch und versuchte den Knopf zu finden, der das Höllending abstellte. Der Adrenalinstoß reichte stets, dass er hellwach war, und eilig tapste er ins Bad, um zu duschen. Anschließend wählte er einige leichte Leinensachen, denn es würde wieder heiß werden. Der Juli war dieses Jahr unerträglich, seit Wochen hatte es nicht mehr geregnet und die Natur litt unter der erbarmungslosen Sonne.
Er schlürfte seinen Kaffee, dann schnappte er sich die Mappe für den Staatsanwalt und verließ die Wohnung. Zu Fuß lief er die Via di Citta, eigentlich die Geschäftspromenade in Siena, erst hinunter, dann wieder bergauf, überquerte den großen Busparkplatz an der Piazza di Gramsci und lief schräg über die Piazza di Lizza zum Justizgebäude. Kurz vor neun Uhr stand er im Büro des Staatsanwalts und überreichte ihm die Mappe. Signore Brandesa strahlte gut gelaunt. „Gute Arbeit! Wie laufen die Ermittlungen?"
„Wir sind auf der Suche nach der Prostituierten, aber bisher ohne Erfolg. Ich hoffe, dass die Ermittlungen der Polizei etwas ergeben."
„Sehr gut! Wie kommen Sie mit diesem Deutschen zurecht?"
Marchetti lächelte freundlich. „Er ist sehr nett! Tatsächlich ist er uns eine große Hilfe. Kein Problem!"
„Gott sei Dank! Aber in diesem Fall müssen wir diplomatisch vorgehen. Das verstehen Sie sicherlich!"
Marchetti legte den Kopf schief und musterte den Staatsanwalt eindringlich. „Selbstverständlich!"
„Schön! Dann werfe ich jetzt einen Blick auf Ihre Berichte. Haben Sie sonst noch einen Wunsch?"
„Nein, aber es könnte sein, dass wir schnell reagieren müssen, wenn wir dieses Mädchen finden!"
„Natürlich! Ich bereite alles Entsprechende vor. Sie brauchen mich nur kurzfristig anzurufen. Heute bin ich den ganzen Tag im Büro, oder Sie können mich über mein Handy erreichen."
„Vielen Dank!", verabschiedete sich Marchetti und machte sich auf den Weg zum Campo.

Kurz meldete er sich bei Balloni: „Ciao! Ist Ise schon bei dir?“
„Nein!“
„Gut! Ich bin gleich bei euch! Hast du schon etwas von den Apotheken?“
„Nein, ich habe alle durch, die Nachtdienst hatten! Jetzt telefoniere ich mit den anderen.“
„Oh, das ist schlecht! Vielleicht war das doch eine dumme Idee! Na ja, mach trotzdem weiter. Habt ihr etwas von dem Fahrer des Autos?“
„Bisher nicht, aber wir sind dran!“
„Bis gleich!“ Enttäuscht steckte Marchetti sein Handy weg, aber es war ja noch früh am Tage.

Am Campo setzte sich Marchetti in eine Bar und wartete auf den Capitano von Tartuca. Der ältere Mann mit dem schlohweißen Haar kam und begrüßte ihn mit einem warmen Lächeln. „Na, mein Sohn, wie geht es dir?“
Höflich bot Marchetti dem Mann einen Stuhl an und fragte ebenso besorgt: „Va bene! Und, Dottore, ich hoffe, es geht Ihnen auch gut?“
Der Mann tat die Frage mit einem Lächeln ab. „Ah, du weißt doch! Das Alter!“
„Welches Alter!“, übertrieb Marchetti galant. „Sie stecken doch die Jungen locker in die Tasche!“ Beide lachten fröhlich, dann musterten sie sich abwartend. Schließlich machte Marchetti eine auffordernde Handbewegung. „Ich arbeite an einem Mordfall und muss leider gleich in die Questura zurück. Wie sieht es aus?“
Der ältere Mann senkte verlegen den Kopf. „Luca, natürlich weiß ich, was du möchtest, aber es sieht nicht gut aus!“
Überrascht riss Marchetti die Augen auf. „Wieso nicht? Ihr habt kein gutes Pferd! Ihr habt nicht einmal einen guten Fantino! Wo ist das Problem, wenn ihr dieses Mal Aquila ein wenig unterstützt?“
Der ältere Herr lehnte sich vertraulich vor. „Das machen wir gerne, aber ich glaube nicht, dass ihr gegen Brucco eine Chance habt! Ich habe gehört, dass sie mit mehreren Contraden verhandeln, weil sie das beste Pferd und den besten Fantino haben.“
Marchetti pfiff verächtlich durch die Zähne. „So gut ist Bruschelli nun auch wieder nicht! Er wird überschätzt!“
„Aber er kennt das Pferd! Außerdem hat er die anderen Fantini in der Hand! Ich glaube, dass er inzwischen seine eigenen Geschäfte macht.“

Marchetti runzelte die Stirn. „Das ist schlecht! Kein Fantino sollte eine solche Macht besitzen! Habt ihr ein Angebot von Brucco erhalten?"
Der Capitano von Tartuca hob theatralisch seine Hände. „Wer weiß! Aber vielleicht solltet auch ihr mit Brucco reden. Sie sind bereit, viel Geld auszugeben, wenn sie siegen."
„Wir wollen selbst siegen!", wehrte Marchetti empört ab.
„Na sicher! Aber so gut ist euer Pferd nicht! Zilata Usa hat noch nie ein Palio gewonnen. Warum hört ihr euch nicht anderweitig um? Liegt euer Pferd wider Erwarten vorne, dann siegt ihr eben. Aber wenn nicht, dann ist es doch nicht schlecht, wenn ihr wenigstens etwas verdient."
Unentschlossen wackelte Marchetti auf seinem Stuhl vor und zurück. Seine ganze Körperhaltung zeigte, wie wenig ihm diese Nachrichten passten. „Na schön!", meinte er enttäuscht, als seine Träume wie Luftblasen zerplatzten.
„Luca!", meinte Arezzini versöhnlich. „Komm zu mir, wenn ihr ein besseres Pferd zieht! Eines, das wirklich Aussicht auf den Sieg hat, so wie Berio oder Zodiac!"
„Vielleicht haben Sie recht!", meinte Marchetti mehr als ernüchtert.

Nachdenklich verließ er die Bar und sah sehnsüchtig auf den Platz, der sich bereits für die morgendliche Probe füllte. Zu gerne wäre er geblieben, aber er wollte den Deutschen nicht zu lange warten lassen. Gemächlich schritt er zur Questura hoch und begrüßte sein Team. Dann schüttelte er Isedor die Hand. „Guten Morgen, wie geht's? Ist das Hotel in Ordnung?"
Isedor zog den Kopf zwischen die Schultern und reagierte völlig genervt. „Das Hotel ist großartig! Ich habe hervorragend zu Abend gegessen, bis die Journalisten aufgetaucht sind. Sie haben sich nämlich auch im Hotel Garden einquartiert, und diese netten Herren Abgeordnete haben sie mir geradewegs auf den Hals gehetzt."
Marchetti lachte laut. „Oh je! Wie haben die Reporter denn den Aufenthaltsort herausbekommen?"
„Na, aus der Zeitung! Es steht ja groß in der Presse, dass sie sich zu Verhandlungen im Hotel Garden treffen! Oh! Für heute Abend muss ich unbedingt untertauchen." Isedor schüttelte sich empört.
Marchetti legte verständnisvoll den Kopf schief, dann hatte er eine gute Idee. „Ich kenne den perfekten Ort, an dem niemand Sie stören wird! Nicht einmal die Reporter!"

„Wirklich! Wo sollte das sein?"
„Beim Cena!"
Isedor runzelte die Stirn, hatte keine Ahnung, was der Commissario damit meinte, aber Balloni zog überrascht die Augen auf. „Beim Cena?", wiederholten beide.
Marchetti lächelte locker und meinte: „Ja, heute ist das Cena nach der Generalprobe! Ich nehme Sie einfach mit. Touristen sind dort nicht erlaubt. Kein Mensch wird sie finden."
„Aha, und welche Generalprobe?", fragte Isedor völlig unwissend.
„Von dem Palio!", betonte Marchetti. Ungläubig starrte er auf den Deutschen. „Wissen Sie nicht, was der Palio ist?"
Isedor stotterte ein wenig hilflos: „Nicht wirklich!"
„Sie wissen nicht, was der Palio ist?", wiederholte Marchetti mit dem Staunen eines Kindes, das gerade erfahren hat, dass es das Christkind nicht gibt.
Isedor steckte in Abwehr seine Hände in die Hosentaschen. „Nur am Rande! Ich hatte nicht wirklich Zeit, mir den Reiseführer durchzulesen."
„Oh!" Das Gesicht von Marchetti zeigte wirkliche Verblüffung. Sein Mund war leicht geöffnet vor Staunen und die braunen Augen so weit aufgerissen, dass die Lachfältchen sich geglättet hatten. Dann kam der Seneser in ihm durch und das Gefühl, dass er diesem Deutschen ein wenig seiner Kultur vermitteln musste.
„Im Moment ist gerade ein Probelauf! Wollen Sie ihn sich anschauen?"
„Jetzt?" Isedor staunte.
„Ja, kommen Sie!", forderte Marchetti ihn auf, dann machte er gegenüber Balloni das Zeichen für „Telefonieren", als kleine Erinnerung, dass er sich weiter um die Apotheken kümmern sollte. Balloni nickte nur und sah kopfschüttelnd zu, wie die beiden Commissarios verschwanden.

Marchetti führte Isedor durch den Verbindungsgang in die Einsatzzentrale der Polizei. „Buongiorno!", grüßte er freundlich. „Das ist Commissario Isedor aus Monaco di Baviera! Er hilft uns ein wenig, und ich wollte ihm unsere moderne Technik zeigen! Habt ihr mal Bilder vom Campo?"
„Selbstverständlich!" Eifrig zoomte der Polizist die Bilder näher. Deutlich waren der Platz mit den Zuschauern zu sehen und die Pferde, die bereits Startaufstellung genommen hatten.

„Ah, der Probelauf geht gleich los“, brummte Marchetti zufrieden. Zur Tarnung erklärte er Isedor kurz die Einsatzzentrale: „Wir überwachen die wichtigsten Plätze und Straßen. Außerdem können wir alle Zugänge in die Stadt überwachen. Während des Palios gibt es ein Komitee, das den Einsatz von Polizei, Carabinieri, Guardia di Finanza und Polizia Municipale koordiniert.“
Isedor zeigte sich höflich beeindruckt, obwohl es in München die gleiche Technik gab. „Cool!“
Marchetti zeigte auf den Bildschirm: „Das ist der Probelauf von dem Palio. In Siena gibt es siebzehn Stadtteile, sogenannte Contraden. Sie bestehen schon seit der Zeit von der Schlacht bei Montaperti vor achthundert Jahren. Damals waren es militärische Einheiten, die gemeinsam die Stadt verteidigt haben. Seit damals gibt es den Palio, eine Danksagung an die Madonna, weil wir die Schlacht gewonnen haben.“
„Ganz schön geschichtsträchtig.“ Isedor lächelte über den Eifer seines italienischen Kollegen.
„Nicht wahr? Noch heute führen wir den Palio durch! Es ist ein Wettrennen der einzelnen Stadtteile. Der Gewinner erhält symbolisch den Palio, das Seidenbanner, das wir damals von Florenz erbeutet haben!“
Zum ersten Mal war Isedor tatsächlich überrascht. „Der Preis ist diese Fahne? Sonst nichts?“
Marchetti lachte wieder auf seine dröhnende Art. „Nein, sonst nichts! Hier geht es nur um die Ehre!“
Beide schauten gespannt auf den Bildschirm, als die Pferde losgaloppierten. Isedor kicherte respektlos. „Was haben denn diese Jockeys an? Das sieht ja aus, als wären es Schlafanzüge!“
Marchetti schnaubte empört. „Das sind die Farben der Contraden! So kann jeder sofort sehen, welches Pferd vorne liegt!“
„Ah!“, meinte Isedor gedehnt. „Verstehe!“
Gespannt beobachtete Marchetti den Probelauf, aber er lief wie erwartet ereignislos.
„Ist das alles?“, wunderte sich Isedor.
„Ja, die Pferde laufen drei Runden, dann steht bereits der Sieger fest!“
„Mitten in der Stadt! Das sieht ganz schön gefährlich aus“, gab Isedor zu bedenken.
Marchetti nickte. „Ja, oft gibt es verletzte Fantini oder Pferde. Aber so ist eben der Palio.“
Isedor kicherte belustigt. „In Deutschland wäre so ein Rennen ver-

mutlich überhaupt nicht mehr möglich. Da würde sich der Tierschutzbund zu sehr aufregen."
Marchetti pfiff leise durch die Lippen und entgegnete: „Mit denen haben wir hier genauso viel Ärger! Sie glauben überhaupt nicht, wie oft sie den Palio schon verbieten wollten. Aber gegen so alte Traditionen können sich die Palio-Gegner nicht durchsetzen."
„Aha! Und was ist das Cena?"
„Das ist das große Essen, das jede Contrada nach der Generalprobe veranstaltet", erklärte Marchetti geduldig.
„Und wer nimmt an diesem Abendessen teil?"
Marchetti machte eine allumfassende Handbewegung. „Na, die ganze Contrada!"
„Alle!?"
„Ja, jeder, der kommen möchte! In meiner Contrada nehmen in der Regel an die achthundert Personen teil, aber es gibt auch Abendessen bei Istriche oder Brucco, an denen vier- bis fünftausend Menschen teilnehmen."
„Unglaublich!", meinte Isedor ehrlich verblüfft.
„Ja, wenn Sie wollen, dann nehme ich Sie heute Abend mit! Ich bin ein Angehöriger von Aquila und könnte es arrangieren. Dann sind Sie aus der Schusslinie von diesen Reportern."
In Isedor siegte die Neugier, außerdem war er froh, wenn er am Abend keine neugierigen Fragen beantworten musste.
Marchetti klemmte sich das Handy zwischen Schulter und Ohr. „Ciao Amore, sono Luca! Ich brauche für heute Abend noch zwei Karten für das Cena! Kannst du mir welche zurücklegen?"
Mit gerunzelter Stirn hörte er auf die Stimme, dann schüttelte er unwillig den Kopf. „No, no, nicht am Tisch für die Gäste! Für mich und einen Freund! Va bene! Ciao!"
Dann wandte er sich mit professioneller Miene an die Polizisten: „Habt ihr schon etwas von den Prostituierten?"
Einer der Männer nahm Haltung an und schüttelte bedauernd den Kopf. „Wir haben alles an die Spurensicherung weitergereicht. Aber ich glaube nicht, dass die gesuchte Person dabei war. Die meisten Mädchen waren uns bereits bekannt."
„Das habe ich befürchtet!", brummte Marchetti. Natürlich stellten sich nur Mädchen mit legalen Papieren auf die Straße. Die anderen verschwanden in irgendwelchen Zimmern oder Kellern und wurden wie Sklavinnen gehalten. Ein menschenverachtendes, gnadenloses Milieu. Wenn sie Pech hatten, war das Mädchen längst außer Landes

oder tot. „Na schön! Was ist mit den Müllcontainern?"
„Agente Pizzi kümmert sich darum. Er hat sich mit der Müllabfuhr in Verbindung gesetzt. Sobald er etwas weiß, meldet er sich bei Ihnen!"
„Sehr schön!" Marchetti steckte lässig seine Hände in die Hosentaschen und trat ans Fenster der Einsatzzentrale. Von hier aus hatte man einen wunderbaren Blick über die Dächer von Siena, denn die Prefettura lag am höchsten Punkt der Stadt. Aber dieses Mal konnte er die Aussicht nicht wirklich genießen. Nichts war schön, stellte Marchetti nüchtern fest, aber das wollte er vor dem Deutschen nicht zugeben. Die Ermittlungen kamen nicht voran, und langsam beschlichen ihn erhebliche Zweifel, ob er diesen Fall lösen würde. Ohne dieses farbige Mädchen kam er nicht weiter!

In Begleitung des Deutschen verließ Marchetti die Einsatzzentrale und schlenderte zurück in sein Büro. Balloni blickte kurz auf und meldete: „Ich habe die Apotheken in Siena durch, jetzt klappere ich die im Umland ab!"
Marchetti seufzte genervt. Selbst Isedor musste langsam merken, dass sie nicht vorankamen.
„Hast du etwas über das Auto?"
„Ja! Beziehungsweise, nein! Bisher konnte keine Übereinstimmung mit den Reifenabdrücken gefunden werden!"
„Das gibt es doch nicht!", ärgerte sich Marchetti. „Habt ihr alle überprüft?"
„Nein, nur die Halter mit Vorstrafen! Es dauert ziemlich lange, die Autos zu finden! Viele sind unterwegs, in der Arbeit, beim Einkaufen oder so!"
Marchetti griff nach einer Flasche Mineralwasser und schenkte sich großzügig ein Glas ein. Untätig stand der deutsche Kommissar im Raum, und Marchetti fühlte sich plötzlich kontrolliert und beobachtet. Wie ein Schüler bei einem Test, dachte er amüsiert. Welchen Schritt unternimmt der Kandidat als Nächstes! Im Geist ging er seine Checkliste durch und überlegte seine Vorgehensweise. Wie nur konnte er den Deutschen beschäftigen?
Kurz schrillte das Telefon, und der Polizist vom Empfang meldete sich: „Hier ist eine Alice Scalini für Sie, Dottore!"
Irritiert wiederholte Marchetti den Namen: „Alice Scalini? Kenne ich nicht!"
„Die Putzfrau!", flüsterte Balloni mit Nachdruck.

„Ach so! Ja, natürlich! Schicken Sie die Dame hoch!“, bestätigte Marchetti errötend. Wie konnte er nur diesen Termin vergessen?
Er schnappte sich einen Notizzettel und wartete gespannt auf die Putzfrau, während er Isedor kurz über den Sachverhalt informierte: „Sie war es, die die Polizei verständigt hat! Sonst hätten wir den Tatort nicht so schnell gefunden.“
Neugierig musterten alle die Frau, die schüchtern ins Zimmer trat, ihre Hände in den Griff ihrer Handtasche gekrallt. Sie war Ende vierzig, mit streng nach hinten gekämmten braunen Haaren, einem verhärmten Gesicht und einer hageren Gestalt. Eine Frau, die zeit ihres Lebens stets hart gearbeitet hatte.
Ausgesprochen freundlich begrüßte Marchetti die Frau und bot ihr einen Stuhl an: „Ah, Signora Scalini! Schön, dass Sie kommen konnten! Ihr Anruf hat uns viel Zeit erspart und uns in diesem Mordfall ein gutes Stück weitergebracht! Möchten Sie vielleicht ein Glas Wasser?“
Die Dame nickte verhalten und setzte sich sittsam auf den angebotenen Stuhl, ihre Knie fest aneinandergepresst. Sorgsam zog sie den dunkelblauen Rock darüber und legte ihre Handtasche in den Schoß. Marchetti reichte ihr das Wasser, das Signora Scalini erst einmal auf die Kante des Schreibtisches stellte. Marchetti setzte sich ihr gegenüber und lächelte entwaffnend. „Nun, erzählen Sie! Wie kamen Sie auf den Gedanken, dass es doch besser wäre, die Polizei anzurufen?“
Die Frau senkte fast erschrocken die Augen, dann bat sie mit leiser Stimme: „Ich werde doch wohl keinen Ärger bekommen? Wissen Sie, mein Chef war sehr ungehalten, weil ich die Polizei gerufen habe. Ich möchte doch meine Arbeit nicht verlieren.“
„Aber nein, wir regeln das!“, versicherte Marchetti großzügig. „Ganz im Gegenteil, wir sind Signore Oddo sehr dankbar für die gute Zusammenarbeit!“
„Oh, das ist gut!“ Signora Scalini war sichtlich erleichtert.
„Aber nun erzählen Sie doch, was ihnen an diesem Mittwochmorgen aufgefallen ist!“
„Ja!“, zögerte die Frau. „Ich kam so gegen neun Uhr zum Putzen in das Haus. Anfangs ist mir nichts aufgefallen! Alles war normal, ich dachte mir auch nichts dabei, dass der Gast bereits unterwegs war. Ich habe das Wohnzimmer und die Küche geputzt, ja, und dann bin ich ins Schlafzimmer gegangen. Alles war zerwühlt, aber das ist meistens so. Ich habe die Bettwäsche gewechselt und gemerkt, dass eine Decke fehlte. Darüber habe ich mich geärgert, weil mein Chef

natürlich annehmen wird, dass ich sie gestohlen habe. Dann habe ich die winzigen Blutflecken an der Wand gesehen. Erst sah es so aus, als hätte man Moskitos erschlagen, doch dann habe ich den Boden gewischt und das Wasser wurde ein wenig rot. Wissen Sie: Der Boden ist recht dunkel, so ist mir vorher nichts aufgefallen, aber dann habe ich mich schon gewundert!"

„Sie haben also das Blut aufgewischt?"

„Es war nicht viel! Vielleicht ein paar Spritzer, als hätte sich jemand geschnitten. Da dachte ich noch nicht gleich an Mord. Bei den anderen Häusern passiert das öfter, wenn sich die Kinder verletzen."

„Natürlich!", bestätigte Marchetti. „Und dann?"

„Also, ich habe noch die Terrasse gefegt und dort den Tisch abgewischt. Ein leeres Glas stand dort und eine halbvolle Flasche Wein, außerdem lag ein kleines Notizbuch aufgeschlagen im Wind. Die Seiten blätterten immer wieder hin und her. Ich habe es auf den Beistelltisch gelegt und mit der Vase beschwert. Der Gast hatte es am Abend offensichtlich liegenlassen. Ich wollte es nicht ins Haus tun, weil die Gäste oft unwillig darauf reagieren, wenn man etwas verlegt."

„Ist Ihnen sonst noch etwas aufgefallen? Wissen Sie, ob Herr Bauer manchmal Besuch empfangen hat?"

„Nach der verschmutzten Bettwäsche zu urteilen, hatte er ganz sicher Besuch! Aber wie oft, das kann ich nicht sagen. Ich komme ja nur zweimal die Woche."

„Wieso haben Sie dann die Polizei verständigt?"

„Ach, ich habe die anderen Häuser saubergemacht und bin ganz normal nach Hause gefahren. Irgendwann kamen mir die Blutspritzer komisch vor. Ich meine, dass es doch nicht bis an die Wand spritzt, wenn sich jemand verletzt! Also habe ich noch einmal nachgesehen, ob der Gast inzwischen zurückgekehrt war, und habe dann die Polizei angerufen."

„Das haben Sie gut gemacht!", lobte Marchetti die Frau. „Würden Sie ihre Aussage noch einmal wiederholen, während meine Kollegin mitschreibt?"

„Ist das denn so wichtig?"

„Immens!", betonte Marchetti. „Es gibt uns einen Einblick, was der Gast zuletzt getan hat!"

„Ach so! Ja, dann ..." Gehorsam setzte sich die Dame zu Giulia an den Schreibtisch und wiederholte in kurzen Sätzen ihre Aussage.

Marchetti wandte sich an Kommissar Isedor: „Und? Was denken Sie?"

Isedor wackelte nachdenklich mit seinem Kopf hin und her. „Florian Bauer war offensichtlich völlig ahnungslos! Er hat auf der Terrasse gesessen, einen Wein getrunken, seine Notizen gemacht und auf die Hure gewartet."
„Und als diese kam, ist er aufgestanden, wollte sich ein bisschen abreagieren und vielleicht später ein weiteres Gläschen trinken."
„Offenbar! Sonst hätte er das Notizbuch wohl kaum auf dem Tisch liegen lassen!"
„Oder es war ihm nicht so wichtig", überlegte Marchetti. Vielleicht war das Notizbuch auch eine falsche Spur.
„Das werden wir erst wissen, wenn wir die Einträge entschlüsselt haben", bemerkte Isedor.

Beide schwiegen und warteten darauf, dass Giulia das Vernehmungsprotokoll fertig hatte. Höflich komplimentierte Marchetti anschließend die Putzfrau nach draußen und überlegte sich seine nächsten Schritte. Die Aussage einer Putzfrau war auch kein sonderlich erfolgreicher Ermittlungserfolg!
Im Hintergrund hörte er die Stimme von Balloni, der freundlich mit irgendeiner Apotheke telefonierte. „Ja, von Dienstag auf Mittwoch! Ach wirklich? Sie hatten geöffnet? Ein Notfall? So, was haben Sie denn verkauft? ... Desinfektionsspray?"
Balloni winkte hektisch und schaltete bei seinem Telefon die Mithörfunktion ein. „Können Sie sich noch erinnern, wer das Desinfektionsspray gekauft hat?"
„Ja, ein Mann, der hier in der Nähe wohnt. Er kommt öfter und kauft Medikamente. Aber in der Nacht hat er bei uns geläutet. Wissen Sie, wir wohnen über der Apotheke, und natürlich öffnen wir, wenn es sich um einen Notfall handelt."
Balloni schob seine Brille nach oben auf den Kopf und imitierte damit unwillkürlich den Deutschen. „Ah, selbstverständlich! Service am Kunden! Und dieser Nachbar hat also Spray gekauft?"
„Ja, ja! Er kam sehr spät! Ich war längst im Bett. Aber er sagte, dass es dringend sei, und so habe ich halt aufgesperrt. Er hat Desinfektionsspray und Salbe gekauft, ah ja, und einige Mullbinden."
„Hat er gesagt, wozu er das alles braucht?"
„Nur, dass seine Freundin gestürzt sei."
„Aha, und Ihre Apotheke befindet sich in Costalpino?"
„Ja, direkt an der Hauptstraße!"
„Vielen Dank für Ihre Kooperation!", bedankte sich Balloni und leg-

te mit einem zufriedenen Augenaufschlag in Richtung seines Chefs auf. „Na, was sagst du jetzt?"
Marchetti lächelte erleichtert. „Sehr gut! Jetzt überprüfe doch mal, ob zufällig ein schwarzer Alfa Romeo in Costalpino gemeldet ist."
„Sofort!" Eilig überflog Balloni die Liste der Kennzeichen, dann nickte er bestätigend. „Hier ist es! Ein Wagen, zugelassen auf Maria Duponte."
„Okay, verständige die Einsatzzentrale! Ich will, dass sofort zwei Wagen dorthin fahren!" Marchetti wurde sofort der geborene Stratege und Vorgesetzte. Plötzlich ähnelte er einem Feldherrn, der seine Truppen in die Schlacht schickte. „Giulia! Sag der Spurensicherung Bescheid! Ich will, dass mich ein Team begleitet!" Gleichzeitig zückte er sein Handy und tippte die Nummer des Staatsanwalts. „Signore Brandesa? Ja, ich habe eine heiße Spur! Könnten Sie mit einem Durchsuchungsbefehl kommen? Ja? Der Name lautet Maria Duponte, Via di …, in Costalpino! ... Ah, wunderbar!"
Er schulterte das Achselholster mit seiner Pistole, schlüpfte wieder in sein Leinensakko und schnippte auffordernd mit den Fingern. „Balloni!"
Ein wenig überflüssig stand der Deutsche inmitten der plötzlichen Hektik, bis Marchetti ihm ungeduldig die Hand auf die Schulter legte. „Nun kommen Sie doch endlich!"
„Soll ich …?"
„Aber ja, kommen Sie nur! Vielleicht gibt es endlich was zu sehen! Nicht, dass es Ihnen langweilig wird!" Marchetti war richtig erleichtert, dass es endlich weiterging. Selbst wenn die Spur falsch war, so war es doch besser, als untätig herumzusitzen. Aber er hatte so ein komisches Jucken in der Nase, und das Gefühl sagte ihm, dass er richtig lag. Das Auto in der Nähe einer Apotheke, in der tatsächlich jemand Verbandmaterial gekauft hatte. So viele Zufälle gab es nicht!

Sie quetschten sich in ein Polizeifahrzeug und verließen Siena über die Porta San Marco. Eine kleine Kolonne aus weiteren Autos folgte ihnen, und erstaunte Menschen wichen in den Schatten der Häuserwände aus, als die Autos mit Blaulicht an ihnen vorüberschossen. Kurz darauf erreichten sie einen der vielen Kreisel, die Siena umgaben und bei denen sich kein einziger Fahrer an die Vorfahrtsregelung hielt. Verblichene Fahrbahnmarkierungen ließen die Straßenführung ohnehin nur erahnen. So verschlungen, eng und dunkel es im mittelalterlichen Stadtkern auch war, kaum verließ man die trutzigen

Festungsmauern, befand man sich in einer modernen Stadt. Zweispurige, breit angelegte Straßen führten um die alte Stadt herum, wie hungrige graue Schlangen, die nur darauf warteten, die alte Stadt in ihre tödliche Umarmung zu nehmen. Hochhäuser und riesige Einkaufszentren mit Flachdächern umgaben wie Belagerungstürme die Stadt, als warteten sie auf einen günstigen Moment, die Festungsmauern einzunehmen, nur von der Bauaufsicht und dem rührigen Stadtrat an diesem Begehren gehindert.
Innerhalb von wenigen Minuten überquerte die Kolonne die vierspurige Autostrada und fuhr auf der kurvigen Straße in Richtung Costafabbri, dem nächsten Vorort von Siena mit seiner typischen an der Straße gelegen Bar und einem kleinen Geschäft. Dann folgten sie den engen Serpentinen nach Costalpino. Die Straße war zu beiden Seiten mit völlig verbogenen und verrosteten Leitplanken begrenzt, hinter denen das Unkraut wucherte und junge Eschen sich über die Straße beugten. Der kleine Ort Costalpino bestand eigentlich nur aus einigen Backsteinhäusern, die direkt an der Hauptstraße lagen. Ein Restaurant, dessen mit wildem Wein überwachsene Terrasse der einzige Blickfang des Ortes war, die winzige Apotheke im Erdgeschoss eines Hauses, aus dessen Fassade dunkelgrüne Kapern wuchsen, waren auch schon alles. In einer winzigen Seitenstraße kamen die Fahrzeuge zum Halten, direkt vor einem schwarzen Alfa Romeo mit verbreiterten Sportreifen.
Marchettis Gesicht wurde spitz, als er zufrieden auf das Auto starrte. „Oh, was für eine Überraschung!“
Im Nu war er aus dem Wagen gestiegen und beugte sich zu den Reifen hinunter. Dann stemmte er seine Hände in die Hüften und lehnte sich selbstzufrieden zurück. „Ich fresse einen Besen, wenn das nicht das richtige Fahrzeug ist!“ Er lachte tief und zwinkerte dem Team von der Spurensicherung zu. „Jungs, macht euch mal an die Arbeit!“
Dann stellte er sich in den dunklen Eingangsbereich des Mietshauses und las die Messingschilder der Klingeln. „Oh, Duponte! Sie hat sogar ein Klingelschild! Wie praktisch!“
Mit seinem Daumen presste er mehrmals die Klingel, und Isedor befürchtete, dass er in seinem Eifer die ganze Klingelanlage zerstören würde. „Si?“, erklang eine weibliche Stimme. „Hier ist Luca Marchetti, Squadra Mobile von Siena, ich habe einige Fragen an Sie! Bitte machen Sie auf!“
Noch klang er höflich, geschäftsmäßig.
„Wieso?“

„Ach, nur eine Formalität! Irgendetwas mit der Zulassung für Ihren Wagen stimmt nicht. Könnte ich wohl Ihre Papiere sehen?"
Eine kurze Pause entstand, dann ertönte ein verhaltenes Seufzen.
„Na schön! Kommen Sie hoch! Dritter Stock!"
„Vielen Dank!", meinte Luca Marchetti wohlerzogen und erntete ein verschwörerisches Zwinkern aus Ballonis blauen Augen.
Das Türschloss sprang auf, und Marchetti winkte Balloni und Isedor, ihm zu folgen, dann bedeutete er zwei weiteren Polizisten, in Bereitschaft zu bleiben. Mit gezogenen Pistolen stellten sie sich in den Hausflur, ließen aber den Commissario erst einmal alleine nach oben gehen. Marchetti schaltete das Licht ein und zwängte sich die steile Treppe nach oben. Gedrechselte Pfosten zeugten davon, dass die knarrende Treppe einst mit viel Liebe eingebaut worden war, doch jetzt war das Treppenhaus heruntergekommen und vergammelt, mit Schmierereien an den grauen Wänden. Ziemlich schnell brach Marchetti der Schweiß aus, aber auch Isedor keuchte mit geöffnetem Mund bei der schwülen Hitze. Dann standen sie vor der dunkelbraun gestrichenen Wohnungstür, und durch einen Schlitz konnte man die eiserne Kette sehen, die vorsichtshalber vorgelegt worden war. „Signora Duponte?", fragte Marchetti höflich und klopfte sachte gegen die Tür. Im Hintergrund dudelte irgendwo ein Radio, und auch aus den anderen Wohnungen waren Stimmen zu hören. Ein Kind kreischte ein Stockwerk tiefer in heller Tonlage, und die Mutter keifte in voller Lautstärke zurück. Es roch nach Knoblauch und ranzigem Fisch, und Marchetti rümpfte angewidert die Nase.
„Kann ich Ihren Ausweis sehen?", erklang es misstrauisch hinter der Tür.
„Selbstverständlich!", meinte Marchetti immer noch ausgesprochen freundlich und zückte seinen Polizeiausweis.
„Es geht um Ihr Auto! Dieser schwarze Alfa Romeo vor dem Haus! Ist das Ihr Fahrzeug?"
An der Sicherheitskette wurde gerüttelt, und in der Tür erschien eine junge Frau, die mit einem Morgenmantel und federngeschmückten lila Pantoffeln bekleidet war. Sorgfältig pediikürte Zehen mit dunkelrotem Nagellack und ein schlankes Bein lugten verführerisch hervor. Aber sie war weiß! Verdammt, dachte Marchetti. Falsche Hautfarbe!
Die Frau lächelte entschuldigend und strich ihre blonden Locken nach hinten. „Entschuldigen Sie meinen Aufzug! Ich habe gestern Nacht gearbeitet und war noch im Bett!"

„Oh, Madame! Das ist doch kein Problem! Entschuldigen Sie, dass wir hier so unangemeldet erscheinen."
„Was ist mit meinem Auto?"
Marchetti suchte nach einer Ausrede: „Können wir bitte die Papiere sehen? Wir suchen ein Fahrzeug, das eventuell in einen Verkehrsunfall verwickelt war! Hat ihr Fahrzeug irgendwelche Schäden?"
Die Frau stotterte sichtlich verwirrt: „Aber nein, das muss ein Irrtum sein. Warten Sie einen Augenblick, ich hole die Papiere!" Die blonde Schönheit verschwand im nächsten Zimmer, und Marchetti wechselte einen verzweifelten Blick mit Balloni. „Ich glaube, hier sind wir falsch!"
„Scheiße!", flüsterte Balloni zurück. „Und jetzt?"
„Wir überprüfen die Papiere und verschwinden wieder!"
Marchetti ließ seine Hände in den Hosentaschen verschwinden und senkte frustriert den Kopf. Er hätte den Deutschen doch besser in der Questura lassen sollen! Was für eine Blamage!
Im Treppenhaus polterten Schritte, und Marchetti seufzte laut, als einer der Polizisten erschien. Niemals würde die Dame glauben, dass er zur Überprüfung einiger Papiere eine ganze Eskorte brauchte! Ungeduldig wackelte er mit dem Zeigefinger, versuchte damit zu verdeutlichen, dass der Mann wieder nach unten verschwinden sollte, doch dieser ließ sich nicht abweisen. Verschwörerisch beugte sich der junge Beamte zu ihm und flüsterte: „Es ist das gesuchte Fahrzeug!"
Ein Adrenalinstoß jagte durch Marchetti, und fast ungläubig flüsterte er: „Definitiv?"
„Definitiv!"
„Wow!"
In Marchettis Gehirn ratterte es, als er die Fakten zusammentrug. Sie hatten das Fahrzeug! Aber wo war die Hure? War sie vielleicht schon tot? Und was hatte diese blonde Schönheit damit zu tun?
Mit den Papieren in den Händen erschien die junge Frau und wurde sofort misstrauisch, als sie den uniformierten Polizisten sah. Sie hechtete zur Tür und versuchte geistesgegenwärtig, sie noch zuzudrücken, doch Marchetti warf sich mit seiner Schulter dagegen. Mit einem hysterischen Schrei wich die Frau zurück, versuchte sich ins nächste Zimmer zu retten, aber Marchetti packte sie an den Armen und drückte sie gegen die gelb gestrichene Wand des Flurs. Im Hausflur rumorte es, als andere Bewohner aufgeschreckt die Türen öffneten und weitere Polizisten die Treppe hochstürzten. In Sekundenschnelle verwandelte sich das Treppenhaus in einen Hexenkes-

sel aus Geschrei und Lärm. „Polizei, Polizei!", brüllten die Beamten. „Bleiben Sie in Ihren Wohnungen!"
Im Flur wand sich die blonde Frau in dem festen Griff des Commissarios. „Lassen Sie mich los!", schrie Maria Duponte hysterisch. „Was soll denn das! Ich habe nichts getan!" Sie hatte tatsächlich Angst, und Marchetti lockerte seinen Griff etwas. „Beruhigen Sie sich! Wir tun Ihnen doch nichts!"
„Was wollen Sie hier? Das ist Hausfriedensbruch! Sie dürfen überhaupt nicht in meine Wohnung!", giftete die Frau zurück. „Raus hier! Raus!"
„Ich will doch nur mit Ihnen sprechen!", versuchte Marchetti die Frau zu beruhigen.
„Ohne einen Durchsuchungsbefehl sage ich überhaupt nichts! Raus hier, oder ich zeige Sie an wegen Nötigung!"
„Der Staatsanwalt ist bereits auf dem Weg hierher. Alles hat seine Ordnung. Bitte beruhigen Sie sich!"
„Der Staatsanwalt!", jammerte die Frau. „Aber ich habe doch gar nichts getan!"
„Kann ich jetzt mit Ihnen reden, ohne dass Sie mir die Augen auskratzen?", fragte Marchetti mit einem Lächeln. „Vielleicht können wir das Ganze ja gleich klären!"
Die Frau nickte verängstigt, und langsam ließ Marchetti sie los. Hastig wickelte Maria Duponte ihren Bademantel, der sich in dem kurzen Handgemenge geöffnet hatte, wieder um ihren Körper, und Marchetti erhaschte einen Blick auf ihre schlanke Figur. Sie war nackt! Mamma Mia! Er hatte plötzlich einen dicken Kloß im Hals und wechselte einen verblüfften Blick mit Balloni. Auch Balloni hatte die nackte Frau gesehen und blinzelte den Commissario über seine Brille hinweg vorwurfsvoll an. „Ma!", hob der nur entschuldigend seine Schultern.
„Wo ist der Staatsanwalt?", fauchte die Frau wütend.
„Der kommt gleich!", meinte Balloni leichthin, obwohl er tatsächlich keine Ahnung hatte, wo der Staatsanwalt so lange blieb.
„Gut!", brummte Marchetti und wandte sich wieder der Frau zu. „Wir haben Grund zu der Annahme, dass Ihr Auto in einen Mordfall verwickelt ist! Wo waren Sie in der Nacht von Dienstag auf Mittwoch?"
„In einen Mordfall?", flüsterte Maria Duponte ehrlich entsetzt.
„Aber ich ..., ich weiß nicht! Am Dienstag war ich ..., glaube ich, hier!"

„Aha, fahren noch andere Personen das Auto?"
„Schon möglich! Mein Freund ...!" Sie verstummte plötzlich und senkte bockig die Augen. „Ich möchte jetzt nichts mehr sagen!"
Marchetti riss vor Verblüffung die Augen auf. „Sie werden mit einem Mordfall in Zusammenhang gebracht und ziehen es vor, zu schweigen? Jetzt werde ich Ihnen mal etwas erklären, junge Dame! Sie sind vorläufig festgenommen! So ist das!"
„Aber ich habe doch gar nichts getan! Das dürfen Sie überhaupt nicht!"
„Ich darf! Und jetzt ziehen Sie sich bitte etwas an und kommen mit!"
Energisch packte Marchetti die Frau und suchte das Schlafzimmer. Wieder schrie Maria Duponte hysterisch auf und wehrte sich gegen den Griff des Commissarios. Marchetti schüttelte die Frau grob und meinte zynisch: „Wenn Sie uns lieber nackt begleiten wollen, dann ist mir das auch recht!"
„Ihr Bullenschweine!", zischte die Frau plötzlich ordinär und riss sich wütend los. „Das würde euch so passen! Von mir bekommt ihr keinen kostenlosen Fick!"
„Wow! Welch ausgesucht höfliche Sprache", säuselte Marchetti liebenswürdig. „Was haben wir denn da erwischt!"
Der Commissario drehte sich zu den Polizisten um und gab ihnen den Befehl, die anderen Zimmer zu durchsuchen. Dann stellte er sich in die Türöffnung des Schlafzimmers und sah genüsslich zu, wie die Frau sich vor ihm anzog.
Isedor war leicht schockiert, doch in Italien gab es offensichtlich andere Regeln.
„Sie ist eine Prostituierte", erklärte Marchetti leichthin und deutete auf die Handschellen und Peitschen, die an der Wand hingen. „Du stehst wohl auf Sado-Maso?"
„Fick dich!", giftete die Frau zurück und zog ein sommerliches weißes Kleid mit dezentem Blumenmuster über. Jetzt sah sie wie ein braves, sittsames Mädchen aus, und Marchetti meinte höhnisch: „Tolle Tarnung!"

Aus einem anderen Zimmer erklang plötzlich weinerliches Wehklagen, und zwei Polizisten zerrten ein anderes Mädchen hervor, das ebenfalls nur mit einem leichten Nachthemd bekleidet war. Wie eine Furie stürzte Maria Duponte dazwischen und fauchte die verblüfften Männer an. „Lasst sie
in Ruhe! Seht ihr nicht, dass sie Schmerzen hat?"

Marchetti dagegen lachte zufrieden und meinte gedehnt: „Da ist ja unsere Nutella!" Er konnte sein Glück überhaupt nicht fassen!
„Nutella?", meinte Isedor irritiert.
„So nennen wir farbige Prostituierte!", erklärte Marchetti kurz angebunden.
Dann sah er erstaunt, wie das schwarze Mädchen mit einem Schmerzenslaut in die Knie ging. Wenig rücksichtsvoll ruckte der Polizist an ihrem Arm und versuchte, sie wieder auf die Beine zu zerren. Ein qualvolles Stöhnen war zu hören, dann flatterten dem Mädchen die Augen und sie wurde ohnmächtig.
„Hört auf! Ihr tut ihr weh! Hört auf!", kreischte Maria Duponte in einer schrillen Tonlage.
Betroffen kniete sich der Commissario neben das bewusstlose Mädchen und klatschte leicht gegen ihre Wange. „He du, was ist mit dir?" Sie wirkte so zierlich, so zerbrechlich, wie eine Gazelle! Und viel zu jung, um als Prostituierte zu arbeiten! Dann fühlte er das Fieber und tastete nach der heißen Stirn. „Sie glüht ja! Was ist denn hier los?"
Maria Duponte fing plötzlich an zu schluchzen: „Ein Freier! Ein Freier hat sie verprügelt, und jetzt hat sie Fieber! Oh Gott, so ein Schwein! Dabei ist sie doch noch ganz neu im Geschäft!"
Isedor kniete sich daneben und nahm einen Arm des Mädchens hoch, an dessen Handgelenk ein provisorischer Verband lag. „Was ist das?"
„Ihre Handgelenke sind wundgescheuert! Sie ist gefesselt worden! Ihr Männer seid alles Schweine! Seht nur, was sie mit ihr gemacht haben!" Anklagend setzte sich Maria Duponte neben das Mädchen und schob das Nachthemd hoch. Der ganze Rücken war übersäht mit blutigen Striemen, einige bluteten leicht, wieder aufgerissen von der groben Behandlung durch die Polizisten. „Ihr Männer seid Schweine!", meinte Maria tonlos, doch gerade diese Kälte spiegelte das ganze Dilemma der Mädchen wider: ausgeliefert in einer brutalen Welt.
Isedor fluchte etwas auf Deutsch, und seine Stirn legte sich in tiefe Falten vor Wut. Er wirkte wie ein geifernder Dobermann, kurz ehe er jemandem an die Gurgel fuhr. „Wer macht denn so etwas?"
Marchetti atmete tief ein vor Entsetzen, dann rief er nach Balloni: „Lass einen Krankenwagen kommen!"
„Ist sie die Richtige?"
Marchetti nickte energisch. „Da bin ich mir sicher! Mich wundert nur, dass sie noch lebt!"
Maria Duponte wurde blass. „Wieso?"

„Normalerweise lässt man unliebsame Zeugen verschwinden! Wer ist euer Zuhälter?"
Trotzig blickte Maria Duponte dem Commissario in die Augen. „Das sage ich nicht! Er hat nichts damit zu tun!"
Marchetti platzte der Kragen: „Du blödes Weib! Siehst du nicht, was er dem Mädchen angetan hat! Er hat zugelassen, dass sie fast zu Tode geprügelt worden ist! Und du schützt ihn noch!"
„Es war der Freier! So etwas kann schon mal passieren! Männer sind perverse Bestien! Ricci hat sie hierher gebracht und versorgt! Er ist nicht schlecht!"
„Versorgt?" Marchettis Stimme triefte vor Hohn. „Das nennst du versorgt! Das Mädchen gehört in ein Krankenhaus, und dein verdammter Ricci lässt sie hier krepieren."
Marchetti holte sich eine Decke aus dem Schlafzimmer und wickelte die verletzte Frau vorsichtig darin ein, dann nahm er sie behutsam auf den Arm. „Wie heißt sie?", fragte er.
Etwas kleinlaut geworden flüsterte Maria: „Mercedes del Rio! Sie kommt aus Haiti!"
„Aha! Hat sie Papiere?"
Maria schüttelte nur leicht den Kopf, wusste, was das für Mercedes bedeutete: Abschiebung! Zurück nach Haiti, in ein Leben, dem sie versucht hatte zu entfliehen!
„Los, abführen!", machte der Commissario eine eindeutige Kopfbewegung zu Maria Duponte.
Balloni verließ als Letzter die Wohnung und zog die Tür ins Schloss, dann folgte er den anderen nach unten. Neugierige Gesichter erschienen an den anderen Türen und versuchten einen Blick auf das Geschehen zu erhaschen. „Sehr gut, dass ihr diese Brut ausräuchert!", meinte ein zahnloses, altes Weib. „So eine Schande! So eine Schande!"
„Warum habt ihr uns nicht früher angerufen?", meinte Balloni böse.
Marchetti blinzelte, als er ins Sonnenlicht trat, und musterte besorgt das Mädchen in seinen Armen. Er schwitzte, und der Schweiß lief ihm in die Augen; dabei war sie nicht einmal schwer, wog höchstens fünfzig Kilo. Ihre Haut war dunkelbraun, wie poliertes Mahagoni, und sie hatte lockige schwarze Haare. Ihre vollen Lippen bebten, und an ihren schmalen Nasenflügeln sammelte sich der Schweiß. Es ging ihr schlecht.
Ein Krankenwagen bog um die Ecke, und in der schmalen Gasse wurde es eng. Vorsichtig bettete Marchetti das Mädchen auf die Tra-

ge, dann wandte er sich an die Polizisten: „Ich will, dass sie rund um die Uhr bewacht wird! Und der Arzt soll Aufnahmen von ihren Verletzungen machen! Ich brauche das zur Beweissicherung!“
Im gleichen Befehlston wandte er sich an die Spurensicherung: „Durchsucht die Wohnung! Vielleicht findet ihr etwas, was auf die Identität des Zuhälters hinweist! Außerdem möchte ich, dass die Wohnung beobachtet wird, nur für den Fall, dass dieser Ricci zurückkehrt!“
„Nach dem Zauber, den wir hier veranstaltet haben, wird er sicherlich gewarnt sein“, meinte Isedor.
„Wahrscheinlich! Trotzdem lasse ich die Wohnung beobachten!“
„Das Auto untersucht ihr ebenfalls auf Fingerabdrücke und Spuren! Vielleicht könnt ihr nachweisen, dass der Tote damit transportiert worden ist.“
„Machen wir“, stimmte der junge Mann von der Spurensicherung zu.

Nachdenklich sah Marchetti zu, wie ein Fahrzeug nach dem anderen verschwand. Zuerst der weiße Krankenwagen, dann die blauen Polizeifahrzeuge mit Maria Duponte auf dem Rücksitz. Dafür bog der silbergraue Wagen des Staatsanwalts um die Ecke. Eilig stieg Signore Brandesa aus und strich seinen schwarzen Anzug glatt. In der Sonne wirkte sein Gesicht ungesund blass mit dicken Tränensäcken unter den Augen. „Nun, Marchetti, was gibt es? Hier ist der Durchsuchungsbefehl!“ Er fuchtelte nachlässig mit einem ganzen Satz gefalteten Papiers in der Luft herum.
„Oh, danke!“, meinte Marchetti und reichte das Schreiben an Balloni weiter. „Hier, für die Akten!“
Dann zeigte Marchetti auf den schwarzen Alfa Romeo. „Wir haben das Auto gefunden, das zuletzt am Tatort war. Außerdem haben wir mit ziemlicher Sicherheit die farbige Prostituierte gefunden. Sie ist auf dem Weg ins Krankenhaus.“
„Ins Krankenhaus?“, wunderte sich der Staatsanwalt.
„Ja, sie ist verletzt und muss medizinisch versorgt werden. Dieser Deutsche hat sie brutal ausgepeitscht!“
„Madre mia!“, stöhnte Brandesa. „Was für ein Skandal! Hat sie …?“
„Nein!“, meinte Marchetti bestimmt. „Sie war gefesselt, als er sie fast totgeprügelt hat. Daher wohl auch die Fasern an dem Bettgestell. Jemand anderes muss den Deutschen erschlagen haben!“
„Vielleicht der Zuhälter?“

„Möglich!" Marchetti kreuzte zweifelnd die Arme vor der Brust. War der Fall so einfach zu lösen? Ein Mord im Rotlichtmilieu? Ein Zuhälter, der seiner Nutte zu Hilfe gekommen war? Er wollte nicht so recht daran glauben! Warum war dann der Computer gelöscht worden? Wenn es Notwehr war, warum hatte man dann die Leiche versteckt und versucht den Mord zu vertuschen? Hatte der Zuhälter die Nerven verloren? Nein, das passte alles nicht zusammen!
„Ich möchte gerne die Wohnung sehen!", hörte er die Stimme des Staatsanwaltes, und Marchetti nickte höflich.
„Gerne! Sie liegt im dritten Stock! Die Spurensicherung ist oben und versucht etwas über die Identität des Zuhälters in Erfahrung zu bringen. Das verletzte Mädchen heißt Mercedes del Rio und ist wahrscheinlich illegal hier."
„Sehr gut!"

Gemeinsam gingen sie nach oben, vorbei an den immer noch neugierig wartenden Nachbarn, die leise flüsterten. Der Staatsanwalt betrat die Wohnung, und prüfend wanderte sein Blick durch die Zimmer. Die Wohnung war klein: drei kleine Zimmer, ein Bad mit Schimmel an den Wänden und eine winzige Küche. Die Wohnung war offensichtlich auch ein Bordell, denn allerlei Sex-Utensilien hingen an den Wänden. In dem Zimmer von Mercedes del Rio lag nur eine Matratze am Boden, auf der sie ihre Freier empfangen hatte.
„Hier tun sich wirklich Abgründe auf!", meinte Isedor verächtlich.
„Gibt es in Deutschland keine Prostitution?"
„Doch, aber das ist normalerweise nicht mein Aufgabenbereich! Ich bin dafür zu sensibel. Mir tun die Mädchen einfach nur leid."
Marchetti lächelte mitfühlend und zeigte auf die schmutzige Matratze. „Hier werden viele Mädchen mit einem Heiratsversprechen ins Land gelockt und dann zur Prostitution gezwungen. Sie wehren sich nicht, weil sie Angst haben, sonst ausgewiesen zu werden. Oder sie werden wie Gefangene gehalten, und niemand erfährt etwas davon. Schlimm, einfach schlimm!"
„So wie diese Kleine?"
„Ja!"
Der Staatsanwalt schnaubte empört durch die Nase und warf Marchetti einen ernsten Blick zu. „Ich will, dass Sie diesen Drecksack erwischen! Haben Sie mich verstanden? Fassen Sie diesen Kerl!"
„Jawohl, Dottore!" Und zum ersten Mal konnte Marchetti den Staatsanwalt richtig gut leiden.

Isedor deutete auf das dritte kleine Zimmer, das mit allerlei Plüsch ausgestattet war, und meinte: „Das Zimmer sieht so aus, als würde hier auch ein Mädchen arbeiten! Wo ist sie?“
Prüfend blickte Marchetti in die Kammer und schüttelte den Kopf. „Stimmt! Ein richtig kleines Bordell für jeden Geschmack! Sado-Maso, eine Schwarze und etwas zum Vernaschen! Ein einträgliches Unternehmen!“
„Seltsam, dass die anderen Mieter sich nicht beschwert haben.“
Marchetti schüttelte erneut den Kopf. „In Italien verpfeift niemand den anderen! Das macht die Polizeiarbeit so schwierig.“
„Warum nicht?“, wunderte sich Isedor.
„Weil eigentlich jeder irgendetwas zu verbergen hat! Die Gesetze sind so kompliziert, dass sich ohnehin niemand daran halten kann. Der Staat ist der Feind, allen voran die Guardia di Finanza!“

Telefongespräche

Sie ließen die Spurensicherung in Ruhe arbeiten und verließen das Haus. Sinnend standen sie in der Mittagshitze und kniffen die Augen zusammen. Der Staatsanwalt legte fast väterlich die Hand auf Marchettis Schulter. „Gute Arbeit! Was haben Sie als Nächstes vor?"
„Ich warte auf die Ergebnisse der Spurensicherung und lasse überprüfen, ob die sichergestellten DNA-Spuren von dieser Mercedes del Rio stammen. Dann wären wir einen riesigen Schritt weiter! Außerdem fahnde ich nach diesem Ricci! Hoffentlich ist Maria Duponte bei der Vernehmung etwas gesprächiger."
„Werden Sie die Dame noch heute vernehmen?"
Marchetti verzog süffisant die Mundwinkel. „Aber sicher! Ich lasse sie noch ein wenig schwitzen! Sie soll Zeit haben, die Gefängniszelle zu genießen. Mal sehen, ob sie dann heute Nachmittag ihren Zuhälter immer noch schützt."
Der Staatsanwalt pfiff warnend durch die Zähne und mahnte: „Dottore Marchetti! Es liegen nicht genügend Beweise vor, um die Dame lange festzuhalten. Also, keine Spielchen!"
„Sie ist die Verdächtige in einem Mordfall!", protestierte Marchetti. „Außerdem ist sie offensichtlich eine Prostituierte! Allein das reicht schon, um sie bis morgen festzuhalten."
„Na schön, bis morgen", stimmte Signore Brandesa zu. „So lange kann ich eine vorläufige Festnahme vertreten! Aber dann will ich über Ihre Schritte und Ergebnisse informiert werden."
„Selbstverständlich!", flötete Marchetti höflich. Bis morgen wollte er diesen Fall ohnehin gelöst haben.
Signore Brandesa glitt schwitzend in sein Auto und stellte das Gebläse der Klimaanlage auf die höchste Stufe. Es war extrem heiß, und jeder hoffte auf ein wenig Regen, nicht nur die Natur. Im Vorbeifahren kurbelte der Staatsanwalt das Fenster herunter und beugte sich vertraulich heraus: „Dann kann ich also davon ausgehen, dass diese Politiker nichts mit dem Mord zu tun haben?"
Marchetti zuckte mit den Schultern. „Scheint so! Bisher deutet alles auf einen Mord im Rotlichtmilieu hin."
„Gut!", freute sich der Staatsanwalt und brauste sichtlich erleichtert in Richtung Siena davon.
„Gut!", äffte Balloni den Staatsanwalt nach. „Signore Brandesa liebt scheinbar einfache Lösungen!"

Marchetti behielt seine Meinung lieber für sich, außerdem konnte er dem nichts hinzufügen. Bisher verdichteten sich die Beweise nur gegen die Prostituierte und ihren Zuhälter.
Aber warum waren dann die Abgeordneten so ausweichend gewesen? Nur, weil sie einen Skandal fürchteten? Weil sie nicht wollten, dass der Name ihres verstorbenen Kollegen in den Schmutz gezogen wurde? Nun, für ihn war klar, dass Florian Bauer ein perverses Schwein gewesen war! Und er hätte seinen Alfa Romeo dafür gesetzt, dass zumindest die Deutschen wussten, welch merkwürdigem Hobby Florian Bauer nachgegangen war. Allein die Reitstiefel und die Reitgerte deuteten darauf hin, dass Florian Bauer nicht zufällig eine Hure verprügelt hatte, sondern dass diese Sache geplant gewesen war. Und dazu hat er Kontakte gebraucht, die ihm eine entsprechende Dame vermitteln konnten, oder zumindest einen interessierten Zuhälter. Hier musste viel Geld geflossen sein, denn man war das Risiko eingegangen, dass das Mädchen wochenlang nicht arbeiten konnte.

Sie quetschten sich wieder in das Dienstfahrzeug, und Balloni kutschierte das Auto in Richtung Siena zurück. In Costafabbri, kurz vor Siena, ließ Marchetti vor dem kleinen Geschäft, an dem sie vorher vorbeigefahren waren, halten. „Eh, habt ihr Hunger?"
„Wie ein Wolf!", brummte Isedor und blickte mit einem deutlichen Hundeblick auf die wenigen Häuser, die an einer Kreuzung standen. „Antica Salumeria" stand mit geschwungenen Buchstaben auf einem Werbeschild.
„Gibt es hier etwas zu essen?", fragte er misstrauisch.
„Aber ja! Das Geschäft gehört einem Freund. Kommt nur herein!" Marchetti führte seine beiden Begleiter durch einen bunten Vorhang aus Plastikstreifen, und schon ertönte eine markante Stimme: „Ciao Luca! Come stai?!" Ein unglaublich großer Mann, der verblüffende Ähnlichkeit mit Bud Spencer hatte, stand hinter einer Kasse und strahlte von einem Ohr bis zum anderen. Er trug eine beeindruckende Schürze um seinen noch umfangreicheren Bauch, und sein Kopf schmückte ein Tuch, das er sich wie ein Pirat umgewickelt hatte. Jede Frau, die nicht sichtbar dreifache Urgroßmutter war, wurde mit einem herzlichen „Ciao bella" begrüßt. Er war eindeutig der Kapitän auf diesem kleinen Schlachtschiff der Spezialitäten.
Das tiefe, herzliche Lachen des Commissarios antwortete ihm. „Bene, bene, Sandro! Hast du etwas zu essen für uns?"

„Ma, si!" Eine einladende Hand mit dicken wurstigen Fingern deutete auf die Auslage der Kühltheke. „Was wollt ihr?"
Geschäftig näherte sich seine Frau, schlank und zierlich, die nicht einmal die Hälfte des Umfangs ihres Mannes hatte. Auch sie trug eine ordentliche weiße Schürze und machte einen gepflegten, freundlichen Eindruck. „Ah, Luca! Wie geht es dir?" Auch sie lächelte herzlich.
„Gut, gut! Wir ermitteln gerade! Aber jetzt habe ich Hunger!"
Die Augen der Frau wurden rund vor Neugier. „Oh! Darfst du etwas erzählen?"
Marchettis Stimme wurde zu einem Flüstern, als er sich vertraulich nach vorne beugte. „Das darf ich doch nie! Nur so viel: Ein Deutscher wurde ermordet! Wahrscheinlich von einer Nutte!"
„Madonna!", staunte Sandros Frau. „Hast du sie schon erwischt?"
„Natürlich!", prahlte Marchetti und warf sich in die Brust. „Also, was kannst du uns heute empfehlen?"
„Oh, wir haben Nudelauflauf, überbackene Tomaten, eingelegte Tintenfischringe, oder soll ich euch belegte Brote machen?"
„Mach mir ein Salamibrot, und dann packst du mir noch eine abgepackte Salami ein! Ah ja, und ein paar frische Tomaten!"
„Gehst du heute Abend nicht auf das Cena von Aquila?", wunderte sich Sandro.
„Doch, doch! Aber für morgen früh habe ich nichts mehr im Kühlschrank. Was wollt ihr?", wandte sich der Commissario an Balloni und Isedor.
Isedor blickte mit hochgezogenen Augenbrauen auf die Delikatessen und zögerte unentschlossen. „Ist das alles frisch?"
Fast beleidigt schnappte Sandro zurück: „Ma si! Alles selbstgemacht!"
Marchetti sah sich genötigt, erklärend einzugreifen: „Sandro ist bekannt für seine selbstgemachte Salami und seinen Schinken! Das musst du unbedingt mal probieren."
„Na ja, dann nehme ich halt auch so ein Brot!", lenkte Isedor belustigt ein.
„Sie sind wohl nicht von hier?", meinte die Frau mit dem Scharfsinn einer guten Verkäuferin.
„Nee, ich bin aus München!", stellte Isedor fest.
Die Augen der Frau strahlten, und plötzlich redete sie übergangslos auf Deutsch: „Oh, München, da habe ich schon mal gewohnt! Wie gefällt es Ihnen hier?"

Isedor setzte ein liebenswürdiges Lächeln auf. „Bisher gefällt es mir gut! Leider bin ich erst seit gestern hier und habe noch nicht viel gesehen."
„Oh, na, dann müssen Sie unbedingt in die Festung gehen und …!"
„Er ist kein Tourist! Er hilft mir bei den Ermittlungen", unterbrach Marchetti den Redefluss.
Die Frau überging die Bemerkung: „Na ja, dann kann er doch trotzdem etwas sehen! Geht er zu der Generalprobe?"
Marchetti seufzte. „Ja! Und ich nehme ihn mit zur Cena!"
Die Frau flötete vor Begeisterung: „Das ist wunderbar! So etwas bekommt sonst kaum ein Tourist zu sehen!"
Marchetti stöhnte leicht: „Er ist kein Tourist!"
Geschäftig schob die Frau zwei Teller mit den Salamibroten über den Tisch und fragte dann Balloni: „Und, was möchtest du?"
Balloni quetschte sich zwischen den beiden eindrucksvollen Gestalten an die Theke durch und versuchte einen Blick auf die Auswahl zu erhaschen. Sandro musterte ihn mitleidig, sein feistes Gesicht mit den freundlichen braunen Augen wirkte wie bei einem Papa, dessen Kind vor dem Teller mit Spinat sitzt und nicht essen will. „Du musst mehr essen!", brummte er gutmütig.
„Nudelpfanne!", erklärte Balloni bestimmt.
„Ah!", freute sich Sandro und klopfte eine riesige Portion auf einen Teller.
Zufrieden standen die drei Männer an dem winzigen Bord neben der Kasse und ließen es sich schmecken. Neidisch blickte Isedor auf den Teller von Balloni. „Mhh, das sieht aber auch gut aus!"
„Wollen Sie mal probieren?", bot Balloni höflich an.
„Aber gerne!" Isedor schnappte sich eine Gabel und schaufelte einen Happen in seinen Mund. „Mmh, das ist aber lecker! Kann ich bitte auch eine Portion haben?"
Begeistert schob Sandro ihm einen weiteren Teller zu und nickte freundlich. „Gute Männer stellen etwas dar! So wie ich!" Dabei warf er sich in die Brust und klopfte vielsagend auf seinen Bauch. Seine Frau trieb ihm diesen Unsinn mit einem Stoß ihres Ellbogens aus. „Du bist dick, Sandro! Darauf brauchst du nicht stolz sein, nicht wahr!" Sie zwinkerte Balloni verschwörerisch zu, und alle lachten ausgelassen. Isedor schluckte hart, weil alles wieder so harmlos, so normal war. Nichts deutete auf die Abgründe der Gesellschaft hin, auf die sie noch vor wenigen Minuten gestoßen waren. Hier war ein verheiratetes, tüchtiges Paar, das sich mit dem kleinen Laden eine

Existenz aufgebaut hatte. Sauber, ordentlich, mit viel Liebe und dem nötigen Geschäftssinn. Die Regale gefüllt mit allem Lebensnotwendigen für die vergessliche Hausfrau, die noch mal eben zum Kramer um die Ecke geht. Ansonsten Körbe mit frischem Obst und die Theke mit den selbstgemachten Delikatessen für die Feinschmecker. Er stellte sich vor, dass dieses kaffeebraune Mädchen hier arbeitete, mit einer weißen Schürze um ihre schmalen Hüften und einer festgesteckten Frisur. Warum nur war die Welt so ungerecht?
„Habt ihr auch etwas zum Trinken?“, fragte er bedrückt.
Sandro schnippte mit seinen Wurstfingern. „Ja, hinter dir in der Kühltheke!“
In einem hohen Kühlregal gab es Joghurt und Milch, aber auch einige gekühlte Getränke. Isedor griff nach einer Cola-light und setzte durstig die Flasche an den Mund. Balloni und Marchetti schlürften natürlich einen heißen Kaffee und tranken ein Glas Wasser dazu. Nachdem Marchetti unter den lautstarken Protest der anderen für alle gezahlt hatte, traten sie in die gleißende Mittagshitze hinaus. Isedor traf es wie ein Schock. Drinnen war es angenehm kühl gewesen, aber jetzt fühlte er die schwüle Hitze doppelt. Er lächelte über die Vorliebe der Italiener zu extrem hochgefahrenen Klimaanlagen. Warum zogen sie nicht alle zum Nordpol um, wenn es ihnen hier zu heiß war? In den Geschäften lief der ahnungslose Tourist Gefahr, sich eine Lungenentzündung zu holen. Eigentlich fehlte nur noch der Schnee, der leise von der Decke rieselte.

Sie fuhren nach Siena zurück, und Balloni steuerte den Wagen durch die engen Gassen, bis er mit quietschenden Reifen gekonnt vor dem Dom parkte. Langsam schlenderten alle zur Questura und verschwanden in Marchettis Büro. Nachdenklich wandte sich Marchetti an seinen Mitarbeiter: „Balloni! Geh doch mal runter in die Ausländerabteilung! Vielleicht haben sie etwas über diese Mercedes del Rio. Irgendwie muss sie ja schließlich ins Land gekommen sein.“
Wortlos verschwand Balloni, und Marchetti überlegte sich sein weiteres Vorgehen. Er wollte nicht so ganz an die Theorie im Rotlichtmilieu glauben und suchte nach Anhaltspunkten, die auf eine andere Spur hindeuteten. Steckte vielleicht ein politisches Motiv hinter dem Mord? Er brauchte mehr Informationen über diese Politiker! Vielleicht wusste dieser Redakteur von der deutschen Zeitung etwas? Journalisten waren mitunter ganz brauchbare Schnüffler. Auffordernd nickte er Wolfram Isedor zu. „Wollten Sie nicht diese Zeitung

anrufen? Vielleicht ergibt sich etwas Neues?"
„Gerne! Welches Telefon darf ich nehmen?"
„Nehmen Sie meinen Apparat! Giulia schreibt ein Protokoll für die Kostenabrechnung!"
Isedor ließ seine massige Gestalt auf den Drehstuhl sinken und tippte die Nummer der Zeitung. „Stüver!", meldete sich eine Stimme am anderen Ende.
„Wolfram Isedor! Kripo München!", stellte sich Isedor höflich vor.
„Oh, die Kripo München! Steht Bayern noch? Was kann ich für Sie tun?"
Isedor lachte ungezwungen und ging auf den Scherz ein: „Ja, ja! In Bayern geht´s gut! Wir haben ja auch Seehofer und Beckenbauer! Aber ich rufe aus einem anderen Grund an! Sie haben eine Verabredung mit Florian Bauer, einem Abgeordneten aus Bayern?"
Kurzes Schweigen war die einzige Antwort, dann meinte Herr Stüver erstaunt: „Woher wissen Sie das?"
„In Bayern sind wir fix! Können Sie mir sagen, worum es in diesem Treffen geht?"
„Hmm, eigentlich nicht! Wieso?"
„Nun, was würden Sie sagen, wenn ich Ihnen mitteile, dass Herr Bauer ermordet wurde?"
„Donnerwetter! Das ist allerdings ein Ding! Können Sie mir sagen, wie das passiert ist?" Die Stimme des Reporters wurde hektisch, er roch offensichtlich eine Schlagzeile.
Isedor wurde unverschämt: „Selbstverständlich! Wenn Sie mir im Gegenzug erläutern, was Florian Bauer von Ihnen wollte?"
„Bekomme ich die Story dann exklusiv?"
„Das kommt darauf an, ob Ihre Informationen etwas wert sind!", pokerte Isedor mit gespielter Gleichmütigkeit.
„Er hat vage angedeutet, dass er einen politischen Skandal auslösen könnte. Mehr wollte er mir beim ersten Gespräch nicht sagen", gab der Reporter unumwunden zu. „Hilft Ihnen diese Information weiter?"
„Allerdings! Also gut! Ich erzähle Ihnen kurz, was unsere Ermittlungen bisher ergeben haben. Aber ich möchte Sie bitten, noch ein wenig mit der Veröffentlichung zu warten!"
„Na schön!", brummte der Reporter wenig begeistert.
„Also ..., Herr Bauer wurde ermordet in einer Mülltonne gefunden. In der Nähe von Siena! Er war hier zu Verhandlungen über irgendwelche EU-Rechte."

„Ich weiß! Sicherheitsstandards!“
„Und wieso hat sich Herr Bauer bei Ihnen gemeldet und nicht bei der Polizei?“
„Na ja, vielleicht wollte er irgendeinem Kollegen eins auswischen. Bauer war, politisch gesehen, ohnehin erledigt“, deutete der Journalist mysteriös an.
„Weshalb?“
„Na ja, anscheinend hatte er sich mit seinem großen Vorsitzenden überworfen und konnte sicher sein, dass er bei der nächsten Wahl einen so schlechten Listenplatz bekommen würde, dass er ohnehin nicht mehr ins Parlament rutschen würde.“
„Er ist also geschasst worden?“
„Sozusagen!“
„Wissen Sie, gegen wen er Beweise gesammelt hatte?“
„Nein, er wollte mir alles bei unserem Treffen erzählen.“
„Scheiße!“ Isedor konnte seine Enttäuschung kaum verbergen. Dann fiel ihm das Notizbuch ein. „Sagen Ihnen die Buchstaben SORGN etwas?“
„Nein! Ist das eine Firma oder so etwas?“
„Vielleicht! Diese Buchstaben standen in einem kleinen Notizbuch in Verbindung mit Zahlen.“
„Keine Ahnung! Aber ich kann ja mal darüber nachdenken“, bot der Reporter hilfsbereit an.
„Gerne! Sagen Ihnen die Namen Abramczik, Haber und Kleinschmid etwas?“
Stüver wunderte sich: „Aber sicher! Die drei sind häufig in irgendwelchen Komitees! Wieso! Sind diese Herren jetzt bei der Abordnung in Italien?“
„Allerdings!“
„Interessant, aber nicht ungewöhnlich! Darf ich fragen, wie dieser Bauer gestorben ist?“
Isedor warf einen unsicheren Blick auf Marchetti, aber dann entschied er sich doch für die Wahrheit: „Herr Bauer wurde erschlagen, offensichtlich nach einem Rendezvous mit einer Prostituierten. Bisher deuten alle Spuren nur auf einen Mord im Rotlichtmilieu hin.“
„Wie peinlich!“
„Allerdings! Bauer hatte offensichtlich einen ziemlich extremen Geschmack. Wir haben hier ein schwarzes Mädchen, das er so mit einer Peitsche verprügelt hat, dass es jetzt im Krankenhaus liegt.“
„Das ist allerdings eine Story! Abgeordneter misshandelt Nutte und

wird ermordet! Cool! Kann ich das schreiben?“
Isedor zögerte leicht, ehe er antwortete: „Aber sicher! Aber nicht vor Morgen! Zurück zur Politik: Fühlte sich Herr Bauer irgendwie bedroht?“
„Nein, davon hat er nichts gesagt!“
„Hmh! Alles sehr merkwürdig! Rufen Sie mich an, wenn Ihnen etwas einfällt?“
„Aber sicher! Geben Sie mir Ihre Handynummer?“
Bereitwillig gab Isedor seine Nummer durch, dann verabschiedete er sich höflich. Kurz übersetzte er, was er erfahren hatte, dann verschränkte er abwartend die Arme vor der Brust.
Kopfschüttelnd stemmte Marchetti seine Hände in die Hüften. „Was hat ein politischer Skandal mit einem Mord im Rotlichtmilieu zu tun?“
„Vielleicht nichts, vielleicht nur ein Zufall?“
Marchetti kratzte sich seinen Vollbart, dann forderte er im Befehlston ein Flipchart an. „Ich muss mir das aufmalen, dann kann ich besser denken!“
Eifrig sprang Giulia auf, um das sperrige Ding zu holen. Isedor half ihr beim Aufstellen, und schon schnappte sich Marchetti einen schwarzen Edding.
Er malte einige Kreise auf das Blatt und erläuterte sinnend: „Also, wir haben Florian Bauer, ermordet Dienstagnacht.“ Er machte eine kurze Pause und schrieb den Namen „Bauer“ in einen der Kreise. „Dann haben wir die Nutte mit ihrem Auto, außerdem den Zuhälter. Wir haben die deutschen und italienischen Politiker …!“ Er malte weitere Kreise auf das Blatt und verband sie mit Pfeilen. „Haben die Deutschen und die Italiener etwas miteinander zu tun? Welche Verbindung besteht zwischen den Politikern und dem Zuhälter? Und welche Verbindung besteht zu der deutschen Sicherheitsfirma?“ Wieder malte er einen weiteren Kreis auf das Flipchart und schrieb „Sicherheitsfirma“ hinein.
„Soll ich bei der Pro-Security mal anrufen?“, bot Isedor an.
Marchetti blickte sinnend auf das bunte Papier und nickte Isedor kurz zu. Wieder griff Isedor nach dem Telefon und tippte die Nummer des Sicherheitsdienstes in Frankfurt.
Eine freundliche, professionelle Damenstimme meldete sich. „Kann ich bitte euren Chef sprechen!“, bat Isedor.
„Das ist im Moment leider schlecht möglich! Kann ich Ihnen irgendwie weiterhelfen?“, forschte die Dame freundlich.

„Ich glaube nicht! Hier ist die Kripo München, und ich möchte bitte den Geschäftsführer sprechen, jetzt!“
„Moment, ich verbinde!“
„Stefan Rost!“, erklang es knapp und ein wenig unwillig.
„Kommissar Isedor, Kripo München!“
„Aha, was kann ich für Sie tun?“, ertönte es keine Spur freundlicher.
„Ich möchte wissen, warum ein Politiker namens Florian Bauer bei Ihnen angerufen hat!“
„Keine Ahnung! Wir stellen manchmal den Personenschutz von Politikern. Aber ich weiß nicht im Einzelnen, wer bei uns anruft.“
Isedor merkte, dass er es mit einem aalglatten Typen zu tun hatte, und wagte einen Schuss ins Blaue: „Nun, warum steht dann Ihre Telefonnummer im dem Notizbuch eines Politikers, der jetzt ermordet wurde?“
Die Stimme lachte humorlos. „Schade, dann hätte er unseren Schutz offensichtlich nötig gehabt!“
Isedor Stimme wurde eisig: „Ich weiß nicht, was es darüber zu lachen gibt, wenn einer Ihrer Kunden umgebracht wird! Das ist doch sicherlich nicht werbewirksam!“
„Natürlich nicht! Aber woher wollen Sie wissen, dass dieser Politiker ein Kunde von uns war?“
„Könnten Sie das bitte überprüfen?“
„Selbstverständlich, warten Sie, ich schaue im Computer nach! Wie war der Name?“
„Florian Bauer!“, wiederholte Isedor geduldig.
Es entstand eine kurze Pause, dann meldete sich die Stimme erleichtert zurück: „Nein, er war kein Kunde von uns. Wir haben noch nicht einmal ein Angebot geschrieben.“
„Weshalb hat er dann bei Ihnen angerufen?“
„Keine Ahnung! Vielleicht hat er sich allgemein informiert, aber ich habe keine Daten über ihn in meinem Computer.“
„Sehr merkwürdig!“, meinte Isedor trocken.
„Hören Sie! Wir sind ein ziemlich großer Sicherheitsdienst. Viele Leute haben unsere Telefonnummer. Das ist doch nichts Außergewöhnliches!“, versuchte der Mann einzulenken.
„Stimmt, aber wenn eure Nummer im Notizbuch eines Toten steht, dann muss ich der Sache eben nachgehen!“
„Selbstverständlich! Leider kann ich Ihnen nicht weiterhelfen. Dieser Politiker ist mir nicht bekannt.“
„Hätte Herr Bauer mit jemand anderem Ihres Büros reden können?“

„Na sicher! Doch auch dann wäre ein Angebot an ihn hinausgegangen. Aber darüber ist nichts verzeichnet."
„Verstehe!", meinte Isedor enttäuscht. Aber es gab eben auch Spuren oder Hinweise, die im Sande verliefen, weil sie einfach nichts mit dem Mord zu tun hatten.
Höflich beendete er das Gespräch und blickte genervt auf Marchetti. „Nichts!"

Balloni kam mit einer ockerfarbenen Akte in der Hand ins Büro geschossen und schwenkte sie wichtig hin und her. Abgelenkt blickten alle auf den jungen Assistenten, der vor Aufregung glühte. „Ich habe die Akte von Mercedes del Rio!"
„Eine Akte?", wunderte sich Marchetti ehrlich verblüfft.
„Ja, sie hat eine offizielle Arbeitserlaubnis und Aufenthaltsgenehmigung! Vorgestern erst abgestempelt!"
„Das gibt es nicht!", staunte Marchetti kopfschüttelnd. Seit wann gab es denn Aufenthaltsgenehmigungen für Huren?
„Doch, doch!" Eifrig blätterte Balloni in dem Umschlag und zog ein abgestempeltes Papier heraus. „Hier, sieh nur! Sie hätte es nur noch abholen müssen!"
Erstaunt nahm Luca Marchetti das Dokument in die Hände und verdaute die Tatsache, dass Mercedes del Rio legale Arbeitspapiere hatte. Wieso arbeitete sie dann als Prostituierte? War hier die Bezahlung besser, oder war sie gezwungen worden? Kein Mädchen lässt sich freiwillig misshandeln!
„Krass!", meinte Isedor. Dann malte er einen weiteren Kreis auf das Flipchart. „Ausländerbehörde" stand mit Ausrufezeichen darauf.
„Was soll das jetzt heißen?", fragte Marchetti ungehalten.
„Na, das ist doch kein Zufall!", verteidigte Isedor seinen Verdacht. „Politiker, die sich in Schweigen hüllen. Ein Enthüllungsskandal, der nun nicht mehr enthüllt wird. Ein Mord, der einigen Herren nicht ganz ungelegen sein wird. Und eine illegale Prostituierte, die plötzlich eine Aufenthaltsgenehmigung bekommt. Seid mir nicht bös, aber das riecht doch komisch!"
Marchetti nagte an seinen Lippen und zog dann widerwillig eine Linie von den Politikern zu der Ausländerbehörde. „Möglich wäre es schon!", meinte er zögernd. „In Italien untersteht die Polizei direkt den Politikern!"
„Es wird schwierig werden, das auch zu beweisen!", meinte Balloni sachlich.

Marchetti blickte auf den Stempel und die Unterschrift auf dem Dokument. „Ich werde diesem Signore Francetti mal auf die Finger fühlen! Ist er noch im Dienst?"
Balloni schüttelte den Kopf. „Ich habe nur noch eine Sekretärin erwischt. Heute ist doch die Generalprobe des Palios!"
Marchetti seufzte, denn die Ausländerbehörde würde über das Wochenende geschlossen sein. Wieder ein Puzzleteil, das warten musste! Konnte es sein, dass ein Politiker der Ausländerbehörde einen Wink gegeben hatte? Aber warum? Warum würde ein Politiker einen Zuhälter und dessen Nutte schützen? War das der Preis dafür, dass ein Mann seine perversen Triebe ausleben konnte? Aber welchen Vorteil hatte ein Politiker davon? Vor allen Dingen ein italienischer Politiker! Denn nur ein italienischer Politiker könnte der Ausländerbehörde einen solchen Wink geben. Welche Beziehung aber bestand zwischen Florian Bauer und einem italienischen Politiker, und was hatte die Kommission im Hotel Garden damit zu tun? Gab es hier auch eine Verbindung? Er nahm den Edding in die Hand und zog einen Pfeil zwischen Florian Bauer und den italienischen Politikern. „Hier besteht anscheinend auch irgendeine Verbindung!"
Isedor blickte auf das Gewirr aus Kreisen und Pfeilen und legte den Kopf schief. „Und diese Maria? Was hat sie damit zu tun?"
Marchetti malte einen weiteren Kreis neben den von Mercedes del Rio und umkringelte beide mit einem schwarzen Kreis. „Ich glaube, dass die beiden Mädchen nur die Opfer in diesem Komplott sind. Ich schaue später im Gefängnis vorbei, und dann lasse ich die Kleine wahrscheinlich laufen."
„Und Mercedes?"
Marchetti winkte Balloni herbei und drückte ihn auf seinen Stuhl. „Ruf mal im Krankenhaus an! Ich will den behandelnden Arzt sprechen."
„Okay!", murmelte Balloni geschäftig.

Sinnend stellte sich Marchetti wieder vor das Flipchart und überlegte laut: „Also, ich sehe eine Verbindung zwischen den Politikern und Florian Bauer. Ich kann mir auch die Nutten und den Zuhälter erklären, aber wie passt der Sicherheitsdienst hier hinein?"
Isedor kniff die Augen zusammen, dann hatte er plötzlich eine gute Idee. Vielleicht wäre es gut, jemanden anzurufen, der in der Sicherheitsbranche Bescheid wusste? Während seiner Ausbildung hatte er längere Zeit in einem Sicherheitsdienst gejobbt, und so hatte er noch

gute Kontakte in der Branche. Entschlossen griff er zu Marchettis Diensttelefon. „Darf ich? Ich habe eine Freundin, die mir vielleicht Auskunft geben kann."
„Ja, mach nur!", meinte Marchetti großzügig, obwohl er mit Schaudern daran dachte, wie er seinem Chef drei Auslandsgespräche an einem Tag erklären sollte. Aber dieser Tedesco war bisher ausgesprochen hilfreich gewesen! Vielleicht konnten sie ja ein weiteres Puzzleteil zuordnen.
Nebenbei hörte er, wie Balloni sich durch das Krankenhaus durchfragte. Es stellte sich als schwierig heraus, weil niemand bisher die Verwaltung des Krankenhauses über die Ankunft von Mercedes del Rio verständigt hatte. So ließ er sich über die Notaufnahme, den erstversorgenden Arzt, dann über diverse Stationsschwestern weiterverbinden. Aber Balloni war hartnäckig genug und ließ sich nicht abwimmeln.
Isedor hatte inzwischen seine Bekannte ans Telefon bekommen. Michaela Astner, Leiterin der „AS-Security" in München, ein kleiner Sicherheitsdienst, der hauptsächlich Konzertveranstalter betreute.
„Grüaß di!", begrüßte er sie herzlich im tiefsten Bairisch.
„Ise, mein Hase! Wie geht's dir!", erklang es überschwänglich zurück, und Isedor verschluckte ein Lachen. Die Stimme klang freundlich, weiblich, dabei saß am anderen Ende ein ausgesprochenes Mannweib, das ähnlich wie Calamity Jane ihr Personal am liebsten mit der Peitsche antreiben würde.
„Gut, gut! Ich sitze gerade in Italien und ermittle in einem Mordfall. Sozusagen Sonderurlaub!"
„Prima! So gut möchte ich es auch mal haben", ertönte es neidisch.
„Und, wie geht es dir?"
Ein tiefes Seufzen war zu hören, dann kam es ziemlich ernüchtert: „Im Moment nicht so gut! Die Konzertbranche schlägt gerade Purzelbäume. Außerdem machen mir die neuen Gesetze zu schaffen."
„Wieso?" Isedors Neugier war geweckt.
„Na ja, die haben jetzt so ein dämliches Gesetz verabschiedet, das besagt, dass alle Ordner eine Schulung brauchen! Völliger Blödsinn! Bisher haben wir uns auch nicht so genau daran gehalten, aber inzwischen wird es kontrolliert und es werden saftige Strafen verhängt."
„Wieso ist es schlecht, wenn Ordner geschult werden? Hebt das nicht die Qualität?"
„Überhaupt nicht! Ich habe meine Ordner immer selbst geschult. Aber jetzt zahle ich horrende Preise dafür, dass die Leute genauso

ahnungslos wie vorher zurückkommen. Mit dem Gesetz erreichen sie nur, dass die kleinen Sicherheitsdienste kaputtgehen, aber das ist ja auch geplant."

„Wieso?" Isedor lächelte amüsiert über den deutlichen Ärger, den Michaela zum Ausdruck brachte.

„Na, die großen Firmen haben natürlich genügend Kapital, um diese Schulungen abzudecken, aber ich doch nicht! Ich schicke vielleicht zwanzig Leute im Jahr auf die Schulung, die dann höchstens drei Jahre arbeiten! Die Fluktuation frisst mich auf, und wenn ich eine Großveranstaltung habe, dann bricht bei mir der Personalnotstand aus. Ich kann nur überleben, wenn ich mit diversen Subunternehmern zusammenarbeite, die das gleiche Problem haben."

„Ich habe überhaupt nicht gewusst, welche Konsequenzen dieses Gesetz mit sich bringt. Aber langsam verstehe ich dein Problem."

Michaela Astner wurde richtig böse: „Gebracht hat es nämlich nichts! Nette Leute, Studenten oder so, machen nämlich diese Ausbildung nicht, weil sie überall wesentlich mehr verdienen können, ohne dass sie etwas investieren müssen. Ich bekomme nur noch Analphabeten und Ausländer, die sich wichtig machen wollen! Einfach entsetzlich!"

„Und wieso sollten irgendwelche Großfirmen einen Vorteil daraus ziehen?"

„Na, das ist doch offensichtlich! Die reinste Goldgrube! Die kleinen Firmen gehen kaputt, weil sie die Auflagen nicht mehr erfüllen können. Es werden für die großen Stadien nur noch wenige Firmen übrig bleiben, die sich dann eine goldene Nase verdienen!"

„Aber dieses Gesetz gibt es schon länger …", überlegte Ise, „irgendetwas Neues?"

„Die neueste Schikane ist der Mist, dass ich keine Subunternehmer mehr beschäftigen darf. Weißt du, wie viel Geld mir da verloren geht! Jedes Jahr fällt denen irgendetwas Neues ein!"

Isedor zog überrascht die Augenbrauen hoch, denn ihm fiel das schwarze Notizbuch ein. Jedes Jahr! War hier eine Verbindung? Seine Bekannte war wirklich hilfreich. „Du, sag mal", versuchte er weiter sein Glück. „… sagt dir die Firma Pro-Security etwas?"

Ein verächtliches Schnauben antwortete ihm: „Na sicher! Die sind vor einigen Jahren aus dem Nichts hier aufgetaucht und rollen mit richtig viel Geld den gesamten Markt auf. Der Hauptsitz ist in Frankfurt. Dabei haben sie keine Ahnung! Der Chef ist so ein Security-Schlumpf, der noch nicht einmal die nötige Ausbildung hatte. Total

dilettantisch! Aber sie bekommen einen Auftrag nach dem anderen! Sie haben sich sogar das neue Stadion unter den Nagel gerissen! Keine Ahnung, wie sie das geschafft haben."
Isedor runzelte die Stirn. „Hier geht es also um richtig viel Geld?"
„Richtig! Ich möchte wetten, dass die Firma auch in anderen Städten die Aufträge für die Stadien bekommen hat! Beim Fußball geht es um Millionenaufträge und dann kommen noch die vielen Open-Air-Festivals dazu."
„Sag mal, könntest du das in Erfahrung bringen?"
Kurz wurde es still, dann meinte Michaela: „Na klar! Ich rufe mal schnell ein paar Leute an. Und? Was machst du jetzt?"
Isedor seufzte: „Das erzähle ich dir in Ruhe, wenn ich wieder in München bin. Wir können ja mal wieder zum Essen gehen, was meinst du?"
„Gerne, aber dann erzählst du mir alles, versprochen?"
„Versprochen!", versprach Isedor freundlich. „Mach's gut, meine Süße!"
„Mach's gut, mein Hase!", verabschiedete sich Michaela.

Isedor lehnte sich zurück, dann übersetzte er kurz das Gehörte. Marchetti stellte sich wieder vor das Flipchart und malte ein Fragezeichen neben den Sicherheitsdienst. „Interessant", murmelte er. Aber was hatte das mit den Sicherheitsnormen in Italien zu tun? „Okay, was können wir beweisen?", riss er sich selbst aus seinen Gedanken. Er nahm einen roten Edding und malte ein Kreuz neben den Namen Mercedes del Rio. „Wir haben die DNA-Spuren der Frau. Außerdem haben wir die Reifenabdrücke des Fahrzeuges. Wir wissen die Identität des Mordopfers und haben die Tatwaffe! Wir können beweisen, dass die Leiche mit demselben Fahrzeug zur Mülltonne gebracht wurde, und wir haben den Tatort. Was sonst?" Hilfesuchend drehte er sich zu Isedor um.
„Uns fehlt der Mörder!", meinte Isedor mit einem Lächeln.
„Noch!", berichtigte ihn Marchetti.
Isedor setzte sich auf die Kante des Schreibtisches und legte nachdenklich den Kopf schief. Ihm gefiel die Zusammenarbeit mit Marchetti. Sie hatte Aussicht auf Erfolg!
Zufrieden sah er zu, wie Marchetti an das andere Telefon ging und endlich den behandelnden Arzt an der Strippe hatte.
„Gute Arbeit, Balloni!", flüsterte Marchetti, dann stellte er die Mithörfunktion ein.

„Ah, Dottore Massari! Hier spricht Luca Marchetti, Squadro Mobile! Wie geht es Ihrer Patientin?"
„Nicht gut! Sie hat hohes Fieber und starke Schmerzen. Ich habe ihre Verletzungen behandelt und ihr ein starkes Schmerzmittel gegeben. Sie wird eine Weile schlafen."
„Haben Sie Aufnahmen von den Misshandlungen gemacht?"
„Selbstverständlich!", erklärte der Arzt sachlich.
„Wann kann ich mit ihr reden?"
„Nicht vor Morgen! Sie ist verwirrt und nicht ansprechbar."
„Gut, kann ich Ihre Handynummer haben, damit wir in Verbindung bleiben? Das Mädchen ist Zeugin in einem Mordfall."
„Selbstverständlich! Ist deshalb der Polizist vor ihrer Tür?"
„Ja, sie muss rund um die Uhr bewacht werden. Ich hoffe, dass es Sie in ihrer Routine nicht allzu sehr stört?"
„Nun, natürlich schauen die Leute etwas seltsam! Aber ich habe die Patientin ein wenig abseits untergebracht. Sie wird einige Tage hier bleiben müssen. Ich möchte nicht, dass sich die Verletzungen entzünden, außerdem braucht sie weiterhin Schmerzmittel."
„Va bene!", murmelte Marchetti betroffen. „Ich werde erst am Sonntag kommen, um mit ihr zu sprechen. Natürlich nur, wenn Sie einverstanden sind!"
„Wir können ja vorher noch mal telefonieren. Außerdem möchte ich bei der Vernehmung dabei sein."
Marchetti seufzte: „Ist das nötig?"
Der Arzt blieb sachlich, kühl und ausgesprochen entschlossen: „Allerdings! Ich möchte nicht, dass sie sich aufregt. Sie wird sicherlich psychologische Unterstützung brauchen, nach all dem, was sie durchgemacht hat."
„Grazie!", stimmte Marchetti zähneknirschend zu und knallte unwillig den Hörer auf.
„Der ist ganz schön eklig!", meinte Balloni.
Isedor dagegen legte nur seine Stirn in tiefe Falten. „Ich finde, dass er recht hat! Die Kleine hat wahrlich genug gelitten!"

Fakten

Inzwischen war es bereits später Nachmittag, und in der Questura wurde es ruhig. Viele Angestellte waren längst ins wohlverdiente Wochenende entschwunden, nur die wichtigsten Bereiche blieben besetzt. Marchetti blickte heimlich auf seine Armbanduhr und sah voller Besorgnis, wie ihm die Zeit davonlief. Siebzehn Uhr! Er wollte doch noch die Prostituierte vernehmen!
Und er wollte auf keinem Fall die Generalprobe verpassen, koste es, was es wolle. Die Squadro Mobile war auch am Wochenende besetzt, ebenso gab es eine Minimalbesetzung in der Spurensicherung, und er überlegte, ob er nicht für heute abbrechen sollte. Er könnte zu Fuß zum Gefängnis gehen, Maria Duponte verhören und anschließend die Generalprobe sehen! Er steckte die Hände in die Taschen seines hellen Leinensakkos und ließ den Kopf hängen. Isedor saß immer noch auf der Kante des Schreibtisches, mit leichten Schweißflecken unter den Achseln seines schwarzen Seidenhemdes. Er sah so aus, als könnte er eine kalte Dusche gebrauchen. „Machen wir für heute Schluss?“, fragte Marchetti hoffnungsvoll.
„Wollten wir nicht die Prostituierte verhören?“, fragte Isedor.
„Doch, ich wollte noch dorthin! Leider ist es nicht möglich, dass Sie mich begleiten. Da müsste ich vorher eine schriftliche Eingabe machen. Verstehen Sie? Aber Sie könnten sich inzwischen duschen, und wir treffen uns zur Generalprobe auf dem Campo.“
Isedor zuckte enttäuscht mit den Schultern, aber eigentlich war er ganz froh über eine kleine Pause. Die Ermittlungen waren anstrengend, auch weil er sich die ganze Zeit auf Italienisch unterhalten musste. Er war doch ein bisschen aus der Übung und fühlte, wie er leichte Kopfschmerzen bekam.

Er trollte sich in Richtung Tür, als er fast in einen Polizisten gelaufen wäre, der aufgeregt ins Zimmer stürzte. „Oh, mi dispiace!“, entschuldigte sich Sergente Pizzi eilig.
„Pietro! Ich habe die Karte mit den Zeiten der Müllabfuhr!“, rief er triumphierend, dabei schwenkte er eine auseinandergefaltete Landkarte hin und her.
Luca Marchetti hob entsetzt die Augen zum Himmel. Konnten die Polizisten nicht ein wenig langsamer arbeiten? Madonna! Wie sollte er sich je um den Palio kümmern?

Interessiert beugte sich Pietro über den Plan, und auch Isedor war sofort wieder bei der Sache. „Müllabfuhr?", fragte er verständnislos.
Marchetti grinste schief. „Ja, das war so eine Idee von mir! Ich wollte wissen, ob die Leiche rein zufällig in ausgerechnet dieser Mülltonne verschwunden ist oder ob mehr dahinter steckt!"
„Ob der Mord geplant war?"
„So ist es!" Zu Pizzi gewandt meinte er: „Lass mal sehen!"
Stolz zeigte der Agente auf die rot markierten Felder. „Das sind die Zeiten der Müllabfuhr. Sie fährt von Colle di Val d´Elsa ausgehend über Monteriggioni in Richtung Siena. Die Mülltonne, in der wir die Leiche gefunden haben, ist die vorletzte, die noch am Dienstag geleert wird, die anderen werden am Mittwoch oder Donnerstag geleert."
„Wow!", benutzte Marchetti sein Lieblingswort, wenn er erstaunt oder begeistert war. „Das heißt …?"
„Jede andere Tonne, die näher an der Ferienanlage gelegen ist, wäre randvoll gewesen!"
„Und am Montag wären auch schon alle Mülltonnen voll gewesen!", überlegte Marchetti laut, denn er wusste von der Vorliebe der Italiener, wahre Müllberge zu produzieren.
„Zumindest hätte man kaum eine Leiche verschwinden lassen können!"
Marchetti warf Isedor einen triumphierenden Blick zu. „Dieser Drecksack hat genau gewusst, wo er die Leiche ablegt! Das ist sicherlich kein Zufall!"
„Und wenn er nun einfach auf dem Weg zur Autobahn nach einer leeren Mülltonne gesucht hat?", gab Balloni zu bedenken.
„Stimmt, aber es ist immerhin ein Indiz! Ich schreibe jetzt ‚Müllabfuhr' neben den Zuhälter", meinte Marchetti und zückte seinen Edding.
Pizzi faltete den Plan zusammen und reichte ihn Balloni. „Hier, für eure Akten!"
Marchetti klopfte ihm gönnerhaft auf die Schulter. „Gute Arbeit! Weiter so!"
Isedor trat ans Fenster und öffnete die Flügeltüren. Dankbar atmete er den Sauerstoff ein und schnupperte nach dem merkwürdigen Geruch. Eine leichte Brise wehte ins Zimmer, heiß, aber doch angenehm. Leider konnte man nur das nächste Haus sehen, das wenige Meter entfernt stand, und Isedor wünschte sich in die Einsatzzentrale zurück, in der man einen weiten Blick über die Stadt hatte. Er

konnte besser denken, wenn er aus einem Fenster mit weitem Blickfeld schaute.
Zwei weitere Personen betraten das Büro, und plötzlich wurde es eng in dem Zimmer. Die beiden kamen aus der Spurensicherung, und Marchetti seufzte genervt: „Habt ihr etwa schon was gefunden?"
Die beiden nickten bestätigend und grinsten wie zwei Schulkinder, die von ihrer Lehrerin ein Fleißbildchen erhielten. „Wir haben noch nicht alles ausgewertet, aber einige Informationen haben wir bereits!"
Marchetti schwieg, und als nichts mehr folgte, winkte er ungeduldig mit der Hand. „Was ist, muss ich erst meine Pistole ziehen, damit ihr mit der Sprache herausrückt?"
Fast ein wenig enttäuscht griff der junge Mann in seinen weißen Kittel und zog einen Notizzettel heraus. „Also, wir wissen, dass es sich bei Mercedes del Rio um die gesuchte Prostituierte handelt. Wir haben genügend Genmaterial in ihrem Zimmer sicherstellen können!"
„Gut!", nickte Marchetti. „Weiter!"
„Im Auto haben wir Fasern von der Decke gefunden, in die der Deutsche eingewickelt war!"
„Er ist also mit diesem Wagen transportiert worden?"
„Zumindest die Decke, aber wir werden sicherlich noch anderes Material finden. Zum Beispiel Blut oder Haare!"
„Sehr gut! Was habt ihr sonst noch?"
„Fingerabdrücke!", strahlten die beiden voller Stolz.
„Fingerabdrücke?", wiederholte Marchetti ein wenig ironisch.
„Ja, jede Menge! Wahrscheinlich von Freiern! Aber ein Abdruck war interessant: Wir haben die Fingerabdrücke durch den Computer laufen lassen und sind auf einen Namen gestoßen. Ricci Chiaramonte, aus Reggio Calabria! Er ist vorbestraft wegen diverser Delikte. Können Sie damit etwas anfangen?"
„Wow!", staunte Marchetti. „Ihr seid richtig gut! Danke, Jungs!
Mann, das hilft uns in der Tat weiter: Wahrscheinlich ist das der Zuhälter! Das ist wirklich eine heiße Spur! Habe ich euch schon mal für eine Belobigung vorgeschlagen? Ihr habt es euch wirklich verdient. Mann, jetzt ist Freitagnachmittag und trotzdem bekomme ich von euch noch wichtige Informationen. Wow!"
„Brauchen Sie uns noch?" Die beiden strahlten voller Stolz.
„Nein, geht ihr nur ins Wochenende. Ich habe, was ich wollte! Vielen Dank!" Die beiden wollten sich schon umdrehen, als Marchetti noch

eine weitere Frage einfiel: „Halt! Wartet mal! Hat Luigi noch etwas Interessantes bei dem Computer herausgefunden?“
Ein eher zögerndes Schulterzucken antwortete ihm. „Anscheinend! Er ist über die E-Mails gestolpert. Irgendetwas scheint da nicht zu stimmen. Vielleicht könnte ja der Deutsche noch einmal einen Blick darauf werfen?“
„Selbstverständlich! Wir kommen morgen hoch!“, versprach Marchetti. Mit einem Nicken verabschiedeten sich die Agenten der Spurensicherung.
Energisch wandte sich Marchetti wieder an Pizzi: „Lass sofort eine Fahndung nach diesem Ricci Chiaramonte raus, und ich will die Akte von diesem Kerl! Alles, was du finden kannst!“
„Sofort?“
„Sofort!“
Eilig verließ der Polizist das Zimmer, doch Marchetti rief ihn kurz zurück: „Ich muss noch zum Gefängnis! Ruf mich über Handy an, wenn du etwas gefunden hast!“
„Si, Dottore!“ Schon war der junge Mann verschwunden.

Gönnerhaft klopfte Marchetti dem deutschen Kommissar auf die Schulter. „Gehen Sie schon mal ins Hotel! Wir treffen uns um neunzehn Uhr auf dem Campo.“
„Und wo genau?“
„Bei dem Brunnen“, schlug Marchetti vor. „Wo ist Ihr Auto?“
„Hier vor dem Dom! Kein Problem! Wir sehen uns später! Wo kann ich denn später parken?“
Marchetti lachte amüsiert. „Eigentlich nirgends! Zur Generalprobe gibt es in Siena keine Parkplätze. Da stellen sich die Leute aus purer Verzweiflung entgegen der Einbahnstraße ins absolute Halteverbot!“
Isedor wunderte sich: „Werden sie da nicht abgeschleppt?“
Marchetti lachte dröhnend und schüttelte theatralisch den Kopf: „Ise! Man kann schlecht die ganze Stadt abschleppen! Beim Palio gilt der Ausnahmezustand! Da gelten keine Gesetze mehr!“
„Was macht dann die Polizei gegen die Parksünder?“
„Na, nichts!“
„Gut zu wissen! Dann stelle ich mich halt auch gegen die Fahrtrichtung ins absolute Parkverbot!“
„Sehr gut! Sie denken bereits wie ein echter Contradaiolo!“
„Wie was?“

„Wie ein echter Seneser!", kicherte Marchetti gut gelaunt.
„Genau! Und wenn ich doch einen Strafzettel bekomme, dann werden Sie das ganz gewiss wieder in Ordnung bringen", zwinkerte Isedor verschwörerisch und setzte ein liebenswürdiges Lächeln auf.
„Allerdings!"
Belustigt sah Marchetti dem Deutschen nach, dann beugte er sich zu Balloni. „Sag mal, was ist eigentlich mit den Telefonnummern? Gibt es da nichts Neues?"
„Nein, das ist ein wenig kompliziert, weil es sich um ein deutsches Handy handelt. Aber wir sind dran!"
„Arbeitet die deutsche Telekom langsamer als unsere? Das kann ich mir kaum vorstellen", murrte Marchetti unwillig.
„Die Einsatzzentrale bearbeitet das, aber ich kann ja noch mal nachfragen!"
„Ja, tu das! Über das Wochenende erfahren wir sonst nichts mehr!"
„Stimmt!" Balloni schnappte sich das Telefon und ließ sich mit der Einsatzzentrale verbinden. „Pizzi, sag mal, habt ihr schon etwas über die Telefongespräche von dem ermordeten Deutschen?
Ja?! Wieso meldet ihr das nicht! Wir warten darauf! Los, komm rüber!"
Kopfschüttelnd wandte sich Balloni an seinen Chef: „Ich glaube, die spinnen da drüben!"
Marchetti fuhr sich mit seinen Händen durch die Haare und wartete auf den Polizisten. Fast schuldbewusst stürzte dieser mit einer Liste Telefonnummern in das Zimmer.
Ungehalten ließ Marchetti seine Stimme abfallen und musterte den Mann wie eine Schlange die Maus: „Mamma mia! Wir ermitteln hier in einem Mordprozess! Macht ihr da drüben Brotzeit oder was?" Er verzog geringschätzig den Mund. „Muss ich euch eine schriftliche Anweisung geben, wie ihr eure Arbeit zu machen habt?"
„Entschuldigen Sie, Dottore! Wir sind noch nicht ganz fertig! Wir haben bisher nur die italienischen Verbindungen überprüft. Die Namen der deutschen Teilnehmer fehlen noch. Aber wir sind auf etwas Interessantes gestoßen: Florian Bauer hat mehrfach mit Ricci Chiaramonte telefoniert! Wir lassen dessen Handy über Satellit überprüfen und wenn er auch nur furzt, dann schlagen wir zu."
Marchettis Stimmung besserte sich schlagartig. „Sehr gut!"
Der Polizist lächelte geschmeichelt. „Ja, außerdem hat Florian Bauer mit Aldo Andreoni telefoniert!"
„Dem italienischen Abgeordneten?"

„So ist es! Und ausschließlich mit ihm! Hier in Italien hat er nur mit diesen beiden telefoniert; und mit dem Hotel selbstverständlich! Das andere sind deutsche Nummern. Wahrscheinlich die anderen deutschen Konferenzteilnehmer."
„Hat er auch nach Deutschland telefoniert?"
„Ja, zwei Mal! Wir überprüfen gerade die Nummern!"
„Sehr gut! Weiter so! Lass mich wissen, wenn ihr die anderen Teilnehmer ermittelt habt. Das ist wichtig!"
„Sehr wohl!", verabschiedete sich der Polizist.
Marchetti stellte sich an das Flipchart und malte einen langen roten Pfeil zwischen den italienischen Abgeordneten und dem Namen Florian Bauer. Außerdem zog er eine Linie zu dem Namen Chiaramonte. „Wir können beweisen, dass hier eine Verbindung besteht", meinte er ausgesprochen zufrieden. „Also werde ich Aldo Andreoni noch einmal besuchen und fragen, was er denn so Wichtiges mit Bauer zu besprechen hatte!"
„Da wird nichts dabei herauskommen!", befürchtete Balloni.
„Wahrscheinlich nicht! Aber peinlich ist es auf jeden Fall für diesen sauberen Herren."
Marchetti streckte sich müde und gähnte ausgiebig. „Schreibst du noch ein paar Details auf? Ich gehe jetzt zum Gefängnis! Dann sehen wir uns morgen!"
„Morgen? Es ist Wochenende!"
„Nicht für uns!", bestimmte Marchetti ernst.
Balloni zog den Kopf ein und warf einen hilflosen Blick auf Giulia. Sie hatten schon oft am Wochenende gearbeitet, aber dass ihr Chef während des Palios einen solchen Ehrgeiz zeigte, war neu.
„Okay!", schwächte Marchetti seine Aussage ab. „Wir treffen uns morgen Vormittag und machen mittags Schluss! Für Sonntag können wir uns kurzfristig zusammentelefonieren, wenn die Ermittlungen etwas Neues ergeben. Da will ich ohnehin ins Krankenhaus und mit dieser Mercedes sprechen."
Balloni nickte sein Einverständnis, dann sortierte er einige Notizen, um seine Berichte zu schreiben.
„Braucht ihr mich noch?", hoffte Giulia.
„Nein, du kannst gehen! Eigentlich brauche ich dich erst am Montag. Das reicht!"
Balloni ließ seine Brille auf die Nasenspitze rutschen und warf Marchetti einen verblüfften Blick zu. „Willst du denn dem Staatsanwalt keine Ergebnisse mitteilen?"

„Noch nicht! Im Moment ist er doch ganz zufrieden. Es ist besser, wenn er nicht zu viel weiß, dann mischt er sich auch nicht ein!"
„Aha!", meinte Balloni konsterniert.
Unbeeindruckt schloss Marchetti die Fenster, ging zur Tür und warf ein freundliches „Ciao" in den Raum, dann war er verschwunden.

Marchetti ließ sein Auto beim Dom stehen und machte sich zu Fuß auf den Weg zum Gefängnis. Es lag am anderen Ende der Altstadt, im Stadtteil von Nicchio, der Muschel. Grundsätzlich führten alle Wege von einem Stadtteil zum anderen über den Campo, wenn man nicht einen Hügel hinab und den anderen wieder hinaufklettern wollte. So schlenderte Marchetti über den zentralen Platz, der mit Touristen bereits gut gefüllt war. Dann tauchte er in den Schatten des Torre di Mangia, dem eindrucksvollen Turm des Rathauses, und lief die schmale Via di Porrione hinunter. Fast musste er sich einen Weg durch die Menschen bahnen, die ihm entgegen strömten, hektisch und aufgeregt in Vorfreude auf die Generalprobe. Viele trugen ihre Fazzolettis und brüllten irgendwelche Durchhalteparolen oder sangen Schmählieder. Irritiert wichen die Touristen auf die Seite, wenn wieder so ein Trupp geballter Aggression an ihnen vorbei drängte. So etwas stand in keinem Reiseführer.
Sein Weg führte Marchetti an der städtischen Ambulanz vorbei, gut versteckt in einem Palazzo mit romanischem Torbogen mit antiken Säulen, in dessen Nähe sich das wohl schlechteste Restaurant von Siena befand. Aber das war allein Marchettis Meinung, denn der Besitzer war ein alter Feind von ihm. Trotzdem winkte Carlo, der Besitzer, ihm freundlich zu, und er winkte ebenso freundlich zurück, dabei murmelte er leise „Bastardo".
„Komm doch mal zum Essen!", lud Carlo ihn ein.
„Habe im Moment keine Zeit! Ein anderes Mal!", würgte Marchetti hervor und fragte sich, ob Carlo die Gelegenheit nutzen würde, ihn zu vergiften. Aber dazu benötigte er eigentlich kein Gift; das Essen allein würde schon ausreichen, dachte er abfällig.
Marchetti flüchtete in eine winzige Gasse, und plötzlich wurde es ruhig um ihn herum. Je weiter er sich vom Campo entfernte, desto weniger Leute begegneten ihm. Er bog in die Via di Pispini ein, und schon tauchte der schöne Backsteinbau der Kirche San Maurizio in San Spirito vor ihm auf. Auf der Piazza San Spirito standen einige Autos auf weiß markierten Parkflächen, und nur der Eingeweihte wusste, dass es sich hierbei um Polizeifahrzeuge handelte. Auch das

Gefängnis war auf den ersten Blick nicht zu erkennen. Eine graue, unscheinbare Tür neben der imposanten Kirche. Das war alles. Ein verwittertes Schild zeigte schwungvoll: Ministero di Grazia e Giustizia, Direzione della Casa Circondariale Siena. Würde man dahinter ein Gefängnis vermuten? Nein, wohl eher die Wohnung des Mesners.

Marchetti läutete schwungvoll und wurde von dem uniformierten Polizisten höflich begrüßt. Innen waren die Wände einfallslos grau gestrichen, nur die Stahltüren leuchteten in einem kühlen Blau. Überwachungskameras verfolgten den Besucher auf jeden Schritt und Tritt. Marchetti ging in das spartanisch eingerichtete Vernehmungszimmer und wartete darauf, dass ihm Maria Duponte gebracht wurde. Durch die Tür, deren obere Hälfte mit Glas verkleidet war, winkte er mit einer eindeutigen Handbewegung nach einem Kaffee.
Maria Duponte wurde ins Zimmer geschoben, und Marchetti musterte die Frau prüfend. Sie wirkte plötzlich kränklich und blass in ihrem geblümten Sommerkleid. Zähneklappernd setzte sich Maria auf den angebotenen Stuhl, und Marchetti erkannte, dass die Frau am Erfrieren war. Auch im Gefängnis war die Klimaanlage auf Eiszeit eingestellt, natürlich viel zu kalt für die sommerliche Kleidung der jungen Frau.
„Sagt mal! Wollt ihr das Mädchen erfrieren lassen? Bringt ihr bitte sofort eine Decke und einen heißen Tee!“, ordnete Marchetti an. Vorsichtig nippte er an dem heißen Kaffee und nutzte die kurze Pause, um sich seine Vorgehensweise zu überlegen. Er glaubte nicht daran, dass Maria Duponte viel zur Aufklärung des Falles beitragen konnte. Aber viele Details ergaben ein Gesamtbild, und einzelne Zeugen konnten in der Regel nicht beurteilen, welche Information wertvoll war und welche nicht. Manchmal war es auch interessant, was Zeugen oder Verdächtige „nicht“ sagten.
Maria Duponte flüsterte ein leises „Danke“, als der Polizist zurückkehrte, und wickelte sich in die warme Decke. „Kalt hier!“, bibberte sie fröstelnd. Dann hielt sie die klammen Hände an die wärmende Tasse.‚Jetzt ist Hochsommer, aber die Dame sieht aus, als wäre sie eben aus einer Lawine befreit worden!‘, dachte Marchetti ein wenig amüsiert. Irgendwie hatte er Mitleid mit ihr, und er rief sich energisch selbst zur Ordnung. Zu leicht ließ er sich von einer hübschen Frau betören, und dann litten seine Ermittlungen darunter.
„Ist es jetzt besser?“, fragte er freundlich.

Maria nickte leicht, und Marchetti sah, dass ihre Lippen wieder Farbe bekamen. „Mamma Mia!", schimpfte er. „Hier drin könnte man Ski laufen!"
Maria kicherte hysterisch und blickte unsicher auf den Commissario. „Wie geht es Mercedes?"
Marchetti legte den Kopf schief, schon eine böse Antwort auf der Zunge, dann sah er wirkliche Sorge in ihren Augen und meinte sachlich: „Sie wird ein paar Tage im Krankenhaus bleiben. Es geht ihr schlecht. Ich werde sie erst am Sonntag sehen."
Maria senkte betroffen die Augen und wartete ab, was der Commissario von ihr wollte.
„Wussten Sie, dass Mercedes eine Aufenthaltserlaubnis hat?"
Überrascht schaute Maria hoch. „Wirklich?"
Marchetti nahm sich Zeit, ihre Reaktion in sich aufzunehmen. Sie war wirklich überrascht und hatte damit überhaupt nicht gerechnet.
„Das ändert vieles, nicht wahr?", forschte er.
Marias Lippen wurden schmal. „Ja!"
„Hätte Mercedes dann nicht als Prostituierte gearbeitet?"
„Vielleicht!" Maria zuckte abwehrend mit ihren Schultern.
Marchetti rümpfte indigniert die Nase. „Aber dieser Ricci hat Mercedes natürlich nur eine Bleibe angeboten, und Arbeit! Glauben Sie das wirklich?"
„Ricci ist nicht schlecht! Er kümmert sich um seine Mädchen!"
„So? Wie viele hat er denn?"
Maria zuckte zurück, dann meinte sie vorsichtig: „Das weiß ich nicht! Er hat sich eben gut um Mercedes und mich gekümmert."
„Wer ist dann die dritte Person, die in der Wohnung wohnt?"
„Ein Mann!", behauptete Maria.
„Euer Zuhälter oder ein Stricher?"
„Unser Bodyguard!", erklärte Maria schlagfertig.
Marchetti lachte zynisch und überging die Bemerkung, dann zückte er sein Notizbuch. „Also gut! Kommen wir zu Ihnen!"
Zügig ging er die Formalitäten durch und fragte nach Geburtsdatum, Herkunft etc.
Die meisten Angaben hatte er ohnehin schon, aber er wollte prüfen, in wieweit die Dame ihm die Wahrheit sagte. Dann kamen Fragen über den Zuhälter, und hier schwieg Maria beharrlich; ob aus Liebe oder Angst, konnte er noch nicht sagen. Viele Nutten hatte eine bizarre Beziehung zu dem Mann, der sie eigentlich nur brutal ausnutzte.
„Nun, die Fahndung läuft bereits", erklärte er leichthin. „Kommen

wir zu der Nacht von Dienstag auf Mittwoch …! Haben Sie gesehen, wie Mercedes in dieser Nacht nach Hause kam?“
„Nein!“
„Aha, und wann haben Sie dann zum ersten Mal die Verletzungen gesehen?“
„Am Morgen“, erklärte Maria einsilbig.
„Hat das Mädchen nicht geweint oder gestöhnt? Sie muss doch Schmerzen gehabt haben?“
„Ich weiß nicht! Ich habe nichts gehört.“
„Das ist doch Blödsinn!“
Maria zuckte mit den Schultern und entgegnete: „Können Sie mir etwas anderes beweisen? Ich habe nichts gehört oder gesehen!“
Marchetti stemmte die Hände in die Hüften und ärgerte sich. „Sie sind ganz schön frech, dafür, dass Sie Verdächtige in einem Mordprozess sind!“
„Damit habe ich überhaupt nichts zu tun!“, versicherte Maria Duponte energisch.
„Oh doch! Denn in ihrem Wagen befanden sich Spuren von der Leiche. Außerdem haben wir die Reifenabdrücke am Tatort sicherstellen können. Also?“
„Scheiße!“, murmelte Maria. „Haben Sie vielleicht mal eine Zigarette?“
„Aber sicher!“ Umständlich kramte Marchetti eine leicht eingedrückte Zigarettenschachtel aus der Brusttasche seines Hemdes heraus und bot sie der Frau an. Dann steckte er sich selbst eine Zigarette in den Mund und verfluchte im Stillen sein mangelndes Durchhaltevermögen.
Eigentlich wollte er mit dem Rauchen aufhören! Sein Arzt hatte sich besorgt über seine Herzkranzgefäße geäußert und gewarnt, dass er irgendwann ohne Beine im Rollstuhl sitzen würde, wenn er weiter wie ein Schlot qualmte. Diese Warnung hatte Luca nun doch ziemlich getroffen. Im Rollstuhl zu sitzen, das konnte er sich überhaupt nicht vorstellen. Er gab Maria Duponte Feuer und ließ seine eigene Zigarette aus. Aber mit einer kalten Zigarette im Moment fühlte er sich seltsam nackt, und so ließ er sie genervt in einen Mülleimer fallen.
„Hören Sie gerade mit dem Rauchen auf?“, bemerkte Maria sofort.
Marchetti seufzte. Hier durfte sich keine Beziehung aufbauen, keine Sympathie oder irgendwelche Gemeinsamkeiten, aber es war bereits zu spät. Maria Duponte war auf eine Schwäche bei ihm gestoßen,

und das würde das Verhör schwierig werden lassen. „Ja!", meinte er ehrlich.
„Das ist ganz schön hart! Habe ich auch schon versucht."
„So, aber offensichtlich nicht geschafft."
„Nein, manchmal möchte ich einfach alles um mich herum vergessen. Da hilft eine Zigarette!"
„Uh!" In Marchetti schrillten die Alarmglocken. Sie versucht die Mitleidstour! Seine Augen wurden schmal, und er taxierte die Frau wie eine Kobra, die ihn gleich beißen wollte. Aber sie wirkte tatsächlich Mitleid erregend, wie sie in ihre Decke gehüllt vor ihm saß.
„Schön!", sammelte er seine Gedanken. „Wer hat dann das Auto gefahren?"
„Das weiß ich nicht."
„Aber Sie sind als Halterin eingetragen. Also sind Sie verantwortlich, was mit ihrem Auto passiert, und zufällig wurde mit ihrem Auto ein Mordopfer transportiert. Solange ich dafür keine Erklärung habe, bleiben Sie hier!"
„Dann will ich einen Anwalt sprechen", entgegnete sie, und ihre blauen Augen blitzten ihn ebenso wütend an.
„Das ist Ihr gutes Recht! Aber warum schützen Sie einen Zuhälter? Das verstehe ich einfach nicht!"
Maria nahm einen tiefen Zug und blies ihn provozierend in Marchettis Richtung. „Ich weiß einfach nichts! Das Auto ist zwar auf mich gemeldet, aber jeder in unserer Wohnung kann damit fahren. Das ist alles!"
Marchetti zog verächtlich den Schleim in seiner Nase nach oben und erkannte, dass er hier nicht weiter kam. Entweder wusste sie tatsächlich nichts, oder sie hatte Angst.
Konnte er sie über das Wochenende hier behalten und weichklopfen? Der Staatsanwalt würde sehr ungehalten sein, wenn er nicht genügend Beweise vorlegen konnte, die dies rechtfertigten. Bisher hatte er nichts gegen die Frau in der Hand, außer dass das Auto auf sie eingetragen war. Jetzt hätte er doch zu gerne eine Zigarette geraucht! Wenigstens um zu verbergen, dass er nicht wusste, was er tun sollte.
Aber er war immer schon ein Mann der schnellen Entschlüsse gewesen, und so wischte er seine Bedenken beiseite. Energisch rief er nach dem diensthabenden Polizisten. „Die Dame bleibt über das Wochenende hier. Sie kann sich mit ihrem Anwalt in Verbindung setzen. Ich werde am Montag wiederkommen und das Verhör fortsetzen! Ach ja, geben Sie ihr etwas Wärmeres zum Anziehen oder wenigstens

eine Decke! Es nützt mir nichts, wenn sich die Dame hier eine Lungenentzündung holt. Abführen!"
Widerstandslos ließ sich Maria Duponte aus dem Zimmer führen, und Marchetti nagte nachdenklich an seinen Lippen. Sie schützte diesen verdammten Zuhälter! Prostituierte waren wirklich ein seltsamer Menschenschlag! Andererseits hatte er nichts gegen Sie in der Hand. Warum also sollte sie freiwillig etwas sagen? In der Regel redeten sich die Verdächtigen selbst um Kopf und Kragen, verwickelten sich in Widersprüche und gaben unwissentlich Informationen Preis. Maria Duponte war ausgesprochen clever! Sie war hart zu knacken. Er brauchte einen Knaller, um sie aus der Reserve zu locken. So wie die Bemerkung, dass Mercedes eine Aufenthaltserlaubnis hatte. Diese Information hatte Maria doch etwas aus dem Gleichgewicht gebracht. Er würde am Montag weitersehen, jetzt war endlich Feierabend.
Entschlossen zog er sein Fazzoletti aus den Tiefen seiner Hosentasche und legte es um die Schultern. Dann verließ er eilig das Gefängnis und wurde von der heißen, drückenden Luft, die ihm entgegenschlug, fast erschlagen.
„Mamma mia!", murmelte er und warf einen bittenden Blick in den sich lila färbenden Himmel. „Lass es regnen!"
Er beeilte sich, zum Campo zu kommen, und wich dabei dem Bereich von Torre aus, in dessen Straßenzügen bereits die langen Tischreihen für das gemeinsame Abendessen aufgebaut waren. Überall in Siena waren Plätze oder Straßen gesperrt worden, auf denen die Contradaioli die Generalprobe feiern würden. Fernsehkameras standen bereit, die bewegenden Momente aufzufangen, und große Tröge mit Kirschlorbeer standen in einer Reihe vor den Tischreihen, um die Angehörigen einer Contrada vor den Augen der vorbei drängenden Menschen zu schützen.

Marchetti erreichte das Campo über die Via Renaldina an der Kurve von San Martino, der gefährlichsten Kurve des Rennens. Hier liefen die Pferde im vollen Tempo bergab und mussten dann einen Haken von neunzig Grad schlagen. Viele Pferde stürzten an dieser Stelle, oder der Reiter konnte sich nicht auf dem blanken Pferderücken halten. Dicke Polster an den Wänden zeugten davon, dass San Martino wirklich gefährlich war, denn ansonsten trennte nur ein Geländer oder eine Brüstung aus Holz die begeisterte Menge von den vorbeigaloppierenden Pferden.

Marchetti drängte sich durch die wartenden Polizisten und Sanitäter, die gewohnheitsmäßig an dieser brisanten Stelle warteten, dann warf er einen prüfenden Blick auf die Rennstrecke. Die letzten grauen Geländer waren bereits eingehängt, trennten die Menge von der Rennstrecke, und alles deutete darauf hin, dass der Probelauf gleich beginnen würde. Er musste sich beeilen!

Schon kam eine berittene Abteilung der Carabinieri in voller Paradeuniform und mit bunten Federbüschen an den Hüten auf den Platz! Marchetti zückte seinen Dienstausweis und hechtete über die Rennstrecke. Auf der anderen Seite kletterte er mit einem eleganten Satz über die Absperrung, und protestierend wichen einige Leute zur Seite, die einen Platz in der ersten Reihe ergattert hatten. Marchetti lachte ausgelassen und bahnte sich einen Weg durch die Menge. Am Brunnen Fonte di Gaia begrüßte er Kommissar Isedor: „Ciao Ise! Alles klar?“ Verblüfft blickte er auf die frische Kleidung, die der Deutsche anhatte. Eine schwarze Jeans, dazu ein schwarzes Poloshirt. Dieser Mann war wenigstens konsequent in seiner Farbwahl!
„Na, gibt es etwas Neues?“, fragte Isedor mit einem freundlichen Lächeln.
„Nein!“, wehrte Marchetti die Frage ab. „Die Dame war nicht sehr gesprächig. Nichts, was ich nicht vorher schon gewusst hätte.“
„Na ja!“, meinte Isedor tröstend. „Das war ja vorhersehbar!“
„Stimmt! Aber ich habe etwas Interessantes! Die Auswertung der Telefongespräche hat ergeben, dass Florian Bauer mit Aldo Andreoni telefoniert hatte.“
„Wirklich! Hmmh! Aber das ist vielleicht nichts Ungewöhnliches!“
„Vielleicht nicht! Das stimmt schon. Aber es ist zumindest ein Indiz. Vor allen Dingen, weil er mit niemandem der anderen Politiker telefoniert hatte.“
„Ach so?!“, wunderte sich Isedor gleichermaßen. „Mit wem hat er sonst noch telefoniert?“
„Die Auswertung ist noch nicht abgeschlossen. Auf jeden Fall aber mit dem Zuhälter!“
Isedor legte vergnügt den Kopf schief: „Na, das ist doch wunderbar! Dann müssen wir nur noch in Erfahrung bringen, wie ein deutscher Politiker an die Telefonnummer eines italienischen Zuhälters kommt!“
Marchetti fuhr sich hämisch lächelnd über den Bart. „Wahrscheinlich über einen italienischen Politiker! Das ist doch klar!“

Beide lachten ausgelassen, dann wurden sie still, als die zehn Carabinieri auf dem gestampften gelben Lehm der Rennstrecke zu traben anfingen. Es war ein beeindruckender Anblick, als die Reiter in Formation mit ihren prachtvollen Pferden über den Platz trabten. Dann zog der vorderste Reiter seinen Säbel und befahl den Angriff!
Im vollen Galopp preschten die Carabinieri mit gezogenen Säbeln eine volle Runde über den Platz. Das Donnern der Hufe war plötzlich das Einzige, was zu hören war, als die Menschen in andächtigem Staunen dem Schauspiel zusahen. Wie in Zeitlupe sah man den ausholenden Galopp der Pferde, das Glänzen des polierten Leders, die wehenden Schweife, dann parierten die Carabinieri ihre Pferde durch, und der Spuk aus alter Zeit war vorbei. Welchen Eindruck mussten früher Ritterheere auf die einfachen Menschen gemacht haben? Ein klein wenig blitzte diese Größe, diese gewaltige Demonstration von Macht und Edelmut auch hier noch durch. Donnernder Applaus belohnte die Carabinieri für diese Aufführung, und tänzelnd verließen die Pferde den Platz.
„Wow!“, staunte Isedor ehrlich begeistert und imitierte unbewusst das Lieblingswort von Marchetti. „Das sah toll aus!
Marchetti streckte sich voller Stolz. „Warte ab, jetzt kommt die Generalprobe!“

Aufgeregt zog Marchetti den Deutschen durch die Menschenmenge in Richtung Casato di Sotto. Unter dem Torbogen begann der Bezirk von Aquila, und naturgemäß versammelten sich hier die Mitglieder der Contrada auf dem Platz, um sich das Spektakel anzusehen. Sogleich wurde Marchetti von mehreren Freunden begrüßt, und die Neugier wandte sich dem deutschen Kommissar zu. „Wer ist das?“
„Ein Freund aus Deutschland! Sein Name ist Ise!“, stellte Marchetti ihn vor.
„Ah, kommt er zum Palio?“
„Eigentlich nicht!“, erklärte Luca mit einem Grinsen.
Isedor zog den Kopf ein und schaute ein wenig irritiert auf den Trubel, der ihn umgab. Überall wurde gesungen, und auf den Tribünen an den Hausmauern saßen Mädchen verschiedener Contraden und brüllten ihre Schmählieder quer über den ganzen Platz.
Auf der Tribüne unterhalb des Rathauses hatten an die hundert Kinder Platz genommen, fein säuberlich getrennt nach den einzelnen Contraden. Viele Kinder steckten in T-Shirts mit den Farben der jeweiligen Contraden, manchmal sogar Mützen, und alle trugen stolz

ihre Fazzolettis. Einzelne Erwachsene standen vor der Tribüne und achteten auf die Kinder. Helle Stimmen sangen Protzlieder, und manchmal schwenkte ein ganzer Block triumphierend ihre Halstücher. Vor allen die Kinder von Torre und Brucco taten sich in Lautstärke und hysterischem Trampeln hervor, während die Kinder von Aquila sich gesitteter verhielten. Aber Aquila war ja auch eine eher kleine Contrada. Die Kinder von Civetta schwenkten begeistert schwarze, rote und weiße Gasballons, die sie kurze Zeit später in den Himmel aufsteigen ließen.
Die Sonne verschwand hinter den Dächern und tauchte den Platz in den mystischen Halbschatten, in dem Vergangenheit und Gegenwart miteinander verschwammen. Hier zählte keine Zeit mehr, keine Logik, keine Fakten.
Hier zählten Begriffe wie Ehre, Mut und Loyalität. Die ganze Stadt befand sich auf einer kollektiven Reise in ihre glorreiche Vergangenheit, und es war, als wären die alten Geister wieder lebendig. Isedor lief ein Schauer über den Rücken, als die allgemeine Begeisterung auch ihn ergriff. Vor diesem Fieber konnte sich niemand schützen! Es packte jeden, der in diese Stadt kam, gleichgültig, wie rational er vielleicht vorher gewesen sein mag.

Prova Generale

Als Vorhut der Reiter kamen die Capitani aus dem Rathaus und schritten gemächlich zu dem Balkon, der extra über dem breitesten Zugang vom Campo gebaut worden war.
Er befand sich direkt über dem Startplatz aus Seilen, beziehungsweise dem Ziel, und einer vorsintflutlichen Kanone, die später mit einem ohrenbetäubenden Knall den Sieg verkünden würde. Der Balkon wurde Palco di Judice genannt, hier würde morgen auch der Palio, das Seidenbanner, an einem speziellen Ring an der Mauer befestigt werden.
Die Reiter in ihren bunten Kostümen kamen endlich aus dem Tor des Rathauses hervor, und verwundert wandte sich Isedor an Luca: „Stehen die Pferde etwa im Rathaus?"
Marchetti nickte. „Nur für die Zeit vor den Proben oder vor dem Palio! Ansonsten stehen die Pferde im Stall der Contrada. Den zeige ich Ihnen später."
„Ach so!", staunte Isedor zum wiederholten Male. „Ich würde aber auch gerne das Rathaus mal sehen. Ich meine dieses Tor, aus dem die Pferde gerade gekommen sind."
„Na schön!", stimmte Marchetti zu. Dann verstummten beide, als die Reiter in ihrer unmittelbaren Nähe vorbeikamen. Die Kinder auf der Tribüne jubelten ihrem jeweiligen Favoriten zu, und einige Fantini ließen ihre Pferde vor den Kindern tänzeln oder winkten ihnen zu. Sofort wurde in voller Lautstärke ein Lied zu Ehren des Fantino gesungen, schnell ein Reim erfunden, der zu dem Namen des Reiters oder des Pferdes passte. Dann näherten sich die Pferde dem Startplatz, und die lange Prozedur der Startaufstellung begann. Langsam trotteten die Pferde im Kreis, und bei jedem Namen, der verlesen wurde, brach ein Pferd aus dem Kreis heraus und stellte sich zwischen die gespannten Seile. Manche tänzelten nervös oder schlugen nach dem Nachbarpferd aus, was stets ein entsetztes Aufschreien der betroffenen Contrada zur Folge hatte.
„Warum dauert das so lange?", fragte Isedor ungeduldig.
„Die Startaufstellung wird jedes Mal neu ausgelost! So hat niemand einen Vor- oder Nachteil!"
Ein unwilliges Gemurmel erklang, als das Pferd von Aquila vor die Absperrung trat und damit ein ziemliches Chaos bei den anderen auslöste.

„Was ist jetzt los?", fragte Isedor neugierig.
„Die Pferde müssen noch mal im Kreis gehen und dann erneut Startaufstellung nehmen! Das machen sie manchmal, wenn die Pferde zu unruhig sind", erklärte Marchetti geduldig.
„Aha!", meinte Isedor, der nicht wirklich eine Ahnung hatte, was die Nerven von Pferden anbetraf.
Die Pferde starteten endlich, und Marchetti sah mit Genugtuung, dass Zilata Usa gut vom Start weggekommen war. Dann verdüsterte sich sein Gesicht, als Berio, das Pferd von Brucco, sich nach der ersten Kurve von San Martino an die Spitze setzte und allen davonlief. Unter dem Jubel von Brucco gewann das Pferd die Generalprobe und wurde von den begeisterten Anhängern vom Platz geführt.
„Verdammt!", fluchte Luca unwillig. „Wir sollten diesem Mistvieh Gift verpassen! Der läuft ja allen davon!"
„Gift?" Isedor riss vor Überraschung die Augen auf. „Sie haben ja fromme Wünsche!"
„Na ja! Es ist doch klar, dass Brucco gewinnen wird! Wir könnten sie höchstens aufhalten, wenn wir den Fantino oder das Pferd vergiften! So ein Mist!"
„Aber euer Pferd ist doch nicht schlecht gelaufen!", meinte Isedor tröstend.
„Zilata Usa ist eine Schnecke! Wir können nur hoffen, dass Berio morgen stürzt! Oder wir finden einige Verbündete, die diese Rennsau blocken!"
„Blocken?" Isedor war völlig irritiert.
„Ja, das gehört zum Palio! Man findet Verbündete, damit man gewinnt! Oder man besticht die Fantini, damit sie das andere Pferd blocken!"
Isedor schüttelte grinsend den Kopf. „Ist das erlaubt?"
„Natürlich nicht! Aber jeder tut es! Mitunter steht schon im Vorhinein fest, wer gewinnen wird!"
„Ist das nicht langweilig?", wunderte sich Isedor.
Marchetti zuckte mit den Schultern und seufzte: „Wenn man gewinnen will, muss man schon etwas investieren! Aber manchmal gewinnt auch ein Außenseiter! Der Palio hat eigene Regeln!"
„Ich sehe schon!", murmelte Isedor und dachte sich sein Teil.
Sehnsüchtig sah Marchetti seinen Freunden hinterher, die laut singend mit dem Schimmel den Platz verließen. Zu gerne wäre er ihnen gefolgt, aber er hatte ja diesen Deutschen am Hals. „Wollen wir uns das Rathaus ansehen?", fragte er höflich.

„Ja, klar!“, stimmte Isedor zu, und langsam drängten sie sich durch die Absperrung, die an einigen Stellen einfach wieder ausgehängt worden war. Überall standen Trauben von Menschen zusammen, die heftig diskutierten. Obwohl viele Contradaioli ihre Pferde zum Stall zurück begleiteten, schien der Platz keineswegs leerer zu werden. Wirte stellten ihre Tische und Stühle wieder auf, Dreck wurde zusammengekehrt und ebenso viele neue Touristen drängten auf den Platz, wie Menschen ihn verließen. Ein einziges Hin und Her, Kommen und Gehen, vermischt mit lauten Stimmen und gebrüllten Sprechchören.
Marchetti zog Isedor in den Schatten des Eingangstores vom Rathaus, und plötzlich drangen die Stimmen nur noch gedämpft zu ihnen.
„Grandios!“, staunte Isedor ehrfürchtig und ließ seinen Blick schweifen. Er stand nicht im eigentlichen Rathaus, sondern in einer Art Vorhof. Ein romanischer Laubengang, getragen von trutzigen Säulen und geschmückt mit den Wappen der zahlreichen Bürgermeister der Stadt. Nur wenig Licht fiel von oben, und so wurde alles in einen fast mystischen Halbschatten getaucht. Das obere Stockwerk dagegen zeigte wieder die zierlich wirkenden gotischen Bögen, die er schon an der Fassade des Rathauses bewunderte hatte. Kurz musste Isedor an seinen alten Kunstlehrer denken, den er in der Oberstufe gehabt hatte. Ob der je in Siena gewesen war? Worte aus dem Unterricht fielen ihm ein, doch erst hier, jetzt, verstand er, was sein Lehrer damit gemeint hatte, erst hier hatten diese Begriffe wirklich Bedeutung: Laubengang, romanischer Bogen, gotischer Kreuzbogen, Deckengewölbe, Rosette! Sein Lehrer würde hier auf seine Kosten kommen. Warum fuhr nicht jede Abschlussklasse nach Siena? Hier war die Zeit wahrhaftig stehengeblieben!

Stroh lag auf dem Boden herum, und in einer Ecke lag ein Haufen Pferdekot, der bereits von einem Bediensteten entfernt wurde. „Hier ist das Museum der Stadt! Die Originale des Brunnens werden hier aufbewahrt und viele Dinge aus dem Dom“, erklärte Marchetti.
„Aha! Muss ich mir mal irgendwann ansehen“, meinte Isedor. „Jetzt haben wir wohl keine Zeit mehr?“
Marchetti lachte amüsiert. „Nein! Ich wollte Ihnen doch noch den Stall zeigen, außerdem ist heute das Cena!“
„Seltsam! Ich habe mich eigentlich nie für Kunst interessiert, aber hier ist es einfach toll!“

„Ja, das ist der Flair von Siena!", meinte Marchetti im Brustton der Überzeugung.

Gemeinsam schlenderten sie die Casato di Sotto hoch, in der auch Marchettis Apartment lag, und Marchetti nutzte die Gelegenheit, Kommissar Isedor die Kirche von Aquila zu zeigen. Der Backsteinbau war in die Fassaden der anderen Häuser integriert, sodass man erst beim zweiten Hinsehen erkannte, dass es sich um eine Kirche handelte. Innen war sie winzig! Ein ovaler Raum mit einigen Reihen dunkler Holzbänke, ein goldgeschmückter Altar, viele sakrale Gegenstände und Darstellungen aus dem Leben des Heiligen Johannes.
„Morgen wird hier das Pferd gesegnet", erklärte Marchetti.
„Hier drinnen?!"
„Aber ja!"
Marchetti zog den Deutschen in einen dunklen Tunnel, und erstaunt sog Isedor die kühle, feuchte Luft ein. „Was ist das?", fragte er erstaunt.
„Dieser Tunnel gehört zu dem alten Tunnelsystem, das einst alle Häuser in Siena miteinander verbunden hat. Sie führen zu unterirdischen Brunnen und waren als Schutz gedacht. Hier hätte man eine ganze Armee verstecken können!"
Isedor lachte leise, und der Hall wurde gedämpft weitergetragen. Dann erweiterte sich der Gang zu einem großzügigen Nebenraum. Hier befand sich das Museum der Contrada. An den Wänden hingen, sicher hinter Glas verwahrt, die gewonnen Palios, und in einer Vitrine waren alte Kostüme und Fahnen ausgestellt. Einige Stühle und ein Fernseher waren im Raum aufgebaut worden für den Fall, dass einige Angehörige den Palio lieber in den kühlen Räumlichkeiten ansehen wollten.
„Aquila hat das älteste noch erhaltene Palio von Siena!", erklärte Marchetti stolz und zeigte auf ein völlig verblichenes Banner, das eher wie ein fadenscheiniger Gobelin aussah. „Und das hier ist das letzte Palio, das wir gewonnen haben!", zeigte Marchetti auf ein Palio, das mit edlen weißen Pferden bemalt war.
„Aha, das ist also der Preis, den es zu gewinnen gilt!" Der Kommissar lachte freundlich. „Siena ist wahrscheinlich die einzige Stadt, in der Kirche, Pferd und Gott in einem Atemzug genannt werden!"
Marchetti schlug dem Deutschen begeistert auf die Schulter. „Du hast es verstanden!" Übergangslos war er zu einem vertraulichen „Du" übergegangen.

Dann wurde er wieder förmlich, genierte sich ein wenig vor seiner eigenen kindischen Begeisterung. „Meine Wohnung ist gleich hier gegenüber. Kommen Sie kurz mit hinauf? Ich möchte mich umziehen."
Isedor nickte nur und begleitete Marchetti zu dessen Wohnung. Gemeinsam stiegen sie das Treppenhaus hinauf, und Isedor überlegte, wie das Haus wohl von innen aussehen mochte. Von außen wirkte das Gebäude nicht sonderlich einladend, irgendwie renovierungsbedürftig.
Dann staunte er nicht schlecht, als er die gepflegte Wohnung betrat. Weiß getünchte Wände, kombiniert mit dunklen Holzbalken und einer geschmackvollen Einrichtung. Wow!
„Möchten Sie etwas trinken?", fragte Marchetti zuvorkommend.
„Ja, Mineralwasser, wenn's geht!"
Marchetti brachte dem Deutschen ein Mineralwasser und ließ ihm im Wohnzimmer alleine. Er entschied, noch schnell zu duschen, und schlüpfte dann in bequeme Kleidung.
Isedor hatte es sich auf dem Sofa bequem gemacht und musterte neugierig die Wohnung seines italienischen Kollegen. ‚Geschmackvoll!', dachte er bewundernd. Auch die DVD-Sammlung ließ nichts zu wünschen übrig. Sämtliche Kinohighlights der letzten Jahre waren zu finden, aber auch einige Klassiker wie „Casablanca".
„Fertig!" meinte Marchetti, als er zurückkam, und strich mit seinen Händen durch die nassen Haare.
„Sind Sie eigentlich nicht verheiratet?", wunderte sich Isedor.
Marchetti lachte auf. „Ich war! Jetzt bin ich geschieden! Und Sie?"
Isedor grinste breit. „Keine Zeit!"
„Und? Haben Sie keine Freundin?"
„Wechselnd!", wich Isedor elegant aus.
Marchetti hob verwundert die Augenbrauen, erwiderte aber nichts. „Gehen wir!", befahl er stattdessen.

Er führte Isedor zum Rostro von Aquila und zeigte ihm kurz das Gebäude: „Hier ist unser Treffpunkt! Im ersten Stock sind die Toiletten! Ich meine, für später, damit sie wissen, wo Sie hingehen können!" Er deutete lässig mit dem Daumen nach oben. Dann stellte er sich vor den Fernseher und blickte gespannt auf die endlose Wiederholung des Proberennens.
„Aha, und wo essen wir?" Verwundert sah Isedor sich um, denn weder im Garten noch im Haus war irgendetwas aufgebaut. Nur aus

dem Keller stiegen aromatische Gerüche nach oben, und hin und wieder erklang ein lautes Lachen.
„Beim Dom!", erklärte Marchetti kurz angebunden, dann wandte er sich an ein junges Mädchen, das im Erdgeschoss hinter der Bar stand: „Amore, hast du meine Karten?"
„Ma, si!", bestätigte die dunkle Schönheit. „Hier sind deine Karten! Ich bekomme von dir fünfzig Euro!"
„Mamma mia! Habt ihr schon wieder die Preise erhöht?", stöhnte Luca theatralisch.
Das Mädchen gab darauf keine Antwort, und mit einem Kopfschütteln steckte der Commissario die Karten in seine Brieftasche „Was schulde ich Ihnen?", fragte Isedor.
Fast beleidigt winkte Marchetti ab. „Sie sind mein Gast!"
„Ach so?" Das Gesicht von Isedor legte sich in freundliche Falten. „Dann würde ich mich morgen gerne revanchieren. Aber sie müssen ein Restaurant wählen."
Marchetti lächelte zurück und meinte: „Schmeckt es Ihnen im Hotel Garden nicht?"
„Doch, doch!", beeilte sich Isedor zu sagen. „Ganz vorzüglich! Aber ich befürchte, dass diese Schmeißfliegen von Reportern immer noch da sein werden! Also?"
„Na schön!", stimmte Marchetti schnell überredet zu. „Dann gehen wir morgen in die Taverna di San Giuseppe! Das ist hier in der Nähe! Aber erst spät! Nach dem Palio!"
„Gerne! Ich beuge mich Ihrer Ortskenntnis! Ist es dort gut?"
Marchetti lachte dröhnend. „Na sicher! Aber Sie haben recht! Hier gibt es einige böse Touristenfallen! Da sollte man besser nicht hingehen!"
„Genau das habe ich befürchtet!"

Gemächlich schlenderten die Männer in Richtung des Doms und bogen dann in die Via Castoro ein. Die gesamte Straße war bereits mit den gelben Fahnen der Contrada geschmückt, und an den Wänden befestigte Kronleuchter beleuchteten die Tischreihen, die ebenfalls mit gelben Papierdecken bedeckt waren. Nummerierte Klappstühle lehnten an den Tischen, säuberlich in Reih und Glied, und an einer Seite der Straße war ein Tisch samt Mikrofon für die Würdenträger der Contrada aufgebaut worden. Einige Menschen hatten sich bereits vor dem Sichtschutz aus Lorbeerbüschen versammelt, unterhielten sich leise oder begrüßten ihre Freunde, während sie auf den

Einlass warteten. Mädchen in schwarzen Röcken und weißen Blusen huschten zwischen den Tischreihen hindurch, richteten das Besteck und öffneten die Weinflaschen.
An einem Tisch saß ein junger Mann und verkaufte Essenstickets an einige Touristen, die ihr Glück überhaupt nicht fassen konnten. Marchetti wedelte herablassend mit seiner Hand in ihre Richtung. „Wir haben einen Tisch für Gäste der Contrada. Aber wenn noch Plätze frei sind, dann verkaufen wir sie an Touristen!"
„Aber wirklich willkommen sind sie wohl nicht?", sinnierte Isedor.
Marchetti hob entschuldigend die Hände. „Doch, doch! Natürlich! Wir freuen uns über jede Unterstützung."
„Das klang aber gerade ganz anders!"
„Nun, wir machen da einen Unterschied! Es gibt Touristen, die einfach nur bei allem dabei sein wollen, ohne wirklich zu verstehen, was hier vorgeht. Ja, und dann gibt es Sympathisanten! Menschen, die mit Leib und Seele beim Palio mitfiebern und uns wirklich unterstützen. Anhänger von Aquila!"
„Ach so!", meinte Isedor. „Ihr stört euch am Eventtourismus! Leute, die jedes Jahr woanders hinfliegen, nur weil es gerade hip ist."
„Richtig!"
Kommissar Isedor zog theatralisch die Schultern hoch, spielte den Unwissenden: „Und was bin dann ich?"
Marchetti lachte tief und dröhnend. „Na, ein Freund natürlich! Ein Sympathisant! Ein Contradaiolo!"
„Bin ich da zu irgendetwas verpflichtet?", meldete Isedor vorsichtig seine Zweifel an, war sich über die hohe Ehre, die ihm gerade widerfuhr, nicht so ganz im Klaren.
„Natürlich musst du morgen für Aquila schreien!"
„Ach so! Das schaffe ich bestimmt!"
„Oder weinen, wenn Aquila verliert!"

Langsam und ohne Eile schoben sich die Gäste durch den engen Eingang, viele zeigten nicht einmal ihre Karten, weil sich die Angehörigen der Contrada ohnehin alle gegenseitig kannten. Später würde ein Mädchen durch die Reihen gehen und höflich nach den Essenskarten fragen. Man musste ohnehin auf seine Karte schauen, um den nummerierten Stuhl in den endlosen Reihen zu finden. Marchetti drückte den Deutschen auf seinen Platz und begrüßte überschwänglich einige Freunde. Isedor wackelte unbeholfen auf dem Klappstuhl hin und her, wusste nicht, wo er seine langen Beine hinstrecken soll-

te. Wie ein ganzer Mensch plötzlich auf einen halben Quadratmeter Platz finden sollte, war ihm ein Rätsel. Höflich nickte er nach rechts und nach gegenüber, wo sich immer mehr Männer niederließen.
„Gibt es hier keine Frauen?“, flüsterte er überrascht.
„Doch, doch! Aber das ist der Tisch für die Männer! Da drüben sitzen die Frauen und Mädchen. Wir haben auch einen Tisch für die Kinder oder für Familien. Und da hinten sitzen unsere Gäste!“
„Die Touristen?“
„Ja, oder einzelne Gäste von Mitgliedern der Contrada!“
Kommissar Isedor fühlte, wie misstrauische Blicke auf ihm ruhten, und zog unbehaglich die Schultern hoch. Das hier war eine eingeschworene Gemeinschaft und er fühlte sich deplatziert, so,als würde ein TSV 1860er Fan im Block des FC Bayern sitzen. Dann klopfte Marchetti ihm freundschaftlich auf die Schultern und stellte ihn als Sympathisanten aus München vor. Sofort heiterten sich die Blicke der anderen auf, und jemand rief lautstark nach Thomas. Ein drahtiger Mann mit einem gewaltigen Zwirbelbart drängte sich durch die Reihen und blickte fragend auf die Männer. „Thomas, hier ist ein Freund aus München!“
„Oh?“, überrascht schaute Thomas auf den Deutschen und zog seine Stirn in Falten. „Kumst a aus Minga?“, fragte er im tiefsten Bairisch.
„Sozusagen!“, murmelte Isedor und drückte dem anderen herzlich die Hand. Schon fühlte er sich hier nicht mehr ganz so verloren.
„G'hörst a zur Contrada?“
„Hmmh! Luca hat mich mitgeschleppt!“
„Aha, sozuasag'n oa Beutesympathisant!“, kicherte der Deutsche belustigt. „Und wos machst sonst?“
„Eigentlich bin ich Kommissar!“
„Ach geh! Gibt's des a? Wos duast dann hier?“
Isedor wedelte mit seiner Hand in Richtung seines italienischen Kollegen. „Ich bin zu seiner Unterstützung hier. Ein bisschen Amtshilfe!“
Wirkliches Interesse leuchtete in den Augen von Thomas auf. „Kruzitürken! Hat des wos mit dem Mord an dem deitschen Politiker zu doa?“
„So ist es!“, meinte Isedor ein wenig einsilbig.
Thomas nickte freundlich, dann hob er entschuldigend die Hände. „I muss wieder zu meim Tisch! Vielleicht kön' ma uns späta no unterhalten! Pfiat di!“
Überrascht nickte Isedor. „Pfiat di!“

Vertraulich beugte sich Luca Marchetti zu ihm hinüber. „Thomas ist ein wahrer Contradaiolo!“
„Ich dachte, dass nur Seneser in einer Contrada sind?“
„Stimmt, aber manchmal nehmen wir auch Ausländer auf! Zum Beispiel Studenten, wenn sie hier studieren und im Stadtteil von Aquila leben. Wir haben drei deutsche Familien in unserer Contrada, und alle kommen aus München.“
Isedor lachte gelöst. „Na ja, das kommt vermutlich daher, weil wir multikulturell sind. Wir Münchner sind anpassungsfähig.“
Inzwischen wurde die Weinflasche herumgereicht, und zuvorkommend schenkte Marchetti seinem Gast ein. Oh je! Das würde ein langer Abend werden, befürchtete Isedor.
Um ihn herum stieg die Stimmung fühlbar, und irgendwo schrie ein Mann einen Vers, der sofort mehrstimmig von den anderen aufgegriffen wurde:
E la corrente elettrica
E la corrente forte!
"Forte!", brüllten alle im Chor.
E la corrente elettrica
E la corrente forte!
"Forte!", hallte es als Echo zurück.
Chi tocca un Aquilino pericolo di morte!
Cazzotton è legnante nei coglion!

Kommissar Isedor versuchte vergeblich, darin einen Sinn zu sehen.
„Was soll das eigentlich heißen?“, fragte er amüsiert.
„Na, dass wir so stark wie Starkstrom sind und jeder Prügel bezieht, der sich mit uns anlegt!“
„Oh, gut zu wissen!“ Nach drei Wiederholungen war Isedor in der Lage, den kleinen Vers mitzusingen, und schon bildete er eine harmonische Einheit mit den schunkelnden Menschen. Niemand mehr interessierte sich für seine Herkunft, jetzt gehörte er einfach mit dazu.
Die Kellner servierten den ersten Gang, und begeistert klopften die Männer einen Trommelwirbel mit ihren Messern und Gabeln: „Fame, fame!“
Silberne Platten wurden in regelmäßigen Abständen auf den Tisch gestellt, beladen mit Melonenscheiben und Schinken.
Trotz der bereits angeheiterten Stimmung stürzte sich niemand darauf, sondern höflich wurden die Platten weitergereicht.

Aufmerksam wurde darauf geachtet, dass die Weinbecher stets gefüllt waren oder der Brotkorb angeboten wurde.
Dann betrat ein eher kleiner Mann den Platz, trotzdem wandte sich alle Aufmerksamkeit sofort ihm zu. Jubelrufe waren zu hören, und blitzende schwarze Augen in einem runzeligen Gesicht blickten sichtbar gerührt in die Runde. „Aceto, Aceto!“ erklang es lautstark, und überall, wo sich der Mann durch die Reihen drängte, wurde ihm überschwänglich die Hand geschüttelt.
Isedor rempelte Marchetti mit dem Ellbogen an. „Wer ist das?“
„Aceto! Der berühmteste Fantino in Siena! Er hat den letzten Palio für uns gewonnen! Er ist eine Legende!“ Ehrliche Bewunderung klang in Marchettis Stimme, tiefer Respekt und fast gläubige Verehrung, so als spräche er von einem Heiligen.
Dann erhob sich ein Sturm, als der Capitano mit dem Fantino den Platz betrat. Niemand hielt es mehr auf dem Stuhl, und wie in einer Woge standen plötzlich achthundert Menschen und bejubelten ihre Hoffnungsträger. „Minisini, Minisini!“, begrüßten sie den kleinen Fantino oder mit „Giovanni, Giovanni“ ihren Capitano. Der Capitano steckte sich eine gewaltige Zigarre in den Mund und winkte der Menschenmenge zu, dass sie sich setzten sollte. Wie in einer Schulklasse nahmen alle brav Platz, und die Gespräche wurden dort weitergeführt, wo sie unterbrochen worden waren. Dampfende Schüsseln wurden von den Kellnern herbeigetragen und schon wurde der zweite Gang serviert: Penne mit Pesto. Wirklich frisch angemachtes Pesto mit Parmesan und Basilikum! Isedor verdrehte die Augen vor Glück und ließ sich eine gewaltige Portion auf seinen Teller geben.
Dann schwebte ein zierliches Mädchen durch die Reihen und sammelte freundlich die Essenskarten ein, wohlweislich ehe der Alkoholpegel der Männer noch weiter anstieg. Auch Marchetti hatte bereits eine leicht gerötete Nase, und Isedor erkannte, dass heute wohl keine beruflichen Gespräche mehr möglich sein würden. Also passte er sich der Situation der Einheimischen an und ließ sich den Wein nachschenken. Leutselig fachsimpelte er mit den anderen über das Pferd, obwohl er eigentlich keine Ahnung hatte, aber hier und dort hatte er doch eine Bemerkung aufgeschnappt, die ihm jetzt weiter half. „Zilata Usa kommt beim Start doch ganz gut weg. Vielleicht haben wir morgen Glück!“
„Oh, der Tedesco kennt sich aus!“, riefen alle begeistert.
„Na ja, ich gebe mir halt Mühe“, brummte Isedor geschmeichelt.
Wieder wurde ihm die Schüssel mit der Penne alla Pesto vor die Nase

gehalten, und Isedor konnte dem guten Geruch nicht widerstehen. Marchetti lehnte sich vertraulich zu ihm hinüber: „Lass noch ein bisschen Platz in deinem Magen! Es kommt doch noch Fleisch!"
„Ohch!", wehrte Isedor gut gelaunt ab. „Ich habe einen Magen wie eine Kuh!"
Brüllendes Gelächter schlug ihm entgegen, und Isedor grinste frech.
Eine leise Brise wehte über den Platz und vertrieb die Hitze des Tages. Es war angenehm, eine lauwarme Sommernacht, in der man ewig draußen sitzen konnte, ohne dass es zu kalt wurde. Die Schweißflecken an Isedors schwarzem Poloshirt trockneten, und er ruckte ein wenig mit seinem Klappstuhl von seinem Tisch weg, damit er seine Beine besser ausstrecken konnte.

Aus der Lautsprecheranlage knarrte und quietschte es wenig professionell, als der Capitano um Ruhe bat. Tosender Beifall belohnte allein seine Anwesenheit, und hastig machte sich ein junger Mann daran, die Anlage zum Laufen zu bringen. Geduldig wartete die Menge auf die ersten Worte, belohnte jedes Krächzen mit höflichem Beifall. Schließlich kappte der Hilfstechniker einfach eine Stromleitung der Beleuchtung und versorgte so die Anlage mit Strom.
Kommissar Isedor runzelte ungläubig die Stirn, sah im Geist mindestens drei Gesetze, die hier gerade umgangen wurden, aber für alle anderen schien das durchaus normal zu sein.
Bedächtig wandte sich der Capitano an seine Contrada, ein wenig langsam und offensichtlich angeheitert, aber alle hingen gierig an seinen Lippen. Er sprach über das gute Pferd, welche Hoffnungen er in den Fantino legte, rief die Madonna um Hilfe an und dankte den Menschen für ihr Vertrauen. Es war keine gut vorbereitete Rede, aber es war Emotion pur! Gerade durch seine einfachen Worte und seine echten Gefühle erreichte er die Herzen der Menschen. Dann übergab er das Mikrofon an den Fantino, der ein wenig hilflos auf die jubelnde Menge schaute. Jeder Fantino wollte den Sieg für seine Contrada erringen, aber nur einer konnte gewinnen. Mit leiser Stimme dankte er allen für die Chance, die er hier bekam, und bekräftigte, dass er morgen sein Bestes geben würde. Tosender Applaus belohnte ihn für seine sparsamen Worte, und plötzlich standen alle auf ihren Stühlen und sangen die Hymne der Contrada.
Kommissar Isedor blickte ein wenig irritiert auf die Männer und fühlte sich plötzlich fehl am Platz. Sollte er sich auch auf einen Stuhl stellen? Bis auf den Tisch mit den Touristen, die fast erschrocken auf

die pathetische Menge schauten, hatten sich alle erhoben. Er entschied sich für einen Kompromiss, auch, weil er der Statik des Stuhles nicht traute, und stellte sich neben seinen Freund. Den Anfang der Hymne hatte er verpasst, aber jetzt konzentrierte er sich wieder auf die Worte:
„L'uccello nostro é il piu bello e nel mondo non ha egual,
chi combatte contro il rostro, presto vinto nella polvere cadra!"
Unser Himmel ist der schönste, wie er auf der Welt nicht noch einmal ist; wer gegen das Rostro kämpft, der gewinnt nichts außer Staub!
Mit erhobenen Fäusten wurde der Schlachtruf gebrüllt: A-A-Aquile!
Kommissar Isedor lief es kalt den Rücken hinunter, denn so eine Stimmung hatte er noch nicht einmal beim Heimspiel des FC Bayern erlebt. Wahnsinn!
Die Stühle klapperten, als die Menschen sich trunken vor Begeisterung auf ihre Plätze setzten. Und einige junge Mädchen nutzen die euphorische Stimmung, um die neuesten Fazzolettis zu verkaufen. Marchetti winkte energisch und redete beschwörend auf Isedor ein:
„Du brauchst unbedingt so ein Fazzoletti! Dann gehörst du zu uns!"
„Im Ernst? Was kostet es?"
„Fünfundzwanzig Euro! Der Erlös ist für die Contrada bestimmt. Sie finanzieren damit die Ausgaben für den Palio."
Isedor kniff unentschlossen die Augen zusammen, aber dann kaufte er doch so einen Schal, auch, um seinen Freund nicht zu beleidigen. Locker fiel ihm das gelbe Tuch über die Schultern, und bewundernd klopfte ihm Marchetti auf dieselben. „Passt doch gut zu deiner Vorliebe für schwarze Kleidung. Schwarz und Gold! Das sind unsere Farben!"
Isedor lachte gutmütig. „Als ob ich schon seit ewigen Zeiten zu euch gehörte."
„Vielleicht tust du das auch! Manchmal kommen Menschen hierher und haben sofort eine Bindung zu Siena. Warum auch nicht! Es gibt viele Dinge zwischen Himmel und Erde, die wir nicht kennen oder verstehen."
„Ganz schön poetisch!", stellte Isedor fest, aber dann schluckte er doch, als er darüber nachdachte. Er hatte sich schon seit langem nirgends mehr so wohl gefühlt.
Wieder wurden große Platten gebracht, und Isedor fuhr sich stöhnend über seinen Bauch. „Oh, ich hätte doch nicht so viel Nudeln essen sollen!" Mit großen Augen blickte er auf die feinen Scheiben des Bratens, die ihm auf den Teller gelegt wurden. Dazu gab es Bohnen

und Salat. Unauffällig wurden die leeren Weinflaschen durch volle ersetzt, und Isedor verlor den Überblick, wie viel er tatsächlich schon getrunken hatte. Aber auch die anderen schienen längst ihre Kontrolle verloren zu haben. Nicht bierselig, aber offensichtlich weinselig brüllten sie irgendwelche Parolen in die Fernsehkamera von Canale 3, die plötzlich aufgetaucht war. Ebenso laut schallte es vom Tisch der Frauen herüber, und begeistert tanzte ein Mädchen auf dem Tisch.

Einige Touristen flüchteten vor dem Gelage, fühlten sich in der allgemeinen Begeisterung unwohl. Aber es war eine friedliche, gelöste Stimmung, die Vorfreude auf den eventuellen Sieg. Überall fanden sich nun Klüngel ein, die über das bevorstehende Rennen palaverten und Informationen austauschten. Unter donnerndem Applaus ging schließlich der junge Fantino zu Aceto, der lebenden Legende des Palios. Erwartungsvoll blickten alle auf die beiden, hofften, dass der Lehrer dem Schüler, der Erfahrene dem Unerfahrenen noch irgendwelche Tipps geben könnte. Die beiden tuschelten kurz miteinander, viel zu kurz, um tatsächlich Erfahrungen austauschen zu können, und doch wurde es mit frenetischem Beifall belohnt. Mädchen stürzten sich auf die beiden Helden und ließen sich ihre Halstücher mit Autogrammen signieren. Die Jockeys wurden hier gefeiert wie Popstars! Dann wurde der Fantino wieder vom Platz geführt, damit er sich für das bevorstehende Rennen erholen konnte.

Kurz wurde es still, Melancholie breitete sich aus, so, als wären die Menschen von den lauten Gesängen und Siegesparolen betäubt worden. Jeder hing seinen Gedanken nach, dachte daran zurück, als Aquila das letzte Mal den Palio gewonnen hatte. Zu lange war das schon her!

Wieder kamen die Kellner mit ihren Tabletts, dieses Mal beladen mit der Nachspeise. Viele schüttelten ihre Köpfe, konnten beileibe nichts mehr essen! Nur Isedor legte überlegend den Kopf schief, doch dann musste er unbedingt noch die leckere Panna cotta probieren.

Dann blieb ihm der Löffel vor Staunen im Mund stecken, als einige Reihen weiter ein Mann aufstand und mit kräftiger Stimme die erste Strophe von „Nessun dorma" sang. Ein weiterer Mann erhob sich und setzte mit ebenso kräftiger Stimme ein. Isedor fror plötzlich, und zum ersten Mal begriff er die italienischen Komponisten in ihrer Gesamtheit. Bisher hatte er mit Turandot von Puccini nichts anfangen können, aber hier gehörte es her, hier war es echt! Ergriffen sah er zu, wie achthundert Menschen aufstanden und ihr „Vincero" schmetterten, als hinge ihr Leben davon ab. So musste sich Puccini gefühlt haben, als er die Oper geschrieben hatte. Völlige Ekstase, völlige Einheit mit den anderen, die tiefe Hoffnung auf den Sieg, die alles zusammenschweißt und verbindet. Isedor hatte plötzlich einen dicken Kloß im Hals, denn ebenso klar wurde ihm bewusst, dass die Contrada morgen auch verlieren konnte! Aber in diesem Moment war er der Einzige, der dies erkannte. Für alle anderen zählte nur dieser Augenblick, diese Sekunde unter den Sternen, in der Vergangenheit und Zukunft eins wurden, sich die Hoffnungen der Menschen mit den Träumen der alten Stadt vereinten.

Isedor fielen keine Worte ein, diese Stimmung zu beschreiben, er berauschte sich an seiner Gänsehaut und hoffte, dass er ein einziges Mal in seinem Leben einen Sieg dieser Menschen erleben durfte. Ein Sieg und dann glücklich sterben! Das war Leben! Wie würden diese Menschen feiern, wenn sie tatsächlich siegten? Gab es noch eine Steigerung zu diesem Abend?

Ricci Chiaramonte

Luca Marchetti wachte mit einem gewaltigen Schädelbrummen um acht Uhr morgens auf und verfluchte seine eigene Disziplin. Wer hatte nur die Schnapsidee gehabt, ausgerechnet am Samstag zu arbeiten? Schwankend schlurfte er ins Bad und drehte die Dusche auf. Oh! Seine Stirn lehnte an den kalten Fliesen seiner Dusche, während lauwarmes Wasser an seinem Körper herunter lief. Er konnte sich eigentlich nicht mehr daran erinnern, wie er in seine Wohnung zurückgekommen war, und das beunruhigte ihn etwas. Mit einem Handtuch um seine Hüften tappte er in die Küche und hinterließ dabei eine Spur aus nassen Fußabdrücken auf dem Boden. Mit einem Auge blinzelte er auf die Uhr, dann löste er zwei Kopfschmerztabletten auf. Sicher ist sicher, dachte er übellaunig. Mit dem Glas bewaffnet schlich er zurück in sein Bett und schaltete den Fernseher ein. Gerade lief die feierliche Andacht für die Fantini im Fernsehen. Vor der kleinen Kapelle des Rathauses hatten sich die Reiter und die Würdenträger der einzelnen Contraden eingefunden, um die Segnung des Priesters zu empfangen.
Dann fand eine weitere Probe statt, die aber mehr ein Auslaufen der Pferde war. Im sanften Galopp drehten die Pferde gemütlich ihre Runden, fast allein zu der frühen Stunde. Nur wenige Touristen hatten sich eingefunden, und viele Contradaioli schliefen offenbar noch ihren Rausch aus.
Langsam ließen die dröhnenden Kopfschmerzen nach, und Marchetti schlüpfte in seine Unterhose. Das feuchte Handtuch lag zerknüllt auf der Bettdecke, aber für solche Kleinigkeiten hatte Marchetti noch keine Nerven. Erst einmal brauchte er einen Kaffee! Abwartend stand er neben seiner Espressomaschine, bis diese hochgeheizt hatte, dann schlürfte er mit einem dankbaren Seufzer den doppelten Espresso. Inzwischen war er sogar in der Lage, beide Augen zu öffnen, und kritisch musterte er die kleine Ritterfigur, die unverändert an seinem Arbeitsplatz stand. Er hatte zu wenig Zeit!
Eigentlich wollte er im September nach Folkstone in England fliegen, zu einer internationalen Figurenausstellung, aber dazu musste er diese verflixte Figur endlich fertigstellen! Seit dem letzten Jahr hatte er erst zwei Dioramen gebaut. Einfach lächerlich! Jeder in der Figurenszene würde ihn auslachen, wenn er wieder mit denselben Figuren auftauchte.

Das Pulsieren seines Handys riss ihn aus seinen Gedanken, und leicht gereizt murmelte er ein kurzes „Si".
Es war sein Sohn Francesco, und Luca bemüßigte sich eines freundlicheren Tonfalls. „Ciao, wie geht es dir?"
„Bene, bene! Wie war das Cena?"
„Ganz nett! Und bei euch?"
Sein Sohn lachte schadenfroh. „Na, bestens! Wir haben zwar kein gutes Pferd, aber das macht dieses Mal nichts!"
„So, ihr habt euch also von Brucco bestechen lassen", vermutete Marchetti und traf damit offensichtlich ins Schwarze.
Sein Sohn zögerte überrascht: „Hat sich das schon bis zu euch herumgesprochen?"
„Na, das weiß doch schon die ganze Stadt!"
Francesco grunzte empört, dann fiel ihm der Zweck seines Anrufes ein. „Wie sieht es mit morgen aus? Treffen wir uns zum Essen?"
Uh! Das hatte Marchetti völlig vergessen! Das Essen mit seinem Sohn! Wie peinlich! „Morgen?", versuchte er Zeit zu gewinnen.
„Ja, morgen!", bekräftigte Francesco ein wenig beleidigt. „Hast du es vergessen?"
„Nein, nein", versicherte Marchetti, „aber ich habe ein kleines Problem! Hast du etwas dagegen, wenn ich jemanden mitbringe?"
„Ein Mädchen?"
Marchetti lachte dunkel. „Ich treffe doch keine Mädchen! Höchstens Frauen! Nein, ein deutscher Ermittler, der mir im Moment bei der Aufklärung eines Falles hilft. Er ist ganz nett!"
In Francescos Stimme klangen deutliche Zweifel: „Nett? Spricht er wenigstens Italienisch?"
„Ja, aber du könntest natürlich auch dein Englisch üben!"
„Bloß nicht!", wehrte Francesco ab. „Wann treffen wir uns?"
„So gegen acht Uhr! Dann fahren wir nach Colle di Val d'Elsa!"
„Cool!", freute sich Francesco. „Bis morgen! Und buona fortuna mit eurer Krücke!"
Marchetti stieß einen empörten Schrei aus, doch sein Sohn hatte bereits aufgelegt. „Krücke!", schimpfte er leise. „Zilata Usa ist keine Krücke! Wir brauchen bloß ein bisschen Glück, dann bremsen wir die anderen aus!"
Er entschied sich für einen dunkelblauen, eleganten Leinenanzug und hängte mehrere Sachen für die Wäscherei vor die Tür. Palio und Ermittlungen! Das ließ seinen Wäschevorrat ganz schön schrumpfen!

Energisch zog er die Tür hinter sich ins Schloss und trampelte die Treppe hinunter. Dieses Mal gab es kein Geschrei von der alten Dame, und besorgt kehrte Marchetti um und klopfte an ihre Tür. „Alles in Ordnung?"
„Si, si!", antwortete es fröhlich hinter der Tür.
„Ah! Schönen Tag!", wünschte Marchetti höflich.
„Ihnen auch, Commissario!"
Mit einem Kopfschütteln trabte Marchetti das letzte Stockwerk nach unten und trat auf die Straße. Es war bereits warm, aber noch nicht schwül, und eine leichte Brise wehte durch die Gassen. Ein wundervoller Tag für den Palio: wolkenlos blauer Himmel und leichter Wind.
Marchetti erreichte die Questura und war froh, nur Balloni anzutreffen. Er wollte ohnehin einige Worte mit seinem Partner wechseln, ehe der Deutsche wieder auftauchte.
„Und? Alles klar?"
Balloni nickte gewichtig. „Ja! Was hat gestern die Vernehmung von Maria Duponte ergeben?"
„Nichts!" Marchetti zuckte frustriert die Schultern.
„Nichts?"
„Sie hat nichts gesehen und gehört", fasste Marchetti seine Ermittlungsergebnisse zusammen.
„Und das glaubst du?", wunderte sich Balloni.
„Natürlich nicht! Aber dieses Biest ist ganz schön ausgebufft. So leicht verplappert die sich nicht." Er machte eine einladende Geste zu seinem Partner. „Und was hast du Neues?"
Balloni zog einige Notizen hervor und ruckte seine Brille zurecht. „Neues Material von der Spurensicherung. Sie können nachweisen, dass Florian Bauer mit dem Auto transportiert wurde. Sie haben Blutflecken und Haarpartikel gefunden."
Marchetti schlug begeistert die Hände zusammen. „Wow!"
„Außerdem haben wir die deutschen Telefonnummern, die Herr Bauer angerufen hat. Stell dir vor! Die eine ist die Handynummer von diesem Reporter, und die andere …!" Er machte eine künstlerische Pause. „Na? Rate mal!"
Marchetti zuckte mit den Schultern. „Keine Ahnung! Seine Schwester?"
Balloni grinste wie ein Fuchs. „Nein! Viel besser! Die Handynummer von Stefan Rost!"
„Stefan Rost?" Marchetti braucht einige Sekunden, um den Namen

einzuordnen. Dann stellte er sich nachdenklich vor sein Flipchart und tippte auf den Kreis mit dem Sicherheitsdienst. „Der Geschäftsführer von dieser Sicherheitsfirma, der angeblich nichts weiß? Wieso ruft Bauer dessen Handynummer an? Sehr seltsam!"
„Nicht wahr?", stimmte Balloni zu. Er sortierte seine Zettel und zog ein weiteres Blatt hervor. „Wir haben die Identität der dritten Person aus der Wohnung: ein Mann namens Sergej Pankov! Ein russischer Stricher."
„Habt ihr den schon erwischt?"
Balloni schüttelte den Kopf. „Nein, der scheint untergetaucht zu sein. Er hat auch keine Aufenthaltsgenehmigung. Er ist uns nur bekannt, weil er bereits vorbestraft ist und international gesucht wird."
„Oh, also ein ganz schwerer Junge! Hat er etwas mit diesem Mord zu tun?"
„Schon möglich! Obwohl am Tatort keinerlei Spuren von ihm gefunden wurden."
Marchetti stemmte die Hände in die Hüften und schrieb den Namen neben das Mordopfer. „Vielleicht nur ein Zeichen, dass Sergio ein Profi ist, der keine Spuren hinterlässt? Wegen welcher Delikte ist er vorbestraft?"
„Oh, alles Mögliche! Körperverletzung, Hehlerei, Passfälschung, Menschenhandel, Schmuggel. Alles was du willst!"
Marchetti nagte an seinen Lippen. Wieder ein Puzzle, das es zu enträtseln gab. „Habt ihr etwas von dem Zuhälter?"
„Nein, aber die Fahndung läuft auf Hochtouren!"
„Scheiße! Wir brauchen diesen Chiaramonte!"
Kommissar Isedor schob seine massige Gestalt ins Büro, und Marchetti sah mit einem Blick, dass es dem Deutschen nicht gut ging. „Kopfschmerztablette?", bot er mitfühlend an.
Ein zögerndes Nicken war die einzige Antwort. Balloni erhob sich und zauberte aus den Tiefen seines Schreibtisches eine Rolle mit löslichen Tabletten hervor.
Isedor schenkte sich ein Glas Mineralwasser ein und ließ die Tablette hineinplumpsen. Dann spülte er das Getränk in einem Zug hinunter. „Gibt es etwas Neues?", brummte er undeutlich.
Marchetti deutete auf das Flipchart. „Ja, einen weiteren Verdächtigen: Sergej Pankov, ein Russe, der sich in Luft aufgelöst hat. Und Florian Bauer hatte die Handynummer von diesem Stefan Rost!"
Isedor dachte darüber nach. „Interessant! Da scheint mir doch mehr Kontakt bestanden zu haben, als dieser Rost zugeben wollte."

„Das denke ich auch!“, stimmte Marchetti zu.
„Und welche Verbindung besteht zu dem Russen?“
„Bisher keine! Weder am Auto noch am Tatort haben wir Spuren von ihm gefunden. Maria Duponte hat behauptet, dass er ihr Bodyguard ist!“
Isedor lachte ohne Heiterkeit. „Sehr witzig! Wieso ist er dann verschwunden?“
„Er ist illegal hier!“
„Ach so!“ Isedor zog die Augenbrauen zusammen und dachte darüber nach. „Ich denke, dass alle irgendwie in den Mord verwickelt sind. Die Verletzungen des Mädchens fallen doch auf! Ich glaube einfach nicht, dass keiner etwas gemerkt hat.“
Marchetti pfiff leise durch die Zähne, dann fiel ihm etwas anderes ein: „Hast du dir Gedanken über das Notizbuch gemacht?“
Isedor runzelte konzentriert die Stirn und legte den Kopf schief. „Ja, aber ich habe noch nichts gefunden! SORGN könnte eine Firma sein, aber für eine Abkürzung sind es eigentlich zu viele Buchstaben, und selbst in anderer Reihenfolge ergeben sie keinen Sinn. ORSGN oder GORSN, irgendwie fehlt immer ein Vokal!“
„Vielleicht ein Code?“, mutmaßte Marchetti.
„Ziemlich wahrscheinlich! Ich bleibe dran!“
Marchetti stellte sich vor sein Flipchart und musterte die bunten Pfeile, die kreuz und quer über das Blatt liefen. „Vielleicht setzen sich die Buchstaben aus mehreren Wörtern zusammen?“
„Daran habe ich auch schon gedacht! Nehmen wir mal an, dass es Kürzel sind für die Personen, die Geld bezogen haben. Ich meine Bestechungsgelder! Das wäre doch möglich.“
Marchetti schnaubte abfällig. „Hast du schon die Buchstaben mit den Namen der Politiker verglichen?“
Isedor lächelte süffisant zurück. „Natürlich als Erstes! Aber weder die Namen der italienischen Abgeordneten noch die der Deutschen stimmen damit überein.“
„Nicht?“, ehrliche Überraschung blitzte in den Augen von Marchetti auf.
„Nein! Haber, Abramczik, Vollert, Kleinschmid und Bauer! Das sind völlig andere Anfangsbuchstaben!“
„Und die Vornamen?“
„Klaus, Georg, Günter, Hugo und Florian! Das passt auch nicht!“
„Es könnten natürlich auch andere Politiker dahinter stecken!“
Isedor stemmte seine Hände in die Hüften und imitierte damit unbe-

wusst seinen italienischen Kollegen. „Glaubst du das? Ich meine, wie viele Kommissionen im Sicherheitsbereich gibt es denn?“
Marchetti rieb sich nachdenklich seine lange Nase, dann schüttelte er frustriert den Kopf. „Ich sehe einfach keinen Zusammenhang zwischen den Politikern und dem Mord! Vielleicht hat das eine mit dem anderen überhaupt nichts zu tun?“
„Du meinst, dass es wirklich ein Mord im Prostituierten-Milieu war?“
„Ich meine, dass es schwierig sein wird, etwas anderes zu beweisen.“
„Da hast du allerdings recht!“
Marchetti wedelte ungeduldig mit seiner Hand. „Bleib an dem Notizbuch dran! Vielleicht fällt dir ja noch etwas ein!“
„Mach ich!“ meinte Isedor bereitwillig.
Marchetti fiel die Bitte der Spurensicherung ein, dass der Deutsche sich noch einmal an den Computer setzen sollte, und wandte sich erneut an Isedor: „Hör mal, Ise! Die Spurensicherung ist auf etwas gestoßen und lässt anfragen, ob du sie noch mal unterstützen könntest.“ Er lächelte anzüglich, ehe er fortfuhr: „Dann kannst du noch mal einen Blick auf die nackten Mädchen werfen!“
Isedor schüttelte sich entrüstet. „Nee, auf Sado-Maso steh ich wirklich nicht!“
„Trotzdem ist es interessant, dass so brisante Fotos über die sexuellen Ausschweifungen eines Politikers noch zu finden sind und andere Daten dafür gelöscht wurden. Verstehst du das?“
Isedor schnaubte ungeduldig. „Nein! Die Frage ist überhaupt, wer den Computer gelöscht hat. Habt ihr Fingerabdrücke von dem Zuhälter gefunden?“
„Nein!“
„Das hätte mich auch gewundert! Was meinst du, unter welchem Stress der gestanden haben muss? Denk doch mal nach! Ein Mord! Da hat niemand die Zeit, einen Computer zu löschen. Abgesehen davon, dass er das Ding doch einfach hätte verschwinden lassen können.“
„Setz dich dran!“, ermunterte ihn Marchetti
Er winkte nach Balloni und machte mit seinen Kopf eine auffordernde Bewegung zur Tür. „Bring ihn hoch zur Spurensicherung!“

Marchetti setzte sich an seinen Schreibtisch und begann die Berichte zu sortieren. Inzwischen musste er sich durch einen ganzen Stapel kämpfen: Berichte der Spurensicherung, der Polizei, des Gerichts-

mediziners, der Zulassungsstelle und des Ausländeramtes. Er setzte überall seinen Namen darunter und stellte sich an den Kopierer, um Abzüge für den Staatsanwalt zu machen. Balloni kam wieder zur Tür herein und setzte sich an seinen Arbeitsplatz.
„Alles klar?“, fragte Marchetti.
„Ja, ja! Batisti hat schon auf den Deutschen gewartet, und Luigi ist auch oben. Die werden eine ganze Weile tüfteln!“
„Ich bin gespannt, ob Ise etwas findet“, meinte Marchetti mit einem tiefen Seufzer.
Beide vertieften sich in ihre Arbeit, tippten Berichte und sortierten die Aktenberge. Sinnend blätterte sich Marchetti durch die Stöße und hing seinen Gedanken nach. Im Geist teilte er die Beweise in verschiede Kategorien: Welche Indizien sprachen für einen Mord im Rotlichtmilieu, und welche deuteten auf einen politischen Hintergrund hin? Viele Kleinigkeiten waren vielleicht wirklich nur Zufälle, aber in ihrer Gesamtheit ergaben sie ein anderes Bild.

Die scheinbare Ruhe wurde unvermittelt gestört, als ein Polizist sichtlich aufgeregt ins Zimmer stürmte.
„Wir haben ihn!“, brüllte er überschwänglich.
„Wo?“, fragte Marchetti sofort.
„In einem Café!“
„Okay! Schick sofort mehrere Einsatzfahrzeuge los! Von allen Seiten! Ich komme mit!“ Blitzschnell griff er nach seiner Waffe und nickte Balloni zu, ihm zu folgen. Er fühlte sich wie ein Jagdhund, der eine Spur gewittert hatte. Jetzt! Endlich kamen sie vorwärts!
Mit Blaulicht rasten sie durch die engen Straßen, dann verließen sie Siena und überquerten die Autobahn. „Wo fahren wir eigentlich hin?“, fragte Marchetti verwundert.
„Costafabbri! Er hat gerade sein Handy benutzt!“
Marchetti runzelte ehrlich verblüfft seine Stirn. „Costafabbri?“ Das lag in der Nähe von Costalpino! Warum war der Zuhälter noch in der Nähe? Das ergab doch keinen Sinn!
Mit quietschenden Reifen kamen die Fahrzeuge vor einer Bar zum Stehen, die direkt an der Hauptstraße lag. Eine kleine Terrasse lag wenig einladend neben der Straße, eingehüllt von dem Benzingeruch der vorbeifahrenden Fahrzeuge und mit einer Lorbeerhecke begrenzt. Nur der Blick war schön: Im Hintergrund lag die malerische Kulisse von Siena, und man hatte eine schöne Aussicht auf das in Terrassen angelegte Tal.

Professionell schwärmten die uniformierten Polizisten aus, sperrten die gesamte Straße für den Verkehr und umzingelten das Haus. Marchetti glitt geschmeidig aus dem Polizeifahrzeug, fühlte sich wie ein Jäger auf der Pirsch und betrat vorsichtig die einfache Bar. Einige Gäste saßen stocksteif auf ihren Stühlen, während der Wirt händeringend auf die Polizisten einredete. „Was ist denn los? Ihr vertreibt ja alle Gäste!"
Marchetti zückte seinen Polizeiausweis und wies den Wirt mit einem deutlichen Nicken an, in den Hintergrund zu verschwinden. Dann ließ er seinen Blick schweifen und erkannte Ricci Chiaramonte sofort aufgrund der Fahndungsakte. Mit seinem Finger deutete er auf den Mann, dann zog er seinen Revolver und stellte sich neben dessen Tisch. „Ricci Chiaramonte! Sie sind verhaftet!"
„Scheiße!", fluchte der Zuhälter, schien aber nicht sonderlich überrascht zu sein.
Sofort nahmen ihn zwei Polizisten an den Armen und zogen ihn unsanft hoch.
„Sachte, sachte!", bremste Marchetti die Männer und sah befriedigt zu, wie die Handschellen zuschnappten. Widerstandslos ließ sich Ricci Chiaramonte abführen, fragte nicht einmal, warum er verhaftet wurde.
Marchetti steckte seinen Revolver ein und folgte den Polizisten nach draußen. Mit einer energischen Handbewegung befahl er den Beamten, die Straßensperre wieder aufzuheben und den Verkehr vorbeilaufen zu lassen. Wieso lief die Verhaftung so reibungslos? Ohne Widerstand, ohne wilde Verfolgungsjagd? Völlig unspektakulär? Er beobachtete, wie die Polizei den Verkehr freigab und anschließend ziemlich ratlos herumstand. Neugierige Dorfbewohner sammelten sich auf der anderen Straßenseite, und auch Sandro, der Eigentümer des Feinkostladens, stellte sich mit seiner weißen Schürze dazu. Marchetti nickte höflich, dann musterte er den Zuhälter prüfend. Ricci Chiaramonte war ganz der Typ, auf den Frauen hereinfielen: schlank, groß, eine ziemliche Ähnlichkeit mit Elvis Presley, die durch seine Haartolle mit Absicht verstärkt wurde. Er trug elegante Kleidung mit Goldkette und enge Lacklederschuhe. Cool! Aber warum ließ er sich erwischen?
Luca Marchetti zückte seinen Haftbefehl und las ihn mit neutraler Stimme vor. „Haben Sie dazu etwas zu sagen?", fragte er kalt.
„Nein!", meinte Chiaramonte. „Ich möchte meinen Anwalt sprechen!"

Marchetti kniff wütend die Augen zusammen und schluckte eine unfreundliche Bemerkung hinunter. Dieser Mann war noch ausgebuffter als die Frau! „Sie werden ins Gefängnis gebracht und können sich von dort aus mit ihrem Anwalt in Verbindung setzen. Außerdem werde ich Ihnen einige Fragen stellen!"
„Ohne meinem Anwalt sage ich gar nichts!", entgegnete Chiaramonte frech.
„So? Haben Sie denn schon einen?", pokerte Marchetti.
„Noch nicht! Aber ich werde einen bekommen. Vorher sage ich nichts!" Chiaramonte blieb völlig gelassen, ein deutliches Zeichen, dass er ein abgebrühter Hund war. Marchetti hatte plötzlich das dringende Bedürfnis, diesem Mistkerl einen Kinnhaken zu versetzen, damit ihm das Grinsen verging. „Abführen!", murmelte er mit zusammengebissenen Zähnen, konnte seinen sichtbaren Ärger kaum noch zügeln.
Balloni klopfte ihm beruhigend auf die Schulter. „Wir haben ihn doch! Reg dich nicht auf!"
Wütend sah Marchetti zu, wie der Zuhälter auf den Rücksitz eines Polizeiwagens gedrückt wurde. „Wer regt sich hier auf!", zischte er. „Gleich nehme ich diesen Mistkerl in die Mangel, und dann wird er schon singen! Verlass dich drauf!"
Missmutig blickte er dem Einsatzfahrzeug hinterher, dann deutete er auf die unbeteiligten Passanten. „Sie sollen verschwinden! Die Show ist vorbei!"
Er gab das Zeichen zum Abrücken und setzte sich wieder in sein Auto. „Los! Zum Gefängnis!"
„Jetzt sofort?"
„Ja, sicher! Oder glaubt ihr, dass ich diesem feinen Herrn Zeit gebe, sich irgendeine Geschichte auszudenken? Nicht mit mir!"

Auf der Fahrt zum Gefängnis war Luca auffallend ruhig. Manchmal wechselte Balloni einen verunsicherten Blick mit seinem Vorgesetzten, wagte es aber nicht, ihn in seinen Gedankengängen zu stören. Selten hatte er Luca Marchetti während des Dienstes so wütend gesehen. Gut, der Commissario war impulsiv und manchmal auch aufbrausend, aber eigentlich verlor er selten die Kontrolle. Im Moment sah er allerdings so aus, als wollte er diesem Chiaramonte am liebsten an die Gurgel gehen. Der Konvoi aus Polizeifahrzeugen hielt kreuz und quer auf dem ausgewiesenen Parkplatz vor dem Gefängnis, und eine Wand aus grauen Hosen und blauen Hemden zog den

Verhafteten ins Innere. Wie aus dem Nichts tauchten plötzlich auch einige Reporter und ein Kamerateam auf. Marchetti schnaubte empört und nahm Balloni zur Seite. „Woher wissen diese Schmeißfliegen denn Bescheid?"
Balloni zuckte mit den Schultern. „Keine Ahnung! Vielleicht ein Zufallstreffer, weil sie gesehen haben, wie wir mit Blaulicht durch Siena gerast sind."

Schon umkreiste die Meute der Reporter den Commissario und hielt ihm Mikrofone unter die Nase: „Dottore Marchetti! Haben Sie endlich Erfolg gehabt? Haben Sie den Mörder von diesem deutschen Politiker? Können Sie uns etwas zu Ihren Ermittlungen sagen?"
Marchetti blickte genervt auf seine Fußspitzen und überlegte sich seine Antwort. Nichts zu sagen wäre nicht gut für sein Image, und zu viel zu sagen verärgerte vielleicht Dottore di Sabato und den Staatsanwalt. Er beruhigte die Journalisten mit einer unwilligen Handbewegung und lächelte freundlich. „Piano, piano! Sie wissen doch, dass ich Ihnen nicht viel sagen kann! Bitte wenden Sie sich an das Ufficio di Gabinetto!"
Enttäuscht wedelten die Journalisten mit ihren Mikrofonen hin und her. „Und wen haben Sie gerade verhaftet?"
Marchetti erlaubte sich ein noch breiteres Lächeln. „Nun, ich kann Ihnen sagen, dass wir einen Verdächtigen erwischt haben und unsere Ermittlungen ganz gut vorankommen. Bis zum Anfang der Woche werden wir den Fall abgeschlossen haben. Selbstverständlich werden Ihnen dann alle Informationen zur Verfügung stehen!"
„Wissen Sie schon etwas über die Hintergründe des Mordes?"
„Nein!", meinte Marchetti kurzangebunden und wünschte sich plötzlich eine dunkle Sonnenbrille herbei, mit der er diese Blutsauger täuschen konnte. Einige Polizisten stellten sich strategisch zwischen den Commissario und die Journalisten.

Dankbar ließ sich Marchetti in den Schutz des Gefängnisses zurückdrängen und lächelte seinen Assistenzen zu. Dann ging er sofort zu dem Zimmer, in dem Ricci Chiaramonte mit auf dem Rücken gefesselten Händen auf einem unbequemen Hocker saß.
„Sollen wir ihn losbinden?", fragte ein Polizist.
„Nein!", meinte Marchetti scharf. „Lasst uns allein!"
„Was ist mit seinen Sachen?"
„Hatte er etwas bei sich?"

Der Polizist legte einige Kleinigkeiten auf den Tisch, und Marchetti musterte sie prüfend. Dann zeigte er auf das Handy. „Ich will alle Verbindungen der letzten zwei Wochen! Gebt das der Zentrale durch, den Rest könnt ihr wegsperren!"
Eilig machte sich der Polizist daran, den Auftrag auszuführen, dann waren Balloni und Marchetti plötzlich allein mit dem Zuhälter. Marchetti legte seine Hände auf den Tisch und beugte sich auffordernd vornüber, blickte dem Verdächtigen gerade in die Augen. „Nun?"
„Was, nun?", konterte Chiaramonte, ohne mit der Wimper zu zucken.
„Haben Sie nicht eine kleine Geschichte zu erzählen?"
„Nein!", meinte Chiaramonte ruhig.
„Und was sagen Sie dazu, dass eins Ihrer Mädchen schwer verletzt im Krankenhaus liegt?"
„So? Welches Mädchen?"
„Mercedes del Dolores!"
„Aha!"
Marchetti beherrschte sich mühsam und flötete sarkastisch: „Natürlich sagt Ihnen der Name nichts!"
„Doch! Sie ist meine Mieterin! Ich habe eine Wohnung in Costalpino. Ich hoffe nicht, dass dies strafbar ist?"
„Mieterin?" Marchettis Augen wurden zu schmalen Schlitzen. So nannte man das jetzt!
„Ja, Signora Dolores hat ein Zimmer gemietet, zusammen mit …!"
„Maria Duponte!"
„Sehr richtig!"
„Wollen Sie mich verarschen?", fauchte Marchetti wütend.
„Aber nein!"
„Nun, was sagen Sie dann dazu, dass Maria Duponte ausgerechnet Sie als ihren Zuhälter bezeichnet hat?"
Ricci Chiaramonte zuckte nur nachlässig mit seinen Schultern. „Hat sie das?"
„Allerdings!"
„Ist das ein Grund, mich hier festzuhalten?"
Marchetti ließ sich auf einen Stuhl plumpsen und musterte den Zuhälter wie ein widerliches Insekt. Wenig beeindruckt kippelte der Gefangene auf seinem Stuhl hin und her, mit seinen gefesselten Händen ein ziemlicher Balanceakt. „So, ich möchte nun wissen, warum ich eigentlich hier bin, und dann möchte ich meinen Anwalt anrufen."

„Sie sind Verdächtiger in einem Mordfall. Wir haben einen Haftbefehl, ausgestellt auf Ihren Namen, und möchten wissen, wo Sie in der Nacht von Dienstag auf Mittwoch gewesen sind."
„In meiner Wohnung!", entgegnete Ricci Chiaramonte ruhig.
„In Costafabbri?"
„Nein, ich habe eine andere Wohnung in Siena. Ich sagte doch bereits, dass ich die Wohnung in Costafabbri vermietet habe!"
„Wie lautet Ihre andere Adresse?"
„Das steht in meinem Personalausweis. Sie brauchen nur zu lesen!"
Marchetti zog scharf die Luft durch die Nase ein und schluckte eine harsche Bemerkung hinunter. Gegen diesen Herrn brauchte er handfeste Beweise, und die fehlten ihm immer noch. Bisher waren keine direkten Spuren von Chiaramonte am Tatort festgestellt worden. Die alleinige Tatsache, dass er dem Mordopfer ein Mädchen zugebracht hatte, würde nicht ausreichen, um ihn hinter Gitter zu bringen.
„Na schön! Sie haben die Wohnung also vermietet. Aus welchem Grund ruft dann ein deutscher Politiker bei Ihnen an, der kurze Zeit später ermordet aufgefunden wird. Haben Sie dafür eine Erklärung?"
„Das geht Sie eigentlich überhaupt nichts an. Das ist eine rein private Angelegenheit. Ich möchte jetzt bitte mit meinem Anwalt sprechen, denn ich sehe nicht, inwiefern Ihre Fragen mich irgendwie belasten könnten."
Marchetti schlug mit seiner flachen Hand auf den Tisch, und sein Hals schwoll an vor Wut. „Immerhin reicht es für einen Haftbefehl! Also! Was haben Sie in der Nacht von Dienstag auf Mittwoch gemacht?"
Ricci Chiaramonte lächelte provozierend. „Das weiß ich nicht mehr so genau! Das ist schon zu lange her. Vielleicht fällt es mit wieder ein, wenn mein Anwalt hier ist."
„Nun, ich werde Ihnen sagen, was Sie gemacht haben: Sie haben für Ihre Nutte in der Apotheke von Costafabbri Verbandsmaterial gekauft!"
Chiaramonte zuckte mit keiner Wimper. „Vielleicht! Aber Sie verstehen sicherlich, dass ich bei diesen Anschuldigungen ohne meinen Anwalt nichts mehr sagen werde."

Marchetti lehnte sich zurück und wechselte einen Blick mit Pietro Balloni, der still neben ihm stand. Pietro hatte seine Daumen in den Gürtel gesteckt und blickte mit schief geneigtem Kopf auf den Zu-

hälter. „Möchten Sie eigentlich nicht wissen, wie es dem Mädchen geht?“, fragte er mit leiser Stimme.
Betroffen senkte Chiaramonte den Kopf, und zum ersten Mal zeigte er ein wenig Gefühl. „Doch! Wie geht es ihr?“
Marchetti zischte vor Wut: „Der spielt doch nur den Gefühlvollen! So ein Bastard! Sieh dir diesen Drecksack an! Der opfert eiskalt sein Mädchen, lässt es auspeitschen, wie auf einem Sklavenmarkt!“ Drohend packte er den Zuhälter an der Krawatte und blickte ihm in die Augen. „Oder hat es dir Spaß gemacht! Turnt es dich an, wenn sie schreien? Was bist du nur für ein perverses Schwein!“
„Luca!“, mahnte Pietro seinen Chef. „Luca!“, wiederholte er eindringlich, als sein Chef den Griff nicht lockerte.
Zögernd ließ der Commissario die Krawatte wieder los.
Das Gesicht des Zuhälters war rot angelaufen vor Wut, und ebenso in Rage erwiderte er: „Du kannst mich mal! Ich peitsche meine Mädchen nicht aus! Was denkst du denn!“
„Deine Mädchen?“, fragte Marchetti mit einem süffisanten Grinsen. Manchmal nützte es doch, wenn man einen Verdächtigen aus der Reserve lockte.
Pietro warf einen unsicheren Blick auf seinen Vorgesetzten, dann setzte er das Verhör fort. „Mercedes del Rio ist also Ihr Mädchen! Und Sie haben ihr Verbandsmaterial besorgt, als sie verletzt von einem Kunden zurückgekommen ist. Wie ist sie nach Hause gekommen? Ich meine, das Mädchen war sicherlich nicht mehr in der Lage, selbst Auto zu fahren.“
Chiaramonte senkte bockig die Augen. „Ich sage nichts mehr! Ich bin ein Verdächtiger in einem Mordfall und will meinen Anwalt sprechen. Jetzt! Sofort!“
„Es hätte ja auch Maria Duponte fahren können oder ein anderer. Sagt Ihnen der Name Sergej Pankov etwas?“
„Nein!“
„Aber er hat offensichtlich in der Wohnung gelebt! Haben Sie ihn nie gesehen?“
„Nein!“
Pietro wechselte einen indignierten Blick mit seinem Chef. Diese Verbrecher schützten sich alle gegenseitig! Sie waren hart zu knacken.
Marchetti schnippte mit seinen Fingern und bedeutete den Polizisten, die vor der Tür warteten, den Herrn abzuführen. „Er bleibt in Untersuchungshaft und kann seinen Anwalt verständigen. Sorgt dafür, dass er nicht mit Maria Duponte sprechen kann.“

„Si, Dottore!" Energisch nahmen die Polizisten den Gefangenen in ihre Mitte und ließen die beiden Commissarios allein.
„Und nun?", fragte Pietro.
„Wir sammeln so viele Beweise, dass er die nächsten hundert Jahre im Knast sitzt. Andiamo! Fahren wir zurück zur Questura. Mach mal diesen Schlafmützen in Kalabrien Dampf! Ich will endlich die Akte von diesem Kerl."
Pietro Balloni zog unwillkürlich den Kopf ein, dann schob er entschlossen die Brille hoch. „Wahrscheinlich haben sie die Unterlagen mit der Post geschickt. Das kann noch dauern."
„Dann ruf an und sag ihnen, dass ich die Unterlagen sofort brauche. Wozu gibt es Internet oder Fax? Mann, wir ermitteln in einem Mordfall! Das muss alles schneller gehen!"
„Si, Dottore!", murmelte Balloni. „Ich kümmere mich darum!"

Die beiden ließen sich zur Questura zurückfahren, und unterwegs meinte Pietro ein wenig schuldbewusst: „Oh je! Wir haben Ise vergessen!"
Marchetti lachte dröhnend und winkte ab. „Ach! Signore Batisti wird ihn schon beschäftigen! Wenigstens können wir einen weiteren Fahndungserfolg nachweisen."
„Stimmt!"
„Pietro! Wir haben diesen Kerl! Jetzt müssen wir nur genügend Beweise zusammentragen, damit er auch verurteilt wird."
„Vielleicht ergibt die Aussage des Mädchens etwas?", hoffte Pietro mit einem Seufzen.
„Bestimmt! Sie war eindeutig am Tatort, und sie ist misshandelt worden. Warum sollte sie irgendjemanden schützen?"
„Außerdem hat sie eine Aufenthaltserlaubnis. Dieses Druckmittel fehlt also!"
Marchetti nickte zufrieden. „Stimmt!"
Sie gingen in ihr Büro, wo ein etwas konsternierter deutscher Kommissar bereits auf sie wartete. In seiner Gesellschaft befand sich Dottore di Sabato, der offensichtlich versuchte, den Deutschen bei Laune zu halten. „Dottore Marchetti?", verlangte er eine Erklärung.
Marchetti hob theatralisch die Hände und warf sich in die Brust. „Wir haben den Zuhälter gefasst!"
Sofort hellte sich Kommissar Isedors Miene auf. „Wirklich!"
Dottore di Sabato dagegen schaute etwas misstrauisch. „Ist das gut oder schlecht?"

„Gut! Er ist vermutlich der Mörder dieses Deutschen!“ Marchetti strahlte überheblich.
„Ah!“ Der Questore machte plötzlich einen interessierten Eindruck. „Sehr gut, sehr gut! Bekomme ich dann auch in nächster Zeit irgendwelche Berichte auf meinen Schreibtisch? Nur so aus Neugier.“ Deutlich war der versteckte Vorwurf zu hören. Marchetti warf einen scheinbar entsetzten Blick auf seinen Assistenten. „Hast du nicht …?“
Pietro Balloni kniff völlig überrascht die Augen zusammen und hätte seinen Chef am liebsten erwürgt. Doch dann entschloss er sich, das Spiel mitzuspielen. „Doch, doch! Ich habe die Mappe schon zusammengestellt. Aber wegen der Festnahme habe ich sie bisher nicht abliefern können!“ Ohne mit der Wimper zu zucken, übergab er die Mappe, die für den Staatsanwalt gedacht war, an den Leiter der Questura. Für Marchetti hieß das, dass er sämtliche Bericht nochmals kopieren, ausdrucken und überprüfen musste, aber auch er zuckte mit keiner Wimper. Später würde er sich seinen Assistenten ordentlich vornehmen. Mit der Mappe bewaffnet entfernte sich der Questore, und alle atmeten auf.
Neugierig verschränkte Isedor die Arme und wartete auf die neuesten Ergebnisse. „Ihr habt also diesen Chiaramonte!“
Marchetti nickte zufrieden. „Ja, wir haben zugeschlagen, als er in einem Café saß. Deshalb die Eile.“
„Und? Habt ihr etwas in Erfahrung gebracht?“
Marchetti zischte abfällig durch die Zähne. „Ein ausgekochtes Schlitzohr! Er behauptet, dass die beiden Nutten die Wohnung nur gemietet hätten. Ansonsten hält er sich bedeckt und verweist auf seinen Anwalt. Viel haben wir nicht gegen ihn der Hand, aber ich verspreche mir mehr, wenn wir morgen das Mädchen verhören.“
Marchetti wandte sich an Balloni: „Kümmerst du dich bitte um die Akte von diesem Chiaramonte! Vielleicht werden wir dort fündig! Außerdem will ich, dass die Spurensicherung noch mal das Auto und die Ferienwohnung auseinandernimmt. Ich brauche irgendeinen Hinweis darauf, dass dieser Kerl sich dort aufgehalten hat. Niemand ist so schlau, dass er nicht irgendetwas übersieht!“
Pietro setzte sich ans Telefon und verständigte Batisti, dann machte er sich an die schier unlösbare Aufgabe, jemanden am Samstag in Kalabrien zu erreichen.
Inzwischen schenkte sich Marchetti ein Mineralwasser ein und bot auch Isedor ein Glas an: „Und! Hast du etwas gefunden?“

Isedor wackelte nachdenklich mit seinem Kopf. „Vielleicht! Ich bin auf etwas gestoßen, das keinen Sinn ergibt. Batisti lässt es noch einmal von diesem Computerspezialisten überprüfen."
„So? Was denn?"
„Ich bin auf Angebote gestoßen! Angebote für die Durchführung des Ordnungsdienstes in großen Stadien."
„Aha! Und was ist daran seltsam?"
„Na, warum sollte ein Politiker solche Angebote auf seinem Computer haben? Und warum sollte er diese Dokumente so zerstückeln, dass nur ein wahrer Profi sie wiederherstellen kann?"
Überrascht riss Marchetti die Augen auf. „Wow! Gute Frage! Vielleicht haben wir hier die Verbindung zwischen Politik und Sicherheitsdienst!"
Isedor nickte kurz, dann meinte er: „Außerdem hat meine Freundin angerufen! Michaela Astner! Sie hat mir erzählt, dass die Pro-Sec angeblich in vielen größeren Städten die Aufträge für die Stadien bekommen hat. Plötzlich schwimmen die im Geld, anscheinend haben sie viele Investoren gefunden, die bereit sind, richtig viel Geld auszugeben!"
„Natürlich, um später auch wieder richtig viel Geld zu verdienen! Interessant!"
Pietro Balloni hatte inzwischen jemanden in der Questura von Reggio di Calabria erreicht und stritt heftig um die Herausgabe der gewünschten Unterlagen. Sein Tonfall wurde ungeduldig, sogar anmaßend, und Marchetti riss überrascht die Augen auf. „Was ist los?", flüsterte er neugierig.
Pietro legte die Hand auf den Hörer und antwortete genervt: „Die weigern sich, jetzt noch etwas zu schicken! Sie sagen, dass die Unterlagen mit der Post unterwegs sind, und haben keine Lust, sich noch einmal an den Computer zu setzen!"
„Keine Lust?!" Marchettis Stimme wurde empfindlich laut. Energisch riss er den Hörer an sich und bellte einige Befehle hinein: „Ich will die Daten jetzt! Wir ermitteln hier in einem höchst peinlichen Mordfall, und der Täter geht uns durch die Lappen, wenn wir keine weiteren Ergebnisse vorlegen können! Ich kann einen Verdächtigen nicht ewig einsperren. Das wisst ihr genauso gut wie ich!"
Die Stimme am anderen Ende erzählte etwas von Dienstschluss und Befugnissen, doch Marchetti unterbrach ihn unwirsch: „Wenn es hilft, dann sende ich Ihnen eine offizielle Anfrage unseres Questore! Ich will doch nur per E-Mail die Daten, die ihr sowieso schon ver-

schickt habt! Schickt mir einfach, was ihr über Ricci Chiaramonte im Computer habt. Das ist doch ganz normale Polizeiarbeit."
Schließlich ließ sich der Polizist überreden und versprach, ohne weitere Verzögerung die Daten zu übertragen.
„Wieso ist das ein Problem?", wunderte sich Kommissar Isedor.
„Das ist normalerweise kein Problem", erklärte Marchetti. „Aber heute ist Samstag!"
„Ach so!"
Marchetti setzte sich an den Computer und wartete auf die E-Mail aus Reggio di Calabria. „Jetzt bin ich ja mal gespannt!"
Es dauerte einige Minuten, doch dann wurde der Datensatz heruntergeladen. Interessiert beugten sich alle über den Bildschirm, und Marchetti klickte sich durch die Seiten. Für einen einzelnen Menschen war es ziemlich viel, was die Polizei zusammengetragen hatte: Prostitution, Hehlerei, Autodiebstahl, Jugendstrafen und mehrere Anzeigen wegen Körperverletzung. Aber bisher waren noch keine längeren Gefängnisstrafen verhängt worden. Dann stolperte Marchetti über einen Namen und wechselte einen triumphierenden Blick mit Pietro. „Da haben wir es! Schau dir das an!"
Ricci Chiaramonte war vor zwei Jahren vorgeworfen worden, einen Kandidaten der Linkspartei krankenhausreif geschlagen zu haben. Ein Zusammenhang zu Aldo Andreoni, der diesen Wahlbezirk anschließend gewonnen hatte, konnte ihm aber nicht nachgewiesen werden. „So ein Drecksack!", schimpfte Marchetti. „So kommt man also zu einer Wohnung! Man räumt die politischen Gegner eines Abgeordneten aus dem Weg! Na, jetzt haben wir doch einen Zusammenhang! Aldo Andreoni und Ricci Chiaramonte kannten sich schon früher!"
„Aber was hat das mit dem Mord zu tun?"
„Keine Ahnung! Aber ich werde es schon in Erfahrung bringen!"

Der Palio

Marchetti stellte sich demonstrativ vor sein Flipchart und malte einen dicken roten Pfeil von dem Kreis mit dem Namen Andreoni zu Ricci Chiaramonte.
Kommissar Isedor kicherte respektlos und deutete auf das bunte Durcheinander: „Du machst Picasso Konkurrenz! Sammelst du deine Werke eigentlich?"
Marchetti lächelte flüchtig zurück und meinte: „Leider nicht! Dann wäre der Keller in unserer Questura nämlich voll! Aber mir ist gerade ein Gedanke gekommen: Wie kommt ein deutscher Politiker zu der Nummer eines italienischen Zuhälters?" Er machte eine künstlerische Pause, als müsste er Isedor von seiner Genialität beeindrucken. „Natürlich über einen italienischen Abgeordneten!"
Isedor grinste leicht. „Das hatten wir doch schon!"
Marchetti winkte ungeduldig ab. „Ja, aber nun haben wir den Beweis! Andreoni hat Florian Bauer einen kleinen Gefallen getan! Würde mich nicht wundern, wenn die Nummer von Andreoni im Handy von Chiaramonte zu finden ist."
Isedor legte den Kopf schief und runzelte die Stirn. „Schon, aber es ist eigentlich nichts Ungewöhnliches, wenn ein Politiker einem anderen Politiker ein Mädchen besorgt! Das hatten wir in Deutschland in letzter Zeit öfter."
„Ungewöhnlich ist nur, dass der Politiker nun tot ist!"
Isedor senkte den Kopf und verschränkte seine Arme. „Wir drehen uns im Kreis! Wir verbinden die Politik immer wieder mit dem Mordfall. Und das eine hat vielleicht mit dem anderen nichts zu tun. Wir sollten abwarten, was das Mädchen zu sagen hat. Vielleicht erhellt das unseren Horizont!"
Marchetti klatschte begeistert in die Hände. „Sehr gut! Wir setzen das Mädchen unter Druck! Pressen ein Geständnis aus ihr heraus, und dann haben wir den Fall gelöst."
„Luca!", tadelte Isedor zum Schein.
„Na gut! Machen wir Feierabend! Morgen früh treffen wir uns wieder hier, und dann fahren wir ins Krankenhaus. Außerdem will ich mir diesen Andreoni noch mal vornehmen."
„Dann komm doch morgen früh ins Hotel. Da erwischen wir diese feinen Herren garantiert alle noch einmal, ehe sie abreisen!"
„Gute Idee!"

Marchetti blickte flüchtig auf seine Uhr und runzelte die Stirn. Nachmittag! Gleichgültig, wie weit die Ermittlungen inzwischen gediehen waren, jetzt war der Palio!
„Okay! Ich muss mich noch umziehen! Gleich ist die Segnung des Pferdes in unserer Kirche. Schluss jetzt!"
Energisch schaltete er den Computer aus und warf einen prüfenden Blick durch den Raum. Höflich wandte er sich Isedor zu: „Wollen Sie erst noch ins Hotel zurück und sich umziehen?"
Unsicher sah Isedor an sich herab. „Was wäre denn angemessen?"
Lachend schlug ihm Luca auf die Schulter. „Schwarz!"
Isedor zog aus seiner Hosentasche das völlig zerknüllte Fazzoletti heraus und legte es sich um die Schultern. Es sah so aus, als gehörte er seit ewigen Zeiten zur Contrada. „Fertig!", murmelte er stolz.
Das dunkle Lachen von Marchetti hallte durch die Gänge, als die drei das Büro verließen und die Treppe hinunter galoppierten. Erstaunt blickte der wachhabende Polizist auf den wildgewordenen Commissario und schüttelte nachdenklich den Kopf.
Balloni verabschiedete sich höflich, dann entfernte er sich in der entgegengesetzten Richtung. Ihn interessierte der Palio in keiner Weise, lieber wollte er sich an eines der heute sicherlich menschenleeren Flussufer setzen und angeln.

Die winzige Kirche von Aquila platzte bereits aus allen Nähten, als Marchetti sein gegenüberliegendes Haus erreichte. Viele Menschen standen einfach auf der Straße und versuchten von dort einen Blick auf die heilige Handlung zu erwischen. Marchetti übergab den Deutschen an einen Freund und verschwand in seinem Hauseingang. Nach kurzer Zeit kehrte er in seinem Sommeroutfit zurück: leger und gut gelaunt, mit dem Fazzoletti auf seiner Schulter. Dann drängte sich die Menschenmenge an die Hauswände zurück und machte Platz für den Barbaresco, der das unruhige Pferd zur Kirche führte. Alles wurde still, als das Pferd schnaubend und vorsichtig in die Kirche stakste. Die Ohren des Pferdes spielten, und die dunklen Augen funkelten nervös. Mit leiser Stimme sprach der Priester ein kurzes Gebet und segnete das Pferd; dann wurde es bereits wieder aus der Kirche herausgeführt. Ein vielstimmiges A-A-Aquile schallte hinter ihm her, aus tiefster Inbrunst und voller Hoffnung auf den Sieg.
Dann brach plötzliche Hektik aus: Aus einem Nebengebäude purzelten die Pagen der Contrada, bereits gekleidet in ihre mittelalterlichen Kostüme. Gelbe, eng anliegende Strumpfhosen, die sich um die kräf-

tigen Schenkel der Männer schmiegten, darüber ein Hemd aus goldschwarzem Samt. Auf dem Kopf trugen sie schwarze Mützen aus Samt, die Jüngeren nur eine schwarz-goldene Kordel. Ein Trommelwirbel erklang, als einige der Tambouri, wie die Trommler genannt wurden, versuchsweise die Trommel schlugen. Plötzlich flatterten die gelben Fahnen in der lauen Brise, und zwei der Pagen ließen ihre Fahnen spielerisch hin und her fliegen. Dann trat ein Ritter in voller Rüstung und mit kostbarerem Brokatumhang auf die Straße, und alle Pagen versammelten sich hinter ihm, um zur Questura zu marschieren. Dort nahm der Palio traditionsgemäß seinen Anfang, indem alle Beteiligten mit ihren Fahnen und einem Trommelwirbel den Präfekten, den offiziellen Abgesandten der Provinzregierung, begrüßten. Von dem Platz vor dem Dom startete dann der mittelalterliche Umzug, ging von hier aus hinunter zum Campo. Als Letztes folgte stets der „Carrogio", ein Fuhrwerk, gezogen von zwei Ochsengespannen, auf dem das Drappellone, das Seidenbanner, transportiert wurde. Für den ortsfremden Zuschauer ergab sich oft ein völlig ungeordnetes Gewimmel, doch die Seneser fügten sich problemlos in den Ablauf des Geschehens, hatten ihn sozusagen mit der Muttermilch in sich aufgenommen.
Einige der Pagen waren unterdessen zum Campo gelaufen und hatten von „ihrer" Tribüne Besitz ergriffen. Ein Teil der heiß begehrten Sitzplätze auf den Tribünen war für die Comparsaria vorgesehen, die Pagen der einzelnen Contraden. Die anderen Plätze waren meist von Touristen belegt, weil die Sitzplätze für die Seneser inzwischen unerschwinglich teuer geworden waren. Das gemeine Volk versammelte sich daher auf dem großen Platz, mit Wasserflaschen bewaffnet, denn in der prallen Sonne des Nachmittags konnte der Durst unerträglich werden. Während des Einzugs konnte niemand den Platz verlassen, und oft mussten Sanitäter helfend zur Seite stehen, wenn jemand in der Hitze kollabierte.

Marchetti schlenderte in Begleitung von Isedor zum Campo und gemeinsam traten sie hinaus auf den Platz. Noch waren die Tore in der Absperrung geöffnet, und ein reges Hin und Her war zu beobachten. Der Platz schien bereits jetzt völlig überfüllt zu sein. Überall drängten sich die Menschen auf den Tribünen, und auf den Balkonen der umliegenden Paläste standen mit Sicherheit mehr Leute, als es die Statik erlaubte. Selbst aus den Fenstern und zwischen den Zinnen der Dächer lehnten Menschen und freuten sich über den exponierten

Blick, den sie von hier aus hatten. Die Brüstungen der Fenster und die Geländer der Balkone waren mit scharlachroten Brokatdecken geschmückt, und überall wehten die schwarz-weißen Fahnen von Siena.

Fanfarenbläser verkündeten den Einzug der Contraden, angeführt von den Würdenträgern der Stadt. Alle steckten in mittelalterlichen Kostümen, schweren Brokatmänteln und Umhängen, Samthemden oder ganzen Rüstungen mit Helmen. Bei dieser Hitze lief den Teilnehmern schnell der Schweiß von der Stirn, doch tapfer schritten sie gemächlich einmal um den Campo. Ihnen folgte eine Abordnung der erloschenen Contraden. Contraden, die zu klein waren, um noch existieren zu können und sozusagen „ausgestorben" waren. Trotzdem wurden ihnen zu Ehren die Fahnen des Einhorns oder der Viper getragen. Nacheinander folgten die Gesandten der anderen Contraden. Erst der Ritter hoch zu Ross, dann die Fahnenträger. Die Namen waren oft eine Anlehnung an den Berufsstand, den die Contrada im Mittelalter innegehabt hatte, ähnlich wie hierzulande die Zünfte. So war Brucco, die Raupe, ein Sinnbild für die Weber, oder Aquila mit dem doppelköpfigen Adler ein Zeichen für die kaiserlichen Beamten gewesen. In regelmäßigen Abständen hielt der ganze Tross, und die Fahnenträger, Spanderiatori genannt, führten ihre beeindruckende Übung vor. In eleganten Bewegungen führten sie die Fahne um ihren Körper, sprangen über sie hinweg und warfen sie dem Gegenüber zu. Siena war die Stadt der Fahnenschwinger, schon Kinder im Alter von vier Jahren lernten diese hohe Kunst und brachten sie auf diese Weise zur Perfektion. Wöchentlich fanden Kurse für die Jüngsten statt, entweder im Fahnenschwingen oder im Trommeln. Bereits Achtjährige konnten einen schnellen Trommelwirbel schlagen, bei dem ein professioneller Schlagzeuger grün vor Neid wurde. Auch jetzt hallte der Rhythmus der vielen Trommler als Echo von den Wänden der Straßenschluchten, sodass ihr Klang bis weit ins Umland getragen wurde. Siena verwandelte sich in eine einzige große Trommel, deren Vibrieren die Stadt lebendig werden ließ.

Wolfram Isedor fühlte diesen Herzschlag und nahm ihn tief in sich auf. Wie in Trance blickte er auf das Spektakel, sah die Kostüme und Rüstungen, die anderswo höchstens Folklore waren, aber hier gehörten sie dazu. Eine Ewigkeit zog sich der Zug hin, und während die Touristen langsam ungeduldig wurden, feierten die Seneser diesen langen Augenblick, in dem ihre Vergangenheit wieder lebendig wurde.

Dann rollte endlich der Wagen mit dem Palio auf den Platz. Die weißen Ochsen aus der Maremma mit ihren langen Hörnern wirkten beeindruckend. Das Seidenbanner war dieses Mal nicht, wie so oft, mit der Madonna oder Pferden bemalt, sondern zeigte eine Abbildung von Silvio Piccolomini auf schwarz-goldenem Untergrund, der 1458 unter dem Namen Pius II. zum Papst ernannt worden war.
Der Carrogio wurde von Mitgliedern adeliger Familien begleitet, und auf dem Wagen standen einige Pagen mit Kostümen in den Farben der Stadt. Überall wurde das Seidenbanner von den Contradaioli frenetisch bejubelt, und viele schwenkten enthusiastisch ihre Halstücher. Immer wieder hielt der Zug, und die Wachen mit ihren Armbrüsten und Hellebarden stellten sich in Positur. Jede Bewegung war eingeübt und strahlte Würde aus.
Vor dem Rathaus blieb der Wagen schließlich stehen, und die Pagen kletterten herunter. Vorsichtig wurde das Banner herabgereicht, damit es die letzten Meter bis zum Palco di Judice getragen werden konnte. Hier warteten bereits die Würdenträger der Stadt und die Schiedsrichter. Während der Wagen den Campo über die Casato di Sotto verließ, reichten die Pagen das Seidenbanner nach oben, wo es an einer Vorrichtung in der Hausmauer befestigt wurde. Jetzt konnte der Palio beginnen! Von dem Eintreffen des Ochsenkarrens auf dem Campo bis hin zu dessen Verlassen waren gut fünfzig Minuten vergangen, nicht gerechnet der Prunkumzug vorher. Zeit spielte hier keine Rolle!
Vor dem Rathaus nahm eine Abordnung Pagen aus jeder Contrada Aufstellung, um die Spanderiata della Vittoria vorzuführen. Es wurde still auf dem Platz, als unter einem Trommelwirbel die schwierige Übung im Einklang mit den anderen vorgeführt wurde. Zum Schluss flogen die bunten Fahnen meterhoch in die Luft und wurden von den Pagen problemlos wieder aufgefangen.
Schnell hechteten die Pagen in den Bereich ihrer Tribüne, dann richteten sich aller Augen auf den Eingang des Rathauses, aus dem in Kürze die Pferde kommen würden.
Ohne weitere Verzögerung ritten die ersten Fantini heraus und griffen nach der Peitsche, die erst jetzt von einem Helfer hochgehalten wurde. Sie war das einzige Hilfsmittel, das die Fantini benutzen durften, und gerne wurde sie auch benutzt, um auf den Feind einzuschlagen. Jeder Reiter begrüßte seine Comparsaria, die Pagen der einzelnen Contraden auf ihren Tribünenplätzen, dann näherten sich die Pferde der Startaufstellung. Unruhe breitete sich aus, als die Na-

men für die Aufstellung verlost wurden: Torre! Jubel kam auf, als die Anhänger von Torre diesen bevorzugten Platz feierten. Onda! Dieses Mal ging ein entsetztes Raunen durch die Menschenmenge, denn Onda und Torre waren erbitterte Gegner. Der Reiter von Onda würde alles tun, damit Torre nicht gewann! Civetta, Leocorno, und so ging es weiter. Die Stimmung von Marchetti sank bei jedem Namen, der verlesen wurde, denn je weiter außen ein Pferd stand, desto schlechter wurden die Chancen auf Sieg. Dann stöhnte er voller Entsetzen: Aquila hatte die ungeliebte „Rincorsa Position" gezogen, musste also das Rennen hinter den anderen Pferden starten. So ein Pech!

„Was bedeutet das?", fragte Isedor.

„Dass wir verloren haben!", meinte Marchetti nüchtern.

Isedor schaute vorsichtig auf die anderen Contradaioli, aber die schienen ebenso erstarrt zu sein. „Das könnt ihr doch nicht vorher wissen", versuchte er zu trösten.

Marchetti winkte ungeduldig ab. „In den letzten fünfhundert Jahren hat kaum ein Pferd aus dieser Position heraus gewonnen!"

„Oh je!" Bei so viel Erfahrung konnte Isedor natürlich nicht mithalten.

Plötzlich mischte sich Thomas ein: „Doch, vor ein paar Jahren Nicchio!"

Sofort hellte sich Marchettis Miene wieder auf. „Stimmt! Damals hat Bufera gewonnen!"

„Na, siehst du!", erklärte Thomas. „Ein Palio ist erst verloren, wenn der Schuss fällt!"

„Oder gewonnen!", erwiderte Marchetti.

Gespannt sahen alle auf den Start und stöhnten enttäuscht, als dieser für ungültig erklärt wurde.

„Was ist jetzt schon wieder los?"

„Ach, die Pferde standen nicht in der richtigen Reihenfolge. Jetzt müssen sie noch mal starten."

Aber auch der zweite Start misslang, weil das vordere Seil von alleine fiel, ohne dass Aquila den Start vorgegeben hätte. Unruhe breitete sich auf dem Platz aus, denn inzwischen wurde der Tag für alle lang. Wieder liefen die Pferde im Kreis, und die Reiter versuchten sie zu beruhigen. Nacheinander nahmen die Fantini wieder ihre Startaufstellung ein, jeder darauf bedacht, möglichst viel Platz zwischen sich und den anderen Pferden zu haben. Nervös drängten die Pferde hin und her, wollten dieser Enge entfliehen, doch die Jockeys zwangen sie unbarmherzig nach vorn. Beim Start gut wegzukommen war bereits ein fast gewonnenes Rennen! Beim dritten Mal klappte es endlich, und sofort war die Menschenmenge in heller Aufregung. Brucco, der Favorit, lag sofort vorne, gefolgt von Onda und Torre, aber auch Aquila holte trotz seiner schlechten Startposition schnell auf. Marchetti hüpfte plötzlich wie ein Gummiball, völlig hysterisch feuerte er sein Pferd an. „Lauf doch, lauf!"

Bereits in der ersten Kurve fiel der Reiter von Tartuca vom Pferd, und kurz hatte Marchetti Mitleid mit seinem Sohn. Als Angehöriger von Tartuca würde er sich viel Spott anhören müssen! Obwohl letztendlich nicht der Reiter, sondern nur das Pferd gewann. Aber das Pferd von Tartuca verfiel in einen leichten Trab, irritiert davon, plötzlich keinen Reiter mehr auf seinem Rücken zu spüren. In der zweiten Kurve von San Martino gab es einen spektakulären Kampf zwischen Brucco und Nicchio. Beide Pferde lagen Kopf an Kopf, und Marchetti brüllte sich die Kehle heiser in der Erwartung, dass der Champion vielleicht stürzte. Aber leider stolperte das Pferd von Nicchio, und in einem Salto stürzte der Reiter vom Pferd. Dabei geriet er unter die Hufe von Civetta und Lupa, die nicht mehr ausweichen konnten, und musste verletzt geborgen werden. Aber auch der Reiter von Lupa konnte sich nicht mehr auf dem schweißnassen Pferderücken halten und knallte gegen die Balustrade.
„Mann!", entfuhr es Isedor. „Mit Sicherheit hat das aber nichts zu tun!"
Marchetti hatte keine Augen für die Szene. Mit glasigen Augen verfolgte er, wie Aquila sich immer näher an Brucco heranschob und das Unglück der anderen für sich ausnutzte.
„Forza, forza!", schrie er begeistert. Es war Adrenalin pur! Eine Woge aus gelben T-Shirts drückte sich plötzlich in Richtung des Zieles, brachte damit die gesamte Menschenmasse wie in einem Dominospiel in Bewegung.
Die Pferde liefen in die dritte Runde, und mit bangem Herzen blickten alle auf die Kurve von San Martino, in der das Rennen entschieden wurde. Aquila kam etwas von der Ideallinie ab und wurde von Civetta überholt. Oh!
Die Contradaioli von Aquila schlugen sich entsetzt die Hände vor den Mund, manch einer hielt sich plötzlich die Augen zu. Doch der Palio war zu kurz, um diesen Schnitzer wieder auszugleichen. Berio

war nicht nur schnell, er war erfahren! Mit blankem Entsetzen sahen die Angehörigen von Aquila, wie Berio allen davonlief! Mit erhobener Peitsche ritt Buschelli über die Ziellinie und gewann damit nach nur drei Minuten das Rennen für Brucco.

Begeisterte Anhänger liefen mitten unter die galoppierenden Pferde, rissen ihren Helden vom Pferd und küssten ihn auf die Wangen. Hände streckten sich ihm entgegen, und in kürzester Zeit wurde ihm das grün-gelbe Gewand vom Leib gerissen. Begeisterte Männer trugen ihn auf ihren Schultern, während andere zum Palco di Judice strömten und die Herausgabe des Seidenbanners verlangten! In einen wahren Freudentaumel sammelten sich die Anhänger von Brucco um ihren Siegespreis, fielen sich weinend um den Hals und konnten ihr Glück gar nicht fassen. Singend und jubelnd verließ der Tross den Platz, um in der Basilika ihrer Madonna für den Sieg zu danken. Immer wieder wurden dem Fantino die Hände geschüttelt, und er konnte sich vor der Begeisterung der Menschen überhaupt nicht retten.
Die anderen blieben wie gelähmt auf dem Platz. Enttäuscht ließen sie die Köpfe hängen und sahen zu, wie die Ehrenabteilungen der anderen Contraden mit ihren Fahnen den Palio zur Kirche begleiteten. Ansonsten wehten nur noch die Fahnen von Brucco. Selbst die Halstücher verschwanden plötzlich in den Taschen der Verlierer. Mit betretener Miene sah Isedor, wie die Pagen von Aquila mit Tränen in den Augen den Platz verließen, um sich umzuziehen. Aus und vorbei!
„Ihr habt doch den dritten Platz! Das ist doch nicht schlecht!", meinte er tröstend.
Marchetti schnaubte verächtlich: „Hier zählt nur der Sieg! Am schlimmsten ist es, wenn man Zweiter wird, denn dann hat man den Palio wirklich verloren! Civetta tut mir leid! Sie haben schon so lange nicht mehr gewonnen. Und jetzt der zweite Platz! Leocorno wird ihnen aus purer Schadenfreude Abführmittel schicken."
„Abführmittel?" Isedor war einigermaßen schockiert.
„Ja, als Zeichen, dass sie den Palio verloren haben!"
„Oh! Gut, dass wir nicht Zweiter geworden sind!"
Ebenso schockiert blickte Marchetti ihn an. „Mamma mia! Das wäre eine Blamage!"
Gemeinsam schlenderten sie die Casato di Sotto hinauf und blieben vor der Kirche von Aquila stehen. Weinende Frauen und Kinder

standen in Gruppen zusammen, während Männer mit ernsten Gesichtern den Palio analysierten. Die Pagen stürzten in das Museum und warfen ihre Fahnen enttäuscht und desillusioniert in eine Ecke.
Wolfram Isedor stand inmitten der aufgelösten Menschen und fühlte sich plötzlich ebenso fehl am Platz wie auf der Beerdigung eines Fremden. Hemmungslos zeigten alle ihre Trauer, schimpften gegen Brucco, gegen Berio und die Bestechlichkeit der Fantini. Plötzlich war alles „Schiebung“, und überall wurden Zeichen darin gesehen, dass dieses Rennen nicht mit rechten Dingen abgelaufen war.
Hilflos stand Isedor inmitten dieser Emotionen, steckte seine Hände in die Hosentaschen und wünschte sich weit fort. Lieber hätte er es gesehen, wie diese Menschen siegen. Aber das hier war halt die Realität! Das hier war das wahre Leben! Ohne Schnörkel und gefühlvolle Wunder. Das Verlieren gehörte hier ebenso dazu wie das Siegen!
Marchetti stand bei einigen Männern und gestikulierte heftig, anscheinend musste er sich rechtfertigen, wie seine Verhandlungen mit Tartuca verlaufen waren. Immer wieder hob er entschuldigend die Hände und schüttelte vehement den Kopf. „Nichts zu machen!“, hörte Isedor undeutlich.
Vom Campo drangen wieder Trommelwirbel zu ihnen hoch, als die siegreiche Contrada ihren Zug durch die Stadt begann. Viele Tage und Nächte würde immer wieder Anhänger mit dem Palio durch die Stadt ziehen, von Fahnenträgern und Trommlern begleitet, die Spottlieder gegen den Feind sangen. Die nächste Zeit würde die ganze Contrada im Ausnahmezustand leben, von einer Feier in die nächste fallen, von einem Freudentaumel in das nächste Besäufnis. Bei Aquila senkten alle betreten die Köpfe, nur die Augen verrieten, wie sehr alle sich den Sieg herbeigesehnt hatten.
Marchetti zuckte mit den Schultern und verabschiedete sich ohne große Worte von seinen Freunden. Hier gab es nichts mehr zu sagen. Dann trat er zu Kommissar Isedor. „Gehen wir zum Essen?“
Einigermaßen erleichtert nickte Ise. „Gute Idee! Ich bin am Verdursten!“

Sie gingen zurück zum Campo, der sich langsam leerte. Nur die Wirte bauten wieder ihre Tische und Stühle auf. Immer noch herrschte eine seltsame Stimmung, das Fieber war erloschen, stattdessen breitete sich eine entspannte Ruhe aus. Der Kampf war vorbei, jetzt konnte Siena sich wieder anderen Dingen widmen. Nur das Trommeln der siegreichen Contrada würde in den nächsten Wochen an diesen denkwürdigen Tag erinnern. Marchetti verschwendete keinen Blick auf die friedliche Stimmung. Hier hatten sie gerade verloren, und er wollte diesen Nachmittag so schnell wie möglich vergessen. Eilig zog er Isedor in die nächste Seitenstraße. Der Weg führte leicht bergan, mitten durch den Bereich von Onda, der jetzt im Dunkeln lag. Auch hier gab es nichts mehr zu feiern. Fensterläden wurden demonstrativ geschlossen, damit man Brucco nicht beim Feiern zusehen musste.

Die Taverna di San Giuseppe lag unter einem Torbogen, der zwei gegenüberliegende Häuserschluchten miteinander verband, ganz in der Nähe der Universität von Siena. Eigentlich war die Taverna nur ein Kellergewölbe, das kunstvoll renoviert worden war. Das Tonnengewölbe aus rotem Ziegel war freigelegt worden, und bei den Bauarbeiten hatte man eine Treppe gefunden, die in eine weitere Gruft führte: eine der frühesten christlichen Kirchen, die man je entdeckt hatte, hineingemeißelt in den gelben Kalksandstein. Mehrere niedrige Gänge führten in das ehemalige Tunnelsystem der Stadt und beherbergten jetzt Regale mit edlem Wein.

Staunend betrachtete Isedor das rustikale Ambiente des Restaurants: Selbst der große Torbogen, der eher der Einfahrt einer Garage ähnelte, war geschmackvoll umgestaltet worden. Wie eine riesige Laterne war der Eingang mit schwarzem Stahl und Glas nach innen verengt worden, sodass ein gemütlicher Windfang entstanden war. In dem Gewölbekeller standen schwere Eichentische und Stühle, und im Eingangsbereich befand sich eine Anrichte aus dunklem Holz. Hier bereitete die Dame des Hauses die frischen Salate zu oder flambierte die Creme Brulée. Links vom Eingang hatte man einen Blick in die Durchreiche der Küche. Mehrere Köche standen um einen glühenden Grill, und das Ganze ähnelte einem Arbeitsplatz im Fegefeuer. Das Beste jedoch war der Herr des Hauses: Marco! So stellte man sich einen römischen Imperator vor! Titus in Person! Groß und stattlich, mit bereits ergrauten Locken und einer gewaltigen Hakennase, die geschäftig hin und her ruckte, wenn er mit einem prüfenden Blick das Geschehen überflog. Nichts entging seiner Aufmerksamkeit, und wie ein Kapitän auf einem Schlachtschiff befehligte er seine Mannschaft. Alle waren einheitlich in schwarze Hosen und weiße Hemden gekleidet, und als Gag trugen sie breite Hosenträger. Auch die Tischdekoration war blankes Understatement: Platzdecken aus

Recyclingpapier und Zahnputzgläser, in denen Mineralwasser serviert wurde.
„Aha!", meinte Isedor nur, als sie an einen Tisch geleitet wurden. Selbstverständlich war Marco ein Freund von Luca und begrüßte ihn überschwänglich. „Ah, ciao, Luca, wie geht es dir!"
Marchetti grunzte nur undeutlich und winkte nach einem Wein. „Schenk mir ein, dann geht es mir besser!"
Isedor zog den Kopf ein und hoffte, dass die Laune seines Partners sich im Laufe des Abends bessern würde. „Für mich erst mal drei Liter Mineralwasser!"
Marco lachte dröhnend und bat seine Frau, einige Flaschen auf den Tisch zu stellen. Isedor trank so gierig, dass ihm einige Tropfen am Hals herunterliefen. „Ah!", stöhnte er behaglich. „Gibt es hier auch Bier?"
„Selbstverständlich!"
Auch das Bier wurde in einer größeren Variante der Zahnputzgläser gebracht, und Isedor runzelte verblüfft die Stirn. „Aha!"
Dann warf er einen Blick auf die Speisekarte, und sein Tonfall wurde andächtig: „Ah!" Das war doch schon viel besser!
Marchetti gluckste vergnügt und wandte sich erklärend an Marco: „Mein Freund kommt aus Deutschland, und die sprechen dort nur „Ah" und „Aha"!"
„Seltsames Volk!", meinte Marco mit einem breiten Lächeln zu dem Deutschen.
Isedor wusste nicht so recht, ob er ihn nun als Restaurantbesitzer oder als Pirat einstufen sollte. Mit dem unverschämten Grinsen und dem goldenen Ohrring hätte Marco auch ohne weiteres Douglas Fairbanks junior in einem Piratenfilm ersetzen können!
Isedor vertiefte sich in die Speisekarte und kam bereits bei den Vorspeisen in Gewissensnöte! Doch dann entschied er sich für „Sfogliatina di pere e scamorza fusa su insalatina mista": Gebratener Pilz, mit Käse überbacken auf gemischtem Salat und Birnen! Das klang gut! Luca dagegen wählte sein Leibgericht: „Triangolini caldi agli spinaci e tartufo" (Teigtaschen, gefüllt mit Spinat und Trüffeln).
Die beiden prosteten sich zu, und Isedor trank das Bier in einem Zug aus. Er fühlte eine angenehme Hitze in seinem Körper und lehnte sich bequem zurück. Der Abend versprach wider Erwarten schön zu werden. Marchetti schenkte sich bereits den zweiten Rotwein ein und bot auch Ise davon an. Marcos Frau schwebte heran und stellte einen Korb mit Brot auf den Tisch. Wie eine so zarte, zierliche blonde

Frau ausgerechnet an Marco kam, bleibt der Fantasie des Betrachters überlassen.
Das Restaurant war voll besetzt, und die drei Kellner hasteten zwischen den Tischen hin und her wie in einem Labyrinth: vor und zurück, um einen kleinen Tisch herum, in den Weinkeller, wieder nach oben, mit schmutzigem Geschirr bewaffnet in einen Nebenraum, mit Mineralwasser-Flaschen wieder heraus. Die reinste Akkordarbeit, aber stets höflich und ohne die Gäste mit Hektik zu stören.
Überraschend schnell kam die Vorspeise, und hungrig beugten sich die beiden über ihre Teller. Es war sensationell! Isedor überlegte, ob er die Vorspeise nicht als Hauptgericht bestellen sollte, aber die anderen Sachen auf der Speisenkarte hatten auch ganz lecker geklungen. Diesmal entschied er sich für Schweinemedaillons in Feigensauce und bestellte als Beilage gewürfelte Rosmarinkartoffeln. Marchetti nahm seine geliebte Tagliata aromatica all'olio buono. Er aß für sein Leben gern Fleisch, und hier wurde es am besten zubereitet. Fast roh! Dazu wählte er überbackene Tomaten. Er verzichtete wohlweislich auf ein Zwischengericht, weil er bereits mit Entzücken an die Nachspeise dachte. Aber hier war ohnehin alles gut!
Dann fiel ihm das Essen mit seinem Sohn ein, und freundlich wandte er sich an den Deutschen: „Ich treffe mich morgen mit meinem Sohn! Wir wollen gemeinsam essen gehen. Ich wollte dich fragen, ob du vielleicht mit uns kommst? Wir fahren nach Colle di Val d'Elsa! Ein sehr gutes Restaurant!"
Isedor schmunzelte vertraulich. „Schon wieder essen?"
„Na ja, irgendeine Sünde braucht der Mann schließlich!"
Isedor legte kokett seinen Kopf schief und meinte: „Aber gerne! Aber nur, wenn du morgen bei mir im Hotel zum Frühstücken kommst! Das Hotel Garden hat ein tolles Frühstücksbuffet!"
„Ehe ich mich schlagen lasse ...!", willigte Marchetti ein, und beide lachten ausgelassen.
„Gut! Dann schlagen wir eben diese Politiker!", drohte Isedor.
Marchetti kniff die Augen zusammen und zog verächtlich den Schleim in der Nase hoch. Seine Stimme wurde leise vor Ärger: „Die werden sich wieder auf ihre parlamentarische Immunität berufen und keinen Ton sagen!"
„Trotzdem! Wir sollten es versuchen!"
„Aber sicher! Und dann fahren wir ins Krankenhaus!"
Interessiert beugte sich Isedor nach vorne: „Hast du etwas von Mercedes gehört? Hast du heute mit dem Arzt sprechen können?"

Marchetti winkte ab, dann griff er zum Handy. „Ich nicht! Aber Balloni! Warte! Ich rufe ihn kurz an."
„Hat Pietro nicht Feierabend?"
„Wer für mich arbeitet, hat keinen Feierabend!"
Marchetti wartete auf die Stimme am anderen Handy und überfiel seinen Mitarbeiter übergangslos mit seinen Fragen, ohne auch nur darüber nachzudenken, dass er vielleicht gerade störte. „Ciao! Sag mal, hast du Dottore Massari heute gesprochen? Weiß er Bescheid, dass wir morgen kommen?"
Er wartete auf die Antwort und nickte dann zufrieden. „Sehr gut! Weißt du, wie es der Frau geht! Besser!? Das ist gut! Also, bis morgen! Buona notte!"
Er räusperte sich und meinte dann nachdenklich: „Vielleicht hätte ich doch heute noch zu dieser Mercedes gehen sollen. Ihre Aussage ist einfach zu wichtig!"
Isedor nickte zustimmend. „Allerdings!"
„Was meinst du! Hättest du das Mädchen in dem Zustand vernommen?"
Isedor dachte darüber nach, dann antwortete er ehrlich: „Zumindest hätte ich es versucht!"
Marchettis Gesicht verdunkelte sich merklich, aber dann tat er die Bemerkung mit einer Handbewegung ab: „Was soll´s! Das Mädchen wird bewacht, und morgen früh erfahren wir mehr! Solange Chiaramonte und Maria Duponte im Gefängnis sitzen, läuft uns ihre Aussage nicht davon."
Ihre Überlegungen wurden unterbrochen, weil der Kellner mit dem Essen kam. Es wurde still, als sich beide mit Appetit über ihre Teller beugten. Dann wechselte Marchetti einige Komplimente mit Marco und lobte dessen hervorragende Küche. Marco warf sich geschmeichelt in die Brust und fragte nach den Wünschen für die Nachspeise. Marchetti und Isedor blinzelten sich verschwörerisch zu, dann antworteten sie wie aus der Pistole geschossen: „Creme Brulée!"
„Ah!", wurden sie von Marco gelobt. „Ihr seid wahre Feinschmecker!"
Es wurde spät, ehe sich die beiden nach einem Kaffee und mehreren Grappe endlich verabschiedeten. „Wo steht dein Auto?", fragte Marchetti.
„In der Nähe des Busparkplatzes, bei der Piazza Gramsci, in einer Einbahnstraße entgegen der Fahrtrichtung und im absoluten Halteverbot!"

Marchetti kicherte belustigt. „Du kennst dich hier aus!"
„Bestens!"
„Na schön! Dann begleite ich dich noch ein Stück, und dann sehen wir uns morgen!"

Mercedes

Pünktlich um acht Uhr morgens stand Luca Marchetti im Speisesaal des Hotels Garden und ließ sich einen Kaffee bringen. Kurze Zeit später kam auch Kommissar Isedor, und beide setzten sich an einen Tisch. Ansonsten war der Speisesaal leer, offensichtlich schliefen die anderen Gäste noch. Die beiden ließen sich Spiegeleier bringen und holten sich Orangensaft vom Buffet. Ihre Unterhaltung plätscherte leise dahin, während sie geduldig auf die Politiker warteten.
Aldo Andreoni erschien erst relativ spät. Im eleganten Anzug, eine Duftwolke aus Aftershave um sich verbreitend, betrat er den Speisesaal. Selbstverständlich erkannte er Marchetti sofort, doch arrogant ignorierte er den Commissario, tat so, als hätte er die beiden Ermittler nicht gesehen. Ein harter Brocken!
Marchetti schob den Stuhl zurück und erhob sich. Die Serviette landete zerknüllt auf dem Tisch, und mit festem Schritt näherte er sich dem Politiker. „Guten Morgen!“, grüßte er höflich.
Andreoni tat erstaunt und murmelte ebenfalls einen Gruß. „Wie stehen Ihre Ermittlungen?“, fragte er betont desinteressiert, während er nach einem Croissant griff.
„Wir kommen gut voran! So wie es aussieht, können wir den Täter morgen dem Staatsanwalt präsentieren!“
„Na wunderbar!“, meinte Andreoni.
„Allerdings bleiben noch einige Fragen offen! Könnten wir kurz mit Ihnen sprechen?“
„Hier? Jetzt?“ Demonstrativ schaute sich Andreoni um, ganz der konsternierte Politiker. „Ich glaube doch, dass Sie Ihre Befugnisse bei weitem überschreiten!“
„Nun, wenn Sie nicht mit einem Mord in Verbindung gebracht werden wollen, ist es vielleicht besser, mir noch eine Kleinigkeit zu erklären!“, meinte Marchetti scharf.
Andreoni lachte nur und schenkte sich betont langsam einen Orangensaft ein. „Mein Lieber, das sollte Ihnen allerdings schwerfallen. Vielleicht sollten Sie Ihre Fragen lieber dem Parlament übermitteln!“
Marchetti stemmte die Hände in die Hüften und ging zum Angriff über: „Das werde ich nicht! Aber ich gehe jetzt zu diesen Reportern rüber und äußere meine Vermutungen dort! Wie finden Sie das?“
Andreoni stöhnte ungehalten: „Was wollen Sie eigentlich? Ich dachte, Sie hätten den Täter?“

„Stimmt! Aber vielleicht können Sie mir erklären, wieso der Täter Ihre Handynummer hat?"
„Meine Handynummer? Keine Ahnung! Wer ist denn der Täter?"
„Ricci Chiaramonte! Sagt Ihnen der Name etwas?"
„Entfernt!", gab Andreoni zu.
„Und was wollte er von Ihnen?"
„Keine Ahnung!", zuckte Andreoni die Schultern. „Halt, doch! Ich glaube, dass er irgendwie Hilfe bei einer Aufenthaltsgenehmigung haben wollte. Das habe ich natürlich abgelehnt."
„Natürlich!", flötete Marchetti. „Was sagen Sie dazu, dass dieses Mädchen nun eine Aufenthaltsgenehmigung hat?"
Andreoni lachte. „Nicht von mir! Das können Sie mir glauben! Aber offensichtlich hat dieser Chiaramonte noch mehr gute Freunde!"
„Woher kommt er überhaupt an Ihre Handynummer?"
„Wahrscheinlich über mein Büro! Ich bin Politiker! Und ich bin für meine Wähler da! Sonst noch Fragen?"
Marchetti runzelte die Stirn. Dieser Typ war aalglatt!
„Mich interessiert, woher Chiaramonte Sie kennt! Er würde ja kaum bei Ihnen anrufen, wenn er sich nicht in irgendeiner Form Unterstützung ausrechnen würde!"
Andreoni wurde patzig: „Keine Ahnung!"
„Was sagen Sie zu dem Vorwurf, dass er vor einigen Jahren Ihren politischen Gegner verprügelt hat?"
„Das sind alles nur infame Verleumdungen meiner Gegner! Ich hoffe doch, dass die Polizei in Siena sich nur an die Fakten hält!"
„Nun, Fakt ist, dass ein Mörder kurze Zeit vor dem Mord bei Ihnen angerufen hat!"
„Wissen Sie, wie viele Anrufe ich erhalte? Daraus können Sie mir kaum einen Vorwurf machen. Was wollen Sie mir damit eigentlich unterstellen?"
„Nichts, es wirft eben Fragen auf!"
„Also! Dieser Chiaramonte und ich, wir sind beide aus Kalabrien! Ich bin ein Abgeordneter! Wenn ein Mann aus meinem Wahlkreis ein Problem hat, dann kann er mich anrufen. So einfach ist das!"
„Hat er schon früher bei Ihnen angerufen?", bohrte Marchetti nach.
„Was hat diese Frage mit dem Mordfall zu tun?"
„Ich möchte es einfach wissen!"
„Es geht Sie aber nichts an!", schnappte Andreoni wütend.
„Also gut! Wie laufen die Verhandlungen?", wechselte Marchetti das Thema.

„Bestens! Wir haben eine Einigung erzielt und reisen heute ab. Alles wunderbar!"
„Und wie sieht dieses Ergebnis aus?"
Andreoni wurde ausgesprochen frech: „Das können Sie morgen in der Zeitung lesen! Nur so viel will ich Ihnen verraten: Ich habe die Interessen Italiens bestens vertreten!"
„Ach was? Die Deutschen haben nachgegeben?", wunderte sich Marchetti.
Andreonis Lächeln wurde diabolisch. „In allen Punkten!"
Mit einer weit umfassenden Geste zeigte er auf das Buffet. „Und jetzt würde ich gerne frühstücken!"
„Selbstverständlich!", meinte Marchetti höflich. „Danke für das Gespräch!"
„Für meine Wähler immer!", meinte Andreoni jovial.

Marchetti ging zu Isedor zurück und kochte innerlich vor Zorn, aber er hatte keine Handhabe gegen den Politiker.
„Wieso verhaftest du den Kerl nicht einfach?", fragte Isedor ungehalten.
„In Italien! Ich kann doch keinen Politiker verhaften! Dazu braucht es eine parlamentarische Untersuchungskommission! Und welche Beweise haben wir denn? Nur ein Telefongespräch!"
„Lass doch sein Handy überprüfen!", schlug Isedor vor.
„Sein Handy? Das Handy eines Politikers?", Marchettis Stimme wurde schrill. „Eher bekomme ich eine Audienz beim Papst!"
Isedor schaute reichlich verdutzt, aber in Italien liefen die Mühlen des Gesetzes offensichtlich anders.
„Was hast du sonst noch erfahren?"
„Interessant ist, dass die Kommission sich geeinigt hat! Zugunsten von Italien!"
„Was?!" Auch Isedor staunte.
„Zumindest behauptet das Andreoni! Wir sollten morgen die Presseerklärung lesen."
„Gute Idee, obwohl ich nicht sehe, wie uns das in den Ermittlungen voranbringen sollte. Warum fragen wir nicht diesen Abramcik, wenn er gleicht kommt?"
Marchetti seufzte resigniert: „Weil er uns keine Auskunft geben wird!"
Isedor ließ den Kopf hängen und schnaubte enttäuscht. Aber sein Kollege hatte recht! „Und jetzt?", fragte er mit leiser Stimme.

„Wir konzentrieren uns auf den Fall und fahren ins Krankenhaus! Andiamo!"
„Darf ich mit?"
„Gerne! Aber erzählen Sie niemandem, dass Sie ein Beobachter aus Deutschland sind!"
Isedors Augen wurden rund, aber dann lächelte er ehrlich erfreut. „Kein Sterbenswörtchen! Deutschland? Wo liegt das?"
Sie ließen sich von einem Einsatzfahrzeug ins Krankenhaus fahren, dass etwas außerhalb von Siena lag. Ein moderner Betonkasten, mit großen Parkplätzen und einem Pfortendienst, der professionell alle Privatfahrzeuge abwies. Ungehindert konnte der blaue Polizeiwagen passieren, und Marchetti begab sich zum Verwaltungsbüro, um seine Ankunft anzumelden. Innerhalb kürzester Zeit begrüßte ihn Dottore Massari, und die beiden Ermittler folgten ihm durch die endlosen grauen Gänge des Gebäudes. Massari redete flüsternd auf Marchetti ein und gab ihm Verhaltensmaßregeln. „Sie steht unter Schock, also bitte ganz behutsam!"
Marchetti biss sich nervös auf die Lippen. Er brauchte die Aussage dieses Mädchens! Wie sollte er da behutsam sein? Von ihr hing alles ab!
Kurz nickte er dem wachhabenden Polizisten zu, der teilnahmslos vor der Tür saß. „Alles klar?", fragte er eher desinteressiert.
„Si, Dottore!" Der Polizist setzte sich in Positur und strich verlegen seine schwarzen Haare nach hinten. „Keine besonderen Vorkommnisse! Ich habe eine Liste aller Personen, die zu der Frau wollten. Bisher waren das nur der Arzt und die Krankenschwestern."
„Das bleibt auch so! Ich will über jede Änderung informiert werden!"
„Si, Dottore!", versicherte der Polizist.
„Gute Arbeit!", lobte ihn Marchetti, und der junge Mann strahlte.
Massari griff an die Klinke und wandte sich ein letztes Mal an Marchetti: „Sie steht noch unter dem Schock des Erlebten! Außerdem bekommt sie weiterhin Schmerzmittel. Ihre Aussage könnte etwas wirr sein!"
„Oh je!" Marchetti verdrehte theatralisch seine Augen. „Wann wird sie wieder bei klarem Verstand sein?"
„Vielleicht in ein bis zwei Tagen! Wenn sie überhaupt psychisch in der Lage ist, über das Geschehene zu sprechen."
Leise traten sie in das Zimmer und schauten betreten auf die Patientin. Sie verschwand fast unter den Decken, und ihr dunkler Kopf hob sich deutlich von der hellen Umgebung ab.

Ein Fenster war geöffnet, und so wehte eine leichte Brise durch das Fenster. Gleichmäßig war der Lärm der vorbeifahrenden Autos aus der Ferne zu hören. Große schwarze Augen blickten ängstlich auf den Commissario, und Luca fühlte sich schlecht. Er hasste Ungerechtigkeit, und dieses Mädchen tat ihm leid.
„Ciao!", grüßte er locker. „Mein Name ist Luca Marchetti, und ich ermittle in Ihrem Fall! Geht es Ihnen besser?"
Das Mädchen zeigte keine Reaktion, und verunsichert wandte sich Marchetti an den Arzt: „Versteht sie mich überhaupt?"
„Ja, ja! Sie hat nur Angst!"
Marchetti schnappte sich einen Stuhl und setzte sich in die Nähe des Bettes. Unwillkürlich wich Mercedes von ihm weg, sank noch tiefer unter ihre Bettdecke. Beruhigend hob Marchetti seine Hände. „Keine Angst! Ich stelle Ihnen nur einige Fragen. Dann bin ich wieder weg. Ich möchte Ihnen doch nur helfen. Verstehen Sie mich?"
Die dunklen Augen füllten sich mit Tränen, aber wenigstens nickte Mercedes leicht. Luca schluckte schwer und versuchte eine professionelle Miene aufzusetzen. Tränen! Tränen brachten ihn immer aus dem Konzept! Er sammelte seine Gedanken und bemühte sich um einen normalen Tonfall:
„Gut! Zu Ihren Personalien: Sie heißen Mercedes del Rio und kommen aus Haiti, mittlerweile wohnhaft in Costafabbri?"
„Si!", hauchte Mercedes.
„Schön!", überspielte Marchetti sein Mitgefühl. „Ihnen wurde ganz schön übel mitgespielt. Wollen Sie mir erzählen, was passiert ist?"
Dicke Tränen liefen Mercedes die Wangen hinunter, und schluchzend drehte sie ihren Kopf weg. „Ich kann nicht!", stammelte sie mit einem deutlichen Akzent.
Marchetti spürte die Verzweiflung des Mädchens wie einen tiefen Schlag in seinen Magen. Er hasste solche Verhöre! Seine Stimme wurde sanft, mitfühlend, als säße der geliebte Bruder der geschundenen Frau am Bett. „Nun, vielleicht fangen wir ganz von vorne an. Wie sind Sie eigentlich nach Italien gekommen?"
Mercedes versuchte sich zu beruhigen, was ihr aber nicht gelang. Mit zitternder Stimme begann sie ihre Geschichte zu erzählen: „Ich wollte hier arbeiten. In der Gastronomie! Ich habe mich beworben, und das Angebot klang so gut. Bei uns gibt es keine Arbeit. Ich wollte in Italien viel Geld verdienen und dann meine Familie unterstützen. Ich spreche doch Italienisch und Englisch. Aber dann ...!" Weinkrämpfe schüttelten sie, und sie konnte nicht mehr weitersprechen.

Marchetti wechselte einen betroffenen Blick mit Isedor, der ebenso erschüttert daneben stand.
„Dann sind Sie an diesen Chiaramonte geraten?", erriet Marchetti mit leiser Stimme das Leid des Mädchens.
Mercedes' Lippen zitterten, als sie weitersprach: „Er hat doch den Flug für mich bezahlt und mir das Zimmer gegeben. Ich sollte es ihm von meinem Gehalt zurückzahlen."
„Und was geschah dann?" Marchetti konnte sich das Folgende bereits ausmalen, aber er wollte es von Mercedes hören.
„Es gab Schwierigkeiten mit der Aufenthaltsgenehmigung. Ich hatte solche Angst, wieder zurückgeschickt zu werden! Wie hätte ich denn den Flug bezahlen sollen oder die Schulden?"
Marchetti zauberte aus den Tiefen seines Anzugs ein Taschentuch hervor und reichte es dem Mädchen. „Hier!", meinte er fürsorglich.
Mercedes wischte sich über ihre verquollenen Augen und schnäuzte tief in das Taschentuch. „Was soll ich denn daheim?", fragte sie mit leiser Stimme. „Da habe ich keine Zukunft. Ich wollte es schön haben."
„Jedes Mädchen sollte es schön haben", meinte Marchetti sanft.
Wieder liefen ihr Tränen über die Wangen, ein ganzer Wasserfall, der nicht versiegen wollte. Besorgt beugte sich der Arzt über seine Patientin. „Sie regt sich zu sehr auf!", meinte er streng zu Marchetti.
Marchetti nickte gehorsam und machte eine beruhigende Handbewegung. „Ich bin gleich fertig."
Mit ruhiger Stimme wandte er sich an Mercedes: „Hören Sie! Ich muss wissen, was in dieser Nacht passiert ist. Nur dann kann ich Ihnen helfen."
„Ich weiß nicht mehr. Es war so schrecklich. Ich kann nicht …!"
„Mercedes! Sie kamen hierher, um in der Gastronomie zu arbeiten. Wieso landeten Sie als Prostituierte bei einem Mann, der sie misshandelte?"
„Wegen Chiaramonte! Er hat gesagt, dass er jemanden kennt, der mir helfen könnte. Wegen der Aufenthaltsgenehmigung. Ich wollte nicht, aber Chiaramonte hat gedroht, mich zurückzuschicken."
„Sie sollten also jemandem einen Gefallen tun, und dafür hätten Sie die Aufenthaltsgenehmigung bekommen?"
„Ja!"
„Wissen Sie, wer dahintersteckt? Ich meine, wer Ihnen diesen Gefallen hätte tun sollen?"
„Nein, ein Mann in einer hohen Position. Werde ich nun ausgewie-

sen?", fragte sie mit bangen Augen. „Ich habe doch nichts getan!"
„Nein!", versicherte Marchetti, obwohl das eine Lüge war. Wurde das Mädchen mit dem Mord in Verbindung gebracht, drohte ihr sehr wohl die Ausweisung, davor schützte auch die Aufenthaltsgenehmigung nicht! Er musste dafür sorgen, dass sie aus der Schusslinie kam. Denn eines sah er mit voller Klarheit: Mercedes del Rio war genauso ein Opfer wie Florian Bauer. Schamlos war ihre Hilflosigkeit für irgendwelche Zwecke ausgenutzt worden. Nur, wer profitierte davon?
„Hat man Sie öfter gezwungen?", fragte er mit belegter Stimme.
„Ja", flüsterte Mercedes. „Es war schrecklich! Ich habe mich so geschämt!"
„Und dieser Deutsche? Waren Sie nur dieses eine Mal bei ihm oder öfter?"
Mercedes schlug die Hände vor die Augen, als wollte sie alles Schlechte dieser Welt von sich fernhalten. „Öfter! Ricci hat mich drei Mal zu ihm gefahren. Oh Gott! Dieser Mann war brutal! Er hat mir so wehgetan! Ich wollte dort nicht mehr hin!"
„Aber am Dienstag hat Ricci Sie wieder hingefahren?"
„Ja!", kam es wimmernd.
„Was ist dann passiert?"
Ein gequältes Stöhnen war zu hören, und die Frau zog die Decke schützend über sich.
Besorgt wollte der Arzt eingreifen. „Jetzt ist Schluss!", befahl er streng.
„Noch nicht!", zischte Marchetti. „Sie ist Hauptzeugin in einem Mordfall! Wie soll ich ihr helfen, wenn ich nicht weiß, was vorgefallen ist?"
Betreten wich der Arzt ein Stück zurück, und Marchetti fasste der Frau sanft an die Schulter. „Mercedes! Bitte! Ich will Ihnen doch nur helfen!"
„Ich will nicht zurück! Bitte!", erklang es dumpf unter den Decken hervor.
Marchetti zog die Decke zurück und blickte dem Mädchen fest in die Augen. „Die Aufenthaltsgenehmigung ist längst da. Aber sie wird Ihnen nichts nützen, wenn Sie nicht kooperativ sind."
Ihre Augen wurden groß vor Überraschung. „Sie ist da?"
Marchetti nickte bestätigend. „Ja! Aber ich muss wissen, was in dieser Nacht passiert ist."
Mercedes versuchte sich zu beruhigen, dann schweifte ihr Blick ab.

„Ich wollte das nicht, aber Ricci hat gesagt, dass es das letzte Mal sei."
„Und dann?"
Mercedes biss die Lippen aufeinander, dann erzählte sie stockend: „Der Deutsche hat schon auf mich gewartet. Er war sehr ungehalten, weil ich so spät gekommen bin. Er hat gesagt, dass er mich bestrafen müsste."
„Hat er italienisch mit Ihnen gesprochen?"
„Nein, englisch."
„Und was geschah dann?"
„Ich musste mich auf das Bett knien, und er hat meine Hände ans Bettgestell gefesselt."
„Und das haben Sie gemacht?", wunderte sich Marchetti.
Mercedes drehte den Kopf weg und schaute aus dem Fenster. „Für Sie klingt alles so einfach, nicht wahr? Ich bin eine Nutte, die sich ans Bett fesseln lässt!" Anklagend richteten sich ihre schwarzen Augen auf ihn. „Hatten Sie schon mal Hunger? Richtigen Hunger? Haben Sie schon mal in einem Hurrican gesessen und um ihr Leben gebetet? Haben Sie schon mal unter dem Bett gelegen, wenn mordende Banden durch die Straßen ziehen? Ich wollte dort weg! Was hätte ich Ihrer Meinung nach tun sollen? Um Hilfe schreien? Nein, ich habe mir gedacht, dass es gleich vorbei ist, und dann kann ich mein neues Leben anfangen."
„Das klingt ganz schön hart!"
„Das Leben ist hart!", meinte sie bitter.
„Wo war Chiaramonte zu diesem Zeitpunkt?"
„Er hat im Auto auf mich gewartet."
„Und dann?"
Mercedes holte tief Luft, dann bebten ihre Nasenflügel, als die Erinnerung an die schreckliche Nacht sie wieder einholte. „Der Mann hat mich geschlagen, mit dieser Reitgerte! Oh, mein Gott, es hat so wehgetan! Ich habe geschrien, aber er hat immer härter zugeschlagen." Ein Weinkrampf schüttelte sie, und verzweifelt drehte sie sich zur Seite.
„Mercedes!", bat Marchetti die Frau fortzufahren.
„Ich weiß nichts mehr! Ich wollte nur noch, dass es aufhört. Aber ich konnte mich nicht wehren. Oh bitte, aufhören!" Sie presste die Hände vor den Mund, und ihre Schultern bebten, als sie die furchtbare Nacht noch einmal erlebte.
„Was geschah dann?"
„Ricci hat den Mann von mir heruntergezogen. Ich war nur noch

froh, dass es vorbei war, und dann weiß ich nichts mehr."
Völlig erschöpft lag Mercedes in ihren Kissen, und der Arzt machte eine abschließende Handbewegung. „Jetzt ist es genug! Sie haben ihre Geschichte, und jetzt muss sich meine Patientin erholen."
Marchetti richtete sich auf und nickte kurz, dann stellte er seine letzte Frage: „Haben Sie irgendetwas gehört? Was passierte, als Ricci den Deutschen gestört hat? Hat er sich das gefallen lassen?"
Der Arzt wurde wütend und stellte sich energisch vor den Commissario. „Schluss jetzt!"
Marchetti schob den Arzt einfach beiseite und beugte sich zu der Frau. „Mercedes! Das ist wichtig! Haben Sie etwas gehört?"
„Ich weiß nichts mehr!", behauptete Mercedes apathisch.
Enttäuscht biss Marchetti die Zähne zusammen, aber er konnte die Frau auch zu keiner Aussage zwingen. „Wann sind Sie wieder aufgewacht?", fragte er abschließend.
„Zu Hause! In meinem Zimmer. Ricci hat meine Wunden versorgt."
Der Arzt zog an Marchettis Ellbogen und fuchtelte wütend mit seiner Hand. „Das ist im höchsten Maße illegal! Raus hier!"
Marchetti ignorierte ihn und musterte die junge Frau. Sie hatte eindeutig Angst! Aber nach dem, was sie erlebt hatte, war das auch kein Wunder. Sanft strich er Mercedes über die Stirn. „Ruhen Sie sich aus! Alles wird wieder gut. Das verspreche ich Ihnen."

Er verließ das Zimmer und entschuldigte sich höflich bei dem Arzt: „Es tut mir leid, aber ich brauchte diese Informationen!"
„Das nächste Mal halten Sie sich an meine Anweisungen!", fauchte Massari ungehalten.
„Selbstverständlich! Es war nur so wichtig, weil ich kein klares Bild von dem Fall hatte. Aber jetzt weiß ich, dass Mercedes nur ein Opfer ist. Außerdem schwebt sie in Lebensgefahr, denn allein durch sie können wir diesen Zuhälter in den Knast bringen. Ich möchte, dass sie rund um die Uhr bewacht wird!"
Der Arzt wurde blass. „Sie meinen ...?"
„Ja! Da steckt mehr dahinter! Wenn man einen Politiker verschwinden lässt, dann hat man auch keine Hemmungen, eine Prostituierte verschwinden zu lassen. Sorgen Sie dafür, dass nur vertrauenswürdige Personen zu ihr gelassen werden."
Energisch wandte er sich an den Polizisten: „Das Mädchen ist Kronzeugin in einem Mordfall. Also passen Sie auf!"
Der Mann riss überrascht die Augen auf. „Si, Dottore!"

Gemeinsam schlenderten sie den Gang zurück, immer noch geschockt von dem gerade Gehörten. „So wirr fand ich ihre Aussage gar nicht", meinte Isedor.
„Nein!", stimmte Marchetti zu. „Und sie weiß mehr, als sie sagt! Ich werde sie vielleicht morgen noch mal vernehmen."
Isedor schüttelte verwirrt den Kopf. „Ich verstehe einfach nicht, wie der Zuhälter so etwas zulassen konnte. Welchen Nutzen hat er denn davon, wenn sein Mädchen für Wochen ausfällt?"
„Vielleicht hat er gemerkt, dass Mercedes misstrauisch wird, und wollte noch mal richtig Geld aus ihr herausquetschen, oder er musste jemandem einen Gefallen erweisen. Ich denke, dass sich das Mädchen über kurz oder lang bei der Polizei gemeldet hätte. Sie wollte weg aus dem Elend und wurde in noch größeres Elend gestürzt."
Nachdenklich drehte sich Marchetti zu dem Arzt. „Wie geht es mit ihrer Behandlung jetzt weiter?"
Der Arzt steckte die Hände in seinen weißen Mantel und überlegte sich seine Antwort: „Die Wunden heilen ganz gut, obwohl Narben zurückbleiben werden. Mehr Sorgen macht mir ihr Gemüt! Vielleicht war es nicht schlecht, dass sie heute darüber gesprochen hat. Sie wird sicherlich Zeit brauchen, damit fertig zu werden. Was wird jetzt aus ihr?"
Marchetti zuckte mit den Schultern. „Keine Ahnung! Vorerst brauchen wir sie als Zeugin. Aber dann? Das wird die Ausländerbehörde entscheiden."
Isedor runzelte die Stirn. „Kann man da nichts machen? Mir tut die Kleine leid!"
Marchetti lächelte flüchtig. „Mal sehen! Vielleicht kann ich die eine oder andere Beziehung spielen lassen!"
Isedor runzelte verblüfft die Stirn, aber Marchetti zuckte mit keiner Wimper. Er meinte es ernst.
Sie verließen das Gebäude und wurden unvermittelt von der drückenden Hitze getroffen. „Oh!", stöhnte Isedor. „Ein Swimmingpool wäre jetzt schön!"
Marchetti lachte hell. „Im Hotel Garden ist doch ein Pool!"
Indigniert schaute ihn Ise von der Seite an. „Wann hätte ich dort hingehen sollen? Wir arbeiten doch die ganze Zeit!"
„Oder wir essen!", verbesserte ihn Marchetti.
„Stimmt! Was machen wir jetzt?"
„Ich wollte zum Gefängnis und mir diesen Chiaramonte vorknöpfen! Und du?"

Isedor lächelte spitzbübisch. „Schwimmen!"
Marchetti schüttelte empört den Kopf. „Nichts da! Du fährst zur Questura und schaust dir diesen Computer an!"
„Okay! Meinst du im Ernst, dass Luigi auch am Sonntag arbeitet?"
„Luigi arbeitet immer!", betonte Marchetti.
„Wieso?", runzelte Isedor verblüfft die Stirn.
„Na, er gehört uns! Luigi ist sozusagen unser Sklave!"
„Aha, und wie kommt das?"
„Ich habe ihn erwischt, wie er den Polizeicomputer hacken wollte. Jetzt arbeitet er sozusagen für uns, macht quasi eine Ausbildung."
Isedor amüsierte sich. „Oh! So etwas ist manchmal ganz praktisch. Ich hätte auch einige Kandidaten, die für die Polizei ganz gut geeignet wären."
„Und warum nimmst du sie nicht?"
„Ach, zu viele Vorschriften! In Deutschland ist das ziemlich schwierig!"

Marchetti ließ sich beim Gefängnis absetzen und schickte das Einsatzfahrzeug mit Isedor auf dem Beifahrersitz weiter. „Ich komme zu Fuß zur Questura! Mich braucht später niemand abzuholen!"
„Va bene!", verabschiedete sich der Sergente und fuhr mit Isedor davon.

Marchetti klingelte energisch an der Glocke des Gefängnisses und wies den Polizisten an, Chiaramonte ins Vernehmungszimmer zu bringen. Immer noch hatte er eine ungeheure Wut im Bauch, und er rief sich selbst zur Ordnung. Es half ihm nichts, wenn ihm später vielleicht Ermittlungsfehler oder illegale Verhörtechniken nachgewiesen wurden. Ganz im Gegenteil! So etwas nützte nur Chiaramonte.
„Hat sich der Verdächtige inzwischen mit seinem Anwalt in Verbindung gesetzt?"
Der Polizist nickte eifrig. „Allerdings! Der Anwalt war bereits gestern da. Dottore Verduci aus Florenz, von der Kanzlei Verduci und Söhne! Sie vertreten auch Maria Duponte!"
Marchetti staunte nicht schlecht: „Wie kommt denn so ein Halunke an eine so renommierte Kanzlei?"
„Chiaramonte hatte seine Telefonnummer! Anscheinend hat ihn dieser Anwalt schon früher vertreten!"
„So ein Zufall!", meinte Marchetti sarkastisch. Aber anscheinend verdiente so ein Zuhälter nicht schlecht! Missmutig beobachtete er,

wie Chiaramonte hereingeführt wurde und sich abwartend auf einem Stuhl niederließ.
„Ich komme gerade aus dem Krankenhaus!“, forderte er diesen aalglatten Typen heraus.
„Oh, gut! Wie geht es Mercedes?“, fragte Chiaramonte mit gespielter Anteilnahme.
Marchetti kniff die Augen zusammen und glaubte diesem Hai kein Wort. „Sie sind ein ganz abgebrühter Hund! Erst verkaufen Sie das Mädchen, und dann heucheln Sie mir hier irgendein Interesse vor.“
Chiaramonte erwiderte nichts, sondern griff eher gelangweilt zu einer Zigarettenschachtel. „Darf ich?“
„Hier herrscht Rauchverbot“, erklärte Marchetti eisig.
„So, gestern war es aber erlaubt!“
„Aber nicht bei mir!“
Chiaramonte hob mit einem schiefen Lächeln die Hände und lehnte sich herausfordernd zurück. „Dann eben nicht!“
Marchetti verfluchte innerlich seinen Versuch, sich das Rauchen abzugewöhnen, denn jetzt hätte er sich zu gerne eine Zigarette angesteckt. Zumindest, um diesen Chiaramonte zappeln zu lassen. Er steckte seine Hände in die Hosentaschen, um diesen Drang zu unterdrücken. Eine Zigarette anzünden, einige tiefe Züge nehmen und dabei den Delinquenten unverwandt mustern, das war sonst seine Verhörmethode! Er brauchte einen Knaller, um diesen Mistkerl aus der Reserve zu locken, aber er hatte nichts gegen ihn in der Hand! Höchstens, dass er ein Mädchen zur Prostitution gezwungen hatte.
„Warum haben Sie Mercedes nicht gesagt, dass die Aufenthaltsgenehmigung bereits da ist?“
Chiaramonte tat überrascht. „Ist sie das?“
„Allerdings! Aber sie wollten noch mehr Geld aus ihr herauspressen!“
„Das ist mein Geschäft!“, bemerkte Chiaramonte kalt. „Aber ich habe sie nicht gezwungen, sondern ihr nur einen Weg gezeigt, wie sie die Schulden bei mir bezahlen kann.“
„Ach so!“, bemerkte Marchetti zynisch. „Schulden bezahlen!“
„Signore! Ich bin kein Samariter! Sie würden ihr vielleicht aus purer Nächstenliebe helfen, aber ich muss sehen, wo ich bleibe.“
„Und wie viel hat ihnen der Deutsche für diese besondere Dienstleistung bezahlt?“
„Ziemlich viel! Solche Extrawünsche sind teuer!“
Marchetti sammelte die Spucke im Mund vor Empörung. Chiara-

monte sprach über die Misshandlung des Mädchens, als verkaufte er ein Apartment mit Meerblick.
„Sonst könnten Sie sich ja auch kaum eine Eigentumswohnung leisten, nicht wahr!"
„Wohl kaum!", stimmte Chiaramonte zu.
„Aber leider ist in dieser Nacht etwas schiefgegangen!", meinte Marchetti ernst.
„Das stimmt!", gab Chiaramonte freimütig zu.
Marchetti blinzelte überrascht und ließ sich auf die Tischkante sinken. Was war denn jetzt los? „Zigarette?", fragte er irritiert.
Chiaramonte zog eine Zigarette aus der Schachtel und bat den Commissario um Feuer. Marchetti tastete hektisch in seinen Anzugtaschen. Natürlich fand er nichts, und so öffnete er die Tür, um bei den Polizisten nach Feuer zu fragen. Er verlor völlig den Faden, als er Chiaramonte das Feuerzeug reichte.
„Was ist passiert?", fragte er nervös.
„Hat Ihnen das Mercedes nicht erzählt?"
Marchetti hatte sich wieder im Griff und tat desinteressiert: „Natürlich, aber ich möchte es von Ihnen hören!"
Chiaramonte machte eine auffordernde Handbewegung. „Und ich möchte lieber von Ihnen hören, wie viel Ihnen Mercedes erzählt hat, ehe ich mich ans Messer liefere."
Marchetti legte abwägend den Kopf schief, dann lächelte er höflich. „Das ist selbstverständlich Ihr Recht! Also gut! Mercedes gibt an, dass sie von Ihnen zu dem Rendezvous gefahren wurde. Florian Bauer hat sie ans Bett gefesselt und mit der Peitsche übel misshandelt. Schließlich sind Sie ihr zu Hilfe gekommen und haben den Deutschen von ihr heruntergezogen. Dabei kam es zu einem Kampf, und Florian Bauer ging zu Boden. Ist das so richtig?" Es war ein Schuss ins Blaue, aber Marchetti hoffte, dass sich der Mord tatsächlich so zugetragen hatte.
„So ungefähr!", stimmte Chiaramonte zu. „Ich wollte meinen Kunden nicht töten. Das ist schlecht für's Geschäft. Aber der Mann war in einer solchen Raserei, dass er mir an die Gurgel gehen wollte. Es gab einen kurzen Kampf, und ich war so in Panik, dass ich nach dem Aschenbecher gegriffen habe. Es tut mir leid!"
Marchetti war sprachlos! Dieser Chiaramonte hatte soeben ein Geständnis abgelegt! Einfach so! In den Triumph, den Fall gelöst zu haben, mischte sich ein bitterer Beigeschmack: Dieser Kerl wollte auf Notwehr plädieren!

„Warum haben Sie dann nicht sofort die Polizei verständigt?"
Chiaramonte zuckte mit den Schultern. „Das war ein Fehler! Ich habe die Nerven verloren. Verstehen Sie? Plötzlich lag da ein toter Mann. Und dann das viele Blut und das ohnmächtige Mädchen! Das sah alles nicht gut aus! Also habe ich die Leiche verschwinden lassen. Ich habe gedacht, dass kein Mensch sie findet, und dann wäre ich aus dem Schneider gewesen. Wissen Sie, es ist nicht gut, wenn ein Zuhälter ins Gerede kommt."
„Wie kamen Sie ausgerechnet auf diese Mülltonne?"
„Na, Zufall!", winkte Chiaramonte ab. „Auf dem Weg zur Autobahn kamen wir daran vorbei. Letztendlich war es eine Kurzschlusshandlung. Es gibt bessere Möglichkeiten, eine Leiche verschwinden zu lassen."
„So, welche denn?"
„Das muss ich Ihnen doch wohl nicht erklären!"
Marchetti sah auf seine Schuhspitzen und schüttelte den Kopf. Wieso gab der Kerl alles zu? Freiwillig! Ohne auf gewisse Indizien hingewiesen zu werden. Sehr ungewöhnlich!
„Und was geschah dann?"
„Nichts weiter! Ich bin nach Hause gefahren und habe mich um Mercedes gekümmert!"
„Wie selbstlos!", säuselte der Commissario bissig. „Sind Sie auch bereit, Ihre Aussage zu unterschreiben?"
„Selbstverständlich!"

Marchetti blinzelte überrascht mit den Augen, dann rief er energisch nach dem Polizisten und zeigte auf den Zuhälter. „Er ist bereit, ein Geständnis abzulegen! Setz dich an den Computer und fang an zu schreiben!"
Selbst der Polizist staunte nicht schlecht. Er beeilte sich, die Anweisungen auszuführen, und fuhr den Computer hoch.
Marchetti hatte eine letzte Frage: „Warum sind Sie nicht einfach untergetaucht? So wie dieser Sergej?"
„Ich habe zu viel zu verlieren! Außerdem wird mich mein Anwalt hier ganz schnell wieder herausholen."
Marchetti zischte wütend: „Das glaube ich nicht! Menschenhandel, Prostitution, Totschlag! So schnell kommen Sie hier nicht raus!"
„Höchstens Notwehrexzess! Das bedeutet ein bis zwei Jahre! Ich habe einen guten Anwalt!", entgegnete Chiaramonte ruhig.
„So! Das haben Sie also schon einkalkuliert!"

„Nein!“, verbesserte ihn der Zuhälter. „Das ist die Einschätzung meines Anwalts!“
„Der Sie bereits vertreten hat, als Ihnen eine Prügelei mit dem politischen Gegner von Andreoni zur Last gelegt wurde.“
„Da ging es um ein Mädchen! Nichts anderes!“
Marchetti schnaubte empört und beugte sich über den Bildschirm. „Schreiben Sie!“, wies er den Polizisten an. „Protokoll zur Vernehmung von Ricci Chiaramonte! Datum, et cetera, blabla!“
Es dauerte eine gute Stunde, den gesamten Text aufzunehmen, auch weil Chiaramonte auf gewisse Formulierungen bestand.
So diktierte er, dass er „seine Freundin“ zu einem Rendezvous gefahren habe und aus „Besorgnis“ im Wagen gewartet hätte.
Es schien so, als hätte sich Chiaramonte bereits mit seinem Anwalt abgesprochen, was er zugeben wollte und was nicht.
Letztendlich jedoch unterschrieb er das Protokoll und gab damit zu, am Dienstag, dem 28. Juni, den deutschen Politiker namens Florian Bauer in Notwehr erschlagen zu haben. Der Fall war gelöst! Oder auch nicht!

Eine Frage der Ehre

Mit zusammengekniffenen Augen sah Marchetti zu, wie Chiaramonte wieder in seine Zelle geführt wurde. Irgendetwas stimmte hier nicht! Wieso ließ sich Chiaramonte so mir nichts, dir nichts überführen? Selbst der dümmste Idiot hinterließ nicht so viele deutliche Spuren oder gestand einen Mord, wenn er nicht unter Druck gesetzt wurde.
Als Nächstes ließ er sich Maria Duponte bringen. Die junge Frau trug inzwischen eine warme Strickjacke über ihrem Sommerkleid und wirkte gefasst.
„Bitte, setzen Sie sich doch!", bot Marchetti ihr höflich einen Stuhl an. Maria Duponte ließ sich nieder und kreuzte züchtig ihre Beine, was Marchetti eher zu einem spöttischen Grinsen reizte.
„Kommen wir noch einmal auf Ihre Aussage zurück! Möchten Sie dem noch etwas hinzufügen?"
„Nein!"
„Aha! Sie geben also an, dass Sie in der Nacht nichts bemerkt haben und Mercedes del Rio erst am Morgen gesehen haben?"
„Ja! Ich habe gearbeitet und war nicht in der Wohnung!"
Marchetti lächelte amüsiert. „So! Gearbeitet!"
„Ja! Am Morgen habe ich mich dann um Mercedes gekümmert. Das ist alles!", behauptete Maria.
Marchetti musterte die blonde Schönheit skeptisch. „Haben Sie sich nicht über die Verletzungen gewundert?"
„Natürlich! Maria hat mir erzählt, dass ein Freier sie misshandelt hat. Schlimme Sache, wenn so etwas passiert."
„Und was hat sie Ihnen noch erzählt?"
Maria zuckte mit den Schultern. „Nur, dass Ricci ihr geholfen hat! Mehr nicht!"
„Sonst hat sie Ihnen nichts erzählt? Ich meine, was sonst in der Nacht geschehen ist?"
„Nein, davon habe ich erst später erfahren. Von Ihnen!"
Marchetti ging einige Schritte auf und ab, während er seine Gedanken ordnete. Er glaubte der Frau, auch weil er davon ausging, dass Chiaramonte so gerissen war, möglichst keine Zeugen zu hinterlassen! Aber warum hatte er Mercedes dann nicht an einen anderen Zuhälter verkauft? Warum hatte er sie nicht einfach verschwinden lassen? Kein Mensch würde sie in Neapel oder Palermo finden!

„Könnte Sergej etwas mit diesem Mord zu tun haben?“, überlegte er laut.
„Sicherlich nicht! Er hat mich zu meinem Kunden begleitet.“
„Wie konnte er Sie fahren, wenn Chiaramonte Ihren Alfa Romeo hatte?“
„Mit einem kleinen Fiat!“
„Weshalb überlassen Sie Chiaramonte Ihren Wagen und fahren mit einem kleinen Fiat?“, fragte Marchetti verblüfft.
„Eigentlich gehört das Auto Ricci! Er hat es nämlich bezahlt. Also überlasse ich es ihm, wenn er es braucht.“
Marchetti steckte seine Daumen in den Gürtel und streckte sich, lenkte mit dieser Geste die Frau von seiner nächsten Frage ab. „Also hat Ricci diese Mercedes del Rio auch am Sonntag zu ihrem Kunden gefahren?“
„Aber nein, warum denn?“
„Ach so? Ricci hat sich Ihren Alfa Romeo letztes Wochenende nicht ausgeliehen? Nur am Dienstag?“
Maria stotterte plötzlich nervös: „Ja, wieso? Behauptet er etwas anderes?“
Marchetti winkte nachlässig ab. „Aber nein, ich frage mich nur, wie Mercedes an den anderen Tagen zu diesem Deutschen gekommen ist.“
„Vielleicht hat Sergej sie gefahren? Das macht er manchmal!“
„Aber genau wissen Sie es nicht?“
„Nein!“
Marchetti schaute ihr scharf in die Augen, aber Maria schien die Wahrheit zu sagen. „Hat Mercedes Ihnen eigentlich nichts über diesen Deutschen erzählt? Ich meine, so von Frau zu Frau! Vielleicht hatte sie ja Angst gehabt, dorthin zu gehen?“
Maria senkte die Augen und nickte verhalten. „Doch, sie hatte Angst! Sie hat gesagt, dass dieser Typ ein perverses Schwein ist. Aber es nützt ja nichts! Kunde ist Kunde! Ich habe sie getröstet und ihr einige Tricks verraten.“
Marchetti schnaubte empört. „Auf die Idee, das Mädchen aufzuhalten, sind Sie wohl nicht gekommen?“
„Sie haben vielleicht Vorstellungen! Was glauben Sie eigentlich, in welcher Branche wir arbeiten?“ Ihre blauen Augen blitzten, und wütend verschränkte sie die Arme vor ihrem Körper.
Herausfordernd beugte sich Marchetti über die Frau. „So? Was wäre denn passiert, wenn Mercedes sich geweigert hätte?“

Maria hatte bereits eine scharfe Antwort auf der Zunge, aber dann überlegte sie es sich anderes. „Überhaupt nichts! Aber dann wäre ihre Aufenthaltserlaubnis futsch gewesen!"
„Aha!", triumphierte Marchetti. „und von wem hätte sie die bekommen sollen?
Maria blinzelte kurz, dann zuckte sie mit den Schultern. „Keine Ahnung! Es wurde eben darüber geredet!"
„Und mit was hat Ricci Sie damals geködert? Ich meine, als er Sie zur Prostitution gezwungen hat!"
„Mit gar nichts!", fauchte Maria zurück.
„Ach so!", höhnte Marchetti. „Es macht Ihnen also Spaß?"
Tränen der Wut glitzerten plötzlich in ihren Augen, als die Frau nach einer Antwort suchte. Dann senkte sie beschämt die Augen. „Er hat meine Schulden bezahlt! Aber dann saß er plötzlich selbst in die Klemme und hat mich um einen Gefallen gebeten."
„Immer die gleiche Masche", brummte Marchetti verbittert.
„Was wird jetzt aus uns?", fragte Maria mit leiser Stimme.
„Nichts!", winkte Marchetti ab. „Sie unterschreiben das Vernehmungsprotokoll, und dann können Sie von mir aus gehen!"
„Wirklich?", Maria Duponte blickte mit großen Augen auf den Commissario.
„Aber ja! Sie stehen in keinem Zusammenhang mit der Tat und bestätigen letztendlich die Geschichte, die Chiaramonte uns gestanden hat. Es gibt also keinen Grund, Sie hier festzuhalten."
„Oh!" Maria Duponte lächelte erleichtert.
„Bis zum Prozess sollten Sie für uns erreichbar sein! Ist das klar?"
Verunsichert biss sich Maria auf die Lippen. „Und was soll ich dann aussagen?"
Marchetti wurde ungeduldig. „Nun, zum Beispiel, dass Sie Chiaramonte Ihren Wagen geliehen haben. Oder auch, dass Sie an diesem Abend nicht zu Hause waren, sondern die Verletzungen von Mercedes erst am nächsten Morgen gesehen haben."
„Dann muss ich also gar nichts gegen Ricci sagen?" Maria machte einen tiefen Seufzer vor Erleichterung.
„Im Prinzip nicht! Obwohl ich nicht verstehe, warum Sie immer noch zu diesem Ganoven halten."
„Weil ich sonst niemanden mehr habe!", bemerkte Maria trotzig, aber auch desillusioniert.
Marchetti wartete noch, bis Maria ihre Aussage unterschieben hatte, dann meldete er sich kurz beim Staatsanwalt, der selbst am Sonntag

noch per Handy zu erreichen war: „Wir haben den Täter! Ricci Chiaramonte hat gestanden, den Deutschen in Notwehr erschlagen zu haben!"
„Notwehr? Wie immer!", grunzte der Staatsanwalt genervt. „Und das Mädchen?"
„Sie wird wenig hilfreich sein. Letztendlich hat sie nichts gesehen, und wir können sie schlecht unter Druck setzen."
„Warum nicht?"
„Sie hat tatsächlich eine Aufenthaltserlaubnis. Eigentlich hätte sie keinen Grund, mich anzulügen. Ihre Aussage wird Chiaramonte eher entlasten."
„Oh je!", stöhnte der Staatsanwalt. „Na ja, wenigstens konnten Sie den Fall aufklären. Gute Arbeit, Marchetti! Ich sehe Sie morgen früh und erwarte Ihre Ermittlungsberichte."
„Si, Dottore!"
„Hervorragend! Was machen Sie heute noch?"
Marchetti zögerte kurz, dann meinte er harmlos: „Ach, ich treffe mich mit meinem Sohn. Unser monatliches Essen."
„Aha, dieses Mal kein Kinobesuch?"
„No! Im Moment läuft nichts Interessantes. Von diesen Knall-Peng-Filmen habe ich die Nase voll!"
Der Staatsanwalt schüttelte sich entsetzt. „Da gebe ich Ihnen recht! In unserem Beruf gibt es genügend Gewalt, da brauchen wir sie nicht noch im Kino sehen!"
„Stimmt! Schönen Sonntag noch, Dottore", verabschiedete sich der Commissario.

Luca Marchetti ging in Gedanken versunken zu Fuß vom Gefängnis zur Questura. Eigentlich ein schöner Spaziergang, aber er hatte keinen Blick für die Strahlen der Sonne, die über das graue Pflaster huschten oder die kleinen Gebetsnischen in den Häuserwänden streichelten, in denen verblasste Marienstatuen und vergilbte Plastikblumen Zeugnis von der Marienverehrung der Seneser ablegten. Unterwegs versuchte er, Ordnung in das Ermittlungschaos in seinem Kopf zu bringen, aber so recht wollte ihm das nicht gelingen. Ein Täter, der sich selbst stellte! So etwas hatte er in seiner langen beruflichen Laufbahn noch nie erlebt.

Er ging in sein Büro und traf dort nur Pietro Balloni an. „Wo ist Ise?", fragte er unhöflich.

Pietro sog scharf die Luft ein und musterte seinen Chef durchdringend. „Wie wäre es mit einem netten Gruß dafür, dass ich am Sonntag arbeite?“
„War ich nicht nett?“
„Nein! Du hast vergessen, „Guten Morgen“ zu sagen!“
Guten Morgen! Es war bereits weit nach halb zwölf! Luca verzog leicht die Mundwinkel, ohne wirklich zu lächeln. „Oh, entschuldige! Was gibt es Neues?“
Balloni zeigte einen Stoß Akten. „Ich habe die Berichte für den Staatsanwalt fertig. Und Batisti hat noch einige Spuren ausgewertet. Wir können beweisen, dass Chiaramonte mit dem Geländewagen gefahren ist, außerdem hat er sich definitiv in dem Ferienhaus aufgehalten.“
„Oh!“, freute sich Marchetti. „Habt ihr noch Fingerabdrücke gefunden?“
„Nein, aber Haare! Allerdings nicht im Haus, sondern draußen!“
„Draußen!“, staunte Marchetti.
„Ja, Batisti hat Haare vor dem Schlafzimmerfenster gefunden. Chiaramonte muss dort gestanden und die Szene beobachtet haben.“
„Na, bestens!“, meinte Marchetti. „Wo ist Ise?“
„Immer noch oben!“, antwortete Balloni etwas irritiert über die schlechte Laune seines Chefs. „Luca!“, meinte er fast vorwurfsvoll. „Wir können diesen Mistkerl festnageln! Ist dir das eigentlich klar?“
Marchetti schnäuzte verächtlich durch seine Nase. „Ich habe inzwischen sein Geständnis!“
„Was!“ Pietro Balloni riss überrascht die Augen auf.
„Ja! Chiaramonte hat gestanden! Lass uns zu Ise hinaufgehen. Der Fall ist gelöst.“

Kopfschüttelnd folgte Pietro seinem Chef in das obere Stockwerk und öffnete ihm die Tür zur Spurensicherung. Wolfram Isedor saß immer noch über den Computer gebeugt und fuchtelte wichtig mit seinem Zeigefinger. „Irgendetwas stimmt hier nicht!“ Auch Luigi stand interessiert neben ihm, dieses Mal in einem schwarzen AC/DC-Outfit, fast ein wenig passend zu der schwarzen Kleidung von Isedor.
„Lass!“, forderte ihn Marchetti auf. „Wir haben den Burschen! Chiaramonte hat den Mord gestanden.“
Mit offenem Mund starrte der Kommissar auf Luca. „Wie bitte?“
„Ja, im Ernst! Chiaramonte hat den Mord zugegeben, und Maria Du-

ponte bestätigt die Geschichte im Großen und Ganzen. Ich habe sie freigelassen. Der Fall ist gelöst!"
„Gelöst?", echote Isedor, so, als würden ihm keine Worte mehr einfallen.
„Ja, Chiaramonte gesteht, dass er Florian Bauer in der Nacht von Dienstag auf Mittwoch getötet hat. Er behauptet zwar, dass es Notwehr gewesen sei, aber das wird letztendlich der Richter entscheiden."
„Und all die anderen Spuren?", fragte Isedor entgeistert.
„Chiaramonte behauptet, dass er lediglich seiner Nutte zu Hilfe kommen wollte. Dann habe er überreagiert, und anstatt die Polizei zu verständigen, habe er die Leiche verschwinden lassen."
„Und das glaubst du ihm?"
Marchetti biss sich auf die Lippen. „Nein! Aber was sollen wir gegen ein solches Geständnis machen?"

Einige Sekunden schauten sich die beiden an, dann schüttelten sie wie auf Verabredung ihre Köpfe.
„Dieser Chiaramonte wird uns auf einem Silbertablett serviert!", meinte Marchetti konsterniert. „Als hätte es jemand darauf angelegt, dass wir ihn erwischen. Jede Menge Spuren und ein Geständnis! Glauben die, dass ich mich verarschen lasse?"
Isedor grinste herausfordernd. „Wer sind ‚die'?"
„Das werden wir noch enträtseln müssen!", provozierte ihn Marchetti. „Was hast du herausgefunden?"
„Oh, einige interessante Fakten: Dieser Reporter hat sich noch mal gemeldet. Er hat recherchiert, dass dieselben Politiker seit Jahren in der Kommission für die Durchführung des Bewachungsvollzugs sitzen und nun für diese Sicherheitsnormen zuständig sind. Seltsam, nicht wahr? Ich habe mir daraufhin noch einmal das Notizbuch vorgenommen. Stell dir vor: Ich habe die Daten mit den Zeiten verglichen, wann die verschärften Gesetze in Deutschland in Kraft getreten sind. Da gibt es einen eindeutigen Zusammenhang. Das erste Mal ist tatsächlich Geld geflossen, als das Gesetz vor einigen Jahren in Kraft getreten ist. Aber auch danach gibt es einen zeitlichen Zusammenhang zwischen neuen Verordnungen und den Zahlungen!"
„Wirklich?"
„Allerdings! Außerdem haben wir eine Datei auf dem Computer gefunden, in der die gleichen Zahlen abgespeichert waren. Offensichtlich hatte Bauer sie selbst gelöscht, zusammen mit anderen brisanten

Dateien. Ich möchte wetten, dass es irgendwo eine Sicherungskopie gibt. Vielleicht sogar auf dem Computer in seinem Büro oder zu Hause. Ich würde gern sein Haus in München daraufhin durchsuchen lassen."

Marchetti legte den Kopf schief und überdachte die Information. „Gute Idee! Aber wieso stimmen dann die Buchstaben mit den Namen der Politiker nicht überein? Es waren doch immer dieselben Personen!"

Isedor zwinkerte triumphierend. „Die Buchstaben stimmen ja überein! Aber es sind nicht die Anfangsbuchstaben, sondern die Endbuchstaben der Vornamen!"

Marchettis Gesicht legte sich in enttäuschte Falten. „Das ist aber sehr weit hergeholt! Das könnte auch ein Zufall sein."

Isedor schüttelte den Kopf. „Nein, der Zufall liegt bei fünf Buchstaben bei weit über einer Million, ähnlich wie bei einem Sechser im Lotto. Es ist unwahrscheinlich, dass die Buchstaben in keinem Zusammenhang stehen."

„Schön, aber was können wir damit beweisen?", argwöhnte Marchetti.

„Na, einen Bestechungsskandal!"

Marchetti legte den Kopf schief und winkte ungeduldig ab. „Ise, ich gebe dir gerne diese Beweismittel, damit der Staatsanwalt in Deutschland weiter ermitteln kann, aber ich sehe keinen Zusammenhang zu dem Mordfall hier!"

„Luca! Was ist bequemer, als einen unliebsamen Politiker, der alles enthüllen könnte, durch einen Zuhälter erledigen zu lassen? Im Ausland? Sozusagen ein Auftragsmord!"

Marchetti verzog geringschätzig die Lippen. „Diese Idee verfolgen wir bereits seit geraumer Zeit! Aber wie willst du das beweisen? An die Politiker kommen wir nicht heran. Das Notizbuch ist ein reichlich dürftiger Beweis, wenn wir nicht beweisen können, dass tatsächlich Geld geflossen ist. Und Chiaramonte streitet alles andere ab! Er nimmt die Schuld komplett auf sich!"

„Okay! Aber wir müssten doch beweisen können, dass wenigstens bei Chiaramonte Geld geflossen ist! Ich meine, dass es schon ziemlich teuer sein muss, wenn er seine Nutte verprügeln lässt. Aber ein Mord? Da müsste doch mehr Geld mit im Spiel sein!"

„Gute Idee! Ich lasse seine Konten überprüfen! Oder ich finde etwas in seiner anderen Wohnung. Die werde ich mir gleich persönlich vornehmen. Vielleicht hat die Polizei etwas übersehen?"

Schon griff Marchetti zum Telefon, um die nötigen Anweisungen zu geben. „Schade, die Bank macht leider erst morgen wieder auf. Da müssen wir uns noch ein wenig gedulden. Außerdem brauche ich dazu die Genehmigung des Staatsanwalts."
„Vielleicht bekommen wir dann die Information über das Nummernkonto. Das könnte ein Beweis sein!"
„Guter Gedanke! Wann fährst du eigentlich nach München zurück?"
„Wenn der Fall gelöst ist!"
„Nun gut! Heute erreichen wir ohnehin nichts mehr. Wie wäre es, wenn du dich ein wenig an den Pool legst und ich dich später abhole?"
„Und was machst du?"
„Ich fahre mit Balloni zu der Wohnung von Chiaramonte und schaue, ob ich irgendetwas finde."
Fast ein wenig unwillig senkte Isedor den Kopf, aber er würde ohnehin am Abend erfahren, ob Marchetti auf etwas gestoßen war. Eigentlich wäre es auch ganz schön, einmal den Pool auszunutzen. So fuhr er ins Hotel zurück und okkupierte einen Liegestuhl für sich, während Marchetti sich von Balloni zur Wohnung des Zuhälters fahren ließ.
Sie war bereits oberflächlich nach Spuren untersucht worden, aber jetzt wollte Marchetti den Beweis für etwas ganz anderes.
Den Beweis für einen Auftragsmord!
Prüfend wanderten seine Augen durch die Wohnung. Die Inneneinrichtung glich dem Foto-Studio eines „Männermagazins": Messingbett, luftige Vorhänge, verspielte venezianische Lampen. Außerdem fand er eine professionelle Videoausrüstung mit Schneidetisch, die vermuten ließ, dass Chiaramonte auch erfolgreich im Pornofilm-Geschäft war. Marchetti spielte eine Kassette ein und wurde in seiner Annahme bestätigt, als Maria Duponte ihm verführerisch entgegenstöhnte. „Wow!", meinte er ausgesprochen angetan. „Die hat was!"
Die zwei uniformierten Polizisten stellten sich neugierig vor den Fernseher, und Marchetti ließ ihnen den Spaß.
„Nach was suchen wir?", fragte Balloni.
„Alles, was von Wert ist. Oder auf Banken oder Konten hinweist."
Methodisch durchsuchten sie die Wohnung, aber sie fanden nichts! Keine Kontoauszüge, keine Kreditkarten, nicht einmal die Unterlagen von der Wohnung! Überhaupt nichts!
„Vielleicht hat er die Sachen in einem Schließfach deponiert oder beim Notar?", meinte Balloni.

„Wahrscheinlich! Du überprüfst morgen beim Grundbuchamt, wem die Wohnungen gehören. Und wie er sie bezahlt hat!"
„Okay!"
„Außerdem lässt du dir vom Gefängnis die Kreditkartennummer geben und ermittelst über sie sämtliche Kontostände."
Balloni nickte eifrig und deutete auf einige kostspielige Kunstgegenstände. „Er hat einen teuren Geschmack."
Marchetti stutzte und schaute dann genauer auf die betreffenden Gegenstände. Antiquitäten! Wertvolle, echte, Antiquitäten. „Interessant!"
Er winkte nach den Polizisten und zeigte auf die teuren Statuen. „Lasst das Zeug überprüfen! Ich will wissen, wo er es her hat. Könnte gut sein, dass hier das eine oder andere verschwundene Diebesgut wieder auftaucht."
„Si, Dottore!"
„Oder er ist so raffiniert, sein Geld in Antiquitäten anzulegen. Da kann ihm niemand etwas nachweisen, und wenn er Geld braucht, dann verkauft er sie einfach", bemerkte Balloni.
„Ziemlich ausgebuffter Hund!"
„Wie dem auch sei: Ich will, dass es überprüft wird. Lass die Wohnung wieder versiegeln, und dann machen wir Feierabend. Wir treffen uns morgen um neun Uhr wieder im Büro."
„Sehr wohl!"

Marchetti ging zu Fuß zu seiner Wohnung. Dabei kam er über den Campo und grüßte zwei Mitglieder seiner Contrada; ansonsten waren nur Touristen unterwegs. Die Unruhe des Palios hatte sich gelegt, und das Leben normalisierte sich wieder. Sogar die Erde war bereits vom Campo verschwunden, so als hätte am Tag zuvor kein Pferderennen hier stattgefunden. Über Nacht waren die Tribünen abgebaut worden, und die Stadt hatte in Rekordzeit den ursprünglichen Zustand des Platzes wiederhergestellt. Harmlos standen überall die Tische und Stühle der Restaurants auf dem Platz, und Tauben pickten dazwischen nach den begehrten Krümeln.
Die Nebenstraßen waren wie leergefegt. Marchetti huschte in den schattigen Hauseingang und hechtete die Treppen empor. Die Bewegung der letzten Tage hatte ihm gutgetan, stellte er amüsiert fest. Vielleicht sollte er doch hin und wieder joggen gehen! Sport ist Mord, mahnte er sich selbst und verbannte den Gedanken an Joggen in einen weit entfernten Winkel seines Kopfes.

Er betrat seine Wohnung und öffnete erst einmal sämtliche Fenster. Dann genoss er den kühlen Luftzug, der durch seine Zimmer wehte. Auf seinem Anrufbeantworter gurrte die Stimme von Marcella, die ihn zum Essen einladen wollte. Unwillig drückte er die eingespeicherte Nummer und wimmelte sie ab. Sein Sohn konnte mit dem mondänen Weib nichts anfangen, und langsam überlegte er, ob er nicht schon wieder zu lange an der Kette lag. Er schmückte sich ganz gern mit hübschen Frauen, solchen, die auf hohen Absätzen gehen konnten und lange Haare hatten, aber Marcella entpuppte sich inzwischen als dominantes Weib. Eigentlich hatte er sie in den letzten Tagen nicht vermisst, sondern, ganz im Gegenteil, die Ruhe vor ihr genossen! Offensichtlich der richtige Zeitpunkt, um mit ihr Schluss zu machen.
Mit einem Kaffee setzte er sich an seinen Maltisch, und zum ersten Mal seit Tagen tauchte er wieder einen Pinsel in die Farbe. Sorgfältig malte er zwei blaue Balken auf die eine Seite des Schildes, das der Ritter in seiner Hand hielt. Er hatte diese Balken bereits mehrmals gemalt, aber jedes Mal war er mit der Farbe nicht zufrieden gewesen. Sein Kopf war wunderbar frei, nur beschäftigt mit der kleinen Figur, die er behutsam in den Händen hielt. Im Nu verflog die Zeit, und er musste sich beeilen, wenn er noch duschen wollte. Fast enttäuscht reinigte er den Pinsel mit Seife, dann stellte er sich unter die lauwarme Dusche. Er wählte einen einfachen, aber durchaus eleganten Leinenanzug in Dunkelblau und schlenderte zum Dom. Er freute sich darauf, seinen Sohn zu treffen, außerdem hatte er Hunger. Die Antiqua Trattoria in Colle di Val d'Elsa gehörte zu seinen Lieblingsrestaurants, hauptsächlich natürlich wegen der Ente. Erst gekocht und dann gebraten, mit eingelegten Pflaumen zubereitet. Ein Gedicht!

Er sammelte seinen Sohn an der Piazza di Mateotti auf und stöhnte unterdrückt, als Francesco einen sehnsüchtigen Blick auf McDonald's warf. Natürlich wäre seinem Sohn ein Big Mac lieber gewesen, aber Marchetti brachten keine sieben Pferde dorthin. Er hielt tapfer die Fahne des Widerstandes hoch, wehrte sich mit Händen und Füßen gegen den Niedergang der senesischen Kultur! Aber gleichgültig, in welche Restaurants er seinen Sohn auch schleppte, ein Teller mit Nudeln war das Äußerste, wozu er ihn bewegen konnte. „Ciao, Francesco!", murmelte er freundlich.
„Ciao, Babo!", grüßte Francesco zurück und flegelte sich tief in den Autositz.

„Du brauchst dich hier gar nicht erst breitzumachen! Gleich steigt mein Gast ein!"
Lässig winkte Francesco ab. „Keine Sorge! Dann verdrücke ich mich nach hinten!"
„Na wunderbar!", entgegnete Marchetti. „Was gibt's Neues bei dir?"
„Bei mir?", überrascht zog Francesco die Augen hoch.
„Ja, du weißt schon! Diese nervtötenden Fragen, die ein Vater normalerweise seinem Sohn stellt!"
„Soll das jetzt ein Verhör werden?", provozierte Francesco frech.
„Eigentlich nicht! Was macht deine Ausbildung?"
„Och!", meinte Francesco ausweichend.
„Was heißt hier ‚och'?"
„Na ja, du kennst doch Großvater! Er will mich wohl in kürzester Zeit durch alle Abteilungen der Bank schleifen. Ein bisschen viel im Moment."
Marchetti grinste schief. „Ja, ja, jetzt nimmt er Rache an mir, weil er aus dir den Banker macht, der ich nicht sein wollte! Gefällt dir die Arbeit?"
Francesco zuckte mit den Schultern. „Wenn ich den Alten mal los bin, dann gefällt es mir vielleicht besser. Es ist furchtbar, der Enkel des Chefs zu sein! Noch schlimmer, als wäre ich der Sohn!"
Marchetti bekam einen Schluckauf vor lauter Lachen. „Vielleicht solltest du die Bank wechseln!"
„Ich? Wieso! Es hat doch auch Vorteile, der Enkel des Chefs zu sein! Nur Freizeit habe ich eben keine!"
„Hat mein Vater eigentlich etwas über dieses Nummernkonto in Erfahrung gebracht?"
„Ich glaube schon! Er ruft dich morgen an."
„Bene!"

Marchetti parkte sein Auto vor dem Hotel Garden und betrat die Lobby, um auf Isedor zu warten. Die Dame am Empfang deutete zaghaft mit dem Kugelschreiber in Richtung der Bar. „Der deutsche Commissario ist in der Bar!"
„Danke!", bedankte sich Marchetti knapp.
Isedor lehnte, ins Gespräch mit Signore Atta vertieft, am Tresen und schlürfte an einem Bier. Aus dem Lautsprecher dröhnte „The End" von den Doors, und Marchetti staunte, dass niemand sich über den Lärm beschwerte. Hastig drehte der Barkeeper die Lautstärke herunter, als er Luca sah, dann verschwand er dezent im Hintergrund, um

seine Gläser zu polieren. „Fahren wir?“, fragte Isedor erwartungsvoll.
„Andiamo!“, rief Marchetti.
Bestens gelaunt verließen die beiden das Hotel, und kurz stellte Marchetti seinen Sohn vor.
Isedor konnte sich ein Schmunzeln nicht verkneifen, als er die Ähnlichkeit der beiden sah. Francesco hätte von seinem Vater geklont sein können! Die gleichen ausdrucksvollen Augen und die etruskische Nase! Nur seine Harre waren jugendlich schwarz und nicht mit dem grauen Schimmer, der seinem Vater Eleganz verlieh. Francesco war im Prinzip eine jüngere Ausgabe seines Vaters, und natürlich brachte er gute zwanzig Kilo weniger auf die Waage.
Trotzdem wurde es selbst für den schlanken Jugendlichen ausgesprochen eng in dem Oldtimer. Er musste quer auf der Rückbank liegen, damit seine Beine nicht eingequetscht wurden. „Gemütlich!“, lästerte er respektlos.
Während der Fahrt war es still, denn Marchetti musste sich auf den Verkehr konzentrieren. Am Sonntagabend kamen viele Italiener von ihren Wochendausflügen zurück, außerdem war Reisezeit.
Dann parkte Marchetti auf dem kleinen Platz, an dem das Restaurant gelegen war. Ein grauer Steinbrunnen, umgeben von den Autos, im weiteren Abstand begrenzt von den typischen Mietshäusern mit den flachen Ziegeldächern. Im Parterre der Häuser waren ausnahmslos Geschäfte oder billige Pizzerias untergebracht, nur ein Gebäude gegenüber von dem Restaurant war im Erdgeschoss mit Gittern vor den Fenstern gesichert.
Der Besitzer begrüßte Luca Marchetti freudestrahlend und führte die Gruppe an einen Tisch auf der Terrasse. Kästen mit dunkelgrünen Lorbeerbüschen grenzten die Terrasse von dem Verkehr ab, und eine weit ausgefahrene Pergola hielt die Wärme des Tages vor der aufkommenden Brise der Nacht. Liebevoll gedeckte Tische luden zum Verweilen ein, und sofort stand ein Kellner bereit, um die ersten Wünsche aufzunehmen.
Marchetti bestellte erst einmal Mineralwasser und verlangte dann nach der Karte. „Was gibt es Besonderes?“
„Oh, wir haben frische Trüffel und Pilze.“
„Wunderbar! Das wäre doch etwas für dich, Francesco! Ravioli mit Sahnesoße und Trüffeln!“
„Ja! Sehr gut! Das nehme ich“, ließ sich Francesco sofort überreden.
Dem Ober musste es in der Seele wehtun, aber er zuckte mit keiner

Wimper. „Was möchte der junge Herr zu trinken?“
„Coca Cola!“, kam es prompt.
„Sehr wohl!“, bemerkte der Ober höflich und glitt geräuschlos davon.
Marchetti und Isedor vertieften sich genüsslich in die Speisekarten und ließen sich die Namen der ausgesuchten Speisen auf der Zunge zergehen. „Ich kann mich gar nicht entscheiden!“, stöhnte Isedor. „Was schlägst du denn vor?“
„Alles! Warum nimmst du nicht das Menü?“
„Gute Idee! Dann habe ich wenigstens nicht die Qual der Wahl!“
„Sehr richtig!“, stimmte Marchetti zu, außerdem hatte er gesehen, dass auch seine geliebte Ente ein Teil des Menüs war.
Trotzdem ließ er sich vom Chef persönlich beraten und hörte geduldig auf die endlosen Ausführungen. Dann vertieften sich die beiden in die Auswahl des Weins, beratschlagten über die besten Jahrgänge und Hanglagen. Isedor saß mit einem breiten Grinsen daneben und genoss die Atmosphäre. Das war Italien! Nicht die Strände mit den Touristen, nein, hier, in einem guten Restaurant, in der besonderen Kulisse der Jahrtausende alten Städte. Selbst das Knattern der Motorräder gehörte irgendwie dazu.
„Wir nehmen das Menü und den Brunello!“, bestellte Luca gerade weltmännisch und zwinkerte Isedor verschmitzt zu.

Der Kellner brachte den Rotwein und zelebrierte das Einschenken, als wäre es eine heilige Zeremonie. Leise murmelnd schwenkte er ihn in den ausladenden Gläsern und stellte ihn mit einem zufriedenen Lächeln vor Marchetti ab. Vorsichtig nippte Luca daran, dann bekam sein Gesicht einen verträumten Ausdruck. „Sehr gut!“
„Bei mir nicht so viel! Ich mische es mit Mineralwasser!“, bat Isedor.
Das Gesicht des Kellners wurde grau vor Entsetzen, selbst Marchetti stockte der Atem. „Ise!“, mahnte er indigniert. „Früher wurden Leute wegen geringerer Vergehen an die Wand gestellt und erschossen! Du kannst doch einen Wein nicht mit Mineralwasser mischen!“
Kleinlaut geworden zog Wolfram Isedor den Kopf ein. „Ich dachte ja nur! Mir steigt der Wein halt schnell zu Kopf!“
„Dann trink das Mineralwasser dazu! Aber doch nicht pantschen!“
Entschuldigend wandte er sich an den Kellner: „Er ist eben ein Tedesco!“
„Ach so!“, meinte der Kellner und verschwand mit einem Kopfschütteln.

„Sie sind aus München?“, mischte Francesco sich ein.
„Ja! Bist du schon mal dort gewesen?“
„Nein!“, bedauerte Francesco. „Ich bin überhaupt noch nie aus Italien raus gewesen!“
„Das ist aber schade! Dabei ist München überhaupt nicht weit. Sechs Stunden mit dem Auto. Kommt doch mal vorbei! Ende September ist das Oktoberfest. Da könnte ich euch ein wenig herumführen.“
„Wow! Cool! Da wollte ich immer schon mal hin und Bier trinken!“, freute sich Francesco.
„Du trinkst überhaupt nichts!“, schimpfte Marchetti sofort.
„Im Ernst! Ich würde mich freuen. Für ein verlängertes Wochenende. Dann zeige ich euch München. Das wäre ein Spaß!“
Marchetti wechselte einen Blick mit seinem Sohn und legte überlegend den Kopf schief. „Na schön! Warum nicht? Es schadet bestimmt nicht, wenn Francesco mal etwas anderes sieht. Natürlich nur, wenn seine Mutter ihn lässt!“
„Ach, Mama!“, wehrte Francesco ab. „Die würde mich am liebsten in Watte packen!“
„Gehst du noch zum Tanzen?“, fragte Marchetti unvermittelt.
Francescos Augen glänzten plötzlich. „Selbstverständlich! Soweit es meine Zeit zulässt.“ Dann wurde er plötzlich nachdenklich. „Du, Babo! Wärst du mir sehr böse, wenn ich mich auf der Ballettschule anmelden würde? Ich meine, ich könnte es doch zumindest versuchen. Es heißt ja noch lange nicht, dass sie mich auch wirklich nehmen!“ Tiefe Sehnsucht sprach plötzlich aus seiner Stimme, aber auch Angst, dass er seinen Vater mit diesem Geständnis enttäuschte.
Marchetti lehnte sich überrascht zurück und musterte seinen Sohn. „Das möchtest du wirklich? Und dein Großvater?“
Francesco biss sich auf die Lippen. „Es ist mein Leben! Du bist ja auch nicht zur Bank gegangen!“
Marchetti lachte dröhnend. „Nein! Allerdings nicht! Und du hast recht! Es ist dein Leben! Aber kannst du von dem Ballett auch eine Familie ernähren?“
„Wenn ich gut bin …!“, trotzte Francesco.
„Bist du gut?“
„Das werden wir sehen, wenn ich die Aufnahmeprüfung schaffe!“
„Aha! Und was wird aus deiner Banklehre?“
Francesco senkte den Blick und erwiderte nichts. Marchetti nahm einen tiefen Schluck, dann spitzte er erwartungsvoll die Lippen. „Was wird deine Mutter dazu sagen?“

„Die wird einen Strick nehmen und sich aufhängen!", antwortete Francesco lakonisch.
Marchetti brach in wieherndes Gelächter aus. „Na, dann bin ich doch sofort einverstanden! Und im September fahren wir gemeinsam nach München. Was sagst du?"
„Das wäre so toll!" Francesco wirkte plötzlich wie aus einem Gefängnis befreit, so, als könnte er endlich wieder atmen. Man merkte, dass er die Zeit mit seinem Vater genoss.

Der Abend wurde spät. Genüsslich aßen sie sich durch das Fünfgänge-Menü und plauderten über Belanglosigkeiten. Besonders Francesco lenkte das Gespräch schnell auf die neuesten Filme, sodass ein Abschweifen in kriminalistische Tiefen nicht möglich war. Kurz vor Mitternacht wurde Francesco unruhig, und sichtlich verlegen ließ er schließlich die Katze aus dem Sack: „Ich muss gleich gehen! Großvater holt mich ab!"
Marchettis Augen wurden schmal. „Wieso?"
„Na ja! Du weißt schon! Er will nicht, dass du mich fährst, wenn du zu viel getrunken hast."
„Ich habe nicht zu viel getrunken!", meinte Marchetti empört, und das stimmte sogar! Die beiden Männer hatten zusammen eine Flasche Wein getrunken, für ihre Verhältnisse weit unter dem Durchschnitt.
Francesco zuckte etwas hilflos mit den Schultern. „Er holt mich jedenfalls ab. Sei doch froh! Dann brauchst du mich nicht nach Hause zu fahren."
„Ich fahre dich gerne nach Hause!", widersprach Marchetti.
Sichtlich schlecht gelaunt winkte er nach dem Kellner und verlangte die Rechnung.
Wolfram Isedor tat es leid, dass die gemütliche Stimmung plötzlich dahin war. Es war deutlich zu sehen, wie sehr Francesco unter den verschiedenen Bezugspersonen zu leiden schien.
Marchetti geleitete seinen Sohn zum Parkplatz und wartete auf das Fahrzeug des Großvaters. Er hatte sich schnell gefangen und wollte sich vor dem Sohn keine Blöße geben. „Wann sehen wir uns denn wieder?"
„Ganz normal! In vier Wochen!"
„Gut! Und wann ist dieses Vortanzen?"
„In sechs Wochen! An einem Wochenende!"
„Soll ich dich hinfahren?"

Francesco nickte eifrig: „Das wäre wunderbar! Würdest du das tun?" Dann wehrte er erschrocken jede weitere Äußerung mit seiner Hand ab. „Leise! Großvater kommt! Er darf noch nichts wissen!"
Marchetti lachte erneut, fühlte sich wie bei einem Komplott. „Irgendwann wirst du es ihm sagen müssen!"
„Ja, aber erst, wenn ich die Aufnahmeprüfung bestanden habe!"
„Also mach's gut! Bis bald!"
Francesco stieg in den riesigen Mercedes seines Großvaters und drosch gut gelaunt die Tür zu.
Aus dem oberen Stockwerk eines benachbarten Hauses wurde ein Fenster geöffnet und unhöflich um Ruhe gebeten. „Ja, ja!", schrie Marchetti ungehalten. „Mach das Fenster wieder zu und beruhige dich! Wir sind ja gleich weg!"
Höflich, eher distanziert, begrüßte er seinen Vater, lehnte sich dabei unbewusst nach hinten, als wollte er in Deckung gehen. Immer noch fühlte er sich in der dominanten Präsenz des alten Herrn unwohl. Sein Vater hatte die Scheibe seines Autos heruntergefahren und musterte ihn prüfend. Beleidigt stemmte Luca seine Fäuste in die Hüften und stellte ihn zur Rede: „Ich trinke nicht, wenn ich anschließend noch Auto fahre! Du hättest dir keine Sorgen zu machen brauchen."
„Na, in Siena sieht man dich öfter mal mit einem gewaltigen Schwips!", rechtfertigte sich sein Vater mit einem deutlichen Seitenhieb auf die Trinkgelage seines Sohnes.
„Ja, aber dann gehe ich zu Fuß nach Hause! Das ist ein Unterschied!"
„Ich habe es gut gemeint. Mehr nicht! Ich rufe dich morgen an."
„Bene!", knurrte Marchetti, dann sah er zu, wie das Auto in der Dunkelheit verschwand.

Aus dem oberen Stockwerk erklang wieder die ungehaltene Stimme, die sich über die nächtliche Ruhestörung beschwerte. Völlig genervt ging Marchetti einige Schritte auf das Haus zu und schüttelte drohend die Faust. „Ich verabschiede mich gerade von meinen Gästen! Willst du mir das verbieten! Komm doch runter und kläre das hier unten mit mir!"
Erschrocken fasste Isedor nach seinem Arm. „Luca! Lass ihn doch. Es ist ohnehin spät. Wir sollten nach Siena fahren. Morgen wird es wieder ein anstrengender Tag."
„Hast recht!", murmelte Marchetti. Mit einem wütenden Blick wandte sich Marchetti ab, und gemeinsam schlenderten sie zu ihrem geparkten Auto. Sie hatten es noch nicht ganz erreicht, als ein Einsatz-

fahrzeug der Carabinieri mit quietschenden Reifen vor ihnen zum Stehen kam. Zwei uniformierte Carabinieri stiegen aus und kamen auf die beiden zu.
In Marchettis Augen glomm ein gefährlicher Funke auf, und Isedor befürchtete das Schlimmste.
„Ihre Ausweise!", befahl ein Carabinieri streng.
„Warum?", wunderte sich Marchetti und verschränkte herausfordernd die Arme.
„Zeig ihm doch einfach den Ausweis", flüsterte Isedor.
„Nein, wozu? Ich bin ein ganz normaler Bürger, der nichts Unrechtes getan hat! Ich will wissen, warum?"
Mit schnarrender Stimme sagte der Carabinieri seinen Text auf: „Wir haben soeben einen Anruf bekommen, dass hier irgendwelche Leute randalieren ...!"
„Randalieren!", fiel ihm Marchetti ins Wort.
Unbeirrt fuhr der Carabinieri fort: „Wir überprüfen jetzt ihre Personalien!"
„Ich zeige Ihnen gar nichts! Ich habe mich lediglich von meinem Sohn verabschiedet, wie Ihnen dieser Herr hier bestätigen wird. Wir waren weder laut, noch haben wir randaliert. Dieser Kretin soll gefälligst hier runterkommen und sich erklären!"
„Das stimmt!", bestätigte Isedor.
Marchetti ging einen Schritt zurück und drehte sich zu dem Gebäude. „Komm gefälligst runter, wenn du mir schon die Polizei auf den Hals hetzt!"
„Signore!", versuchte ihn der Carabinieri zu beruhigen, aber Marchetti fühlte sich in seiner Ehre verletzt. Ihn hier vor seinem Gast zu kompromittieren war eine Frechheit ohnegleichen. „Nein, nein!", wehrte er stur ab. „Ich will, dass dieser Stronzo hier erscheint und sagt, was ihn stört! Hier in Italien wird das immer noch unter uns ausgemacht. Ohne Polizei! Er hat mich vor meinem Gast beleidigt! Mich! Einen Nachfahren der Etrusker! Ich werde ihm eine Lektion über Ehre erteilen!"
„Luca!", mahnte Isedor freundlich. „Die Polizisten lassen uns doch längst gehen! Jetzt komm!"
„Oh nein! So leicht kommt der mir nicht davon! Ich will nicht gehen! Ich will wissen, warum der Herr mir die Polizei auf den Hals gehetzt hat. Lass uns doch mal zu diesem Gebäude gehen!" Wütend setzte er seine kräftige Gestalt in Bewegung, und ein wenig verdattert folgten ihm die Carabinieri – junge Kerle, offensichtlich überfordert mit der

ganzen Situation, auch weil sie sehr wohl erkannten, dass der angebliche Delinquent nicht angetrunken war.
Die Tür des Hauses öffnete sich, und zu seinem Erstaunen erkannte Isedor, dass es sich um eine Kaserne handelte – eine Kaserne der Carabinieri! Ein ganz normales Mietshaus, ein wenig im Stil eines heruntergekommenen Palazzos, in dem die Carabinieri untergebracht waren. Der wütende Anwohner war also niemand geringerer als ein Carabinieri höheren Dienstgrades, der sich in seiner wohlverdienten Nachtruhe gestört sah. Im Befehlston verlangte er, dass die Randalierer gefälligst zur Ordnung gerufen wurden.

Marchetti wurde rot wie eine Tomate. Mit mühsam unterdrückter Stimme erklärte er zum wiederholten Mal, dass er in keiner Weise laut oder unhöflich gewesen sei. Doch ebenso stur lehnte der Carabinieri diese Erklärung ab. Immer lauter schrien die beiden Männer sich ihre Anschuldigungen ins Gesicht, und vorsorglich drängten die Carabinieri die beiden Streithähne ins Innere der Kaserne. Erst hier konnte man erkennen, dass die Kaserne ähnlich wie eine Polizeistation eingerichtet war. Junge, zum Teil uniformierte Carabinieri kamen neugierig näher, verschränkten die Arme und verfolgten gespannt die Auseinandersetzung. Isedor stand hilflos daneben und wusste nicht, wie er sich verhalten sollte. Dieser ganze Streit war so unnötig, so dumm!
Nach wie vor weigerte sich Marchetti, seinen Ausweis zu zeigen, und beharrte darauf, wiederum die Papiere seines Gegenübers zu sehen. „Wieso muss ich mich ausweisen, wenn dieser Herr hier vollkommen unnötig die Carabinieri auf harmlose Restaurantbesucher hetzt? Habt ihr nichts anderes zu tun? Einbrüche verhindern, Verkehrskontrollen?“ Seine Stimme triefte vor Hohn. „Aber nein! Jener Herr fühlt sich in seiner Nachtruhe gestört, nur weil ein Vater sich von seinem Sohn verabschiedet! Wo sind wir hier eigentlich? Sind wir hier zu Zeiten des Duce, oder was?“
Die Carabinieri murmelten etwas von der hohen Position des anderen, von der enormen Belastung, aber das reizte Marchetti eher noch mehr. „Ach so? Bin ich jetzt ein Mensch zweiter Klasse? Darf ich abends also nicht mehr in ein öffentliches Restaurant gehen? Dieses Restaurant hat hier jeden Tag geöffnet! Aber der Lärm der anderen Gäste scheint wohl nicht zu stören? Alle anderen dürfen anscheinend ungeschoren ihre Freunde verabschieden und mit ihren Türen knallen!“

Marchetti redete sich in Fahrt, und Isedor befürchtete, dass sie die ganze Nacht hier verbringen würden. Müde hielt er die Hand vor den Mund und versuchte ein Gähnen zu unterdrücken. Marchetti hatte die Bewegung selbstverständlich gesehen und nahm sie zum Anlass einer neuen Tirade über Ehre und Anstand seinen Gästen gegenüber. Die Carabinieri versuchten es mit einer neuen Taktik. Nachdem Marchetti für vernünftige Argumente nicht mehr zugänglich war, verlangten sie nun den Ausweis von Isedor zu sehen. „Warum?“, fauchte Marchetti. „Wollt ihr vielleicht auch noch meinen Freund verhaften?“
Widerstandslos zeigte Isedor seinen deutschen Ausweis, dabei runzelte er genervt die Stirn. „Ah, aus Deutschland!“, folgerte der Carabinieri. „Wozu sind Sie hier?“
„Ich ermittle mit meinem Kollegen in einem Mordfall. Ich bin Kommissar!“ Dabei zeigte er unmissverständlich auf Marchetti, der immer noch vor Wut dampfte.
„Commissario?“, wiederholte der Carabinieri misstrauisch. Marchetti plusterte sich auf, wenn das überhaupt noch möglich war. „Allerdings!“, bestätigte er gefährlich leise. „Ein Commissario, der nach Dienstschluss mit seinem deutschen Kollegen noch in ein gutes Restaurant geht, um ihm etwas von der wundervollen Kultur der Toskana zu zeigen! Wunderbar!“ Er zeigte ironisch auf die Kaserne. „Ein Gefängnis hatte ich mir da nicht vorgestellt!“
„Kann ich bitte Ihren Ausweis sehen?“, fragte der Carabinieri drei Tonarten freundlicher.
Ohne zu antworten griff Marchetti in seine Tasche und zog den Ausweis hervor. Die Carabinieri zogen entsetzt die Augenbrauen hoch. Was für eine unangenehme Situation! Ein verlegenes Schweigen entstand, dann fuhr sich der gestörte Hausherr energisch mit der Hand durch die Haare und nahm Haltung an. „Dottore Marchetti, ich glaube, ich habe durch meine Müdigkeit überreagiert und bitte um Entschuldigung!“
Marchetti strahlte wie der Sonnenkönig. Sofort besserte sich seine Laune, und übertrieben herzlich schüttelte er dem Carabinieri die Hand. „Aber nein, vielleicht hätte ich ja mehr Rücksicht nehmen können! Ich wollte bestimmt niemanden stören!“
Isedor konnte es nicht glauben! Gerade eben noch schienen sich die beiden zerfleischen zu wollen, und nun flöteten sie sich Galanterien ins Gesicht. Kopfschüttelnd zog er die Stirn hoch und wusste nicht, ob er sich ärgern oder freuen sollte. Schließlich saßen alle um einen

Tisch und vergnügten sich bei einer Flasche Rotwein. Isedor setzte sich – etwas fassungslos über die plötzliche Wendung – mit dazu.
„Warum hast du nicht gleich deinen Ausweis gezückt?", fragte er Stunden später auf dem Rückweg nach Siena.
„Es war eine Frage der Ehre!"
„Der Ehre?"
„Ja, ich lasse mich nicht vor meinen Gästen kompromittieren."
„Und dafür hockst du bis vier Uhr morgens in einer Kaserne der Carabinieri?"
„Aber sicher!"

Keine politische Affäre

Pünktlich um neun Uhr versammelten sich alle im Büro von Marchetti. Nach dem Wochenende brummte es in der Questura vor Aktivität, und fröhliche Stimmen hallten durch das Treppenhaus. Giulia saß mit großen Augen vor ihrem Schreibtisch und hörte von der Auflösung des Falls. „Da habe ich ganz schön etwas verpasst!“, bedauerte sie.
Balloni stichelte frech: „Tja, wer am Wochenende feiert, bekommt halt nichts mit!“
Marchetti packte einen Schwung Papier vor ihre Nase. „Hier, sieh dir noch mal die Ermittlungsberichte durch. Ich muss gleich zum Staatsanwalt.“
„Das alles!“, stöhnte Giulia empört.
„Ja, natürlich! Aber wir haben bereits vorgearbeitet, keine Sorge. Mach Kopien für uns, und überprüfe die Unterlagen auf ihre Vollständigkeit. Vielleicht fällt dir ja noch etwas auf.“
Eifrig machte sich Giulia an die Arbeit, und Marchetti stellte sich breitbeinig vor das Flipchart. Er nahm einen grünen Edding und begann systematisch den Fall zu analysieren. „Also!“, meinte er gedehnt. „Wir haben das Geständnis des Täters.“ Er schrieb „Geständnis“ neben den Namen Chiaramonte. „Maria Duponte können wir streichen, weil sie letztendlich nichts weiß. Sie bestätigt lediglich, dass sie Chiaramonte ihr Auto geliehen hat.“ Er nagte an seinen Lippen und kreuzte ebenfalls den Namen Mercedes durch. „Mercedes hat nichts gesehen. Sie bestätigt höchstens, dass Chiaramonte in Notwehr gehandelt hat. Sie ist also eher eine Zeugin für die Verteidigung.“
„Und dass sie zur Prostitution gezwungen wurde?“, zischte Isedor empört.
Marchetti zuckte mit den Schultern. „Ich glaube nicht, dass sie das vor Gericht aussagen wird. Als Zeugin kannst du sie vergessen. Das Mädchen ist so traumatisiert, dass sie überhaupt nichts sagen wird.“
„Und die Aufenthaltsgenehmigung?“, fragte Balloni.
„Gute Idee!“, stimmte Marchetti zu. „Gehen wir runter zur Ausländerbehörde und nehmen uns diesen Francetti zur Brust!“
Er warf den Edding schwungvoll auf seinen Schreibtisch und setzte sich bereits in Bewegung. Isedor blieb unentschlossen stehen, wusste nicht, ob er nun folgen sollte oder nicht.

„Komm nur!", meinte Marchetti großzügig.
Gemeinsam trabten sie die Treppe hinunter und gingen in die weitläufige Abteilung der Ausländerpolizei. Jetzt am Vormittag war alles voller Menschen, und die Polizisten reagierten eher genervt auf diesen Ansturm. Stundenlanges Warten gehörte hier ebenso zum Zeremoniell wie das Ausfüllen endloser Fragebögen. Italien machte es Asylbewerbern und Gastarbeitern nicht leicht. Marchetti drängte sich an der Schlange vorbei und erkundigte sich nach dem Büro von Francetti. „Weiter vorn!", kam die ungeduldige und ungenaue Antwort. Marchetti verschränkte die Arme und warf sich demonstrativ in Positur. „Wo genau? Ich spiele bestimmt nicht Katz und Maus mit euch!"
Überrascht schaute der Beamte auf und bequemte sich zu einem freundlicheren Tonfall. „Oh, Kollege! Einen Moment! Ich führe Sie zu ihm!"
Eifrig lief er voran und klopfte dröhnend gegen eine dunkle Holztür. „Francetti, für dich!"
„Herein!", erklang es gedämpft.
Die Ermittler betraten das Zimmer und blickten auf einen uniformierten Polizisten, der hinter seinen Aktenbergen buchstäblich verschwand. „Salve!", grüßte Marchetti freundlich.
„Oh, Dottore! Was kann ich für sie tun?", entgegnete der Polizist geradezu beschwingt über die willkommene Ablenkung.
„Mercedes del Rio, sagt Ihnen der Name etwas?"
„Selbstverständlich!", bestätigte der Polizist unumwunden. „Ich habe ihre Aufenthaltserlaubnis bearbeitet. Sehr ungewöhnlich!"
„Ungewöhnlich?", forschte der Commissario. Dieser Mensch bearbeitete sicherlich Hunderte von Fällen am Tag, und doch konnte er sich sofort an diesen Namen erinnern? Diese Tatsache fand der Commissario allerdings ungewöhnlich! Der Polizist kramte in seinen Unterlagen und zog schließlich eine Mappe hervor. „Ja! Sehen Sie hier! Ihre Aufenthaltserlaubnis ist in Reggio Calabria ausgestellt worden. Vor zwei Monaten! Natürlich habe ich sie sofort überprüft. Ich traue diesen Nordafrikanern dort unten keine Zeile!"
Marchetti lächelte amüsiert über den Eifer des Polizisten und legte den Kopf schief. „Und?"
„Alles in Ordnung! Das einzig Merkwürdige ist, dass Mercedes del Rio über Reggio Calabria eingereist ist. Vor zwei Wochen. Eigentlich hätte sie dazu ihre Papiere gebraucht, aber die lagen zu dem Zeitpunkt offensichtlich noch in der Questura dort unten."

„Wie konnte sie dann einreisen?"
„Keine Ahnung! Vielleicht hatte sie vorläufige Papiere.
Aber das wäre ausgesprochen irregulär! Bisher hat die Dame ihre Papiere auch noch nicht abgeholt. Das ist ungewöhnlich, denn ohne diese Papiere kann sie hier nicht arbeiten. Ich verstehe auch nicht, warum die Aufenthaltsgenehmigung in Reggio Calabria ausgestellt wird, wenn sie dann in Siena wohnt. Sehr seltsam!"
„Aber die Papiere sind in Ordnung?"
„Ja! Ich habe alles überprüft! Der Wohnortwechsel wird mit einem neu eröffneten Restaurant hier in Siena erklärt, für das Personal gebraucht wird. Die erforderlichen Unterschriften und Stempel sind alle da."
Marchetti runzelte die Stirn und pfiff leise durch die Zähne. Dieser Chiaramonte hatte Kontakte bis nach ganz oben! Oder zumindest Andreoni! Mit einem Schlag wurde ihm die ganze Sache klar: Mercedes del Rio war ein Köder! Man hatte sie hierher gelockt, und Florian Bauer hatte angebissen. Es gab kein Restaurant, in dem Mercedes hätte arbeiten können. Ihr einziger Zweck war es gewesen, einen Politiker in die Falle zu locken. Ein Mordkomplott! Aber wie sollte er das beweisen? „Ich brauche Kopien von allen Unterlagen", meinte er ernst.
„Selbstverständlich!", nickte der Polizist eifrig. „Aber wozu?"
„Ich will den Weg zurückverfolgen, den diese Genehmigung gegangen ist. Irgendetwas ist da faul!"
Das Gesicht des Polizisten verdunkelte sich. „Dottore! Ich habe die Sache überprüft! Sie werden sich höchstens die Finger verbrennen!"
„Sie meinen, weil da jemand ganz weit oben dahintersteckt?"
Der Polizist nickte nur verhalten und schaute Marchetti treuherzig an.
„Ich weiß!", stimmte Marchetti zu. „Aber selbst Politiker sind angreifbar, wenn sie zu viele Fehler begehen!"
Er drehte sich um und verließ in Begleitung der anderen das Büro. Isedor zog den Kopf zwischen die Schultern und vermittelte wieder den Eindruck einer Bulldogge, die gleich zum Angriff übergehen würde. „So eine verdammte Schweinerei!"
Marchetti konnte ihm nur beipflichten: „Stimmt! Ich dachte, dass es sich um einen deutschen Bestechungsskandal handelt, aber offensichtlich stecken die Italiener auch ganz tief mit drin."
„Wie lautet eigentlich diese verdammte Presseerklärung von der Delegation?", wandte sich Isidor an Balloni.

Balloni schüttelte seinen Kopf. „Keine Ahnung! Wir warten noch darauf!"
„Na schön! Dann kümmern wir uns inzwischen um den Computer", schlug Marchetti vor.
„Gute Idee! Mir ist da nämlich etwas aufgefallen. Luigi wollte sich diese Angebote noch mal ansehen. Vielleicht hat er in zwischen etwas herausgefunden", hoffte Isedor.
Gemeinsam stiegen sie die Treppen in den zweiten Stock zur Spurensicherung empor und begrüßten Batisti. „Arbeiten Sie eigentlich immer?", scherzte Isedor.
„Immer, wenn es Arbeit gibt", bestätigte Batisti jovial.
„Und? Haben Sie Fortschritte gemacht?"
„Ja, wir haben die Dateien überprüft, auf die Sie uns hingewiesen haben! Wollen Sie mal sehen?"
„Gerne!", antwortete Isedor und setzte sich an den Computer. Batisti winkte nach dem jungen Mann, der dieses Mal in ausgebeulten Jeans und einem T-Shirt von Ozzy Osbourne erschien.
„Na dann! Lass mal hören!"
Der junge Mann setzte sich neben Isedor und ließ seine schmalen Finger über die Tasten tanzen. Mit glänzenden Augen lüftete er die Geheimnisse des Computers und ergoss sich in ellenlangen Erklärungen, gespickt mit reichlich vielen Fachausdrücken. Marchetti dagegen verstand kein Wort. Ungeduldig stand er hinter dem Stuhl und wartete auf eine plausible Erklärung des Kauderwelschs. Isedor stieß sich mit dem Stuhl nach hinten und rammte dabei Marchetti in den Bauch. „Uh!", stöhnte der Commissario.
Unbeeindruckt zeigte Isedor auf die Dateien. „Unglaublich, einfach unglaublich!"
„Willst du mich nicht erhellen?", gurrte Marchetti.
Isedor sammelte die Spucke in seinem Mund, dann klickte er durch die verschiedenen Programme. „Also! Luigi hat die Daten wiederhergestellt, was ziemlich schwierig ist, weil Florian Bauer offensichtlich ein misstrauischer Mensch war und sicherheitshalber ein Programm benutzt hat, das Dateien nicht nur löscht, sondern geradezu zerstückelt. Du musst die einzelnen Scheiben der Festplatte Stück für Stück analysieren und die Informationen wieder lesbar machen. Das ist ganz schön schwierig und wird meistens von Spezialfirmen gemacht. Aber ihr habt ja Luigi!" Er klopfte dem jungen Mann wohlwollend auf die Schulter. Dann zeigte er auf einige Unterlagen. „Sieh mal hier! Die E-Mails sind interessant! Luigi hat sie wiederherge-

stellt, nachdem mir bei den Angeboten etwas aufgefallen war. Florian Bauer hat nämlich nicht nur die Angebote, sondern auch die Ausschreibungen für den Sicherheitsdienst von verschiedenen Firmen und Behörden auf seinem Computer!"
„Aha! Und was ist daran ungewöhnlich?"
„Die Ausschreibung ist ursprünglich von dem Computer der Pro-Security erstellt worden! Siehst du? Hier ist die ursprüngliche E-Mail!"
Marchetti dämmerte es nur langsam. „Du meinst ...?"
„Genau! Die Pro-Security hat die Ausschreibung für den Sicherheitsdienst selbst verfasst und daraufhin die Angebote erstellt. Eine abgekartete Sache."
„Verstehe!", übernahm Marchetti das Lieblingswort von Isedor.
„Und warum sind diese brisanten Dateien auf dem Computer von Florian Bauer?", überlegte Balloni erstaunt.
Marchetti wechselte einen vielsagenden Blick mit Isedor. „Na, weil diese Kommission offensichtlich der Pro-Security zu einem gewissen Marktvorteil verholfen hat. Eine Sicherheitsfirma, die plötzlich mit viel Geld aus dem Nichts auftaucht! Gesetze, die plötzlich verschärft werden, um die kleineren Firmen vom Markt zu drängen. Ein Politiker, der erst geschasst wird, sich deswegen an eine Zeitung wendet und urplötzlich ermordet wird! Langsam fügen sich die Puzzleteile zusammen. Findet ihr nicht? Wir sollten der Staatsanwaltschaft in Deutschland einen Tipp geben, mal die Computer dieser Sicherheitsfirma prüfen zu lassen, außerdem sollten wir anordnen, dass die Wohnung von Florian Bauer durchsucht wird."
„Das werde ich sofort veranlassen", bestätigte Isedor mit Nachdruck, dann hatte er eine weitere Idee: „Wie schwierig ist es eigentlich, dass wir die deutschen Politiker noch einmal vernehmen und ihre Zimmer durchsuchen lassen?"
Marchetti zog fast entsetzt die Mundwinkel nach unten. „Politiker durchsuchen? Das ist unmöglich! Wieso?"
„Na, die letzten Eintragungen in dem Buch waren erst vor kurzem, quasi hier in Italien! Die Politiker haben also ihre letzten Bestechungsgelder noch dabei! Wenn wir das beweisen könnten, wären wir einen Schritt weiter."
„Sie sind abgereist!", bemerkte Marchetti lakonisch. „Außerdem bekommen wir dafür niemals einen Durchsuchungsbefehl. Das kannst du getrost vergessen."
„Bei Bauer hat die Spurensicherung ja auch nichts gefunden", wandte Balloni scharfsinnig ein.

„Stimmt! Allerdings könnte sich der Zuhälter das Geld geschnappt haben, sozusagen als Bezahlung! Wie hoch ist denn die Summe?"
Balloni blätterte in seinen Notizen und schob die Brille auf seine Nase, um die Zahlen besser lesen zu können. „Zwanzigtausend Euro!"
Ein gemeinschaftlicher Pfiff hallte durch das Büro.
„Und wie hoch ist die Summe insgesamt, die jeder erhalten hat?"
Balloni überschlug die Summen und spitzte süffisant die Lippen. „So ungefähr eine Million für jeden! Ein netter Nebenverdienst!"
Isedor schüttelte empört den Kopf. „Überleg doch mal, wie viel der Sicherheitsdienst verdienen müsste, um diese Summe wieder hereinzuwirtschaften. Das lohnt sich nur, wenn sie in vielen Städten die Aufträge bekommen."
„Nun, deine Freundin hat ja bestätigt, dass dies der Fall ist. Und dann rechnet es sich auch."
„Florian Bauer hat sicherlich irgendwo Beweise gesammelt. Sonst hätte er sich wohl kaum an die Presse gewandt. Vielleicht ergibt die Durchsuchung der Wohnung etwas!", überlegte Isedor. „Ich würde gerne noch einmal bei dieser Firma anrufen und hören, was dieser Geschäftsführer dazu zu sagen hat!"
„Aber gerne!", stimmte Marchetti zu. Energisch griff er zu einem Telefon und bat Balloni um die Nummer. Dienstbeflissen zückte Balloni sein Notizbuch und suchte die entsprechende Seite heraus. Isedor tippte die Nummer ein und ließ sich mit dem Geschäftsführer verbinden.
„Rust!" erklang es in geschäftsmäßigem Ton.
„Isedor, Kripo München!", meldete sich Isedor knapp.
Ein genervtes Stöhnen war zu hören. „Was kann ich für Sie tun?"
„Ich hätte noch einige Fragen zu dem Fall Florian Bauer!"
„So? Ich wüsste nicht, inwiefern ich Ihnen da weiterhelfen könnte!"
„Nun, zum Beispiel würde mich interessieren, woher Florian Bauer ihre private Handynummer hat?"
„Keine Ahnung! Vielleicht hat meine Sekretärin die Nummer herausgegeben. Ich bin oft schlecht im Büro zu erreichen."
„Aha! Das könnte natürlich sein! Wie erklären Sie die Tatsache, dass auf dem Computer von Bauer die Ausschreibung für diverse Stadien zu finden ist, offensichtlich von Ihrer Firma verfasst?"
Stefan Rust kam nicht einmal ins Stottern. „Das kann ich mir ehrlich gesagt nicht vorstellen! Das muss irgendein Fehler sein. Wir sind eine seriöse Firma!"

„So etwas würde dann wohl unter den Begriff ‚unlauterer Wettbewerb' fallen, nicht wahr?"
„Selbstverständlich!", gab Stefan Rust unumwunden zu.
„Wie kommt es dann, dass ausgerechnet Ihre Firma den Zuschlag bei der Auftragsvergabe bekommen hat? Offensichtlich haben Sie jedes Mal den Preis der anderen unterboten!"
„Wer erzählt Ihnen denn so einen Unsinn?"
„Nun, ich habe auch Kontakte in die Branche, und da haben Sie nicht nur Freunde!"
„Alles Neider! Wir können aufgrund unserer Größe und Professionalität einfach härter kalkulieren. Das ist alles!"
„Und dass dabei jede Menge kleinere Firmen kaputtgehen, ist natürlich durchaus in Ihrem Interesse?"
„Das ist eher ein Resultat der Globalisierung! Unsere Firma hatte Investoren, die sich einen Gewinn aus der Firma versprachen. Wir haben entsprechend auf Gesetzesänderungen reagieren können und haben nun ein gut ausgebildetes, gut ausgerüstetes und professionelles Team."
Stefan Rust sagte das im Brustton der Überzeugung. „Die Zeit der kleinen Sicherheitsdienste, Überreste von Motorrad-Cliquen aus den 80er Jahren ist endgültig vorbei", fügte er hinzu.
„Wie kommt dann Ihr Angebot auf den Computer von Florian Bauer?"
„Vielleicht über die Kommission? Oder über unseren Dachverband? Wir werden öfter von den Politikern um Rat gefragt."
Isedor kniff die Augen zusammen. Dieser Kerl hatte aber auch auf alles eine passende Antwort! „Nun!", lockte er Stefan Rust aus der Reserve. „Ich werde die Unterlagen dem Staatsanwalt übergeben, denn ich glaube, dass hier eine Menge Geld geflossen ist, damit Ihre Firma einen Vorteil hat."
„Das entspringt Ihrer Fantasie!", wiegelte Rust ab. „Ich glaube kaum, dass Sie diese Behauptung beweisen können. Wenn Sie mich also entschuldigen …!"
Ein leiser Klick war zu hören, und Rust hatte das Gespräch beendet.
„So ein arrogantes A…!", fluchte Isedor.
„Und?", fragte Marchetti gespannt.
„Er spielt das Unschuldslamm! Natürlich hat er die richtigen Leute geschmiert, aber das wird er wohl kaum zugeben."
„Und ich dachte, dass Italien ein Problem hätte", meinte Marchetti mit einem indignierten Kopfschütteln.

„Ich werde jetzt den Staatsanwalt in München anrufen und vorschlagen, dass die Geschäftsstellen dieses Sicherheitsdienstes durchsucht und die Computer sichergestellt werden. Denn wenn alles seine Richtigkeit hätte, warum lag dann Florian Bauer ermordet in einer Mülltonne?"
„Ganz einfach! Ein Politiker weiß, dass er aus dem Geschäft ist, und droht damit, alles auffliegen zu lassen. Vielleicht wollte er auch nur ein letztes Mal abkassieren, oder was auch immer!", folgerte Marchetti. „Jedenfalls wird er zu einer Gefahr für die lukrativen Einnahmen der anderen, und man beschließt, ihn aus dem Weg zu räumen!"
Isedor setzte die Vermutungen fort: „Also sucht man nach einer guten Gelegenheit!"
„Die sich schließlich in Siena bietet! Bei einer internationalen Tagung!"
„Man lockt den Politiker in eine Falle, und schon hat man ein Problem weniger. Welche Beweise sprechen für diese Theorie?", sinnierte Isedor weiter.
„Die Aufenthaltsgenehmigung! Und dass uns der Täter buchstäblich auf dem silbernen Tablett serviert wurde. Niemand hinterlässt so viele Spuren. Nicht einmal in Panik! Überleg doch mal! Das Ferienhaus, die Leiche, das Auto, die Prostituierte, die Reitgerte …!"
„Was brauchen wir, um diese Theorie zu beweisen?", fragte Marchetti sachlich.
Balloni schob die Brille nach oben und seufzte theatralisch. „Eine parlamentarische Untersuchungskommission! Wir brauchen Andreoni im Zeugenstand! Und für die Aufenthaltsgenehmigung ist Reggio Calabria zuständig."
Marchetti überlegte zögernd: „Na schön! Ich rede mit dem Staatsanwalt, denn das überschreitet meine Befugnisse. Lasst uns ins Büro gehen und nach den anderen Beweisen sehen. Vielleicht können wir eine weitere Verbindung zwischen Chiaramonte und Andreoni nachweisen. Ich würde diesen Bastard zu gerne in die Mangel nehmen."
„Ich sehe immer noch keinen Zusammenhang zwischen den deutschen und den italienischen Politikern", überlegte Isedor. „Bauer war für die Deutschen unbequem, aber der Mord wurde offensichtlich über italienische Beziehungen geplant. Denkt doch an die Prostituierte, die extra eingeflogen wird, damit sie den Ansprüchen von Bauer genügt!"
„Natürlich! Mercedes reist über Reggio Calabria ein, weil Andreoni

dort die notwendigen Verbindungen hat!" Marchetti rieb sich am Kinn und kniff konzentriert die Augen zusammen. „Ich sehe da einen klaren Zusammenhang! Die Deutschen haben ein Problem, und die Italiener wollen ihre politischen Forderungen durchsetzen. Und in Italien geht es um viel Geld! Die Stadien bei uns sind in keiner Weise sicher. Wahrscheinlich müssten viele gesperrt werden, wenn strengere Sicherheitsvorkehrungen getroffen werden."
Isedor lachte gutmütig. „Aber das gilt natürlich nicht für Siena! Das weiß ich ja bereits!"
Marchetti grinste wie ein Luchs. „Wir sind die Citta Magica! Die verzauberte Stadt! Natürlich ist unser Stadion sicher! Aber andere Städte hätten da ein immenses Problem. Also äußert man Wünsche, signalisiert Verhandlungsbereitschaft, und schon gibt es ein Problem weniger. Dann bekommt einer von diesen Herren kalte Füße und verständigt die Presse. Sehr peinlich! Aber in diesen Kreisen wird kein Mordauftrag gegeben, man ist doch nicht bei der Mafia. Oder kannst du mir erklären, warum die deutsche Delegation klein beigibt?"
Isedor schüttelte vehement den Kopf. „Nicht wirklich!"
„Okay! Lass uns die Konten von diesem Chiaramonte checken! Vielleicht kommen wir damit weiter", schlug Marchetti vor.

Balloni setzte sich sofort ans Telefon, um der Sache nachzugehen. Zur gleichen Zeit klingelte Marchettis Handy. „Pronto?"
Es war Marchettis Vater, der sich mit Nachrichten aus der Bank meldete. Das Gesicht von Marchetti verdunkelte sich merklich, dann knurrte er ein kurzes „Ciao".
Wütend steckte er das Handy in seine Sakkotasche und wandte sich den anderen zu: „Mein Vater sagt, dass es sich bei der Nummer tatsächlich um ein Nummernkonto handelt! Keine Chance, dass wir da rankommen!"
„Mist! Was passiert dann mit dem Geld?"
„Entweder, jemand hat die entsprechenden Unterlagen, oder das Geld fällt nach einiger Zeit an die Bank!"
„Lukratives Geschäft für die Schweiz!", überlegte Isedor.
„Wusstest du das nicht? Die Schweizer Banken sind reich daran geworden, weil nach dem Zweiten Weltkrieg die Konten der vielen Juden, die ihr Geld dort in Sicherheit bringen wollten, erloschen sind."
Giulia unterbrach ihre düsteren Gedanken und zückte die Zeitung. „Habt ihr schon die Zeitung gelesen? Ich habe die Presseerklärung!"

„Nein, lies vor!", befahl Marchetti.
Giulia räusperte sich, genoss kurz die Aufmerksamkeit, die ihr zuflog.
„ANSA, Agenzia Nazionale Stampa Associata", zitierte sie überflüssigerweise:

„Die bisher an den konträren Standpunkten Italiens und Deutschlands gescheiterten Verhandlungen über europäische Sicherheitsstandards bei Großveranstaltungen sind überraschenderweise zu einem Abschluss gekommen. Wie der deutsche Delegationsführer Abramczik einräumen musste, hat dabei Italien fast alle Forderungen durchgesetzt. Abramczik vertrat jedoch die Ansicht, dass dies in keiner Weise einer Niederlage gleichkäme. „Manchmal", so Abramczik wörtlich, „muss man sich einfach den besseren Argumenten der anderen Seite beugen. Schließlich gehe es nicht darum, Recht zu bekommen, sondern im Sinne und Geiste eines vereinten Europas gemeinsame und tragfähige Lösungen für die Zukunft zu finden!"

Isedor spuckte vor Empörung. „Den besseren Argumenten beugen! Wie blumig doch die Tatsache umschrieben wurde, dass sich dafür ein Mädchen in demütigender Weise hinknien und misshandeln lassen musste! Bei denen klingt alles immer so sauber, kein Wort davon, dass für ihre Interessen ein Mensch geopfert wurde."
Alle schwiegen nach diesen Worten und blickten sich betreten an. Nach einer längeren Pause wandte sich Marchetti an seinen Partner: „Hast du etwas über die Kontoverbindungen?"
Balloni nickte und druckte mehrere Seiten über das Internet aus. „Die Polizei hat vorgearbeitet. Die Konten sind sauber! Keine irregulären Einzahlungen oder Ausgaben. Alles normale Rechnungen, etc.! Die Antiquitäten werden nirgends vermisst, wurden anscheinend bar bezahlt, ebenso die beiden Wohnungen."
„Wo nimmt der Mensch so viel Geld her?", wunderte sich Marchetti.
Balloni zuckte die Achseln. „Keine Ahnung! Aber in Italien ist es nicht unüblich, die Wohnung bar zu bezahlen. Da würde kein Notar misstrauisch werden."
„Keine Transaktion in den letzten Wochen?"
„Nichts!", bestätigte Balloni.
„Das ist übel!", stöhnte Marchetti. „Bleib dran! Ohne den Beweis, dass Geld geflossen ist, sieht es nicht gut aus mit unserer Anklage."
„Si, Dottore!"

Marchetti verlangte die Mappe für den Staatsanwalt und winkte nach Isedor. „Gehen wir zu Brandesa! Mal sehen, was der Staatsanwalt dazu sagt."
Gemeinsam verließen sie die Questura und wanderten in Richtung Justizpalast. Beide waren merkwürdig still, fühlten nicht den Triumph, den Fall gelöst zu haben, sondern eher die Niederlage, dass sie an die Drahtzieher nicht herankamen.
„So ein ausgeklügeltes Komplott!", schimpfte Isedor leise.
„Allerdings! Der Fall zieht ganz schön Kreise. Es wird schwer werden, die Bestechung nachzuweisen, außerdem ist es eine internationale Angelegenheit.
Sie schlenderten die Via di Citta hoch und drückten sich in einen Hauseingang, als ein ganzer Tross singender Menschen aus dem Stadtteil Brucco fahnenschwingend und trommelnd an ihnen vorbeizog. In einem immer noch anhaltenden Glückstaumel sangen die Angehörigen von Brucco ihre Siegeslieder, im Mundwinkel die Schnuller, als Symbol des Triumphes. Für jeden normalen Menschen mag es seltsam anmuten, wenn Hunderte von erwachsenen Menschen mit Schnullern im Mund an einem vorbeiziehen, und auch Isedor fühlte sich peinlich berührt. „Was ist denn mit denen los?"
„Das ist das Zeichen des Sieges! Die Menschen ernähren sich wieder von der Mutterbrust oder liegen an den Zitzen der Wölfin. Siena stammt nämlich von Romulus und Remus ab. Deswegen stehen hier auch überall diese Statuen."
„Verstehe!" Isedor grinste breit. „Knabberst du dann auch an einem Schnuller herum, wenn Aquila siegt?"
„Selbstverständlich! Am Tag nach dem Palio sind sämtliche Schnuller in Siena ausverkauft. Da sind Säuglinge arme Waisenkinder, wenn die Mütter nicht rechtzeitig daran gedacht haben, ein paar Schnuller auf Vorrat zu kaufen. Ich persönlich lege mich aber auch ganz gern an einen weiblichen Busen."
„Das glaube ich sofort", meinte Isedor mit einem anzüglichen Lächeln.

Etwas besser gelaunt betraten sie das Justizgebäude, und mit Feuereifer machte sich Marchetti daran, den Staatsanwalt zu einem Fegefeuer über korrupte Politiker zu überzeugen.
Brandesa hörte gewissenhaft zu, wog die Beweismittel ab und studierte sorgfältig die Ermittlungsberichte. Dann schüttelte er verhalten den Kopf. „Marchetti! Sie haben gute Arbeit geleistet! Aber für

einen Politskandal fehlen uns die Beweise. Ich bin schon froh, wenn ich Chiaramonte wegen Totschlags anklagen kann. Selbst das wird schwer werden!"

„Signore Brandesa!", versuchte Marchetti den Staatsanwalt umzustimmen. „Wir haben doch Beweise! Das Notizbuch und den Computer! Und bei Chiaramonte werden wir auch noch fündig. Warten Sie doch ab, was die Ermittlungen in Deutschland ergeben."

„Na schön! Schauen Sie, was Sie noch zusammentragen können; dann werde ich die Fakten abwägen! Im Moment bin ich froh, dass wir den Fall aufgeklärt haben und einen Täter präsentieren können! Eine Belobigung aus Rom ist auch schon da. Gute Arbeit, Marchetti!"

Marchetti legte zweifelnd den Kopf schief. „Eine Belobigung?"

„Ja, immerhin haben Sie den Täter gefasst!"

Isedor beugte sich ein wenig fassungslos vor. „Und die politischen Verwicklungen, die …?"

Mit einer Handbewegung stoppte der Staatsanwalt den deutschen Kommissar: „Sie sind hier nur Beobachter! Der Bestechungsskandal ist eine deutsche Angelegenheit. Ich werde die Unterlagen dem deutschen Staatsanwalt schicken, und dann kann dieser weitere Ermittlungen einleiten! Für uns ist der Fall abgeschlossen, solange Sie keine weiteren Beweise beibringen können."

Isedor schnappte nach Luft, dann wechselte er einen entsetzten Blick mit Marchetti. Brandesa lehnte sich zurück und verschränkte die Hände ineinander, als würde er beten. „Meine Herren! Wir müssen uns an Tatsachen halten. Sie haben viele Vermutungen, dabei übersehen Sie völlig, dass Sie ein Geständnis haben."

„Kein Geständnis, sondern ein Bauernopfer!", widersprach Marchetti gereizt.

„Marchetti, ich glaube Ihnen, aber ohne weitere Fakten sind mir die Hände gebunden! Ich brauche alle Ergebnisse, damit ich wenigstens Chiaramonte hinter Schloss und Riegel bekomme! Darauf sollten wir uns konzentrieren!"

„Was wird aus dem Mädchen?", knirschte Marchetti zwischen zusammengebissenen Zähnen hervor.

„Sie ist Zeugin, und dann sehen wir weiter!", entgegnete Brandesa kurzangebunden.

Marchetti setzte eine undurchschaubare Maske auf und wurde ausgesprochen förmlich: „Sehr wohl!"

„Wann fahren Sie nach München zurück?", wechselte der Staatsanwalt galant das Thema.

„Morgen!“, erklärte Isedor. „Der Fall ist ja abgeschlossen.“
„Sehr schön!“, freute sich Brandesa, offensichtlich erleichtert.

Bedrückt verließen die beiden Ermittler das Büro und machten sich auf den Rückweg. „Verstehst du das?“, wagte Isedor zu fragen.
„Nein!“
„Und jetzt?“
Marchetti blieb stehen und schaute Isedor trotzig in die Augen: „Ich spreche mit Dottore di Sabato! Ich lasse mir den Fall nicht wegnehmen!“
Wütend ging Marchetti zur Questura zurück, geriet bei seinem Tempo ein wenig ins Schnaufen. Dunkle Schweißflecken breiteten sich unter seinen Achseln aus, und sein Haar glänzte fettig. Ohne sich anzumelden klopfte er gegen die Tür seines Vorgesetzten und trat ein. Erstaunt blickte Dottore di Sabato auf, dann erhob er sich eilig. „Dottore Marchetti!“, grüßte er freundlich. „Nehmen Sie doch Platz!“
Marchetti ließ sich auf die bordeauxrote Couch plumpsen und holte tief Luft.
Isedor war so aufgeregt, dass er lieber stehen blieb.
„Nun?“, wartete di Sabato.
„Wir haben den Fall aufgeklärt, aber wir sind dahintergekommen, dass ein politischer Skandal das Motiv für den Mord ist.“
Interessiert beugte sich der Dottore vor und hörte auf die Erklärungen Marchettis. Schließlich runzelte er gedankenverloren die Stirn und stemmte die Hände in die Hüften. „Marchetti!“, mahnte er in schulmeisterlichem Ton. „Ich verstehe Ihren Ärger, aber was wollen Sie eigentlich?
Wir haben den Täter! Wir haben sein Geständnis! Und warum sollten wir uns in einen politischen Skandal der Deutschen einmischen? Signore Brandesa hat absolut recht. Wir schicken die Unterlagen nach Deutschland, und dann sollen sich die Behörden dort darum kümmern. Commissario Isedor ist bestens eingeweiht und kann sicherlich die nötigen Impulse geben. Hier sind alle glücklich! Das Fremdenverkehrsamt, weil sich der Mord im Rotlichtmilieu abgespielt hat und brave Touristen nicht abgeschreckt werden. Unsere Regierung, weil die Deutschen zufrieden sind. Der Staatsanwalt, weil er einen Täter hat, den er präsentieren kann. Alles ist wunderbar!“
„Wunderbar?“, äffte Marchetti seinen Vorgesetzten nach. „Und die erkaufte Aufenthaltsgenehmigung?“
„Können Sie das beweisen? Es ist nicht einmal ungewöhnlich, dass

ein Politiker seine Beziehungen spielen lässt. Das geschieht hundert Mal am Tag in Italien!"
Marchetti blickte trotzig auf seine Schuhe und schwieg.
„Marchetti!", meinte der Dottore freundlich. „Sie haben eine Belobigung! Was wollen Sie denn noch?"
„Gerechtigkeit!", antwortete Marchetti ehrlich. „Es ist einfach nicht fair, wenn die Hintermänner ungeschoren davon kommen."
„Das werden sie nicht. Wir schicken die Unterlagen nach Deutschland."
Marchetti schnaufte unappetitlich den Schleim in seiner Nase hoch, ein Zeichen, wie wenig ihm diese Beteuerungen gefielen.
„Es ist doch klar, dass auch Andreoni dahintersteckt, die Beweise ...!"
„Marchetti! Nur weil sich jemand für die Interessen Italiens einsetzt, muss doch nicht gleich ein Komplott vorliegen."
„Aber er hat eindeutig zu diesem Zuhälter Kontakt ...!"
„Das ist vielleicht peinlich, aber immer noch kein Verbrechen. Im Moment deutet alles auf ein rein deutsches Problem hin. Hier haben wir nur einen Zuhälter und seine misshandelte Prostituierte! Alles andere sind Mutmaßungen!"
„Dottore, die italienische Delegation hat ein ganz klares Interesse! Andreoni ist sogar im Aufsichtrat eines Fußballvereins der Serie A! Im Falle eines Scheiterns würden die Vereine viel Geld verlieren. Wenn die Stadien saniert werden müssen, dann geht es um Millionen!"
Dottore di Sabato schüttelte resigniert den Kopf. „Ich sehe immer noch nicht, wie ein Mord diese Verhandlungen beeinflussen könnte!"
„Na, ganz einfach! Die Deutschen haben ein Problem, weil sie bestochen worden sind und jemand sie verpfeifen möchte. Und die Italiener haben ein Problem, weil sie die neuen Sicherheitsstandards nicht wollen. Eine Hand wäscht die andere! Ich räume einen unliebsamen Zeugen aus dem Weg, und du garantierst mir Narrenfreiheit."
„Dazu müssen wir beweisen, dass die Politiker in Deutschland bestochen worden sind und dass irgendjemand diesen Zuhälter bezahlt hat! Können Sie das?"
Marchetti schüttelte wütend den Kopf. „Noch nicht!"
„Nehmen Sie sich für heute frei!", schlug sein Chef vor. „Sie haben die letzten Tage wahrlich genug gearbeitet. Wir haben den Mörder, alles andere sind Vermutungen! Setzen Sie sich an einen Fluss, und

denken Sie darüber nach. Sie haben gute Arbeit vollbracht!"
Marchetti nickte gehorsam. „Ja, vielleicht bin ich ein wenig überanstrengt und brauche Abstand zu der Sache! Sie haben recht!"
Dottore di Sabato strahlte sichtlich gerührt. „Ich gebe Ihnen und Ihrem Team auch gerne zwei Tage frei! Schließlich haben Sie das Wochenende durchgearbeitet. Ruhen Sie sich aus!"
„Vielen Dank!", murmelte Marchetti, dann verließ er mit Isedor das Zimmer.
„Was ist denn mit dir los?", fragte Isedor betroffen.
„Nichts! Was soll ich machen, wenn sogar mein Chef mich zurückpfeift?"

Sie gingen in ihr Büro zurück und setzten sich auf die Stühle, wirkten plötzlich beide wie erschlagen. Balloni spitzte überrascht seinen Mund und warf seinem Partner einen fragenden Blick zu.
„Der Fall ist abgeschlossen!", bemerkte Marchetti lakonisch.
„Wie bitte?" Die blauen Augen von Balloni standen unnatürlich weit offen.
„Ja, du hast richtig gehört! Abgeschlossen! Finito! Vorbei! Wir sind belobigt worden und haben zwei Tage frei!"
„Frei?"
„Ja, du verstehst schon! Frei! Keine Arbeit! Du kannst zum Angeln gehen!" Unwillig wedelte Marchetti mit seiner Hand, als verscheuchte er eine Fliege, die um seine Nase flog.
In dem Büro herrschte plötzlich Grabesstimmung, und Giulia zog den Kopf ein.
„Und Mercedes del Rio?", wagte Balloni zu fragen. „Muss sie noch bewacht werden?"
„Nein!", raunzte Marchetti ungeduldig, dann hatte er plötzlich eine Idee. „Ruf im Krankenhaus an und frag nach, wann sie entlassen werden kann!"
Erstaunt tippte Balloni die Nummer, während Marchetti sein Handy zückte und Isedor ein verzweifelten Blick zuwarf. „Das ist jetzt wirklich illegal, aber mir reicht's!" Er suchte in seiner Adressendatei nach einer Nummer und drückte die Wahltaste.
Isedor wartete nur ab und schaute auf seinen Kollegen, der wieder zu allem entschlossen zu sein schien.
„Ciao, Andrea! Sono Luca! Kann ich dich kurzfristig treffen?"
Der andere Teilnehmer schien ein wenig irritiert zu sein, aber Luca überging dessen Vorbehalte: „Ja, jetzt, es ist wichtig!"

„Okay, ich komme bei dir vorbei! Zehn Minuten! Va bene!"
Energisch wandte er sich an Balloni: „Und?"
„Der Arzt ist zwar nicht besonders begeistert, aber sie könnte sofort entlassen werden, wenn es sein muss!"
„Okay!", freute sich Marchetti, übernahm wie gewohnt die Initiative. „Fahr ins Krankenhaus, hol Mercedes dort raus und komme zu Andrea Jula!"
Balloni legte seine Stirn in tausend Falten und blickte verwundert auf seinen Chef. „Jetzt?"
Unwillig baute Marchetti sich auf. „Ja, jetzt! Ich bin auch in der Lage, jemanden verschwinden lassen, wenn ich will! Los, mach schon!"
Isedor blickte verständnislos von einem zum anderen. „Könnte mir mal jemand erklären, was das hier soll?"
„Wir fahren zu einem Freund! Dann erkläre ich dir alles!"
„Und das Mädchen?"
Marchetti legte den Zeigefinger an den Mund. „Nicht so laut! Darf keiner wissen!"
„Verstehe!"
Eilig verließen alle das Büro, lachend und scherzend, als würden sie tatsächlich den wohlverdienten Feierabend genießen. Jeder stieg in sein Auto, und Marchetti bat den Deutschen, zur Tarnung ins Hotel zufahren, damit niemand misstrauisch wurde. Von dort fuhren sie weiter zu einem kleinen Haus, das am Stadtrand von Siena lag. Alle fühlten sich wie bei einer Verschwörung und schwiegen nervös. Marchetti nagte ganz untypisch an seinen Lippen, aber jetzt konnte er nicht mehr zurück. Er würde diese Sache durchziehen, koste es was es wolle. Außerdem tat er nichts Unrechtes! Der Fall war abgeschlossen!
Sie parkten vor dem Haus, das hinter einigen uralten Steineichen fast völlig verschwand. Seitlich führte ein schmaler Pfad ins Tal hinunter, und im Hintergrund erhob sich wieder die Silhouette von Siena. Isedor schob seine Sonnenbrille noch oben und schaute sich um. „Schöner Blick!", murmelte er bewundernd. „Wer wohnt hier?"
„Ein Freund von mir! Andrea Jula! Ein Künstler, der mir mehr als nur einen Gefallen schuldet!"
„Oh, gut, solche Freunde zu haben!" Isedor riss verschmitzt die Augen auf. Er war gespannt, auf wen er hier treffen würde.
Marchetti klopfte dröhnend an die blau gestrichene Haustür und wartete ungeduldig darauf, dass ihm geöffnet wurde. Ein junger Mann öffnete ihm, immer noch mit Farbe an den Händen und einem

Malerkittel über einer weit geschnittenen Jeans. „Ciao!", grüßte er verhalten. „Was ist los?"
„Das ist ein Freund von mir! Können wir reinkommen?"
„Na schön!", erlaubte Andrea Jula wenig begeistert. „Ich hab nicht aufgeräumt!"
„Das hast du nie!", empörte sich Marchetti.
Eigentlich war es überhaupt nicht unordentlich, fand Isedor. Es sah eben so aus, wie man sich die Wohnung eines Künstlers vorstellte. Alte Möbel, überall Mal-Utensilien, mehrere Staffeleien mit unfertigen Kunstwerken und jede Menge Bilder verschiedenster Kunst-Epochen an den Wänden. „Toll!", staunte er. „Haben Sie das alles gemalt?"
Andrea Jula warf einen unsicheren Blick auf seinen Freund und nickte dann verhalten.
„Hey! Ist das ein Monet? Und das dort sieht ja aus wie ein echter Van Gogh!"
Andrea Jula zuckte sichtlich zusammen, dann zeigte er auf seine neuesten Werke. „Ich male aber auch eigene Bilder!"
„Schön!", lobte Isedor ehrlich begeistert.
„Meistens mache ich Auftragsarbeiten! Die verkaufen sich besser!"
„Verstehe!" Isedor grinste, denn er hatte plötzlich eine ungefähre Ahnung, womit dieser Künstler sein Geld verdiente.
Fälschungen von alten Meistern! Das waren also die Gefallen, die er Marchetti schuldete! Das konnte ja interessant werden.
„Wie kann ich dir helfen?", fragte der junge Mann verunsichert. Große braune Augen in einem schmalen Gesicht blickten fragend auf den Commissario.
„Du musst mir einen Gefallen tun! Ich habe ein Problem!"
„Einen Gefallen? Welchen?"
„Ich muss jemanden verschwinden lassen! Hat dein Onkel in Genua nicht ein Restaurant?"
„Ja, doch, warum willst du das wissen?"
„Ruf ihn an und frag ihn, ob er nicht gutes Personal braucht!"
„Was? Spinnst du?" Die dunklen Augen wurden noch größer vor Überraschung.
„Es ist mir Ernst! Bitte, tue mir den Gefallen! Ruf deinen Onkel an und lege all deinen Charme in diese Frage. Es ist wichtig."
Andrea Jula schüttelte entgeistert seinen Kopf. „Ich kann ihm doch nicht irgendein Mädchen andrehen! Wer sollte das überhaupt sein?"
„Sage einfach, dass es eine Bekannte von dir ist. Mercedes del Rio aus

Haiti! Sie hat legale Papiere, und ausgebildet ist sie auch."
An der Tür klopfte es, und wie elektrisiert zuckte Andrea Jula zusammen. „Das ist nur mein Mitarbeiter", gab Marchetti Entwarnung. „Er bringt das Mädchen!"
„Das Mädchen?"
„Ja, sie muss heute noch weg. Lass sie rein!"
„Luca! Ich tue ja viel für dich, aber meinst du nicht, dass du jetzt etwas übertreibst?"
Marchetti schnaubte empört und zeigte unmissverständlich auf das Telefon, während er in Richtung der Tür ging. „Bitte!", flehte er, „ich möchte nicht, dass ihr noch vor dem Prozess ein Unfall passiert! Sie ist eine wichtige Zeugin."
„Sag mal, gibt es für solche Fälle nicht ein Zeugenschutzprogramm oder etwas Ähnliches?"
Marchetti legte stirnrunzelnd den Kopf schief. „Andrea, wir sind hier nicht beim FBI! Du schaust dir zu viele amerikanische Serien an. Ich wäre ja wohl kaum hier, wenn es eine andere Lösung gäbe. Also, hilfst du mir?"
„Mamma mia!", murmelte Andrea. Doch dann griff er entschlossen zum Telefon.

Marchetti öffnete die Tür und ließ seinen Kollegen mit dem Mädchen eintreten. Völlig verschreckt schob sich Mercedes in den Raum und schaute sich mit großen Augen um. „Ich habe doch gar nichts getan", flüsterte sie erschrocken, als sie den Commissario erkannte. „Was soll ich denn hier?" Sie umklammerte den Krankenhauskittel, als fürchtete sie den letzten Halt zu verlieren, und bewegte sich steif, um ihren Rücken zu schonen. Marchetti lächelte freundlich. „Keine Angst! Wir sorgen dafür, dass Ihnen niemand mehr zu nahe kommt. Wir schicken Sie zu einem Onkel nach Genua, und wenn Sie sich in ein paar Tagen erholt haben, dann können Sie dort arbeiten."
„Zu einem Onkel?", wiederholte Mercedes.
„Ja, mein Freund hat einen Onkel in Genua. Er führt ein gutes Restaurant. Dort sind Sie sicher, bis der Prozess beginnt, können ein bisschen arbeiten und so. Ich habe Ihre Papiere, und alles ist in Ordnung!" Marchetti lächelte ermutigend, während er im Stillen seine Zweifel hatte. Alles war in Ordnung! Das war sicherlich die Übertreibung des Jahres!
Tränen liefen der jungen Frau über die dunklen Wangen, und sie sah erbarmungswürdig aus. „Arbeiten? Aber ich muss nicht ...?"

„Nein, nein!", unterbrach Marchetti sie eilig, als er ihre Hintergedanken ahnte. „Ein Restaurant! Nichts anderes!"
„Aber ich habe doch nichts zum Anziehen! Und wie komme ich denn dorthin?"
„Oh, mein Kollege fährt kurz einkaufen, und ich fahre Sie morgen persönlich nach Genua. So lange bleiben Sie bei Andrea. Er wird sich um Sie kümmern. Er ist Künstler. Keine Angst!"
Balloni stemmte die Fäuste in die Hüften und baute sich vor Marchetti auf. „Einkaufen? Was soll ich denn einkaufen?"
Hilflos zuckte Marchetti mit den Schultern. „Na, was ein Mädchen so braucht! Schuhe, Wäsche, ein Kleid, vielleicht eine Jacke. Nimm Giulia mit, und lass dir etwas einfallen!"
„Ich dachte, dass wir frei hätten?"
„Du hast die Freiheit, jetzt Einkäufe zu machen, basta!"
„Verstehe! Welche Größe?"
„Schuhgröße 37 und in der Kleidung brauche ich eher ‚small'", flüsterte Mercedes verlegen. Dann ließ sie sich auf einen Sessel sinken und brach endgültig in Tränen aus. „Ist es endlich vorbei?", weinte sie hemmungslos.
„Ja!", tröstete sie Marchetti mit fester Stimme. „Es ist vorbei! Hier ist meine Handynummer! Rufen Sie mich an, wenn Sie je wieder ein Problem haben!"
„Vielen Dank! Sie sind ein guter Mensch", bedankte sich Mercedes mit einem Schniefen.
„Brauchen Sie noch Medikamente?", fragte Marchetti fürsorglich.
„Nein, es geht schon! Die Schmerzen haben nachgelassen!"
Sie wirkte erschöpft und zerbrechlich, versuchte mit zitternder Hand ihre Tränen zu trocknen. Marchetti fühlte eine irrsinnige Wut in seinem Bauch, als er auf das Häufchen Elend blickte.
„Haben Sie Lust auf Pizza?", fragte er unvermittelt. Ein gutes Essen hatte immer schon geholfen, dass er sich besser fühlte, und vielleicht wirkte es auch bei dem Mädchen.
Sie kicherte vor Überraschung. „Gerne!"
Marchetti klatschte freudestrahlend in die Hände. „Wunderbar! Pizza für alle! Balloni, du gehst einkaufen! Andrea, du versuchst deinen Onkel zu erreichen, und ich hole Pizza! Anschließend treffen wir uns alle hier zum großen Abschiedsessen! Pizza per tutti, ma niente per Pantera", stimmte er ein Contradalied gegen den Feind an. Hier kämpfte er soeben gegen Ungerechtigkeit und das System an sich.
Andrea und Balloni schienen die Begeisterung nicht so ganz zu tei-

len. „Meinst du nicht, dass du dir hier gerade eine Menge Ärger einhandelst?", fragte Balloni besorgt.
„Wieso? Dottore di Sabato hat doch bestätigt, dass alles in Ordnung sei! Nicht wahr?", heischte er um Unterstützung bei seinem deutschen Kollegen.
„Stimmt!", bestätigte Isedor.
„Die Papiere sind in Ordnung! Sie gilt als Zeugin in dem kommenden Prozess, also ist es doch nur natürlich, wenn ich sie zu ihrem eigenen Schutz eine Weile verschwinden lasse, oder sieht das jemand anders?"
Niemand hatte einen Einwand, und Marchetti streckte theatralisch seine Arme aus. „Also?"
„Okay!", lenkte Balloni ein. „Ich gehe einkaufen!"
Es wurde ein schöner Abend, auch wenn Mercedes del Rio immer wieder die Tränen über das Gesicht liefen. Aber es waren Tränen der Dankbarkeit, weil dieser Alptraum endlich ein Ende hatte. Andrea hatte seinen Onkel mit Engelszungen überredet, die neue Mitarbeiterin zu übernehmen, und glaubhaft versichert, dass sein Leben davon abhinge. Giulia hatte das Wunder vollbracht, auf Marchettis Kreditkarte eine Grundausstattung für Mercedes einzukaufen, die sie ihm irgendwann zurückzahlen wollte. Marchetti wehrte das kategorisch ab: „Oh nein, das fangen wir erst gar nicht an! Keine Schulden! Die Sachen sind ein Geschenk, basta!"
Alle lachten fröhlich, und Mercedes weinte schon wieder. Sanft nahm Marchetti ihr Gesicht in seine Hand. „Hey, in Italien lacht man, wenn man sich freut!"
„Ach, ich bin so durcheinander!", schluchzte Mercedes, um Entschuldigung heischend.

Am nächsten Tag verabschiedete sich Marchetti von Kommissar Isedor: „Bis bald! Ich freue mich schon darauf, im Herbst nach München zu kommen!"
„Pass auf dich auf!", bat Isedor mit einem treuherzigen Hundeblick. „Und lass dich von dem Mädel nicht allzu sehr ablenken!"
„Keine Sorge! Ich liefere sie nur ab! Das ist alles!"
„Etwas anderes habe ich auch überhaupt nicht gemeint", wehrte Isedor augenzwinkernd ab.
Marchetti hob grüßend seine Hand zum Abschied, dann half er Mercedes in seinen Oldtimer. Er kam sich großartig vor, als der edle Retter in der Not. An so ein Gefühl könnte er sich gewöhnen.

Am nächsten Tag fuhr er mit Mercedes nach Genua, während Isedor in Richtung Deutschland verschwand. Marchetti blieb zwei Tage in Genua und sorgte dafür, dass Mercedes ein kleines Zimmer bekam und dort gut untergebracht war. Anschließend begleitete er sie zum Einkaufen und genoss sichtlich, wie das Guthaben auf seinem Konto schrumpfte. Zum ersten Mal machten ihm die Einkäufe mit einer Frau Spaß. Sie sah mit ihrer schlanken Gestalt einfach zum Anbeißen aus, gleichgültig, in welche Kleider sie schlüpfte. Ehe er zurück nach Siena sauste, schaute er in seinem Kalender nach, wann er seine nächsten freien Tage hatte, um wieder nach Genua zu kommen.
Nach seiner Rückkehr war es ruhig. Giulia und Pietro arbeiteten vor sich hin, und ansonsten schien nichts Neues passiert zu sein. Marchetti nahm sich zwei Tage frei und erlaubte sich, am dritten Tag erst mittags ins Büro zu gehen. Dazu machte er einen Umweg in die andere Richtung, um am Campo einen Kaffee zu trinken. Sinnend saß er zwischen den Touristen und beobachtete eine Taube, die frech zwischen seinen Füßen nach Futter suchte. Er dachte an Mercedes und fühlte immer noch den Adrenalinstoß dieser Rettungsaktion.

Sein Hochgefühl erlitt jedoch einen gewaltigen Dämpfer, als plötzlich sein Handy klingelte und er die Stimme von Isedor erkannte.
„Ciao, Ise! Come stai?", grüßte er ernst.
„Nicht so gut!", brummte Isedor.
„Was ist denn los?", fragte Marchetti und spürte einen unangenehmen Stich in der Magengegend.
„Die Unterlagen sind eingetroffen", erzählte Isedor. „Diese Schwachköpfe haben den Computer zur Auswertung außer Haus gegeben, und die Idioten haben die Festplatte aus Versehen zerstört."
„Was?", fluchte Marchetti. „Sogar unser junger Hacker hatte kein Problem, die Daten zu holen!"
„Das weiß ich! Die Firma hat sich wirklich zu blöd angestellt! Außerdem ist es absolut ungewöhnlich, dass die Polizei ein Beweisstück überhaupt außer Haus gibt. Wir haben selbst Computerfachleute in unserer Abteilung!", schimpfte Isedor.
„Da steckt doch Absicht dahinter!", behauptete Marchetti ungehalten.
„Ich glaube es auch!"
„Was ist mit den Computern bei der Sicherheitsfirma und von Florian Bauer?"
„Der Staatsanwalt hat eine Durchsuchung aus Mangel an Beweisen abgelehnt."

„Wie bitte?“
„Ja, ohne den Computer von Florian Bauer haben wir nichts in der Hand! Und in der Privatwohnung von Florian Bauer wurde kein weiteres Beweismaterial gefunden. Kein Computer, keine Unterlagen, nichts! Obwohl er eine Internet-Flatrate hatte!“
„Also hat jemand das Ding rechtzeitig fortgeschafft“, schlussfolgerte Marchetti.
„So ist es! Und? Was gibt es bei dir?“
„Ach, alles in Ordnung! Mercedes ist gut untergebracht, und wir überprüfen immer noch die Konten von Chiaramonte. Sehr nervig, das Ganze! Mein Chef war natürlich ein wenig sauer über meine Eigenmächtigkeit, aber Mercedes ist ja nicht aus der Welt. Was machst du als Nächstes?“
„Ich treffe mich mit einem ziemlich bissigen Staatsanwalt aus Augsburg und gebe ihm die Kopien der verlorengegangenen Unterlagen!“, feixte Isedor. „So schnell gebe ich nämlich nicht auf! Mal sehen, was der erreicht.“
Marchetti kicherte belustigt. „Triff dich doch lieber mit diesem Herrn vom Hamburger Nachrichtenmagazin! Dann rollen vielleicht doch ein paar Politiker-Köpfe!“
Isedor seufzte tief: „Das glaubst aber auch nur du! Ich wäre schon froh, wenn ein, zwei Köpfe in der Sicherheitsbranche rollen würden, aber ich kann denen im Moment noch nicht einmal eine Unregelmäßigkeit bei der Auftragsvergabe nachweisen.“
„Mist!“, äußerte Marchetti sein ehrliches Bedauern.
„Ich melde mich wieder, wenn sich was Neues ergibt!“, verabschiedete sich Isedor und beendete das Gespräch.
Marchetti stand auf, legte das Geld für den Kaffee auf den Tisch und überquerte den Campo. Im Vorbeigehen kaufte er eine Zeitung und überflog kurz die Schlagzeilen. Auf der zweiten Seite war ein Artikel über Andreoni, der sich in Lobpreisungen geradezu überschlug. Marchetti schlug die Zeitung wütend zu und rollte sie zusammen. Er fühlte, wie ihm das Blut ihn in den Kopf schoss, und stopfte die Zeitung in einen Mülleimer. Vielleicht sollten wir alle Politiker auf diese Weise entsorgen, dachte er übellaunig. Dann schlenderte er langsam die Via di Citta in Richtung seines Büros hinauf, kaufte sich unterwegs noch drei Portionen Eis und rannte dann das letzte Stück, um bei seinen Mitarbeitern zu sein, ehe das Eis in seinen Händen schmolz.

www.traumfaenger-verlag.de

Die Autorin:

Kerstin Groeper wurde 1961 als Tochter des Schriftstellers Klaus Gröper in Berlin geboren. Sie arbeitete während des Studiums der Sozialpädagogik für verschiedene Zeitschriften und begann ihre ersten Romane zu schreiben, die zunächst in Nordamerika handeln. „Der Palio des toten Politikers" entstand durch ihre Liebe zu der Stadt Siena, wo jedes Jahr das berühmte Pferdrennen veranstaltet wird. Kerstin Groeper und ihre ganze Familie sind Mitglieder der Nobile Contrada dell' Aquila und nehmen selbst seit zwanzig Jahren an dem Palio und allen Festlichkeiten teil. Ihr älterer Sohn lernte sogar das traditionelle „Fahnenschwingen" und durfte am „Giro", dem Ehrenmarsch in mittelalterlicher Kleidung durch die Stadt teilnehmen. So war es nicht verwunderlich, dass die Autorin die Athmosphäre dieser mitteralterlichen Stadt aufnahm und in die verzwickte Handlung eines Krimis einbaute. Kerstin Groeper lebt mit ihrer Familie in der Nähe von München. Im Sommer findet man sie in Siena.

Guiseppe Bruno ist ein geheimer Informant der Nobile Contrada dell'Aquila.

Sunka Wakan Na Wakanyeja Awicaglipi Incorporation
Lakota Horsemanship Organisation

>>We are Lakota. We are not Cowboys, we are Horsemen.<<

Die Sioux bzw. Lakota gelten als die besten Reiter sowie Pfeil- und Bogen-Schützen. Beides ist in ihrer Tradition tief verankert. Die Arbeit und das Zusammenleben mit den Pferden sowie das Aufleben alter traditioneller Werte sollen den jungen Indianern zur Wiederfindung ihrer eigenen Identität verhelfen.

Ziel dieser Organisation ist es, Kindern und Jugendlichen durch verschiedene Programme die Rückführung zur eigenen Kultur zu ermöglichen und sie dadurch vor Alkohol- und Drogenmissbrauch zu bewahren.

Jedes Jahr werden verschiedene Workshops mit den Kindern und Jugendlichen durchgeführt sowie mehrtägige Wilderness Camps. Während der Wintermonate werden Workshops gehalten z. B. zum Halfter anfertigen, Bilderrahmen aus Holz basteln u.v.a.

Repräsentantin der SwnWA Inc. in Deutschland:
Andrea Cox, Im Wirbel 65 / 68219 Mannheim /
Tel. 0621 / 80 11 16
E-Mail: info@andreac.de
Weitere Infos unter: www.andreac.de

Spendenkonto in Deutschland:
Förderverein für bedrohte Völker (GfbV)
Postbank Hamburg
WICHTIG: Stichwort „Winterprojekt"
IBAN: DE89 2001 0020 0007 4002 01

Lila Pilámaya – Vielen Dank

Aktionsgruppe Indianer & Menschenrechte e.V.

Die Aktionsgruppe Indianer & Menschenrechte e.V. (AGIM) ist eine Organisation, die sich im Rahmen der Menschenrechtsarbeit der politischen und kulturellen Unterstützung indianischer Völker in Nordamerika widmet. Von indianischen Organisationen ausdrücklich beauftragt, unterstützt AGIM diese Völker in ihrem Kampf um Selbstbestimmung und Anerkennung als souveräne Nationen. Die Aktivitäten der AGIM erfolgen in enger Zusammenarbeit und gegenseitigem Austausch mit den indianischen Völkern selbst.

Seit Jahrhunderten wurden die indigenen Völker ihrer Lebensgrundlagen und ihrer Rechte beraubt – bis heute. Wir müssen uns daher unserer Verantwortung gegenüber diesen Völkern stellen. Die Tätigkeitsfelder der AGIM umfassen politisches Engagement, kulturelle Unterstützung sowie Öffentlichkeitsarbeit. Wichtiges Instrument ist dabei die 2007 verabschiedete UN-Deklaration der Rechte der indigenen Völker, die diesen erstmals auf höchster Ebene Anerkennung gewährt.
Das von AGIM herausgegebene Magazin „Coyote", das vierteljährlich erscheint, ist die einzige Periodika, die sich im deutschsprachigen Raum ausschließlich nordamerikanischen Indianern widmet.
Die Aktionsgruppe Indianer & Menschenrechte e.V. (1986 gegr.) ist ein anerkannt gemeinnütziger Verein.

Unsere Romane:

Der scharlachrote Pfad
Eine Sioux-Saga

Historischer Roman
von Kerstin Groeper

16,90 €   ISBN 978-3-941485-23-5

Indianisch für Anfänger
Ein Au-pair-Mädchen auf Pine Ridge

Roman
von Kerstin Groeper

9,90 €   ISBN 978-3-941485-46-4

Kranichfrau
Die Geschichte einer Blackfeet Kriegerin

Historischer Roman
von Kerstin Groeper

Neu als Taschenbuch!

14,90 €   ISBN 978-941485-14-3

Auf den Pfaden des Luchses

Von den Ojibwe zu den Cheyenne

Historischer Roman
von Tanja Mikschi

16,90 €   ISBN 978-3-941485-24-2

Im fahlen Licht des Mondes

Der lange Weg der Cheyenne

Historischer Roman
von Kerstin Groeper

16,90 €   ISBN 978-3-941485-48-8

Wie ein Funke im Feuer

Eine Lakota und Cheyenne Odyssee

Historischer Roman
von Kerstin Groeper

16,90 €   ISBN 978-3-941485-13-6

Unsere Romane:

Die Feder folgt dem Wind

Historischer Roman
von Kerstin Groeper

Neu als Taschenbuch!

14,90 € ISBN 978-3-941485-15-0

Wintercount

Dämmerung über dem Land der Sioux

Historischer Roman
von Dallas Chief Eagle
übersetzt von Kerstin Groeper

9,90 € ISBN 978-3-941485-02-0

Die Farben der Sonne

Die Geschichte der Steinpferde
auf der Pine Ridge Indianerreservation

Roman
von Brita Rose-Billert

9,90 € ISBN 978-3-941485-19-8

Ulzanas Krieg

Die Weißen nannten ihn Josanie

Der letzte Kampf der Apachen

Historischer Roman
von Prof. Karl H. Schlesier

14,90 € ISBN 978-3-941485-06-8

Sitting Bull

Sein Leben und Vermächtnis

von Ernie LaPointe,
Urenkel von Sitting Bull

9,90 € ISBN 978-3-941485-20-4

Besuchen Sie unsere Homepage:
www.traumfaenger-verlag.de

Unsere Ethno-Krimis:

Tanz mit Schlangen

Tödliche Zeremonie bei den Hopi

Der neueste Ethno-Krimi
von Ulrich Wißmann

9,90 € ISBN 978-3-941485-47-1

Skalpjagd

Ein Navaho-Cop bei den Sioux

Der erste Ethno-Krimi von
Ulrich Wißmann um Frank Begay
von der Navaho Stammespolizei

9,90 € ISBN 978-3-941485-04-4

Wer die Geister stört

Mord am heiligen Berg der Apachen

Ethno-Krimi von Ulrich Wißmann

9,90 € ISBN 978-3-941485-11-2

Böser Zauber

Schwarze Magie
auf der Navaho Reservation

Ethno-Krimi von Ulrich Wißmann

9,90 € ISBN 978-3-941485-18-1

Sturmgeflüster
Tödliche Spurensuche im Land der Sioux

Ethno-Krimi von Alexandra Walczyk

9,90 € ISBN 978-3-941485-27-3

Der Fluch von Fort Henry

Ethno-Krimi
von Ronda Baker-Summer

9,90 € ISBN 978-3-941485-22-8

Maggie Yellow Cloud
Mord auf Pine Ridge

Ethno-Krimi von Brita Rose-Billert

9,90 € ISBN 978-3-941485-09-9

Maggie Yellow Cloud
Das verkaufte Herz
Eine Lakota-Ärztin bei den Navajo

Ethno-Krimi von Brita Rose-Billert

9,90 € ISBN 978-3-941485-29-7

Weitere Bücher:

There will be no surrender
– Ich werde mich nie ergeben

Autobiographie
von Mitch Walking Elk

9,90 €   ISBN 978-3-941485-16-7

Ein Leben für die Freiheit

Leonard Peltier
und der indianische
Widerstand

Michael Koch, Michael Schiffmann

24,50 €   ISBN 978-3-941485-49-5